BRENDA JOYCE
Tras la traición

Editado por Harlequin Ibérica.
Una división de HarperCollins Ibérica, S.A.
Núñez de Balboa, 56
28001 Madrid

© 2012 Brenda Joyce Dreams Unlimited, Inc. Todos los derechos reservados.
TRAS LA TRAICIÓN, Nº 146 - 1.1.13
Título original: Persuasion
Publicada originalmente por HQN™ Books
Traducido por María Perea Peña

Todos los derechos están reservados incluidos los de reproducción, total o parcial. Esta edición ha sido publicada con permiso de Harlequin Enterprises II BV.
Todos los personajes de este libro son ficticios. Cualquier parecido con alguna persona, viva o muerta, es pura coincidencia.
™ TOP NOVEL es marca registrada por Harlequin Enterprises Ltd.

® y ™ son marcas registradas por Harlequin Enterprises Limited y sus filiales, utilizadas con licencia. Las marcas que lleven ® están registradas en la Oficina Española de Patentes y Marcas y en otros países.

I.S.B.N.: 978-84-687-0553-8
Depósito legal: M-36693-2012

PRÓLOGO

Prisión de Luxemburgo, París, Francia, marzo de 1794

Finalmente, iban a buscarlo.

Se le encogió el corazón de miedo. No podía respirar. Lentamente, lleno de tensión, se dio la vuelta para mirar por el oscuro corredor. Oyó pasos suaves y constantes que se acercaban.

Sabía que necesitaba utilizar su inteligencia. Se acercó a los barrotes de la celda y se agarró a ellos. El sonido de los pasos cada vez era más fuerte.

Cada vez estaba más angustiado, y el miedo que sentía era asfixiante. ¿Viviría para ver otro día?

La celda apestaba a orín, a heces y a vómito. Había sangre seca en el suelo y en el camastro, en el que él no se había tendido ni un instante. Los ocupantes previos de aquella celda habían sido torturados y golpeados allí. Por supuesto; eran los enemigos de la Patrie.

Incluso el aire que entraba en el calabozo por las rejas del ventanuco era fétido. La Place de la Révolution estaba a pocos metros de los muros de la prisión, y allí, en la guillotina, habían muerto miles de personas. La sangre de los culpables, y también de los inocentes, impregnaba el aire.

Ahora oía sus voces.

Tomó aire profundamente. El miedo lo atenazaba.

Habían pasado noventa y seis días desde que le tendieron una emboscada, junto al despacho donde trabajaba de oficinista para la Comuna. Desde que le tendieron una emboscada, le pusieron unos grilletes y le echaron una capucha por la cabeza. Una voz que le resultaba familiar le había escupido «traidor» mientras lo arrojaban al suelo de una carreta. Y una hora después, le habían arrancado la capucha de la cabeza y se había visto en medio de aquella celda. Según el guardia, estaba acusado de crímenes contra la República. Y todo el mundo sabía lo que significaba eso...

No había llegado a ver al hombre que lo había insultado, pero estaba bastante seguro de que se trataba de Jean Lafleur, uno de los oficiales más radicales del gobierno de la ciudad.

Se le pasaron por la cabeza cientos de imágenes. Sus dos hijos eran niños pequeños, inocentes y guapos. Él había tenido mucho cuidado, aunque no lo suficiente, cuando salió de Francia para visitarlos. Ellos estaban en Inglaterra, y era el cumpleaños de uno de ellos, William. Lo había echado muchísimo de menos, a él, y también a John. No se había quedado mucho tiempo en Londres por miedo a que lo descubrieran. Nadie, aparte de su familia, sabía que estaba en la ciudad. Sin embargo, debido a la inminencia de su marcha, había sido una reunión agridulce.

Y desde que volvió a Francia se había sentido vigilado. Nunca había sorprendido a nadie siguiéndolo, pero estaba seguro de ello. Y, como la mayoría de los franceses, había empezado a vivir con un miedo constante. Todas las sombras le producían un sobresalto. Por las noches permanecía en vela, pensando que había oído aquel golpe tan temido en su puerta... Cuando llamaban a medianoche, significaba que iban en busca de alguien.

Y ahora iban por él. Los pasos sonaban cada vez más cerca.

Intentó controlar el pánico. Si ellos notaban su miedo, todo habría terminado. El miedo, para ellos, era equivalente a una confesión. Así eran las cosas en París, y también en el campo.

Se agarró a los barrotes de la celda una vez más. Se le había acabado el tiempo. O añadirían su nombre a la *Liste Générale des Condamnés*, y debería esperar un juicio, y después la ejecución por sus crímenes, o saldría libre de la prisión...

Hallar el coraje fue una de las cosas más difíciles de su vida.

Se acercaba la luz de una antorcha, iluminando a su paso los muros de piedra gris. Divisó las siluetas de los hombres. Iban en silencio.

Su corazón latía desbocadamente, pero aparte de eso, su cuerpo no se movía.

Apareció el guardia de la prisión. Tenía una expresión de desprecio y burla, como si ya supiera cuál era el destino del prisionero. Reconoció al jacobino que iba detrás. Era el violento y brutal Hébertiste Jean Lafleur, tal y como él había sospechado.

Era un hombre alto y delgado, pálido. Se acercó a los barrotes y habló con una sonrisa, deleitándose con aquel momento.

—*Bonjour*, Jourdan. *Comment allez-vous, aujourd'hui?*

—Il va bien —respondió él suavemente.

Al ver que el prisionero no suplicaba piedad, ni declaraba su inocencia, a Lafleur se le borró la sonrisa de la cara. Su mirada se volvió más penetrante.

—¿Eso es todo lo que tienes que decir? Eres un traidor, Jourdan. Confiesa tus crímenes y te daremos un juicio justo. Me aseguraré, incluso, de que la primera cabeza que corten sea la tuya —dijo, y sonrió de nuevo.

Si llegaba a aquella situación, esperaba ser el primero en pasar por la guillotina. Nadie quería estar allí de pie, encadenado, durante horas, presenciando las ejecuciones de los demás mientras esperaba su propia hora.

—Entonces, la pérdida sería suya —respondió él. Casi no pudo creer lo calmada que sonaba su voz.

Lafleur se quedó mirándolo fijamente.

—¿Por qué no declaras tu inocencia?

—¿Va a servirme de algo?
—No.
—Eso pensaba yo.
—Eres el tercer hijo del vizconde Jourdan, y tu redención ha sido una mentira. Tú no sientes amor por tu patria, ¡eres un espía! Tu familia ha muerto, y tú te reunirás muy pronto con ellos a las puertas del purgatorio.
—Hay un nuevo jefe de espionaje en Londres.
Lafleur abrió unos ojos como platos.
—¿Qué treta es esta?
—Debe de saber que mi familia ha financiado a los mercaderes de Lyon durante años, y que tenemos estrechas relaciones con los británicos.
Lafleur lo observó.
—Desapareciste de París durante un mes. ¿Fuiste a Londres?
—Sí.
—Entonces, ¿confiesas?
—Confieso que tenía que atender unos asuntos de negocios, Lafleur. Mire a su alrededor. En París todos se mueren de hambre. El *assignat* no sirve de nada. Sin embargo, yo siempre tengo pan en la mesa.
—El contrabando es un delito —dijo Lafleur.
Sin embargo, le brillaban los ojos, y finalmente su expresión se suavizó. Se encogió de hombros. El mercado negro de París era enorme e intocable. No iba a terminar nunca.
—¿Qué puedes ofrecerme? —le preguntó al prisionero con una mirada implacable.
—¿No me ha oído?
—¿Estamos hablando de pan y de oro, o del nuevo jefe de espionaje?
—Tengo algo más que negocios en ese país. El conde de St. Just es primo mío, y si ha investigado bien a mi familia, lo sabrá.
Lafleur reflexionó durante un instante.
—St. Just está muy bien situado en las altas esferas londinenses —añadió él—. Creo que le gustará saber que uno de sus

parientes ha sobrevivido a la destrucción de París. Incluso creo que me acogería en su casa con los brazos abiertos.

Lafleur siguió mirándolo fijamente.

—Esto es un truco —dijo por fin—. ¡Nunca volverás!

Él sonrió lentamente.

—Supongo que es posible —dijo—. Tal vez no vuelva. O tal vez sea tan leal a mi patria, y a los ideales republicanos, como es usted, y podría volver con una información que muy pocos espías de Carnot conseguirían. Una información que nos ayudaría mucho en la guerra.

Lafleur no apartó los ojos de él.

—No puedo tomar esta decisión yo solo —dijo por fin—. Te llevaré ante el Comité, y si los convences de tu valor, salvarás la vida.

Él no se movió.

Lafleur se marchó.

Y Simon Grenville se desplomó sobre el camastro que había en el suelo.

CAPÍTULO 1

Greystone Manor, Cornualles, 4 de abril de 1794

La esposa de Grenville había muerto.

Amelia Greystone miró a su hermano, aunque no lo veía, con una pila de platos en las manos.

—¿Has oído lo que he dicho? —preguntó Lucas con una mirada de preocupación—. Lady Grenville murió anoche, mientras daba a luz a su hija.

Su esposa había muerto.

Amelia se había quedado paralizada. Todos los días tenían noticias sobre la guerra o de la violencia en Francia. Era horrible y triste. Sin embargo, aquello no se lo esperaba.

¿Cómo podía haber muerto lady Grenville? Era tan elegante, tan bella… ¡y tan joven para morir!

Amelia casi no podía pensar. Lady Grenville no había vuelto a poner los pies en St. Just Hall desde que se había casado, hacía diez años, y su marido tampoco. Entonces, el pasado enero había aparecido de repente en la mansión del conde, con sus dos hijos y un embarazo avanzado. St. Just no estaba con ella.

Cornualles era un lugar muy aislado en general, pero en enero era mucho peor. La región era muy fría e inhóspita; había terribles vendavales y tormentas que llegaban desde la costa.

¿Quién iba a ir hasta aquel lugar tan apartado del país para dar a luz a un niño? Su aparición había sido tan extraña...

Amelia se había quedado tan sorprendida como los demás al enterarse de que la condesa estaba en la residencia, y al recibir una invitación para tomar el té en la mansión, ni siquiera se había planteado rechazarla. Tenía mucha curiosidad por conocer a Elizabeth Grenville, y no solo porque fueran vecinas. Se preguntaba cómo era la condesa de St. Just.

Y era exactamente tal y como Amelia esperaba: rubia, bella, grácil y elegante. Perfecta para un conde moreno e inquietante. Elizabeth Grenville era todo lo que Amelia Greystone no era.

Y como Amelia había enterrado el pasado hacía una década, no había hecho comparaciones al conocerla. Sin embargo, en aquel momento, con la impresión de aquella noticia, se preguntó si quiso inspeccionar y entrevistar a la mujer a la que Grenville había elegido para casarse en vez de a ella.

Amelia se echó a temblar, sujetándose los platos contra el pecho. ¡Si no tenía más cuidado iba a recordar el pasado! No quería aceptar que había deseado conocer a lady Grenville para saber cómo era. Al darse cuenta, se quedó horrorizada.

Elizabeth Grenville le había agradado, y su aventura con Grenville había terminado una década antes.

Entonces, se lo había quitado todo de la cabeza, y no quería retroceder en el tiempo.

Sin embargo, se sintió una vez más como si tuviera dieciséis años y fuera joven y bella, ingenua y confiada, y vulnerable. Es como si estuviera de nuevo entre los brazos de Simon Grenville, esperando su declaración de amor y su proposición de matrimonio.

Se sintió acongojada, pero ya era demasiado tarde. En su mente se habían abierto las compuertas, y se inundó de imágenes. Estaban en el suelo, sobre la manta del, picnic, o en el laberinto del jardín, o en su carruaje. Él la besaba apasionadamente y ella le devolvía los besos, aunque ambos estuvieran arriesgándose a sucumbir a aquella pasión cegadora...

Tomó aire bruscamente al recordar aquel verano. Él no

había sido sincero, y no quería cortejarla. Ahora, ella ya era lo suficientemente sensata como para darse cuenta de ello. Sin embargo, esperaba que él le pidiera el matrimonio, y la traición había sido devastadora.

¿Por qué había hecho la noticia de la muerte de lady Grenville que recordara aquel momento de su vida, en el que ella era tan joven y tan tonta? No había vuelto a pensar en aquel verano desde hacía años, ni siquiera cuando estaba en el salón de lady Grenville, tomando té y hablando de la guerra.

Sin embargo, Grenville se había quedado viudo…

De un tirón, Lucas le quitó de entre las manos los platos y la devolvió a la realidad. Ella se quedó mirándolo fijamente. Aquel último pensamiento la había dejado horrorizada. Le preocupaba mucho lo que pudiera significar.

—¿Amelia? —preguntó él con preocupación.

No debía pensar en el pasado. Ya era una mujer de veintiséis años, y debía olvidar por completo aquel antiguo flirteo. Ella no había querido recordar aquello nunca más, y por eso lo había borrado de su mente cuando él se marchó de Cornualles sin decir una palabra, después del trágico accidente que había causado la muerte de su hermano.

Tuvo que olvidarlo todo.

¡Y lo olvidó! Se olvidó de que tenía roto el corazón, y del dolor, y siguió adelante con su vida. Se había concentrado en cuidar a su madre, que estaba enferma, a sus hermanos y a su hermana, y a encargarse de la finca. Durante una década entera, había conseguido olvidar a Grenville. Era una mujer muy ocupada que tenía una situación difícil y unas responsabilidades muy grandes. Él también había seguido adelante con su vida; se había casado y había tenido hijos.

Y no había lugar para lamentarse. Su familia la necesitaba. Ella siempre había tenido el deber de cuidarlos, incluso desde niña, desde que su padre los había abandonado. Sin embargo, después había llegado la revolución y había comenzado la guerra, y todo había cambiado.

—¡Casi se te caen los platos! —exclamó Lucas—. ¿Estás enferma? ¡Te has quedado pálida!

Amelia se estremeció. No se sentía bien. Sin embargo, no iba a permitir que aquello que llevaba tanto tiempo muerto y enterrado le afectara en aquel momento.

—Es terrible. Es una tragedia.

Lucas, que llevaba el pelo rubio recogido en una coleta, la observó atentamente. Su hermano acababa de entrar por la puerta. Llegaba directamente de Londres, o por lo menos eso era lo que decía. Era muy alto y estaba muy guapo, con un abrigo verde y unos pantalones de color marrón.

—Vamos, Amelia, ¿por qué te has disgustado tanto? —le preguntó.

Ella consiguió sonreír. ¿Por qué estaba tan disgustada? Aquello no tenía nada que ver con Grenville. Una mujer muy joven y muy bella acababa de morir, y había dejado tres niños huérfanos.

—Ha muerto dando a luz a la tercera de sus hijos, Lucas. Tiene otros dos niños pequeños. La conocí en febrero. Era guapa, elegante y amable, como dice todo el mundo. Me quedé impresionada por su cortesía y su hospitalidad. Y además era muy lista. Tuvimos una conversación muy divertida. Esto es una pena.

—Sí, es una pena. Lo siento mucho por esos niños, y por St. Just.

Amelia recuperó la compostura. Y, aunque la imagen oscura de Grenville la obsesionaba de nuevo, también recuperó el sentido común. Lady Grenville había muerto. Tenían que ir a dar el pésame a sus vecinos, y a ofrecerles su ayuda.

—Esos pobres niños… ¡Me siento muy mal por ellos!

—Sí, va a ser difícil —dijo Lucas, y la miró de una manera extraña—. Uno nunca se acostumbra a ver morir a la gente joven.

Sabía que su hermano estaba pensando en la guerra. Sin embargo, ella siguió pensando en aquellos niños, lo cual era mejor que recordar a Grenville. Le quitó los platos a Lucas y empezó a poner la mesa. Ella sentía mucha lástima por los niños; seguro que Grenville también estaba sufriendo, pero no quería pensar en él ni en sus sentimientos, aunque fuera su vecino.

Puso el último de los platos en la vieja mesa del comedor, y se quedó mirando los arañazos que tenía la madera abrillantada. Había pasado mucho tiempo. Una vez, ella estuvo enamorada de él, pero ahora ya no lo amaba. Sería capaz de hacer lo correcto.

De hecho, hacía diez años que no veía a Simon Grenville. Seguramente no lo reconocería. Seguramente había engordado y tenía canas. Seguramente ya no sería un joven gallardo que le aceleraba el corazón con una sola mirada.

Y él tampoco la reconocería a ella. Seguía siendo esbelta, demasiado delgada, de hecho, pero su aspecto había languidecido, como el de todo el mundo a medida que se hacía mayor. Aunque algunos caballeros de edad la miraban de vez en cuando, ya no era tan guapa como antes.

Sintió algo de alivio. Aquella atracción terrible que los había abrasado no ardería ahora. Y ella no iba a dejarse intimidar por él, como antes. Después de todo, era más mayor y más sabia. Tal vez fuera una aristócrata empobrecida, pero lo que le faltaba de fortuna le sobraba de fuerza de carácter. La vida la había convertido en una mujer fuerte y resuelta.

Así pues, cuando viera a Grenville, le daría el pésame, tal y como hubiera hecho con cualquier vecino que hubiera sufrido una tragedia así.

—Estoy seguro de que la familia está destrozada —dijo Lucas en voz baja—. Era demasiado joven para morir. Y St. Just debe de estar conmocionado.

Amelia alzó la vista y miró a su hermano. Lucas tenía razón. Grenville había querido mucho a su esposa. Amelia carraspeó.

—¡Me has pillado por sorpresa, Lucas, como siempre! No te esperaba, y apareces con esas noticias.

Él la rodeó con un brazo.

—Lo siento. Me enteré de lo de lady Grenville cuando paré en Penzance para cambiar de carruaje.

—Me preocupan mucho los niños. Tenemos que ayudar a esa familia en todo lo que podamos —respondió ella. Hablaba muy en serio; nunca jamás le había dado la espalda a nadie que estuviera en una situación difícil.

Él sonrió ligeramente.

—Esa es la hermana a la que conozco y quiero. Seguro que Grenville hará lo mejor para todo el mundo, cuando consiga pensar con claridad.

—Sí, por supuesto que lo hará —respondió ella, observando la mesa que acababa de poner.

No era fácil arreglar la mesa cuando estaban tan escasos de dinero. No había todavía flores en el jardín, así que el centro de mesa era un candelabro de plata alto, recuerdo de tiempos mejores. El único mueble de la habitación era un antiguo aparador que albergaba la porcelana más fina de toda la casa. El salón tampoco contaba con muchos muebles.

—La comida estará lista dentro de poco. ¿Te importaría subir a avisar a mamá?

—Claro que sí. Y no tenías por qué tomarte tantas molestias.

—Estoy muy contenta de que hayas venido. Y vamos a cenar como si fuéramos una familia normal.

Él sonrió con ironía.

—Quedan muy pocas familias normales, Amelia, hoy en día.

A ella se le borró la sonrisa de los labios. Lucas acababa de llegar, y ella llevaba sin verlo más de un mes. Tenía ojeras y una cicatriz pequeña en un pómulo. Ella tenía miedo de preguntarle dónde y cómo se la había hecho. Seguía siendo un hombre muy guapo, pero la revolución de Francia y la guerra habían cambiado su vida.

Antes de la caída de la monarquía francesa, todos tenían una existencia sencilla. Lucas se encargaba de gestionar la finca, y su mayor preocupación era incrementar la productividad de su mina y de su cantera. Jack, que era un año menor que ella, era otro contrabandista más de Cornualles, que se divertía evitando los impuestos. Y su hermana menor, Julianne, se pasaba la vida en la biblioteca, leyendo todo lo que podía y puliendo sus simpatías por los jacobinos. Greystone Manor había sido una casa llena de ocupaciones, feliz. Aunque sus pequeños ingresos dependían casi por completo de la mina de estaño y de la cantera, se las arreglaban bien. Amelia tenía que cuidar de toda la familia, incluida su madre. Lo único que no había cambiado era la senilidad de su madre.

John Greystone, su padre, había abandonado a la familia cuando ella tenía siete años, y su madre había empezado a perder el contacto con la realidad. Amelia se había hecho cargo, por instinto, de la situación. Llevaba la casa, hacía las listas de la compra y planeaba los menús, y daba órdenes a los pocos sirvientes que tenían. Y sobre todo, cuidaba de Julianne, que entonces era una niña que apenas caminaba. Su tío, Sebastian Warlock, les había enviado un capataz para que se hiciera cargo de la finca, pero Lucas había empezado a ocuparse de aquella tarea en cuanto cumplió los quince años. Aunque su casa hubiera sido poco usual, era una casa familiar, llena de amor y de risas, pese a las dificultades financieras.

Ahora se había quedado casi vacía. Julianne se había enamorado del conde de Bedford cuando sus hermanos lo habían acogido en casa porque estaba a punto de morir. Ella no sabía quién era; al principio, parecía que el conde era un oficial del ejército francés. Para ellos había sido un camino difícil; él era uno de los espías de Pitt, y ella era simpatizante de los jacobinos. Seguía siendo asombroso, pero su hermana se había casado con Bedford y se había ido a Londres a vivir con él. Allí había tenido a su hija. Amelia agitó la cabeza con desconcierto. Su hermana, de tendencias radicales, se había convertido en la condesa de Bedford, y estaba locamente enamorada de su marido tory.

La vida de sus hermanos también había cambiado a causa de la guerra. Lucas casi nunca estaba en Greystone Manor. Como solo se llevaban dos años, y habían tomado el papel de sus padres, estaban muy unidos. Amelia era su confidente, aunque él no le contaba todos los detalles de sus correrías. Lucas no había podido quedarse de brazos cruzados mientras en Francia se desangraba con la revolución. Tiempo antes, Lucas había ofrecido sus servicios, en secreto, al Ministerio de Guerra. Incluso antes de que el Terror comenzara en Francia, había numerosos emigrantes que huían de los revolucionarios para salvar la vida. Lucas se había pasado dos años recogiendo a esos emigrantes de las costas de Francia.

Era una actividad peligrosa. Si a Lucas lo apresaban las autoridades francesas, lo arrestarían inmediatamente y lo enviarían a la guillotina. Amelia estaba orgullosa de él, pero también tenía mucho miedo.

Se preocupaba por Lucas constantemente. Él era el cabeza de familia. Sin embargo, se preocupaba aún más por Jack. Su hermano pequeño era muy temerario, y no tenía miedo. Se comportaba como si fuera inmortal. Antes de la guerra solo era un traficante más de Cornualles. Sin embargo, ahora estaba haciendo una fortuna pasando de contrabando muchos productos entre los países que estaban en guerra. No había nada más peligroso que eso; Jack llevaba años dándole esquinazo a la Royal Navy. Antes de la guerra ya le esperaba una condena de cárcel si lo capturaban; ahora, sin embargo, si las autoridades británicas lo atrapaban violando el bloqueo a Francia, lo acusarían de alta traición y lo ahorcarían.

Y, de vez en cuando, Jack ayudaba a Lucas a pasar a los franceses por el canal.

Amelia se alegraba de que por lo menos Julianne estuviera cómodamente instalada con su marido y su hija en Londres.

Miró a Lucas.

—Me preocupo por ti y por Jack. Aunque, al menos, no tengo que preocuparme de Julianne.

Él sonrió.

—En eso tienes razón. Ella está bien protegida, y no corre ningún peligro.

—¡Ojalá terminara la guerra! ¡Ojalá hubiera buenas noticias! No sé cómo será vivir sin guerra.

—Somos afortunados por no vivir en Francia —dijo Lucas.

—Por favor, ya no puedo escuchar ninguna otra historia terrible. Los rumores ya son lo suficientemente malos.

—No iba a contarte nada. No necesitas saber lo que sufren los inocentes en Francia. Si tenemos suerte, nuestro ejército vencerá al ejército francés esta misma primavera. Estamos a punto de invadir Flandes, Amelia. Tenemos una posición ventajosa desde Ypres hasta el río Meuse, y creo que Coburg, el austriaco, es un buen general. Si ganamos la guerra, la República Francesa caerá. Y eso será la liberación para todos nosotros.

—Rezo para que así sea —dijo ella.

Sin embargo, no podía dejar de pensar en la condesa de St. Just, y los niños que se habían quedado huérfanos.

Lucas la agarró del codo y le habló en voz baja, como si no quisiera que los escucharan, aunque en realidad el único que podía oír algo era Garrett, su sirviente.

—He venido a casa porque estoy preocupado. ¿Te has enterado de lo que le ocurrió al Squire Penwaithe's?

—Por supuesto que sí. Todo el mundo lo sabe. Tres marineros franceses, desertores, aparecieron en su casa pidiéndole comida. El señor Penwaithe se la dio. Después, encañonaron a toda la familia y saquearon la casa.

—Por suerte, los atraparon al día siguiente, y nadie resultó herido —dijo Lucas.

Amelia sabía muy bien lo que estaba pensando su hermano. Ella vivía en un lugar remoto y aislado, con su madre y un solo sirviente. Garrett había sido sargento de infantería y sabía usar las armas. Sin embargo, Greystone Manor era uno de los puntos más al suroeste de Cornualles. Precisamente, a causa de aquel aislamiento había sido el refugio de los contrabandistas durante tantos siglos. Desde Sennen Cove, la playa que estaba justo debajo de la casa, hasta Brest, en Francia, había un trayecto muy corto.

Aquellos desertores podrían haber aparecido en su puerta.

Amelia notó un dolor de cabeza incipiente y se frotó las sienes. Por lo menos, tenían lleno el armario de las armas, y siendo una mujer de Cornualles, ella sabía cargar un mosquete, una carabina y una pistola, y disparar con ellos.

—Creo que mamá y tú deberíais ir a Londres a pasar la primavera —dijo Lucas—. El piso que tiene Warlock en Cavendish Square es muy espacioso, y así podréis estar con Julianne a menudo —añadió con una sonrisa que no le llegaba a los ojos.

Ella solo había pasado un mes en Londres con su hermana, después del nacimiento de su sobrina. Estaban unidas, y había sido un mes maravilloso, lleno de paz. Amelia empezó a pensar en dejar su hogar momentáneamente. Tal vez Lucas tuviera razón.

—No es mala idea, pero, ¿qué hacemos con la casa? ¿La cerramos sin más? ¿Y qué pasa con el granjero Richards? Él me paga la renta a mí, ahora que tú estás siempre fuera.

—Lo organizaré todo para que se recauden debidamente los alquileres. Si no os trasladáis a un lugar más seguro, Amelia, yo siempre tendré la sensación de que he sido descuidado con mis deberes familiares.

Amelia se dio cuenta de que estaba en lo cierto.

—Tardaré unos días en prepararlo todo —dijo.

—Intenta cerrar la casa cuanto antes —respondió su hermano—. Yo tengo que volver a Londres, y lo haré en cuanto se celebre el funeral. Cuando estés lista para reunirte conmigo, vendré a buscaros yo mismo, o enviaré a Jack.

Amelia asintió. Sin embargo, en aquel momento solo podía pensar en el funeral.

—Lucas, ¿sabes cuándo lo van a hacer?

—He oído que se celebrará una misa en la capilla de St. Just el domingo, pero que a ella la enterrarán en el mausoleo familiar, en Londres.

Amelia se puso muy tensa. ¡Ya era viernes! De nuevo, la

imagen de Grenville, con sus ojos y su pelo oscuro, ocupó toda su mente. Se humedeció los labios.

—Tengo que ir. Y tú también.

—Sí. Iremos juntos.

Ella lo miró con el corazón en un puño. No podía controlar sus pensamientos. El domingo vería a Simon por primera vez desde hacía diez años.

Amelia iba sentada con Lucas y con su madre, en su carruaje, agarrándose con fuerza las manos enguantadas. No podía creer que estuviera tan nerviosa. Casi no podía respirar.

Era el mediodía del domingo. La misa por el funeral de Elizabeth Grenville iba a empezar al cabo de media hora.

Ya veía St. Just Hall.

Era una mansión enorme, que estaba fuera de lugar en un sitio como Cornualles. El edificio era de piedra blanca. La parte central tenía tres pisos, y la entrada contaba con cuatro enormes columnas de alabastro. Había un ala más baja, de dos pisos, que miraba hacia el interior, con tejados de pizarra a dos aguas. En el extremo más alejado estaba la capilla, que tenía su propio patio.

La casa estaba rodeada de árboles desnudos, altos, negros. El jardín estaba igualmente desnudo, puesto que acababa de pasar el largo invierno. Sin embargo, en mayo florecería todo y, en verano, aquellos campos serían un lienzo lleno de colores, los árboles tendrían un follaje verde y exuberante, y sería muy fácil perderse en el laberinto vegetal que había detrás de la casa.

Amelia lo sabía por experiencia propia.

No debía recordar, en aquel momento, que ella se había perdido en aquel laberinto. No debía recordar que había perdido el aliento, que se había sentido mareada al ver a Simon torciendo la esquina y tomándola en brazos...

Se echó a temblar y se quitó de la cabeza aquellos pensamientos. El carruaje avanzó por el camino de gravilla, siguiendo a otras dos docenas de vehículos. Toda la parroquia había acudido al funeral de lady Grenville. Los granjeros asistirían a la misa junto a sus señores.

Y, al cabo de pocos minutos, ella vería a Grenville.

—¿Es un baile? —preguntó su madre con entusiasmo—. Oh, cariño, ¿vamos a un baile?

Lucas le dio unas palmaditas en la mano.

—Mamá, soy, yo, Lucas, y no, vamos al funeral de lady Grenville.

Su madre era una mujer muy menuda, más incluso que Amelia, y tenía el pelo gris. Miró a Lucas sin comprenderlo. Amelia ya no se entristecía tanto por la enfermedad de su madre, que últimamente no tenía ni un solo momento de lucidez. En aquel momento creía que era una joven debutante, y que Lucas era su padre, o alguno de sus pretendientes anteriores.

Amelia miró por la ventanilla. Durante aquellos dos últimos días había hecho todo lo posible por concentrarse en sus tareas. Tenía una gran lista que cumplir antes de cerrar la casa y mudarse a Londres con su madre. Ya había escrito a Julianne para explicárselo todo. Había empezado a recoger sábanas, almacenar conservas, guardar la ropa de invierno y a organizar todo lo que iban a necesitar para pasar una temporada en Londres. Y el hecho de tener tanto que hacer había sido un alivio para ella. De vez en cuando se preocupaba por los niños de lady Grenville, pero se las había arreglado para no pensar en St. Just ni una sola vez, aunque su magnífico rostro acechaba al fondo de su mente.

Sin embargo, en aquel momento ya no podía negar la ansiedad que sentía. Estaba tan tensa que casi no podía respirar, aunque fuera algo absurdo. ¿Qué importancia tenía que fueran a verse después de tanto tiempo? Él no iba a reconocerla y, aunque la reconociera, no iba a recordar su flirteo. Estaba segura.

Sabía que tenía que conservar el sentido común y actuar con inteligencia, pero había empezado a acordarse de lo enamorada que estaba cuando supo que él se había marchado de Cornualles, sin despedirse, sin dejarle una nota.

Estaba empezando a recordar las semanas de dolor, las noches en las que había llorado hasta quedarse dormida.

En aquel momento debía comportarse con dignidad y orgullo. Debía tener en cuenta que no eran nada más que vecinos. Se abrazó a sí misma.

—¿Estás bien? —le preguntó Lucas.

Ella ni siquiera intentó sonreír.

—Me alegro de que hayamos venido. Espero tener un momento para conocer a esos niños antes de que empiece la misa. Me preocupan.

—Los niños no van a los bailes —dijo su madre con firmeza.

Amelia sonrió.

—Claro que no, mamá —respondió, y miró a Lucas.

—Parece que estás muy tensa —le dijo él.

—He estado muy ocupada organizándolo todo para cuando nos vayamos a la ciudad —mintió—. Me siento un poco inquieta —añadió, y miró a su madre—. ¿No te parece maravilloso que volvamos a Londres?

Su madre abrió unos ojos como platos.

—¿Vamos a volver a Londres? —preguntó con entusiasmo.

Amelia le tomó una mano y se la apretó.

—Sí, mamá. En cuanto lo tengamos todo preparado.

Lucas la miró con escepticismo.

—¿Sabes? Tú no tienes ninguna culpa de pensar en el pasado.

Ella se atragantó y soltó la mano de su madre.

—¿Cómo dices?

—Ocurrió hace mucho tiempo, pero a mí no se me ha olvidado que te engañó —dijo él con los ojos entrecerrados—. Te rompió el corazón, Amelia.

—¡Solo tenía dieciséis años! —exclamó ella, al darse cuenta de que, claramente, su hermano lo recordaba todo—. ¡Fue hace diez años!

—Sí, es cierto. Y él no ha vuelto a Cornualles en todo ese tiempo, así que me imagino que debes de estar nerviosa. ¿Es así?

Amelia se ruborizó. Lucas la conocía muy bien, y aunque ella no le ocultara sus secretos, tampoco él tenía por qué saber que ella tenía unos nervios absurdos en aquel momento.

—Lucas, yo olvidé el pasado hace mucho tiempo.

—Me alegro —dijo él con firmeza—. ¡Me alegro de oírte decir eso! —añadió—. Nunca había dicho nada, pero lo he visto de vez en cuando en la ciudad. Nuestros encuentros han sido cordiales. No me parecía lógico mostrarle resentimiento después de tantos años.

—Tienes razón. No habría tenido ningún sentido. Nuestras vidas tomaron rumbos diferentes.

Ella no sabía que Lucas tenía contacto con Grenville, pero si su hermano pasaba con frecuencia por Londres, era normal que se hubieran visto. Tuvo ganas de preguntarle cómo estaba Simon, si había cambiado mucho. Sin embargo, no lo hizo. Sonrió un poco.

Él siguió mirándola, estudiándola.

—Bueno, hay algo que le ha causado un retraso. Creo que todavía no ha llegado a St. Just Hall.

Amelia no daba crédito a lo que acababa de oír.

—Eso es imposible. ¡Hace tres días que murió su esposa! ¡Ya tendría que estar aquí.

Lucas apartó la vista mientras su carruaje se detenía por fin, no muy lejos del patio de la capilla.

—En este momento del año las carreteras están muy mal, pero es cierto que debería haber llegado ya.

—No irán a celebrar el funeral sin St. Just, ¿verdad?

—Ya ha llegado todo el mundo.

Amelia miró por su ventanilla. Había carros y carruajes de todo tipo. Grenville todavía no había llegado al funeral. Solo él podía posponerlo, pero si no estaba presente, ¿cómo iba a hacerlo?

—Dios mío —susurró Amelia con angustia—, ¡se va a perder el funeral de su esposa!

—Esperemos que llegue a tiempo —dijo Lucas.

Se apeó del coche, y se volvió para ayudar a bajar a su madre. Después le tendió la mano a Amelia. Esta descendió con cuidado. Tal vez, después de todo, no viera a Simon aquel día. ¿Sentía alivio? No, lo que sentía se parecía más a la decepción.

Una multitud vestida de luto se dirigía a pie hacia la capilla. Amelia se detuvo y miró a su alrededor. El día era gris y sombrío, y el viento la hizo estremecerse. Aunque hacía diez años que ella no volvía a aquel inmenso caserón, las cosas no habían cambiado. La residencia seguía tan majestuosa e imponente como siempre.

Mientras se dirigían hacia la iglesia, Amelia se preguntó si la familia ya estaría dentro. Miró hacia la entrada de la casa y vaciló. Un hombre esbelto y una mujer regordeta de pelo cano estaban bajando los escalones con dos niños pequeños.

Aquellos eran los hijos de Grenville.

No se movió. Los dos niños tenían el pelo oscuro. Iban vestidos de negro. Uno de ellos debía de tener unos ocho años, y el otro unos cuatro o cinco. Iban tomados de la mano. Amelia se dio cuenta de que el aya llevaba a la recién nacida envuelta en una gruesa manta blanca.

A medida que se acercaban, Amelia constató que los niños se parecían mucho a su padre; iban a ser unos hombres muy guapos. Se le encogió el corazón al ver que el más pequeño estaba llorando, mientras que el mayor intentaba ser estoico. Los dos estaban acongojados.

Amelia sintió mucha tristeza.

—Llévate a mamá dentro. Yo voy ahora mismo —dijo, y sin esperar la respuesta de Lucas, se encaminó decididamente hacia ellos.

Al llegar junto al grupo, se dirigió a los adultos con amabilidad.

—Soy la señorita Amelia Greystone, la vecina de lady Grenville. Qué día más penoso.

El caballero tenía los ojos llenos de lágrimas. Aunque iba bien vestido, era obvio que se trataba de un sirviente, y que era extranjero.

—Soy el señor Antonio Barelli, señorita Greystone, el tutor de los niños. Le presento a la señora Murdock, la niñera. Y estos son lord William y el señorito John.

Amelia les estrechó la mano al tutor y a la institutriz, que también estaba a punto de llorar. Se imaginó que querían a lady Grenville. Entonces, sonrió a William, al niño mayor, y se dio cuenta de que Grenville le había puesto a su heredero el nombre de su difunto hermano.

—Mi más sentido pésame, William. Conocí a tu madre hace poco y me pareció encantadora. Era una gran señora.

William asintió solemnemente.

—La vimos cuando vino de visita, señorita Greystone. Algunas veces miramos a las visitas desde una ventana que hay en el piso de arriba.

—Eso debe de ser divertido —respondió Amelia.

—Sí, a veces sí. Este es mi hermano pequeño, John —dijo William.

Ella sonrió al niño y se agachó.

—¿Y cuántos años tienes tú, John?

John la miró con las mejillas llenas de lágrimas, pero también con curiosidad.

—Cuatro —dijo por fin.

—¡Cuatro! —exclamó ella—. Yo creía que tenías ocho, por lo menos.

—Yo tengo ocho —dijo William, y entrecerró los ojos con escepticismo—. ¿Cuántos años creía que tenía yo?

—Diez u once —dijo Amelia—. Veo que cuidas muy bien de tu hermano. Tu madre estaría muy orgullosa de ti.

El niño asintió y miró a la señora Murdock.

—Ahora tenemos una hermana. Todavía no tiene nombre.

Amelia sonrió.

—Eso no es raro —dijo, y le acarició la cabeza. Tenía el pelo sedoso, como su padre. Se sobresaltó y apartó la mano—. He venido a ayudar en lo que pueda. Estoy a menos de una hora de camino.

—Es muy amable por su parte —dijo William.

Amelia volvió a sonreírle, le dio una palmadita a John en el brazo y se dirigió al aya. La mujer estaba empezando a llorar. Amelia esperaba que tuviera entereza; los niños la necesitaban mucho en aquellos momentos.

—¿Y cómo está la niña?

La señora Murdock tomó aire.

—Ha estado inquieta desde que… desde que… No consigo que tome el pecho adecuadamente, señorita Greystoke. ¡Estoy perdida! —exclamó.

Amelia se acercó a mirar a la pequeña, que dormía envuelta en la manta blanca. La señora Murdock apartó el borde de la manta y Amelia vio a una niña rubia, la viva imagen de su madre.

—Es guapísima.

—¿No cree que es igual que lady Grenville? Que Dios la acoja en su seno. ¡Oh, Dios mío! A mí me contrataron hace muy poco, señorita Greystoke. ¡Soy completamente nueva aquí! Todos estamos perdidos. Y no tenemos ama de llaves.

Amelia se sobresaltó.

—¿Cómo?

—La señora Delaney llevaba muchos años con lady Grenville, pero murió justo después de que yo llegara, en Navidad. Desde entonces, lady Grenville se ocupaba de la dirección de la casa. Quería contratar a una nueva ama de llaves, pero no encontró ninguna que cumpliera sus exigencias. ¡Nadie lleva esta casa ahora!

Amelia se dio cuenta de que en aquella residencia debía de haber un caos.

—Seguro que su señoría contratará a una nueva ama de llaves inmediatamente.

—¡Pero si ni siquiera está aquí! —exclamó la señora Murdock, y se le cayeron las lágrimas.

—Él nunca está en la casa —dijo el señor Barelli con un tono de vaga desaprobación—. La última vez que lo vimos fue en noviembre. ¿Va a venir? ¿Por qué no ha llegado ya? ¿Y dónde puede estar?

Amelia se sintió consternada. Repitió lo que le había dicho Lucas unos minutos antes.

—Llegará en cualquier momento. El estado de las carreteras no es bueno en estos momentos. ¿Viene desde Londres?

—No sabemos dónde está. Normalmente dice que está en el norte, en una de sus mayores fincas.

Amelia se preguntó qué quería decir el tutor.

—Mi padre viene a casa por mi cumpleaños —dijo William con gravedad y orgullo—. Aunque esté cuidando de las fincas.

En aquel momento, John comenzó a llorar, y su hermano lo tomó de la mano.

—Va a venir —le dijo con insistencia, con vehemencia. Sin embargo, él tuvo que pestañear para que no se le cayeran las lágrimas a él también.

Amelia lo miró y se dio cuenta de que aquel niño iba a ser exactamente igual que su padre; en aquel momento se había hecho con las riendas de la situación. Antes de que pudiera consolarlo diciéndole que St. Just llegaría en cualquier momento y se encargaría de la casa, oyó el ruido de un carruaje que se aproximaba.

Y no tuvo duda de quién era. Lo supo incluso antes de que gritara William. Se volvió lentamente.

El enorme carruaje negro se acercaba a toda velocidad, tirado por seis magníficos caballos negros. El cochero iba ataviado con la librea azul y dorada de los St. Just, como los dos mozos que iban en la parte trasera del vehículo. Amelia se dio cuenta de que estaba conteniendo la respiración. St. Just había vuelto, después de todo.

El coche recorrió el paseo circular casi al galope, y se detuvo casi en seco ante la capilla. Amelia tenía el corazón acelerado y las mejillas ardiendo. Simon Grenville estaba en casa.

Los dos mozos bajaron de su puesto y abrieron la portezuela del coche. Entonces, el conde de St. Just se apeó de su carruaje.

A Amelia se le quedó la mente en blanco.

Iba vestido impecablemente, con una chaqueta marrón oscura de terciopelo con algún bordado, unos calzones negros, medias blancas y zapatos negros. Se encaminó hacia su grupo. Era un hombre muy alto, de hombros anchos y cuerpo esbelto. Amelia atisbó sus pómulos altos, su mandíbula fuerte y la boca finamente dibujada. El corazón se le aceleró de nuevo.

Grenville no había cambiado en absoluto.

Era tan guapo como ella recordaba. No supo si su pelo se había vuelto gris, puesto que él llevaba una peluca oscura, un poco más rojiza que su color de pelo natural, bajo el bicornio.

Amelia se quedó paralizada. Se quedó mirándolo sin poder apartar la vista de él. Él sin embargo, solo tenía ojos para sus hijos.

De hecho, era como si no la hubiera visto; pero ella ya sabía que no iba a reconocerla. Así pues, podía mirarlo abiertamente. Ahora que había cumplido los treinta años era incluso más guapo que antes, pensó con desesperanza. Su aspecto era, incluso, más imponente.

Los recuerdos amenazaban con liberarse en su mente, pero los contuvo.

Grenville se acercó a zancadas largas y duras. Cuando llegó hasta sus hijos, los abrazó. John se echó a llorar. William se aferró a él.

Amelia estaba temblando; sabía que era una intrusa. Él no la había mirado, no la había reconocido. Debería sentirse aliviada por ello, pero se sintió consternada.

Grenville no se movió mientras abrazaba a sus hijos. Mantuvo la cabeza agachada hacia ellos, y Amelia no pudo verle la cara. Sin embargo, oyó que tomaba aire profundamente, temblorosamente. A los pocos instantes, él soltó a sus hijos y se irguió, luego los tomó de la mano. Por fin, asintió para saludar al tutor y a la niñera. Ambos inclinaron la cabeza.

—Milord —dijeron.

Amelia quería desaparecer. Él iba a mirarla en cualquier momento, a menos que tuviera la intención de ignorarla, y ella hubiera preferido que no la viera.

Pero Grenville se giró y la miró directamente.

Amelia se quedó inmóvil cuando sus miradas se cruzaron. El tiempo quedó detenido. Todo el ruido se desvaneció. Solo oía los latidos ensordecedores de su corazón y solo notaba la intensidad de la mirada que estaban compartiendo.

En aquel momento, Amelia se dio cuenta de que, después de todo, él la había reconocido.

Él no dijo nada. No tenía que hacerlo. De algún modo, ella sintió todo su dolor y toda su angustia, y supo que él la necesitaba como nunca.

Alzó la mano hacia él.

Grenville miró bruscamente a sus hijos.

—Hace mucho frío como para quedarse aquí fuera —dijo.

Puso una mano sobre los hombros de sus hijos y comenzó a caminar. Entraron al patio de la capilla y desaparecieron.

Ella tomó aire.

Él la había reconocido.

Y entonces, Amelia se dio cuenta de que Grenville no había mirado a su hija ni una sola vez.

CAPÍTULO 2

Simon miró ciegamente hacia delante. Estaba sentado en el primer banco de la capilla, con sus hijos, pero permanecía sumido en un estado de incredulidad. ¿De veras había vuelto a Cornualles? ¿De veras estaba en el funeral de su esposa?

Se dio cuenta de que tenía los puños apretados y los ojos fijos en el reverendo, que seguía alabando a Elizabeth. Sin embargo, no veía al oficiante, ni lo oía. Tres días antes estaba en París, haciéndose pasar por Henri Jourdan, un jacobino. Tres días antes estaba entre la multitud sedienta de sangre que ocupaba La Place de la Révolution, presenciando docenas de ejecuciones. El último de los ajusticiados fue Danton, su amigo, que se había convertido en la voz de la moderación en medio de aquella locura. Verlo morir decapitado había sido una dura prueba para su lealtad. Lafleur estaba a su lado, así que él había tenido que aplaudir todas las decapitaciones.

Ya no estaba en París. Estaba en Cornualles, adonde nunca había pensado volver, y se sentía mareado y desorientado. La última vez que había estado en Cornualles, su hermano había muerto. La última vez que había pisado aquella capilla había sido para asistir al funeral de Will.

Y tal vez aquel fuera uno de los motivos por los que se sentía enfermo. Era como si el olor de la sangre estuviera en todas partes, como si lo hubiera seguido desde París. Olía a sangre continuamente, allí en la capilla, en su habitación, en su ropa, en sus sirvientes... Olía a sangre incluso cuando dormía.

La muerte estaba por todas partes. ¡Después de todo, estaba en el funeral de su esposa!

Estuvo a punto de echarse a reír amargamente. La muerte llevaba mucho tiempo persiguiéndolo, así que no debería sentirse tan confuso y sorprendido. Su hermano había muerto en aquellos páramos. Elizabeth había muerto en aquella casa. Él había pasado un año entero en París, donde reinaba el Terror. ¡Qué irónico era todo aquello!

Simon se giró y miró a los asistentes, que seguían con atención las palabras del reverendo, como si la muerte de Elizabeth importara de verdad, como si ella no hubiera sido una inocente más, perdida entre otros mil inocentes. Todos eran extraños; no había amigos ni vecinos. Él no tenía nada que ver con ellos, salvo la nacionalidad. Era un intruso, un extraño.

Se giró de nuevo hacia el púlpito. Debería tratar de concentrarse y escuchar al sacerdote. Elizabeth había muerto; su esposa había muerto, y él no podía creerlo. La imaginaba dentro de aquel ataúd. Pero no, no era Elizabeth quien estaba en aquella caja, sino su hermano.

Simon se sentía cada vez más tenso. Se había marchado de aquel lugar pocos días después de la trágica muerte de Will. Y si Elizabeth no hubiera muerto en St. Just Hall, él nunca habría regresado.

¡Dios, cuánto odiaba Cornualles!

Ojalá su hermano no hubiera muerto. Sin embargo, no servía de nada lamentarse ni reprochárselo al destino. Sabía por experiencia propia que los buenos y los inocentes eran siempre los primeros en morir, y por eso había muerto su esposa.

Cerró los ojos y se rindió. Dejó vagar la mente. Los ojos se le llenaron de lágrimas.

¿Por qué no había muerto él?

El conde debería haber sido Will, y Elizabeth debería haber sido su esposa.

Simon abrió los ojos cuidadosamente. No sabía si todavía estaba llorando a su hermano mayor, que había muerto en un accidente de equitación hacía muchos años, o si estaba llorando a aquellos a quienes había ejecutado el Terror, o si estaba llorando a su esposa, a quien en realidad no había llegado a conocer. Pero sabía que debía controlar sus pensamientos. Era el funeral de Elizabeth, era a ella a quien estaban ensalzando, y él debería estar pensando en Elizabeth, por el bien de sus hijos, hasta que volviera a Londres para seguir jugando a la guerra.

Sin embargo, no podía concentrarse en su esposa. Los fantasmas que llevaban obsesionándolo durante semanas aparecieron en las caras de los vecinos y los amigos que estaban en la iglesia, y se convirtieron en las caras de todos los hombres, mujeres y niños a quienes él había visto encadenados y guillotinados. Aquellas caras lo acusaban de hipocresía y de cobardía, de poseer un instinto de supervivencia despiadado, de ser un fracaso como hombre, como esposo y como hermano.

Cerró los ojos, como si con aquello pudiera conseguir que los fantasmas desaparecieran, pero no fue así.

Simon se preguntó si estaba volviéndose loco. Debía controlar sus pensamientos. Tenía que pensar en sus hijos, y ocuparse de ellos.

Y el reverendo seguía hablando, pero Simon no oía una sola palabra de lo que estaba diciendo. La imagen invadió su mente y lo dejó inmovilizado. Él estaba con los dos mozos que encontraron a su hermano tendido en el suelo. Estaba boca arriba, con los ojos abiertos, y la luna le iluminaba los magníficos rasgos del rostro.

En aquel momento, Simon solo podía ver a su hermano muerto. Era como si acabara de encontrar a Will en los páramos. Era como si el pasado se hubiera convertido en el presente.

Simon se dio cuenta de que se le estaban cayendo las lágrimas. Sentía muchísimo dolor. ¿Acaso iba a sufrir de nuevo el luto por la muerte de su hermano? ¡Él nunca había querido volver a aquel lugar!

¿O acaso había tomado conciencia, por fin, de la muerte de Elizabeth? ¿O de Danton? Nunca se había permitido sufrir por nadie. No lo sabía, no le importaba, pero en aquel momento estaba llorando. Las lágrimas se le deslizaban por la cara sin que pudiera evitarlo.

Vio a Elizabeth en su ataúd, tan perfecta y tan bella incluso en la muerte, pero también vio a Will. Su hermano era tan perfecto, y tan bello como Elizabeth, al morir. Elizabeth era un ángel, y Will era un héroe.

En aquel momento tenía demasiados recuerdos en la cabeza, todos ellos vívidos y dolorosos. En algunos estaba con su hermano, a quien quería, respetaba y admiraba. En otros estaba con su esposa, a quien había tolerado, pero no había querido.

Aquel era el motivo por el que nunca había querido volver a aquel maldito lugar. Will debería estar vivo. Era un hombre galante, encantador y honorable. Habría sido un gran conde; él habría querido a Elizabeth. Will no se habría vendido a los radicales.

De repente, Simon pensó en que su padre había sido profético. El conde lo había acusado en numerosas ocasiones de su total falta de carácter. Will era el conde perfecto, pero él no. Él era el que les causaba vergüenza. Era temerario, inepto e irresponsable, y no tenía sentido del honor ni del deber.

Y era cierto. Era deshonroso. En aquel mismo momento llevaba en el bolsillo dos cartas que daban fe de su absoluta deslealtad. Una era del espía jefe de Pitt, Warlock, y el otro, de su superior francés, Lafleur. Incluso Will se avergonzaría de él en aquel momento.

—¿Papá?

Simon se dio cuenta de que su hijo le había hablado, y le sonrió con tristeza. Tenía las mejillas húmedas de las lágrimas, y no quería que lo vieran los niños. Sabía que John y William necesitaban consuelo.

—Tranquilo, hijo.

—Me estás haciendo daño —le susurró John.

Simon se dio cuenta de que le estaba apretando demasiado la mano, y aflojó la presión.

Oyó al reverendo Collins diciendo:

—Era una dama bondadosa y compasiva, generosa y desprendida.

Simon se preguntó si era cierto, si su esposa había sido una mujer generosa y buena. Si tenía aquellas cualidades, él nunca lo había notado. Y ahora era demasiado tarde.

En aquel momento se sintió aún peor, tal vez porque a todas sus emociones tenía que añadirle el sentimiento de culpabilidad.

Se oyó un golpe seco.

A alguien se le había caído una Biblia.

Simon se quedó helado.

No veía al reverendo. En vez de ver al sacerdote en el altar, vio a Danton, de pie sobre las escaleras empapadas de rojo de la guillotina, gritándoles sus últimas palabras desafiantes a la multitud, que le respondía enfervorizada: «¡*À la guillotine! ¡À la guillotine!*»

Simon vio acercarse la enorme cuchilla. Sin embargo, sabía que no era posible, que no había ninguna cuchilla en la iglesia. Se le escapó una sonora carcajada, pero no había ninguna alegría en aquel sonido; estaba lleno de histeria y de miedo.

William le apretó la mano y lo devolvió a la realidad. Miró hacia abajo, y se dio cuenta de que su hijo lo estaba observando con consternación. Además, parecía que John iba a echarse a llorar.

—Será muy añorada por su esposo y sus hijos, por su familia y sus amigos... —prosiguió el reverendo Collins.

Él se obligó a permanecer quieto, a contener las náuseas y el dolor. Los niños sí iban a echar de menos a su madre, aunque él no lo hiciera. Sus hijos la necesitaban; el condado la necesitaba.

La multitud de la iglesia volvió a convertirse en los inocentes a quienes él había visto morir, y entre ellos aparecieron su hermano y su mujer. No podía soportarlo más.

Se puso en pie.

—Ahora mismo vuelvo —les dijo a los niños.

Y, cuando recorría el pasillo central de camino a la salida, intentando contener las náuseas hasta que consiguiera llegar al exterior, oyó un llanto de la hija de Elizabeth.

No podía creerlo. Las vio en la última fila. La niña estaba en brazos de su niñera, y Amelia Greystone, a su lado. Sus miradas se cruzaron.

Un momento después estaba detrás de la capilla, de rodillas, vomitando.

Por fin terminó el servicio. Oportunamente, pensó Amelia, puesto que la niña se había puesto a llorar en voz alta, y parecía que la señora Murdock era incapaz de calmarla. Varios de los asistentes se habían dado la vuelta para mirar al bebé. Y Grenville, ¿le había lanzado realmente una mirada fulminante a su propia hija?

Amelia se sentía muy tensa. No había podido apartar la vista de sus hombros anchos ni un solo momento. Él la había reconocido.

La multitud estaba empezando a levantarse.

—Deberíamos salir antes que los demás —sugirió Amelia—. La niña tiene hambre —dijo.

Sin embargo, estaba mirando hacia el primer banco, donde estaban sentados los hijos de Grenville, solos. Su padre se había marchado unos minutos antes. ¿Cómo había podido dejar así a sus niños? ¿Acaso estaba tan angustiado como para hacer algo así?

—Echa de menos a su madre —dijo la señora Murdock, con las mejillas llenas de lágrimas—. Por eso llora tanto.

Amelia vaciló. La niñera había conseguido mantener la compostura durante toda la misa, y no podía culparla por llorar en aquel momento. El hecho de que Elizabeth hubiera muerto tan joven era horrible, pero la niña no había llegado a conocer a su madre.

—¿Dónde está el señor Barelli? No sé si va a volver St. Just. Creo que debería ir a recoger a los niños.

—Lo vi marcharse antes de que saliera el señor conde —respondió la señora Murdock mientras mecía a la niña—. Él adoraba a lady Grenville. Creo que el señor Barelli estaba demasiado triste como para quedarse. ¡Estaba a punto de llorar!

Amelia pensó que Grenville también estaba demasiado afectado como para quedarse hasta el final de la misa.

—Espere un momento —dijo, y se dirigió hacia el primer banco, abriéndose paso entre los que salían de la iglesia y saludando a sus conocidos—. ¿William? ¿John? Vamos a volver a casa. Yo voy a ayudar a la señora Murdock a calmar a vuestra hermana. Estaba pensando que, a lo mejor, después queréis enseñarme vuestras habitaciones —les dijo con una sonrisa.

Los niños la miraron entre lágrimas.

—¿Dónde está papá? —preguntó John, aunque le tendió la mano.

Amelia se la tomó.

—Está llorando por tu madre —le dijo ella suavemente—. Creo que ha salido porque necesitaba estar un momento a solas.

John asintió, pero William la miró de un modo extraño, como si quisiera decir algo, pero supiera que no debía decirlo. Amelia lo tomó de la mano a él también, y llevó a los niños hacia donde esperaba la niñera.

—El señor Barelli ya se ha marchado. Seguro que os está esperando en casa.

—Hoy no tenemos clase —respondió William con firmeza—. Me gustaría ver a mi padre.

Amelia le hizo un gesto a la señora Murdock. La niña estaba llorando, y la niñera estaba meciéndola para tranquilizarla. Los vecinos les cedieron el paso, porque se dieron cuenta de que necesitaban marcharse rápidamente. Amelia sonrió a todo el mundo al pasar.

—Gracias, señora Harrod —dijo—. Gracias, Squire Penwaithe, por venir hoy. Hola, Millie. Hola, George. Creo que van a servir un refrigerio en el salón de la casa —añadió. Al menos, eso era lo que le había dicho la señora Murdock, aunque después de ver cómo estaba Grenville, se preguntó si iba a molestarse en saludar a sus invitados.

Los vecinos le sonrieron. Millie, la lechera, se acercó a la niña.

—¡Oh, qué guapa es!

Mientras salían de la capilla, Amelia miró a su alrededor en busca de Grenville. No estaba por ninguna parte, y había empezado a lloviznar. La niña empezó a llorar de nuevo, en aquella ocasión con fuerza.

Amelia la tomó de los brazos de la niñera.

—¿Le importa? Tal vez pueda ayudar —dijo, y se la apoyó suavemente contra el pecho. Hacía demasiado frío para que la niña estuviese fuera.

—Eso espero. Creo que yo no le gusto. Sabe que no soy su madre —respondió la señora Murdock.

Amelia permaneció impertérrita, pero por dentro suspiró. Ojalá la niñera dejara de decir aquellas cosas tan inquietantes, por lo menos delante de los niños. Entonces miró a la preciosa niña con una sonrisa, y se le alegró el corazón. ¡Aquella niña era un ángel!

—Shh, cariño. Vamos a casa. Ninguna niña de tu edad debería acudir a un funeral.

Se dio cuenta de que aquello la enfadaba. El bebé debería haberse quedado en su habitación, caliente y seguro. Amelia estaba segura de que sentía el ambiente de consternación y tristeza que había en la capilla. Sin embargo, nadie se lo había indicado así a la señora Murdock. Después de todo, no tenían ama de llaves, y Grenville había llegado un instante antes de que comenzara el servicio religioso.

¿Cómo podía ser tan negligente?

La niña gimió suavemente, y la miró. Entonces, sonrió.

—¡Está sonriendo! —exclamó Amelia con deleite—. ¡Oh, qué guapa es!

—¿No tiene usted hijos? —le preguntó la señora Murdock.

Amelia notó que se desvanecía gran parte de su placer. Era demasiado mayor para casarse, así que nunca llegaría a tener hijos propios. Eso la apenaba, pero no iba a permitirse el lujo de sentir compasión por sí misma.

—No, no los tengo —respondió. Entonces, vio que se acercaban Lucas y su madre.

Lucas sonrió.

—Me estaba preguntando cuánto ibas a tardar en tomar en brazos a la niña —dijo con afecto.

—Oh, qué niña tan guapa —comentó su madre—. ¿Es su primera hija?

Amelia suspiró. Su madre no la había reconocido, pero aquello no era nada raro. Les presentó a su hermano y a su madre a la niñera y después se dirigió a Lucas.

—¿Te importaría llevarte a mamá a casa y enviarme de nuevo el carruaje? Voy a quedarme un rato. Quiero ocuparme del bebé y de los niños.

Él entrecerró los ojos.

—Sé que lo haces por ayudar, pero, ¿estás segura de que es lo más inteligente?

Ella no sabía a qué se refería.

Lucas la tomó del brazo y la alejó un poco de los niños.

—Me ha parecido que Grenville estaba un poco... trastornado.

—¿Qué significa eso? Lógicamente, está trastornado por la pena. Pero yo no voy a atender a St. Just. Él está tan afectado que se ha olvidado de sus hijos. Deja que los acompañe, Lucas. Debo ayudar.

Él agitó la cabeza, pero sonrió.

—Entonces, te enviaré a Garrett con el coche dentro de dos horas —le dijo. Después, la sonrisa se le borró de los labios—. Espero que no te arrepientas de esto, Amelia.

A ella se le encogió el corazón.

—¿Por qué me iba a arrepentir de ayudar a los niños?

Él le dio un beso en la mejilla y todos volvieron con el grupo. Su madre estaba diciendo algo sobre una presentación en sociedad, y Amelia se estremeció al ver a Lucas llevándosela hacia el carruaje. La señora Murdock la observó con los ojos muy abiertos mientras caminaban hacia la casa.

—Mi madre está enferma —le dijo suavemente Amelia—. Apenas tiene momentos lúcidos.

—Lo siento mucho —dijo la niñera.

Se hallaban ante la enorme puerta de palisandro de la casa, y Amelia se puso tensa. Hacía quince años que no ponía un pie en su interior. ¿De veras quería entrar?

—¿Va a subir con nosotros? —le preguntó William.

A ella se le aceleró el corazón. Casi le parecía peligroso entrar en la mansión de Grenville, debido a todos los recuerdos que tenía de ella. Sin embargo, sonrió mientras mecía al bebé. Los niños la necesitaban, sin duda.

—¿Tú quieres que suba?

—Me encantaría enseñarle todas nuestras habitaciones —dijo William con solemnidad, como si fuera un adulto.

—Yo tengo un soldado —anunció John con orgullo—. Es un soldado de infantería prusiano.

Amelia sonrió al ver que William tomaba de la mano a su hermano pequeño.

—Puedes enseñarle a la señorita Greystone todos tus soldados si ella quiere —dijo, y miró a Amelia con anhelo.

—Estoy impaciente por verlo todo —dijo ella con una sonrisa.

Y, por primera vez desde que lo había conocido, William sonrió también.

La niña se había quedado dormida por fin, después de comer, aunque en brazos de Amelia. Esta no tenía ganas de soltarla, pero ya no podía seguir aferrada a la hija de Elizabeth. Con tristeza, la dejó en su cuna, y mientras la tapaba dijo en voz baja:

—Hay que ponerle un nombre.

—¡Se le dan muy bien los niños! —exclamó la señora Murdock—. Nunca la había visto comer tan bien, y los niños la adoran a usted aunque acaben de conocerla.

Amelia sonrió. Los niños estaban jugando en su habitación, con los soldaditos. John se los había enseñado todos.

—Tenía mucha hambre.

—¡No! ¡Lo que pasa es que ya la quiere! —dijo la niñera—. Ha habido mucho caos en esta casa. Ojalá no se marchara usted.

Amelia se sobresaltó.

—Yo tengo que cuidar de mi propia familia —dijo, aunque se preguntó si la señora Murdock no tendría razón. ¿Habrían afectado el caos y la tristeza de la casa a la niña? ¿Cómo no iba a ser así? Por lo menos, aquellas habitaciones infantiles pintadas de color azul y blanco eran un refugio tranquilo para el bebé. Claramente, Elizabeth pensaba que iba a tener otro hijo, y no una niña.

La señora Murdock se sentó.

—Me sorprende que no tenga usted hijos, señorita Greystone.

—No estoy casada, señora Murdock, y como ha podido ver, tengo que ocuparme de mi madre.

—Usted podría cuidar de su madre y de un marido —replicó la señora Murdock. Parecía que era demasiado curiosa como para contenerse—. Es usted muy guapa, si no le importa que se lo diga. ¿Cómo es que no se ha casado?

Inmediatamente se le apareció en la mente Grenville, tan guapo y tan moreno, con su mirada fija e intensa.

¿Por qué la había mirado de aquel modo?

¿Y qué podía decir ella? ¿Que se había enamorado como una boba de St. Just una década antes, y que él le había roto el corazón? Le habían hecho algunas proposiciones de matrimonio durante aquellos años, pero ninguna le había interesado. Con cautela, respondió:

—Hubo alguien una vez, hace mucho tiempo. Pero no se

tomó las cosas en serio, y yo era demasiado joven como para darme cuenta.

—¡Vaya granuja!

—Dejemos el asunto por ahora. Después de todo, ocurrió hace muchos años —dijo ella, y sonrió—. Me alegro de que los niños hayan comido y estén jugando, y de que la niña haya tomado el pecho y se haya tranquilizado. Me imagino que estará durmiendo durante un buen rato.

—Muchísimas gracias por su ayuda —dijo la señora Murdock, poniéndose en pie con nerviosismo—. ¿Se marcha usted ya?

—Sí, tengo que irme.

La niñera hizo una mueca.

—¿Y qué hago si él viene aquí?

Amelia tardó un instante en comprenderla.

—¿Se refiere a si Grenville viene a ver a su hija?

La señora Murdock se retorció las manos.

—Tal vez no venga. Parece que no quiere a la niña.

—¡Él quiere mucho a su hija, como quiere a sus hijos!

—¡Me da miedo!

—Señora Murdock, es su empleador, y es el conde de St. Just. Supongo que puede resultarle intimidante...

La señora Murdock la interrumpió.

—¡Nos da miedo a todos! ¡También le daba miedo a lady Grenville!

Amelia se quedó rígida a causa del desagrado.

—Señora Murdock, no quiero mantener esta conversación. Estoy segura de que lady Grenville tenía una buenísima opinión del señor conde, y viceversa.

—Cuando él estaba en casa, ella cambiaba. Era una mujer feliz, salvo cuando él estaba con la familia. Le preocupaba mucho su regreso. Me dijo que le preocupaba mucho, ¡que parecía que ella siempre le disgustaba!

Amelia se sentó bruscamente. ¿Era posible aquello? ¿Sería posible que su matrimonio hubiera sido tan asfixiante?

—No soporto los chismorreos —dijo por fin. Se dio cuenta de que quería defender a Grenville. ¿Cómo era posible que se hubiera sentido disgustado con semejante mujer?

—No estoy chismorreando. Les oí gritarse en noviembre, cuando él vino por el cumpleaños de William. Discutieron el verano pasado, cuando él apareció por sorpresa en la ciudad y la sorprendió. Y ella se marchó a los pocos días de que él llegara, porque estaba acongojada. Ella no quería convivir con él, señorita Greystone, se lo aseguro. No creo que él se preocupara mucho de ella, pero ella le tenía miedo, ¡yo lo vi muchas veces!

La cabeza de Amelia trabajaba febrilmente. Estaba muy confusa. ¿Por qué deseaba lady Grenville evitar a su marido? ¿Lo temía realmente? ¿Por qué?

La señora Murdock había dicho que Grenville casi nunca estaba en casa, y ella no quería creerlo. ¿Acaso tenía una amante? ¿Por qué otro motivo podría mantenerse alejado de su familia?

La señora Murdock continuó hablando, aunque bajó la voz.

—Lady Grenville nunca sabía dónde estaba él. Me lo dijo muchas veces, cuando deseaba escribirle para pedirle algún consejo. Parece que, cuando decía que se iba al campo, no era cierto. Decía que estaba en la finca de alguien, pero nunca estaba allí. Es muy raro, ¿no le parece?

Ciertamente, parecía que había otra mujer en su vida. Sin embargo, no debía sorprenderse. A ella también la había tratado con una completa falta de respeto.

—Aunque tal vez eso fuera lo mejor, porque la asustaba mucho con su mal genio y sus extrañas divagaciones —prosiguió la señora Murdock—. Nos preguntábamos si no está loco.

Aquello terminó de enfadar a Amelia, que se puso en pie. Pese a su irritación, habló con calma.

—Grenville no está loco. De hecho, no creo que sea útil por su parte el sugerir tal cosa.

—Discúlpeme, no quería enfadarla. ¡Es que me preocupa quedarme en esta casa a solas con él!

—Pues debe contener sus pensamientos —respondió Amelia con furia contenida—. Grenville no va a matarla mientras duerme. Estoy segura de que en pocos minutos habrá venido a estar con sus hijos. Señora Murdock, el hombre a quien yo vi en la capilla estaba sufriendo mucho. Estaba acongojado. Tal vez quisiera a lady Grenville a su manera, y usted haya malinterpretado la naturaleza de su relación. Después de todo, tal vez estuviera muy preocupado con los asuntos del condado. Tal vez, ahora que lady Grenville ha fallecido, usted debiera concederle al conde el beneficio de la duda.

—Él es sonámbulo —dijo la señora Murdock a la defensiva—. Lady Grenville lo odiaba.

Amelia se quedó mirándola sin poder articular palabra.

—Ella decidió venir a vivir aquí, a Cornualles, cuando nunca había puesto un pie en esta casa. ¿No le parece raro? ¿No cree que lo que quería era escapar de él? ¡Eso es lo que pensamos todos!

—Dudo mucho que estuviera huyendo de su propio marido —dijo Amelia con tristeza. ¡Aquel chismorreo era demasiado inquietante!

—Entonces, ¿por qué iba a venir a vivir a Cornualles, en estado y en pleno invierno? Su matrimonio con el conde era muy difícil, señorita Greystone.

Amelia miró a la niña. No sabía qué pensar.

—No creo que deba hablar de esto con nadie más, señora Murdock. Y menos ahora que la casa está de luto. Esas sospechas y esas dudas ya no sirven de nada.

—Tiene usted razón. Sin embargo, me pregunto qué hará él. Los niños necesitan a su padre. Supongo que nos llevará con él, vaya a donde vaya —dijo la señora Murdock. Parecía muy infeliz.

—Debería estar contenta si es así, puesto que sería lo mejor para los niños —respondió Amelia con firmeza.

Se acercó a la cuna y observó a la niña. Él no había mirado ni una sola vez a su hija. Amelia sintió una punzada de temor.

Claramente, había algo extraño en todo aquello. Tal vez la señora Murdock no estuviera exagerando, tal y como ella esperaba.

—Gracias por haber sido tan amable —dijo la señora Murdock—. ¿Podría venir a visitarnos de vez en cuando?

Amelia se dio la vuelta, lentamente, hacia ella. La niñera tenía los ojos llenos de lágrimas y una expresión de angustia.

—Estoy en Greystone Manor, a menos de media hora de trayecto a caballo. Si puedo ayudarles en algo, por favor, envíe a un mensajero para que me avise.

La señora Murdock le dio las gracias efusivamente.

Era hora de marcharse. Amelia recogió su abrigo, se despidió de los niños y les prometió que iría a visitarlos. Después recorrió el pasillo con agitación. ¡Ojalá no hubiera tenido aquella conversación con la señora Murdock!

Al empezar a bajar las escaleras, su tensión aumentó. No sabía dónde estaba Grenville. Tal vez estuviera con los asistentes al funeral, y de ese modo, ella podría salir de la mansión sin que notaran su presencia. No tenía ganas de saludar a nadie después de haber pasado un día tan difícil.

Cuando iba a descender el último tramo de escaleras, vio que alguien subía por ellas. Era un hombre que llevaba la cabeza agachada, y Amelia lo reconoció incluso antes de que la alzara.

Vaciló, con el corazón en un puño.

Grenville se detuvo cuatro escalones por debajo de ella y miró hacia arriba.

Al instante, sus miradas se cruzaron.

Ella tuvo miedo. ¿Cómo podía haber ocurrido aquello? Sabía que la consternación se le había reflejado en el rostro, y se preguntó si él podría oír los latidos desaforados de su corazón. Sin embargo, Grenville tenía una expresión indescifrable, y ella no supo si se había sorprendido al verla. Tampoco supo si estaba sumido en la tristeza. Su rostro era una máscara impasible.

Y estaban a solas en la escalera. Amelia se sintió atrapada. A él comenzaron a brillarle los ojos de un modo extraño. El pánico se intensificó.

—Buenas tardes, milord. Le doy mi más sentido pésame —dijo, e intentó sonreír amablemente—. ¡Qué tragedia! Lady Grenville era una mujer buena y gentil. Demasiado joven como para morir así, y dejar a tres niños pequeños. Espero ser de ayuda en todo lo que pueda.

Él no apartó la mirada de su rostro.

—Hola, Amelia.

Ella se quedó helada. No se había esperado un saludo tan informal y tan íntimo. Era muy inadecuado que él la llamara Amelia. Sin embargo, aquel verano tan lejano, tan largo, él la llamaba por su nombre de pila...

—No esperaba verte aquí —le dijo él, en un tono calmado.

Ella no podía respirar bien.

—Nunca hubiera faltado al funeral de lady Grenville.

—Por supuesto que no —respondió él, y fijó la mirada en su boca. Amelia se dio cuenta de lo que estaba haciendo y se quedó horrorizada.

Entonces, él le miró las manos, y ella se las escondió por instinto dentro del abrigo. ¿Acaso se estaba fijando en que no llevaba ningún anillo? No era posible que estuviera buscando una alianza. Sin embargo, ¿por qué otra cosa iba a estar mirándole las manos?

—Será mejor que me vaya. Lucas debe de estar buscándome.

Y, sin tener en cuenta que él era un hombre muy grande, y que no sería fácil pasar a su lado, comenzó a bajar de nuevo. Tenía que escapar de su presencia.

Sin embargo, Grenville se agarró a la barandilla y le cortó el paso. Amelia se chocó contra su brazo fuerte.

A Amelia se le cortó el aliento. Miró aquel brazo, apretado contra su cintura, y la mano con la que él se agarraba firmemente a la barandilla. Después, lentamente, lo miró a los ojos.

—¿Qué hacías en el piso de arriba de mi casa? —le preguntó él, sin ninguna emoción.

—He acostado a tu hija —respondió ella—. Es muy guapa.

Por fin, pareció que el gesto de Grenville se suavizaba. Bajó la mirada y sus pestañas largas y espesas le acariciaron las mejillas. Amelia se dio cuenta de que estaba pensando cuidadosamente, deliberando; sin embargo, no soltó la barandilla. Por fin, dijo:

—Todavía balbuceas cuando estás nerviosa.

Su corazón siguió latiendo violentamente. ¿Qué comentario era aquel? Finalmente, ella dijo:

—Me está impidiendo el paso.

—Disculpa.

Casi de mala gana, él soltó la barandilla, pero no se movió.

Amelia tampoco hizo ningún movimiento. Quería irse, pero estaba paralizada.

—Espero no haberme entrometido. Parecía que la señora Murdock necesitaba mi ayuda.

—Te estoy poniendo nerviosa.

Ella se echó a temblar. ¿Qué podía decir, cuando él tenía razón?

—Ha sido un día muy difícil para todos.

—Sí, ha sido un día duro. Pero veo que tú sigues siendo tan bondadosa y considerada como siempre.

Aquel era otro comentario extraño, pensó Amelia. Era como si él la recordara bien.

—La señora Murdock estaba muy unida a lady Grenville. Está desolada, y los niños también estaban muy afectados. Ahora están jugando en su habitación.

—Entonces, te lo agradezco —dijo él—. ¿Quién es la señora Murdock?

—La niñera.

—Ah, sí. La contrató Elizabeth…

Su tono parecía irónico, y ella no pudo atisbar lo que él estaba pensando y sintiendo en aquel momento. Apartó la vista, y pareció que las palabras de Grenville quedaban suspendidas en el aire. ¿Acaso quería hablar de su esposa? Seguramente necesitaba hablar de ella. Ella quería escapar de allí, pero, ¿cómo iba a hacerlo? Lo había visto muy abatido en la iglesia.

De repente, él dijo:

—Me tiene miedo.

Amelia tomó aire al darse cuenta de que estaba hablando de la niñera.

—Sí, creo que sí. Pero eso cambiará, estoy segura.

—Sí, claro. Es lógico que tú estés segura.

¿Acaso su optimismo le parecía cómico?

—Ahora que va a estar en la casa, la señora Murdock se acostumbrará a usted —dijo rápidamente. Entonces, él abrió mucho los ojos, y ella enrojeció—. Conocí a lady Grenville. Lamento de verdad su muerte. Era muy bella y muy amable.

El gesto del conde se endureció.

—Sí, supongo que era muy bella.

Amelia se dio cuenta de que lo había dicho con reticencia, como si no quisiera alabar a su difunta esposa, ni hablar de ella. ¿Acaso tenía razón la señora Murdock? ¡Él tenía que estar sufriendo por la muerte de Elizabeth!

—Me invitó a tomar el té. Pasamos una tarde muy agradable.

—Seguro que sí.

Y en aquel momento, Amelia se dio cuenta de que lo conocía lo suficientemente bien como para saber que no hablaba con sinceridad. Se sintió muy confusa, y lo miró fijamente. Así pues, su matrimonio no había sido feliz.

—Lo siento de veras —susurró—. Si puedo hacer algo para ayudar, en un momento tan difícil como este, por favor, avíseme.

—No has cambiado nada —replicó él—. Has rescatado al bebé, y tal vez incluso a la niñera. Y ahora quieres consolarme en este momento tan triste. A pasar de lo que ocurrió en el pasado.

A ella se le aceleró el corazón. ¡No debían hablar del pasado! ¿Cómo era posible que él sacara aquel tema?

—Somos vecinos —dijo—. ¡Ahora debo irme! Garrett, mi cochero, me estará esperando. ¡Tengo que preparar la cena!

Entonces, intentó bajar las escaleras, pero él volvió a cortarle el paso.

—No quiero asustarte, Amelia.

La presión de su brazo contra las costillas era inquietante.

—¿Qué hace? No puede llamarme Amelia.

—Tengo curiosidad... Ha pasado mucho tiempo, pero estás aquí. Podías haber decidido no venir al funeral de mi esposa.

—¡Por supuesto que tenía que venir al funeral de lady Grenville! Ahora debo irme, señor conde. Y debería visitar usted a los niños. Ellos desean verlo. Y a su hija.

—¿Acaso te vas a entrometer en mis asuntos personales?

—Por supuesto que no.

—De todos modos, no creo que me importara mucho que lo hicieras.

Su tono de voz era irónico, pero también sugerente... Ella se quedó paralizada. No sabía si decirle que solo estaba siendo una buena vecina.

Entonces, él añadió en voz baja:

—No llevas alianza.

Entonces, ella estaba en lo cierto. Él le había mirado las manos en busca de alguna señal que le indicara si estaba casada o no. Pero, ¿por qué había de hacer él algo así?

Él soltó una carcajada seca, sin alegría. Mientras se metía la mano en el bolsillo interior de la chaqueta y sacaba una petaca plateada, pasó la mirada sobre sus rasgos, lentamente, recorriéndolos uno por uno. Amelia se quedó rígida al darse cuenta de que su expresión era sugerente.

—Bueno, tú estás siendo muy amable, y yo sin embargo me estoy comportando de un modo muy grosero. Te estoy bloqueando el paso y haciéndote preguntas impertinentes. Además no te he ofrecido nada de beber —dijo, y tomó un sorbo de la petaca—. La bella y la bestia. ¿Te gustaría tomar algo, Amelia? ¿Querrías tomar una copa conmigo?

Ella sintió otra punzada de pánico.

—No, no puedo tomar una copa.

Él frunció los labios desdeñosamente y volvió a beber de la petaca.

—No sé por qué, pero me lo imaginaba.

Ella tomó aire.

—Yo no bebo alcohol por las tardes.

De repente, él sonrió.

—Entonces, ¿bebes alcohol en algún momento?

—Tomo un poco de brandy antes de acostarme —dijo ella, a la defensiva.

A él se le borró la sonrisa de los labios.

Ella tuvo miedo de lo que pudiera estar pensando, y dijo:

—Me ayuda a conciliar el sueño.

Él se guardó la petaca en el bolsillo.

—Sigues siendo sensata y directa. Inteligente y valiente. No has cambiado —dijo, con una actitud reflexiva—. Yo, sin embargo, me he convertido en una persona completamente distinta...

¿Acaso él no se daba cuenta de que ella también había cambiado en aquellos diez años, de que se había convertido en una mujer mayor, más sabia y más fuerte?

Entonces, Grenville alzó la vista y la miró.

—Gracias por haber venido hoy. Estoy seguro de que Elizabeth lo agradece. Que Dios la acoja en su seno —dijo, y asintió secamente.

Después, antes de que ella pudiera moverse, Grenville comenzó a subir las escaleras y desapareció.

Amelia se desmoronó contra la pared. ¿Qué era lo que acababa de ocurrir?

Se dio cuenta de que estaba intentando escuchar sus pasos, que se alejaban.

Después se agarró a la barandilla para sujetarse y bajó rápidamente para escapar de Simon Grenville.

CAPÍTULO 3

Amelia estaba mirando al techo, en medio de la oscuridad nocturna.

Permanecía en su cama, inmóvil. Tenía una terrible migraña que le producía un martilleo en las sienes, y notaba la rigidez de la tensión en todo el cuerpo.

¿Qué iba a hacer?

Había repasado aquel reencuentro con Grenville una y mil veces, y se había dado cuenta de que no la había olvidado. Él mismo había dejado claro que tampoco había olvidado su aventura.

Y ella estaba desesperada.

Cerró con fuerza los ojos. Había dejado dos ventanas entreabiertas, porque le encantaba el olor a mar. La marea estaba alta aquella noche, y corría una brisa suave. Sin embargo, ni siquiera el sonido de las olas conseguía calmarla.

Aquella conversación con Grenville la había puesto muy nerviosa, y eso no tenía sentido.

¿Acaso todavía le resultaba un hombre atractivo y seductor?

¿Cómo podía haber pensado alguna vez que iba a convertirse en un hombre gordo de pelo blanco que le resultara irreconocible?

Estuvo a punto de echarse a reír, aunque no sentía ninguna alegría. Abrió los ojos y apretó los puños. ¡No sabía qué hacer!

Sin embargo, sabía que él debía de estar sufriendo mucho. Lady Grenville era una mujer extraordinaria, y no podía ser cierto que él sintiera indiferencia por su muerte. Ella misma lo había visto salir de la capilla a toda prisa, antes de que terminara el funeral, con una expresión de suma angustia.

¿Y qué sería de aquellos pobres niños huérfanos?

Cuando ella salió de la mansión, la niña estaba profundamente dormida y los niños estaban jugando. Sabía que los pequeños iban a pasar por momentos de una gran tristeza, pero eran niños. La niña no había conocido a su madre, y los niños se adaptarían.

Sin embargo, los primeros tiempos iban a ser muy difíciles para ellos. Para todos.

Si podía, quería ayudarlos. Sin embargo, ¿quería ayudar a Grenville?

No podía alejar su mirada oscura de la mente. ¿Estaría solo en su habitación, llorando por la muerte de Elizabeth?

Ella sentía el deseo de ir a verlo, de ofrecerle su pésame y su consuelo.

¿Qué le ocurría? La había traicionado. No debería permitirse el sentir ninguna atracción por él. ¡No se merecía su preocupación, ni su compasión!

Sin embargo, ella era compasiva por naturaleza. Y no era rencorosa.

Había enterrado el pasado hacía mucho tiempo, y había continuado con su vida.

Pese a todo, la relación que había tenido con él ya no le parecía una historia tan antigua. Tenía la sensación de que se habían conocido el día anterior.

«Creo que estabas intentando comprar esto».

Amelia se puso rígida al recordar el murmullo seductor de su voz. Se habían conocido en el mercado del pueblo. La vecina de Amelia estaba ocupada con su niño recién nacido, y ella se había llevado a su otra hija, una niña de tres años, a dar un paseo entre los puestos, para que la madre pudiera hacer la compra.

La niñita estaba desolada porque había perdido su muñeca. Iban de la mano, recorriendo el mercado, hasta que Amelia vio a un vendedor de lazos y botones. Las dos habían estado admirando un precioso lazo rojo, y Amelia había estado regateando para comprárselo a la niña. Sin embargo, no tenía dinero suficiente para hacerlo.

—Ahora es suyo.

El hombre que estaba tras ella tenía una voz suave, seductora y masculina. Amelia se giró lentamente, con el corazón acelerado. Al ver aquel par de ojos negros, todo lo que la rodeaba, el mercado, los puestos, los comerciantes y la gente, había desaparecido. Se halló frente a un hombre increíblemente guapo, moreno, unos cinco años mayor que ella.

Él sonrió lentamente y le tendió el lazo.

—Insisto en que se lo quede —dijo.

Después hizo una reverencia.

En aquel momento, ella se dio cuenta de que era un aristócrata, y muy rico. Aunque llevaba una ropa cómoda de montar, ella percibió al instante su autoridad.

—No creo que sea decoroso, señor, aceptar el regalo de un desconocido —dijo con nerviosismo.

Él sonrió.

—Tiene razón. Eso es algo que debemos remediar inmediatamente. Me gustaría presentarme.

A ella se le aceleró el corazón.

—No podemos presentarnos nosotros mismos —repuso ella, balbuceando.

—¿Y por qué no? Soy Grenville. Simon Grenville. Y desearía conocerla a usted.

Ella, sin saber qué hacer, aceptó el lazo. Y Simon Grenville, el hijo menor del conde de St. Just, la visitó al día siguiente.

Amelia se había sentido como si fuera la princesa de un cuento de hadas. Él fue a Greystone Manor en un precioso carruaje tirado por dos caballos magníficos, para invitarla a una merienda por los acantilados. Y desde que ella había entrado en el coche, la atracción que sentían se había intensificado. Él la había besado aquella misma tarde, y ella había correspondido a su beso.

Lucas le había prohibido a Grenville que visitara a su hermana. Amelia le rogó que cambiara de opinión, pero él se negó en redondo. Decía que debía protegerla, puesto que Grenville era un granuja y un mujeriego. Sin embargo, a Simon no le importó nada, y Amelia y él tuvieron una cita secreta. Se reunieron en el pueblo, y él se la llevó a pasear por la magnífica rosaleda de St. Just Hall, donde habían tenido otro encuentro apasionado...

Lucas se marchó a ocuparse de unos problemas en la mina, pensando que ella iba a obedecerlo. Sin embargo, no lo hizo. Recibió visitas de Simon casi todos los días, y fue con él a dar paseos en carruaje y a pie, a tomar el té y a hacer compras.

Se enamoró antes de que terminara la semana.

Amelia no podía soportar todos aquellos recuerdos. Le ardía el cuerpo, como si todavía deseara estar con él. Se incorporó, apartó las mantas y bajó los pies al suelo frío. Había sido una boba. Había sido un cordero que se había dejado cazar por un lobo. Ahora sabía que él nunca había tenido ni la más mínima intención honorable hacia ella; de lo contrario, no se habría marchado de aquel modo.

Gracias a Dios, no sucumbió a la tentación, y nunca le permitió que la sedujera por completo.

—Siento desesperación por estar contigo —le murmuró él en una ocasión, con la respiración entrecortada.

Estaban uno en brazos del otro, en el cenador que había detrás de la casa. Él le había dado tanto placer, que ella estaba eufórica y ruborizada, y también deseaba desesperadamente consumar su relación.

—Yo siento lo mismo —le dijo con sinceridad—. Pero no puedo, Simon, sabes que no puedo.

Ella quería conservar la virginidad hasta la noche de bodas.

A él se le oscureció la mirada, pero no dijo nada. Ella se preguntó cuándo iba a pedirle que se casaran. Se preguntó cuándo, no se preguntó si iba a hacerlo. No tenía ninguna duda de que sus intenciones eran decentes. Sabía que él la quería como ella lo quería a él.

Simon la cortejó durante seis semanas. Entonces, un día, un criado llegó a la casa y les anunció que William Grenville había muerto. Lo habían encontrado en un acantilado, con el cuello roto. Era evidente que se había caído del caballo. La familia estaba destrozada.

Amelia se quedó aturdida. Había visto a William varias veces. Era todo lo que debía ser el heredero de un conde: noble, recto, guapo, encantador. Y Simon lo adoraba; hablaba de él a menudo, y con un gran afecto.

Ella fue apresuradamente a St. Just, a decirle a Simon en persona lo muy apenada que estaba. Sin embargo, la familia no recibía visitas. Ella escribió una nota y se la dejó a uno de los criados para que se la entregara a Simon.

Él no respondió.

Y no volvió.

Amelia se dio cuenta de que estaba en camisón, descalza, frente a la ventana abierta. Se le estaban cayendo las lágrimas. Se estremeció.

Él nunca la había querido de verdad. Su comportamiento de aquel verano era totalmente censurable. Se secó las mejillas. Aunque pareciera imposible, sentía un agudo dolor por dentro. ¿Era posible que se sintiera así después de tantos años?

En aquel momento recordó a su padre. Él también había sido un granuja y un mujeriego. De adulta lo había comprendido todo, pero de pequeña no lo sabía. Amelia adoraba a su padre, que era un hombre guapo y elegante, y él la adoraba a ella. Se lo había dicho muchas veces. La llevaba a hacer las rondas por las granjas, y alababa todos sus pequeños logros. Y de repente, un día, desapareció. Dejó a su familia y se marchó a los antros de juego y de prostitución de París y Ámsterdam. Amelia tenía siete años cuando sufrió el abandono de su padre.

Estaba segura de que él iba a volver. Había tardado mucho tiempo en darse cuenta de que no iba a regresar nunca.

Sin embargo, se había dado cuenta casi inmediatamente de que Simon no volvería. Se había ido sin decirle una palabra; en realidad, no la quería.

La traición de su padre la había dejado atónita. La traición de Simon había sido devastadora para ella.

Un año después, él se había casado con la heredera de los Lambert, y ella no se había sorprendido al conocer la noticia...

Amelia se quedó mirando al mar. Desde su ventana veía las aguas del océano Atlántico. Solo una chica muy ingenua, muy joven y muy inocente podía haber creído que el hijo de los St. Just, heredero o no, iba a tener un interés genuino en ella. No podía culparlo por perseguirla y por intentar seducirla. Solo podía culparse a sí misma por enamorarse, y por dejar que le rompieran el corazón.

Al menos había alguna noticia buena. Ya no era una chica ingenua y confiada. Sabía muy bien que Grenville no era para ella, por mucho que la atrajera. Él estaba sufriendo la pérdida de su esposa, y ella no era más que su vecina. Si podía ayudar a sus hijos, lo haría de buen grado. También deseaba ayudarlo a él, porque el pasado estaba olvidado. Sin embargo, no habría nada personal entre ellos.

Había aprendido la lección hacía mucho tiempo.

Amelia no se sintió mejor. Estaba demasiado tensa, y tenía en la cabeza demasiadas preguntas sin responder.

Iban por él.

Oyó sus pasos y sintió terror. Se agarró a los barrotes de la celda. Estaba seguro de que en aquella ocasión no tendría escapatoria, de que lo habían atrapado. Estaba en la lista de los condenados, y se lo iban a llevar a la guillotina...

Entonces, unas imágenes pavorosas se sucedieron en su mente, las de los inocentes a quienes había visto arrodillados ante la guillotina, algunos de ellos presa de la histeria, otros silenciosos y estoicos, y después vio a su amigo, que había muerto pocos días antes, diciéndole a la multitud mientras subía las escaleras ensangrentadas:

—¡No olvidéis mostrarle mi cabeza al pueblo!

La gente, sedienta de sangre, lo había vitoreado, pero él solo quería llorar. Sin embargo no se había atrevido a hacerlo, puesto que Lafleur estaba a su lado, expectante por si detectaba en él algún signo de debilidad…

Gritó, porque era Will quien estaba allí, subiendo aquellos escalones húmedos. Gritó de nuevo.

La enorme cuchilla de hierro cayó. La sangre salpicó en todas direcciones y le nubló la vista cuando el bebé lloró.

Simon Grenville se incorporó de golpe, bañado en sudor. Estaba en el sofá del salón de su casa, no en La Place de la Révolution, ¡un lugar en el que Will no había estado nunca!

Simon gruñó. Sentía un martilleo constante en las sienes, y oía el llanto de un bebé. Se dio cuenta de tenía toda la cara mojada de lágrimas, y se limpió las mejillas con la manga de la camisa. Después corrió hacia el orinal y vomitó sin poder evitarlo. Sobre todo, vomitó el whiskey escocés que había estado bebiendo, casi sin cesar, desde que se había celebrado el funeral, el día anterior.

¿Cuándo cesarían aquellas pesadillas? Había estado encarcelado tres meses y seis días. Lo habían soltado justo a tiempo para que asistiera al juicio de Danton y para prepararse para dejar París y partir hacia Londres. Durante aquel último año, George Danton se había convertido en la voz de la razón, de la moderación, pero eso había incitado a Robespierre a endurecer su postura, y al final, había sido la causa de su muerte.

No quería recordarse entre la multitud, sin poder hacer nada, fingiendo que aplaudía la ejecución, cuando en realidad se sentía tan mal que casi no podía contener las náuseas.

Después, el jacobino le había invitado a un vaso de vino en una taberna cercana y le había dicho que estaba muy satisfecho de que él, Henri Jourdan, saliera para Londres. Según él, no había momento más oportuno. Las filas de los aliados iban desde el oeste al este, desde Ypres a Valenciennes, y hacia los ríos Mosa, Tréveris y Namur. Los franceses temían que la invasión de Bélgica se produjera pronto. Y Lafleur le había puesto una lista en la mano, diciéndole que aquellos eran sus contactos.

Simon había vuelto a su piso por última vez, y allí se había encontrado con los mensajeros de Warlock. Por un momento creyó que lo habían descubierto, pero los hombres estaban allí para decirle que su esposa había muerto...

Simon se puso en pie y se tambaleó. Todavía estaba muy borracho, pero eso le parecía bien. Se acercó al bar y se sirvió otra copa. El bebé seguía llorando, y él soltó una imprecación. Ya tenía suficientes problemas sin aquella maldita niña. Odiaba a aquella bastarda, pero no tanto como se odiaba a sí mismo.

Sin embargo, había conseguido escapar de la guillotina. ¿Cuántos prisioneros políticos franceses podían decir lo mismo?

Pensó en sus parientes de Lyon, a quienes no había conocido nunca. Habían muerto todos. El Comité había ordenado la destrucción de aquella ciudad rebelde, y su primo, el verdadero Henri Jourdan, estaba entre los caídos.

Era plenamente consciente de que caminaba por la cuerda floja.

Si daba un paso en falso, caería en manos de sus amos franceses, o en manos de Warlock.

El conde de St. Just era muy famoso. Debía tener mucho cuidado cuando se reuniera con sus contactos jacobinos para que no lo reconocieran. Tendría que disfrazarse de algún modo. Se dejaría crecer el pelo y la barba y llevaría ropa desgastada y raída. Tal vez debería pintarse alguna cicatriz en la cara.

Se le encogió el estómago. Si Lafleur averiguaba alguna vez que él era Simon Grenville y no Henri Jourdan, él estaría en peligro, y sus hijos también.

No dudaba que los radicales podían llegar muy lejos. Había

visto morir a niños en la guillotina porque sus padres eran desleales a La Patrie. En el otoño anterior, un asesino había intentado acabar con Bedford en su propia casa. En enero, habían atentado contra el ministro de Guerra cuando se disponía a subir a su carruaje, junto al Parlamento. Había muchos refugiados franceses en Gran Bretaña que habían huido de su país porque temían por su vida. ¿Por qué iba a pensar él que sus hijos estaban seguros?

Todo el mundo sabía que Londres estaba lleno de espías y agentes. El Terror tenía largos tentáculos y aquella serpiente vengativa estaba ya en Gran Bretaña.

Simon se tomó la mitad del whiskey. No sabía cuánto tiempo podría seguir con aquel doble juego sin perder la cabeza. Lafleur quería obtener información sobre los planes de guerra de los aliados antes de la invasión de Flandes. Eso significaba que él tenía que volver a Londres rápidamente, puesto que allí, en los acantilados de Cornualles, no iba a averiguar nada.

Sin embargo, él era un patriota. Debía tener mucho cuidado para no transmitir ninguna información que fuera verdaderamente importante. Y, al mismo tiempo, Warlock quería que descubriera todos los secretos posibles de los franceses. Tal vez quisiera, incluso, que volviera a París. Ciertamente, caminaba por la cuerda floja, pero al final haría lo que tenía que hacer, porque estaba decidido a proteger a sus hijos. Estaba dispuesto a morir por ellos, si era necesario.

La niña lloró de nuevo.

Y él explotó. Lanzó el vaso contra la pared y lo hizo añicos. ¡Maldita Elizabeth por dejarlo con aquella bastarda! Entonces, se tapó la cara con las manos.

Y comenzó a llorar. Lloró por sus hijos, porque ellos querían a su madre y la necesitaban. Lloró por Danton y por sus familiares, que habían muerto en la guillotina. Lloró por aquellos a quienes no conocía, los rebeldes y los realistas, los nobles y los sacerdotes, los ancianos, las mujeres y los niños... los ricos y los pobres, porque en aquellos días, solo por una sospecha o por una asociación inoportuna, cualquiera podía perder la cabeza, aunque fuera inocente. Y supuso que también lloraba por aquella maldita niña bastarda, porque ella no tenía nada, ni a nadie. Como él.

Entonces, se echó a llorar entre las lágrimas. La bastarda tenía a Amelia Grenville.

¿Por qué había ido al funeral? ¿Por qué había entrado en su casa? ¡Maldita fuera! Las cosas habían cambiado mucho. Él había cambiado. ¡Ya no se reconocía a sí mismo!

Maldijo a Amelia una y otra vez, porque él vivía en la oscuridad y el miedo, y sabía que no había escapatoria, y que la luz que ella ofrecía no era más que una ilusión.

—Amelia, querida, ¿por qué estás metiendo mi ropa en el baúl?

Habían pasado dos días desde el funeral. Amelia nunca se había sentido tan preocupada como entonces. Mientras lo preparaba todo para cerrar la casa, no dejaba de pensar en los niños de Grenville. Tendría que ir a visitarlos para asegurarse de que estaban bien.

Sonrió a su madre, que tenía un momento de lucidez.

—Vamos a ir a pasar la primavera a Londres —le dijo con alegría. Aunque no se sentía alegre. En aquel momento se dio cuenta de que no quería marcharse de Cornualles. No podría darles ningún consuelo a aquellos niños si estaba tan lejos.

Oyó los pasos de Garrett, que se acercaba por el pasillo a la habitación de su madre. Amelia se giró hacia el sirviente, que apareció en el umbral de la puerta.

—Tiene una vista, señorita Grenville. Es la señora Murdock, de St. Just Hall.

A Amelia se le encogió el estómago.

—¡Mamá, espérame aquí! ¿Ha ocurrido algo? —le preguntó a Garrett mientras salía corriendo por el pasillo.

—Parece que está muy angustiada —le dijo Garrett a sus espaldas. No la siguió, porque conocía bien su deber: su madre nunca podía quedarse sola.

La niñera estaba a solas, en el salón, paseándose de un lado a otro. Amelia se dio cuenta de que había albergado la esperanza de que llevara a la niña consigo. Deseaba tomarla en brazos otra vez. Sin embargo, su decepción era algo estúpida. Aquella niña no podía estar de un lado a otro por la heladora campiña de Cornualles.

—Buenos días, señora Murdock. Me alegro de verla —dijo, aunque en realidad, deseaba preguntarle si había ocurrido algo.

La señora Murdock se le acercó rápidamente, con los ojos llenos de lágrimas.

—¡Oh, señorita Greystone! ¡No sé qué hacer! ¡Todos estamos perdidos! —gimió, y se aferró a las manos de Amelia.

—¿Qué ha pasado?

—St. Just Hall está sumido en el caos. ¡No podemos continuar así!

Amelia la rodeó con un brazo, y se dio cuenta de que la niñera estaba temblando.

—Vamos, vamos, venga aquí. Siéntese y explíquemelo todo.

—La niña llora noche y día. ¡Apenas come! Los niños han decidido que van a hacer lo que les plazca, y se han vuelto salvajes. No van a clase y desafían continuamente al señor Barelli. Corretean por todas partes y han perdido las formas. Ayer, lord William salió en calesa… ¡él solo! ¡Estuvo fuera durante horas! Y no encontrábamos a John. Se había escondido en la buhardilla. Si no me necesitaran tanto, me marcharía de esa casa tan espantosa…

No había dicho una palabra sobre Grenville.

—Los niños están sufriendo mucho. Me di cuenta de que son muy buenos, así que dejarán de portarse así en poco tiempo —le dijo Amelia.

—Echan de menos a su madre. ¡Todos la echamos de menos! —dijo la niñera entre sollozos.

Amelia la agarró del hombro.

—¿Y el señor conde?

La señora Murdock dejó de llorar. Tardó unos segundos en responder.

—El conde se ha encerrado en su habitación.

—¿Qué quiere decir?

—Que no ha vuelto a salir de su habitación desde el funeral, señorita Greystone.

Una hora después, Amelia entraba en St. Just Hall con la señora Murdock, sacudiéndose la lluvia del abrigo. En el vestíbulo de mármol reinaba el silencio. Fuera, las gotas golpeaban con fuerza las ventanas y el tejado. Amelia lo agradecía, puesto que el sonido amortiguaba el de los latidos de su corazón.

—¿Dónde están los niños? —preguntó en voz baja.

—Cuando me marché, los dos habían salido. Claro que ahora está lloviendo.

Si los niños todavía estaban fuera de la casa, se iban a poner enfermos. Apareció un sirviente, y Amelia le entregó el abrigo empapado.

—¿Cómo se llama, señor? —le preguntó.

—Lloyd —dijo él, inclinando la cabeza.

—¿Están los niños dentro de casa?

—Sí, señora, llegaron hace una hora, cuando comenzó a llover.

—¿Y dónde estaban?

—Sospecho que estaban en las caballerizas. Estaban llenos de heno y olían mal.

Por lo menos, estaban a salvo. Miró a la señora Murdock, que estaba esperando sus indicaciones. Amelia carraspeó.

—¿Y el señor conde?

—Está en su habitación, señora.

Ella tomó aire profundamente y le ordenó:

—Dígale que la señorita Greystone ha venido de visita.

Lloyd vaciló, como si estuviera a punto de poner una objeción. Amelia asintió de nuevo, con firmeza, y el sirviente se marchó.

De repente, la señora Murdock dijo:

—Voy a pedir el té.

Después, desapareció.

Amelia se dio cuenta de que todos le tenían miedo a Grenville. Entonces, la señora Murdock no había exagerado. Comenzó a caminar de un lado a otro. ¿Cómo había podido encerrarse en su habitación? Durante el trayecto en carruaje, la señora Murdock le había dicho que el conde no había vuelto a ver a sus hijos desde el día del funeral.

¡Aquello era muy egoísta por su parte!

El sirviente apareció unos momentos después. Estaba un poco agitado. Dijo:

—Creo que el señor conde no recibe visitas, señorita Greystone.

—¿Qué ha dicho?

—No ha respondido.

Amelia vaciló. Si él no bajaba las escaleras, tal vez debiera subir ella. Reunió valor y miró a Lloyd.

—Lléveme a su habitación.

El sirviente palideció. Después asintió y la guio hacia las escaleras. En el piso de arriba se detuvieron ante una gruesa puerta de teca. Lloyd estaba muy blanco, y Amelia esperaba que Grenville no lo despidiera por haberse atrevido a llevarla a ella a su habitación. Le susurró al criado:

—Creo que puede marcharse.

Lloyd salió volando.

Amelia tenía el corazón acelerado, pero sabía que no le quedaba más remedio que hablar con Grenville. Así pues, llamó a la puerta.

No hubo respuesta, así que volvió a hacerlo.

Volvió a obtener el silencio por respuesta, así que llamó con fuerza y exclamó:

—¡Grenville! ¡Abra la puerta!

Siguió sin tener ninguna respuesta, aunque le pareció que oía unos pasos.

—¡Grenville! Soy Amelia Grenville. Desearía...

La puerta se abrió de repente.

Amelia no pudo terminar la frase. Simon estaba ante ella, en pantalón y camisa. Llevaba los botones desabrochados, y ella le vio el pecho musculoso. No llevaba medias ni zapatos. Tenía barba y llevaba el pelo suelto, tan largo que casi le llegaba a los hombros.

La miró de una forma desagradable.

Ella no sabía lo que se esperaba, pero no se esperaba verlo tan desarreglado. Y olía a whiskey.

—Grenville... Gracias por abrir la puerta —tartamudeó.

Él frunció el labio con desdén.

—Amelia, ¿has venido a salvar mi alma? —le preguntó, y se echó a reír—. Te advierto que nadie puede salvarme, ni siquiera tú.

Amelia no se movió. Él tenía una mirada abrasadora, y ella reconocía aquella expresión. También a ella le latía el corazón desbocadamente. Y se había quedado sin habla.

¿Qué podía estar pensando Grenville?

Estaba sonriendo de manera seductora.

—Estás mojada. Pasa... si te atreves.

Ella había oído ya aquel tono de voz. ¿Acaso quería flirtear? O, peor aún, ¿seducirla?

La sonrisa de Grenville se agrandó.

—No te estaré asustando, ¿verdad?

Amelia intentó guardar la compostura. Había ido a verlo porque su casa estaba en el caos y no había nadie a cargo de la situación. Sus hijos lo necesitaban. ¡Alguien tenía que cuidarlos!

Ella recuperó algo de cordura. Nunca lo había visto con un aspecto tan peligroso, ni tan disipado; claramente, había bebido en exceso. Estaban el uno frente al otro, en el umbral de su salón. Por fin, ella miró hacia el interior de la estancia. Los cojines del sofá estaban en la alfombra, y había vasos vacíos y medio llenos sobre las mesas. Una de las lámparas descansaba rota en el suelo. Y un espejo.

Varios de los decantadores que había en el mueble bar estaban vacíos, y también había botellas de vino vacías. Había una mancha roja en la pared azul claro de la chimenea. Y, finalmente, ella vio el vaso roto en el suelo.

Grenville estaba ebrio, y había sufrido un ataque de rabia. Evidentemente, era él quien había roto la lámpara, el espejo y solo Dios sabía cuántas cosas más.

—¿En qué estaba pensando? —inquirió ella, con verdadera preocupación.

Grenville abrió mucho los ojos, pero Amelia ya había entrado en la habitación, empujándolo. Después se dio la vuelta y cerró de un portazo. No quería que sus sirvientes vieran la estancia en aquellas condiciones. Ni a él tampoco.

—Deja que lo adivine —comentó él—. Quieres estar a solas conmigo.

Ella se echó a temblar. Hubiera preferido que él dejara de flirtear.

—¡Claro que no! Supongo que estará orgulloso de lo que ha hecho —respondió.

Entonces se dirigió hacia los cojines y empezó a colocarlos en el sofá.

—¿Qué estás haciendo? —preguntó él.

Amelia se arrodilló y comenzó a recoger los cristales, usando la falda como delantal.

—Estoy recogiendo, Grenville —respondió sin mirarlo. Tal vez él decidiera abotonarse la camisa.

—Hay doncellas para limpiar esta casa.

—No quiero que nadie vez así su habitación —replicó Amelia.

Se puso en pie, se acercó a la papelera y vació en ella los cristales que llevaba en la falda. Entonces se arrodilló de nuevo para recoger los añicos del espejo.

Al instante, él la había agarrado por los hombros mientras se arrodillaba tras ella, y le sujetó el cuerpo contra su pecho.

—Tú no eres una doncella, Amelia. Eres mi invitada —le murmuró al oído.

Amelia no podía moverse. Se le quedó la mente en blanco. El cuerpo de Grenville era grande y masculino, duro y fuerte, y ella se sentía diminuta contra él. Le latía el corazón a tanta velocidad que no podía respirar.

—Amelia —dijo él suavemente, y ella notó sus labios en la mejilla.

—¡Suélteme! —exclamó, e intentó liberarse y ponerse en pie.

—Creía que te gustaba que te abrazara —le susurró Grenville al oído.

No la soltó, ni le permitió que se pusiera en pie.

Y por imposible que le pudiera parecer, ella sintió deseo. Sintió el deseo en todas las partes de su cuerpo, en cada célula de su ser.

—Está ebrio —le dijo en tono de acusación.

—Sí, es cierto. Y se me había olvidado lo pequeña y bella que eres, y lo bien que encajas en mis brazos.

El pánico le devolvió su fuerza habitual, o tal vez él ya hubiera terminado de jugar con ella. Amelia consiguió zafarse y se puso en pie de un salto, rápidamente. Él se elevó con lentitud y se irguió sobre ella, pero Amelia le devolvió la mirada con actitud desafiante.

—¿En qué está pensando? —le preguntó.

—En que eres muy guapa, y estamos solos —respondió él divertido—. Te estás ruborizando.

—¡Soy vieja!

¿Qué había hecho él? ¿Había intentado abrazarla? ¿Había sentido ella sus labios en la mejilla?

¿La había besado?

Amelia retrocedió. Se había dado cuenta de que entrar en aquella habitación había sido un error.

—¡No vuelva a tocarme!

A él le brillaron los ojos.

—Has entrado por voluntad propia.

—¿Qué significa eso?

—Significa que tú sabes tan bien como yo que no se puede confiar en mí.

Amelia no supo qué responder. Acababa de hacer una referencia directa al tiempo en que la había cortejado, y a su traición. Ella se quedó inmóvil, con la espalda apoyada en un mueble, intentando recuperar el aliento. Él apretó los puños y se los puso en las caderas, y la miró sin sonreír. Ella se desesperó, porque tenía frente a los ojos los duros planos del pecho de Grenville, los ángulos de sus caderas, y era obvio que a él no le sobraba ni un gramo de grasa. Era más delgado y más musculoso que a los veintiún años. Estaba demasiado delgado.

—Me estás mirando fijamente —dijo él.

Amelia apartó la mirada y la fijó en los pedazos de cristal del espejo que todavía quedaban en el suelo. No estaban lejos de los pies descalzos de Grenville.

—No va vestido adecuadamente.

—No es posible que te moleste la desnudez de mis piernas, ¿verdad, Amelia? —respondió él con una sonrisa, y cuando ella volvió a mirarlo, añadió—: Has visto mucho más que mis pantorrillas.

—¡Eso es una grosería! —exclamó ella, pero se horrorizó, porque en aquel momento recordó que un día, él se había desabotonado la camisa en un arrebato de pasión, y que ella le había acariciado el pecho con las palmas de las manos.

—Yo nunca he dicho que fuera un caballero —respondió él. Sin embargo, se cerró la camisa con las manos y comenzó a abotonársela—. ¿Te parece mejor así?

No, no había mejorado en nada, porque Amelia ya no podía contener los recuerdos.

—Hay cristales por todas partes. Y va descalzo —dijo ella.

—Un trozo de cristal no puede hacerme ningún daño.

Amelia se dio cuenta de que tenía numerosos cortes en los pies.

—Ya tiene sangre en los pies, Grenville —dijo. Aquello, por lo menos, era terreno más seguro.

—¿Es que te preocupan unos rasguños?

Ella estaba preocupada, sí, ¡pero no por aquellos cortes!

—Pueden infectársele —dijo.

—Los hombres mueren todos los días —respondió él con dureza, con enfado—. A causa de las bayonetas, de la pólvora, de los cañones, de la guillotina… Y tú te preocupas por unos trozos de cristal —dijo riéndose. Sin embargo, el sonido de su risa era horrible.

Amelia se quedó mirándolo y se abrazó a sí misma. Estaba hablando de la revolución y de la guerra, pero, ¿por qué? La mayoría de los británicos se había visto afectado de un modo u otro por la guerra, y el ciudadano medio leía noticias sobre el conflicto casi todos los días en el periódico. Se hablaba mucho de la guerra, de la amenaza de una invasión, del alcance del Terror, de la posible caída de la República. Sin embargo, parecía que Grenville estaba implicado de una manera personal.

—¿Ha estado en la guerra? ¿Ha estado en Francia?

De repente, él se dio la vuelta. Sin mirarla, fue hasta el mueble bar y se sirvió una copa de whiskey. Y, como si no la hubiera oído, observó el licor. Finalmente dijo:

—No me gusta beber solo. ¿Es tarde? Creo que me dijiste que tomabas un poco de brandy antes de acostarte.

Ella sintió una horrible tensión.

—Es mediodía, Grenville —dijo, y rogó que no estuviera flirteando con ella.

Él la miró por encima del borde del vaso y bebió.

—Tutéame, por favor. Llámame Simon. Y por favor, bebe conmigo de todos modos. Beber solo es una costumbre horrible. Despreciable, en realidad.

Ella no tenía intención de beber con él, y menos en aquella situación.

—Entonces, ¿bebes solo a menudo, Simon?
—Continuamente —respondió él, y le hizo un saludo con el vaso.

¿Qué le había ocurrido? ¿Por qué no estaba consolando a sus hijos? ¿Por qué había evitado a su mujer, si la señora Murdock estaba en lo cierto?

—Ah, veo que sientes compasión por mí —dijo con los ojos brillantes, y Amelia se dio cuenta de que aquello le agradaba.

—Estás sufriendo. Claro que siento pena por ti.

A él se le borró la sonrisa de los labios.

—No es nada de lo que piensas —dijo.

Apuró la copa y se acercó al mueble bar. Por el camino estuvo a punto de pisar los cristales del suelo.

—¡Ten cuidado!

—¡No me importan nada esos cristales!

Amelia se quedó helada, porque de repente él la había gritado con furia. Fue como si hubiera restallado un rayo en mitad del cielo. Lo miró con espanto mientras él se apoyaba en el mueble.

Ella sintió el impulso de acercarse a él, de posarle la mano en el hombro y preguntarle qué le ocurría. Se humedeció los labios y dijo:

—¿Estás bien?

—No —respondió Simon. Se sirvió otra copa de whiskey y se giró lentamente hacia ella—. ¿Por qué has venido?

Amelia titubeó.

—Llevas días sin salir de tu habitación. No has visto a tus hijos.

—No, es cierto. ¿Y tú has venido a salvarme de mí mismo?

—Sí.

—Vaya, veo que ahora somos sinceros.

—¿Cuándo te has convertido en alguien tan sarcástico, tan taciturno y tan desgraciado?

Simon se sobresaltó. Después, ella vio que se enfurecía; él apuró aquella bebida, también, y dio un golpe con el vaso en el mueble bar.

—¿No se te ha ocurrido pensar que estar aquí, a solas conmigo, puede ser peligroso?

Amelia se echó a temblar.

—Sí, sí se me ha ocurrido.

—No me apetece que me rescaten. Deberías irte.

—No creo que deba dejarte así, en estas condiciones.

Él se cruzó de brazos y comenzó a sonreír.

—Me he equivocado. Sí has cambiado. La niña a la que yo conocí era muy dócil, muy obediente. Ahora estoy ante una mujer obstinada y molesta.

Aquellas palabras le atravesaron el alma a Amelia.

—Estás sufriendo, y por eso dices esas cosas.

Él soltó una carcajada fría.

—Piensa lo que quieras.

Amelia vio que se servía otra copa y tuvo ganas de quitarle el vaso de las manos.

—Sé que estás sufriendo. Y tus hijos también. Sin embargo, el dolor no te da derecho a comportarte como un niño mimado.

Simon abrió mucho los ojos.

—¿Te atreves a censurarme?

—¡Alguien tiene que decirte la verdad!

Él volvió a posar el vaso sobre el mueble, pero en aquella ocasión no había tocado la bebida.

—Tú nunca te sentiste intimidada por mí. Incluso cuando tenías dieciséis años y eras tan ingenua y tan inocente como un recién nacido, ya tenías un valor que yo no encontraba en otras mujeres ni en otros hombres.

—No quiero hablar del pasado.

—Pero sí me tenías reverencia, al menos un poco. ¿Y ahora? —preguntó en tono burlón, aunque su mirada era dura e inflexible.

—Ahora no podrías inspirarle reverencia a nadie.

—Esto es verdaderamente interesante. Te miro y alcanzo a ver a aquella muchacha dulce y confiada, pero después me veo ante una bruja con la lengua afilada.

Ella se ruborizó.

—¡Insúltame si con eso te sientes mejor! Sin embargo, no quiero hablar del pasado.

—¿Y por qué no? Está ahí, entre nosotros, como si fuera un elefante en esta habitación.

—Lo que ocurriera ya terminó, y yo lo he olvidado todo.

—Mentirosa. Tú eres la que has venido aquí sin invitación, la que ha entrado a mi habitación a rescatarme... Un hombre que no te conociera bien sacaría más de una conclusión.

Amelia sintió que le ardía la cara.

—¿Quieres retomar las cosas donde las dejamos hace diez años?

Ella gimió; estuvo a punto de acercarse a él y abofetearlo.

—¡Sabes que eso no es cierto! ¿Cómo puedes se tan grosero, cuando yo he venido a ayudar?

—Sí, yo te conozco bien... Te has entrometido en todo esto por bondad. El otro día fue conmovedor. Hoy, sin embargo, no sé si me molesta o no.

—Alguien tiene que entrometerse, Grenville. Tú ya no eres un soltero que pueda hacer lo que le venga en gana. Tienes que pensar en tu familia. Es tu deber.

—Ah, sí, el deber. Un tema que a ti te encanta. ¿Quién mejor que tú para echarme un sermón? ¿Todavía te dedicas en exclusiva a cuidar de tu madre? Julianne, según recuerdo, estaba demasiado ocupada con sus libros y sus estudios como para ayudar.

—Es mi madre. Claro que la cuido. Y Julianne se casó con el conde de Bedford.

Él dio un respingo.

—¿Tu hermana es la esposa de Dominic Paget?

—Sí. Se casaron, y tienen una niña.

Él sonrió y agitó la cabeza.

—Bueno, está claro que cuidar de tu madre es una buena causa, pero el tiempo pasa rápidamente, Amelia, y tú sigues soltera.

Ella se cruzó de brazos.

—Estoy perfectamente así —dijo—. Tus hijos te necesitan, y ese es el motivo por el que estoy aquí. El único motivo.

Él sonrió con escepticismo.

—Creo que estás aquí por varios motivos —replicó, y dio un sorbo a su copa—. Creo que eres una mujer compasiva, y en este momento sientes una gran compasión por mí.

No estaba tan embriagado como ella había creído.

—Estás sufriendo un gran dolor. Has perdido a tu mujer. Por supuesto que siento compasión por ti. Pero no has ido a ver a tus hijos desde el funeral, y ya es hora de que reacciones.

Él bajó los párpados, y ella se dio cuenta de que reflexionaba sobre aquellas palabras.

—Pide la cena. Dejaré de beber si me acompañas —dijo entonces Grenville, y sonrió—. Estoy disfrutando de tu compañía, Amelia.

Ella sintió incredulidad.

—Primero flirteas conmigo. Después te enfureces, y ahora intentas engatusarme para que cene contigo.

—¿Y por qué no?

Ella se echó a temblar, pero caminó hacia él. Simon arqueó las cejas. Ella le arrebató el vaso y les salpicó de whiskey a los dos. Pareció que aquello divertía a Simon, cosa que enfadó más a Amelia. Al final, dijo con ira:

—No voy a aceptar ningún soborno. Si quieres comportarte como un borracho cualquiera, hazlo. Sé que estás llorando la muerte de Elizabeth, pero tu dolor no te da derecho a destruirte a ti mismo cuando tus hijos están esperándote en esta misma casa.

—No estoy llorando la muerte de Elizabeth —respondió él.

—¿Cómo?

—Apenas la conocía —dijo Simon, igualmente iracundo—. Era una extraña para mí. Siento que haya muerto, puesto que mis hijos la adoraban. Además, ella no merecía morir a los veintisiete años. Pero, dejemos ya las apariencias. No estoy sufriendo por ella.

Entonces, ¿era cierto lo que había dicho la niñera? ¿Que su matrimonio no había sido feliz?

Él se quedó mirándola fijamente.

—Parece que te he sorprendido.

Amelia no sabía qué decirle.

—Tal vez no estés siendo sincero contigo mismo. Elizabeth era elegante, bella…

Entonces, él se echó a reír con aspereza y la interrumpió.

—Lo digo completamente en serio, Amelia.

Ella vaciló, porque era evidente que Grenville estaba angustiado. Amelia no sabía qué pensar, ni qué creer.

—Este es un momento muy difícil —dijo por fin—. ¿En qué puedo ayudar?

Entonces, él sonrió lentamente, y en sus ojos apareció una mirada ardiente. De repente, le apartó un mechón de pelo de la cara y le acarició la mejilla con las yemas de los dedos. Amelia sintió una ráfaga de deseo, y se quedó atenazada.

Él dijo, en tono seductor:

—Te necesito, Amelia. Siempre te he necesitado.

Ella siguió inmóvil. El impulso de lanzarse a sus brazos fue abrumador. Simon la necesitaba. Ella lo creía.

—Y, de alguna manera —continuó él, agarrándola suavemente—, creo que tú también me necesitas —dijo, con los dedos alrededor de su muñeca.

¡Si no se oponía a él, en un segundo más iba a abrazarla! Ella no podía permitirle semejantes libertades nuevamente, pese al deseo que sentía. Aunque, de todos modos, el pánico que había sentido antes era menos intenso en aquel momento.

—¿No es ese el motivo por el que has venido? ¿No has venido a consolarme? —dijo él, y se inclinó hacia ella sin soltarle el brazo.

Amelia se sentía como si estuviera en un torbellino de emociones: confusión, miedo, pánico... Y también un deseo muy complicado.

—Por favor, suéltame —dijo ella, y se le llenaron los ojos de lágrimas. No estaba segura de lo que significaban.

Él se sobresaltó, y la liberó.

Entonces, Amelia dijo:

—Estoy aquí para ayudar si puedo, pero no del modo como has sugerido.

Él agitó la cabeza.

—Perdona mis palabras —dijo. Se alejó hacia el sofá y se dejó caer sobre los cojines.

Amelia estaba temblando de tensión y deseo. Cerró los ojos e intentó conservar la compostura. Respiró profundamente y volvió a abrirlos. Simon no se había movido.

Estaba tendido boca arriba, con un brazo sobre la cabeza, y ella se dio cuenta de que se había quedado dormido a causa del alcohol.

Se quedó mirándolo fijamente, y pasó un largo momento. Entonces, buscó una manta y se la echó por encima a Simon Grenville.

CAPÍTULO 4

Amelia vaciló cuando estaba a punto de subir las escaleras de la entrada de St. Just Hall.

Era la tarde siguiente, y el sol asomaba por entre las nubes grises del cielo. En los árboles negros que rodeaban la mansión habían aparecido algunos brotes, e incluso el césped se había puesto un poco verde. La primavera se estaba abriendo camino, pero ni siquiera aquella promesa conseguía animar a Amelia.

No había podido dormir en toda la noche, porque había estado pensando una y otra vez en su horrible encuentro con Grenville. Se había obsesionado con su imagen, unas veces burlona y otras veces llena de angustia, pero siempre terriblemente seductora.

Él estaba sufriendo y estaba enfadado, y entre ellos dos seguía existiendo una gran atracción. Amelia no sabía qué hacer.

Después de dejar a Grenville en su habitación, había ido a visitar a los niños a las habitaciones infantiles de la casa. Los pequeños se habían puesto muy contentos al verla, pero ella se había dado cuenta de que estaban pálidos y agitados. John había roto un caballo de porcelana que utilizaban como modelo en las clases de dibujo, y no mostraba ningún arrepentimiento por ello. William había garabateado uno de sus libros de texto. Los niños sonreían y se alegraban de verla, pero estaban sufriendo la pérdida de su madre, y aquel mal comportamiento no era más que una petición de ayuda.

Amelia también había ido a visitar a la niña. La señora Murdock había salido, lo cual era un alivio, y la doncella que estaba al cuidado del bebé le había permitido que la tomara en brazos.

Después, había pensado en ir a ver de nuevo a Grenville, para asegurarse de que estuviera bien, pero decidió que lo más inteligente era salir de aquella casa.

Sin embargo, desde aquel momento no había podido dejar de preocuparse por él y por los niños.

—Le daré agua a la yegua, señorita —le dijo un sirviente, sacándola de su ensimismamiento.

Amelia se dio la vuelta. Uno de los mozos del establo había tomado las riendas de la yegua que tiraba de su calesa, y ella le dio las gracias. Después reunió valor y comenzó a subir las escaleras.

¿Le tenía miedo? Estaba mucho más nerviosa que el día anterior. Esperaba que Grenville estuviera más calmado, y también esperaba que la atracción que había entre ellos no fuera más que una imaginación suya. Y si no lo era, sabía que debía contener sus sentimientos.

Una mujer más sensata se habría mantenido al margen, pensó nerviosamente mientras llamaba a la puerta. Sin embargo, Simon estaba devastado, y ella no podía ignorar su dolor.

Un lacayo le abrió la puerta, y a los pocos segundos, Lloyd apareció en el vestíbulo. Amelia esbozó una sonrisa mientras se quitaba el abrigo.

—Buenos días. Quisiera ver al señor conde. ¿Está mejor hoy?

—Acaba de bajar las escaleras —respondió el mayordomo—. Pero ha dicho con firmeza que no va a recibir visitas hoy, señorita Greystone.

Ella sintió un gran alivio. ¡Grenville había salido de su habitación! Entonces, tal vez no fuera necesario que lo viera. Podría regresar a casa, ¡aquello sería mucho más seguro que verse con él!

—Entonces, debería irme. Pero antes, ¿cómo están los niños?

Lloyd demostró su preocupación.

—Lord William está muy triste hoy, señorita Greystone. Esta mañana se encerró en su habitación, y el señor Barelli ha tardado varias horas en convencerlo para que saliera.

El alivio de Amelia se desvaneció. Ella se habría esperado un comportamiento así de John, no de su hermano mayor.

—¿Y dónde estaba el señor conde?

—Todavía no había bajado, señorita Greystone. No creo que tenga conocimiento del incidente.

—Pero, ¿ha visto a los niños hoy?

Lloyd negó con la cabeza.

—Creo que no ha visto a los niños desde el funeral, señorita Greystone.

Amelia se quedó mirando al mayordomo.

—¿Cómo se encuentra?

—Creo que no demasiado bien, señorita.

Ella supo, entonces, que no podía marcharse todavía.

—¿Dónde está?

Lloyd se alarmó.

—Está comiendo, señorita Greystone, pero dejó muy claro que...

—Yo me las arreglaré con el señor conde —dijo, y comenzó a caminar con decisión por el pasillo. Tenía que convencerlo de que estuviera a la altura de lo que necesitaban sus hijos.

Si recordaba bien, el comedor era una enorme habitación cuyas paredes estaban cubiertas de paneles de madera oscura, y adornadas con varias pinturas al óleo. En aquella estancia había una mesa de roble muy larga, con dos docenas de sillas tapizadas con terciopelo granate. Amelia llegó ante las enormes puertas de ébano. Estaban cerradas.

Había un sirviente delante de la entrada, y no se movió. Amelia no titubeó, y tampoco llamó. Abrió ambas puertas y entró.

Grenville estaba sentado a la cabecera de la mesa, al otro lado de la estancia. Estaba comiendo y tenía una expresión preocupada. Alzó la vista, y ella se detuvo. Entonces, él posó los cubiertos junto al plato.

Amelia se giró y cerró las puertas. Seguramente era mejor que hablaran en privado. Esperaba que acorralarlo de aquel modo no fuera un error.

Grenville siguió mirándola mientras se aproximaba a él. Finalmente, dejó la servilleta sobre la mesa y se puso en pie.

—Veo que no has podido estar alejada mucho tiempo —dijo con seriedad.

Ella se detuvo a cierta distancia y se agarró al respaldo de una de las sillas. Simon no tenía buen aspecto. Se había afeitado, pero tenía los ojos enrojecidos, y unas ojeras muy profundas. Estaba muy pálido. Iba impecablemente vestido y se había recogido el pelo en una coleta, pero ni siquiera así disimulaba su mala cara. Era como si se hubiera pasado toda la noche de juerga, lo cual, en cierto modo, era la verdad.

—Sigo muy preocupada por los niños.

—¿Pero tu preocupación no me incluye a mí?

Ella decidió ignorar aquella provocación.

—¿Te encuentras mejor hoy?

—Me encuentro tal y como parece que me encuentro. Muy mal.

Ella contuvo la sonrisa.

—Es lógico —dijo con sequedad.

—Umm... Me da la sensación de que te agrada verme sufrir.

—No pensarías que ibas a librarte de las consecuencias de semejante juerga —replicó ella, arqueando las cejas—. Pero no me agrada que te sientas mal.

—Creo que no estaba pensando nada en absoluto —dijo él.

Se hizo el silencio. No, él no estaba pensando. Solo estaba sintiendo, y estaba enfadado y sumido en el dolor. También había sido muy sugerente. Amelia apartó la mirada.

Él le hizo un gesto hacia la silla a la que estaba agarrada, pero Amelia negó con la cabeza.

—No, no puedo quedarme mucho.
—Ah, sí, tu madre te espera.
Ella volvió a sentirse tensa. ¿Había burla en su tono de voz? Sin embargo, estaba claro que recordaba su encuentro.
Entonces, él preguntó:
—¿Por qué has venido... Amelia?
A ella se le encogió el corazón.
—Ya te he dicho que quiero asegurarme de que los niños están bien. Y, sí, también estoy preocupada por ti.
—Me conmueves.
Ella lo miró fijamente, pero no pudo discernir si se estaba burlando o no. Su expresión era de dureza.
—Justamente estaba pensando en ti —dijo él, mirando al borde de la mesa. Después alzó la vista con una mirada oscura—. Estaba pensando en nuestro encuentro de anoche.
Amelia esperó, sin saber adónde querría llegar.
—Tengo bastantes lagunas, pero creo que te debo una disculpa —dijo Simon.
Ella tomó aire. ¡Esperaba que él no recordara demasiado!
—Pues sí, me la debes.
—¿Fui muy grosero?
Amelia vaciló, porque Simon había sido más que grosero. Había sido atrevido, había mencionado su relación del pasado varias veces y había sido seductor.
—No... no importa. Acepto tus disculpas.
—Sí, sí importa. Intenté seducirte.
Ella se quedó muy rígida, y se preguntó si debía negarlo.
—Recuerdo que te tuve entre mis brazos. ¿Te seduje?
Ella exhaló un suspiro. ¿Acaso no recordaba hasta dónde había llegado su conversación?
—No, no lo hiciste.
—Pero nos besamos.
Amelia se quedó sin habla. Ella no estaba segura de si él le había rozado la mejilla con los labios, pero eso no era lo que él quería decir. Entonces, susurró:

—No, Simon, no nos besamos.

Él abrió mucho los ojos.

Y a ella le sorprendió que él se sorprendiera. Además, había tanta tensión en el ambiente que le resultaba difícil respirar.

—Me gustaría ver a los niños —dijo, con la esperanza de poder cambiar de tema.

—¿Estás segura? —le preguntó él, como si no la hubiera oído.

Ella se mordió el labio.

—Sí, estoy segura. Estabas ebrio, y no creo que fueras responsable de tu comportamiento. También dijiste unas cuantas cosas raras, cosas que no entendí.

—¿Como por ejemplo?

Simon se levantó y se dirigió hacia ella.

¡Oh, ella no quería quedar atrapada en el pequeño espacio que había entre la mesa y la pared! ¡No quería que él la tocara! Por supuesto, podría darse la vuelta y salir de la habitación, que era lo que quería hacer. Sin embargo, no se movió.

—¿Como por ejemplo? —insistió él. Su tono de voz era exigente, y se situó a poca distancia de ella.

Lo que no iba a decirle Amelia era que él había querido hablar del pasado, que había sacado a relucir aquel tema varias veces.

—Parecía que has estado en Francia, o que te has involucrado en la guerra de alguna manera.

Él emitió un sonido desdeñoso.

—¿De veras? Hace muchos años que no salgo al extranjero. ¿Qué más dije?

—Hablamos sobre lady Grenville.

—Ah, sí. Recuerdo vagamente haberte dicho que no le tenía afecto a mi mujer.

—Dijiste que no llorabas su muerte, pero yo no te creí.

Él, de nuevo, emitió un sonido de desdén.

—Claro. Tú siempre piensas lo mejor de mí.

—¿Qué significa eso?

—Tú siempre creíste en mí. Tu fe era inquebrantable.

¿Acaso quería hablar del pasado, otra vez? Amelia no daba crédito.

—Creo —dijo cautelosamente— que tú quieres a tus hijos y que querías a tu esposa, aunque tal vez no de un modo convencional.

—Tal y como he dicho, tu fe es inquebrantable. Sin embargo, parece que ayer fui muy sincero contigo. No estoy sufriendo por la muerte de lady Grenville. Yo no le deseaba ningún mal, pero no puedo llorar por una mujer a la que apenas conocía.

—¿Cómo es posible? ¡Tenéis hijos, y ella era una mujer muy bella y elegante!

—Su deber era darme hijos —señaló él—. Exactamente igual que mi deber era casarme con ella y tener herederos.

Amelia abrió mucho los ojos. No había sido un matrimonio por amor. Por lo que Grenville acababa de decir, parecía que ni siquiera había otra elección que casarse con ella. ¿Eran ciertos todos aquellos chismorreos? No se atrevía a preguntarlo.

—Lo siento mucho. Los dos os merecíais más.

—¿Lamentas que no amara a mi esposa? ¿Que ella no me quisiera a mí? ¿Que yo no esté destrozado por su muerte? ¿Es que me deseas mal?

—Sí... ¡No! Yo no le deseo mal a nadie...

Amelia se quedó callada. Se estaban adentrando en un terreno peligroso, y hablar del pasado en aquel momento sería incluso peor que el día anterior. Rápidamente, intentó cambiar de tema:

—Si no estás sufriendo por la muerte de lady Grenville, entonces tiene que haber otro motivo para que estés angustiado. Se me había olvidado que la última vez que estuviste viviendo aquí, murió tu hermano.

A él se le endureció la expresión.

—Eso ocurrió hace diez años.

—De todos modos, siento que hayas tenido que volver en estas circunstancias.

—Te creo. Tú eres la única que puede seguir preocupándose por mí, incluso sintiendo compasión por mí. La cuestión es, ¿cómo es posible que sigas teniendo fe en mí?

Ella odiaba aquel tema de conversación, pero estaba claro que no iba a poder desviarse de él.

—Yo no estoy desengañada —respondió.

Además, ¿era cierto que seguía teniendo fe en él? Grenville era un hombre con honor, con carácter, que cumplía con su deber, aunque se hubiera comportado tan cruelmente con ella. Amelia creía eso, pese a todo.

—Por experiencia sé, Amelia, que los desengañados son los que tienen razón, normalmente.

—Entonces, lo siento por ti —replicó ella.

—Y yo temo por ti, porque un día aprenderás la lección.

—No. Yo seguiré siendo optimista, y seguiré teniendo fe en mis amigos y mis vecinos.

Él la estaba mirando intensamente.

—Me pregunto qué tendré que hacer, en esta ocasión, para poner a prueba esa fe.

—¡No habrá ninguna otra ocasión!

—Ah, así que hemos llegado al quid de la cuestión.

—Yo solo he venido aquí por que me preocupan los niños.

—¡Mentirosa! —exclamó él, aunque sonrió—. ¿Crees que no me he dado cuenta de que, cada vez que menciono el pasado, te agitas?

—¡Eso es porque anoche fuiste implacable! Y también hoy, porque parece que quieres recordarme el pasado cuando yo ya lo he olvidado por completo.

Entonces, él dijo lentamente, con los ojos brillantes:

—¿Sabes que acabas de mover un trapo rojo ante un toro?

¿Qué significaba eso?

—¿Has bebido alcohol hoy también?

—No, hoy no he bebido. ¡Pero no me mientas con tanta desfachatez! No me digas que has olvidado el pasado, porque lo único que recuerdo de anoche es que te tuve entre mis brazos, y tú temblabas.

Amelia mintió sin poder evitarlo, instintivamente.

—Temblaba porque me dabas miedo, porque estabas furioso y yo nunca te había visto así.

—Incluso ahora —prosiguió él, señalándola con el dedo—, incluso ahora estás temblando, y los dos sabemos por qué.

Ella gimió, pero sabía que él tenía razón. El deseo le estaba recorriendo todo el cuerpo.

Y él se volvió desdeñoso.

—Deberías alejarte de esta casa y de mí. Deberías dejar ya esa fe tuya. Porque tú sigues siendo ingenua, inocente. No tienes ni idea de lo que pasa en el mundo, fuera de tu precioso Cornualles. No sabes nada de la vida ni de la muerte, no sabes que la muerte está por todas partes, y que la nobleza es solo para los idiotas.

Ella se estremeció.

—¿Qué te ha ocurrido?

—Tienes que alejarte de mí —continuó él con furia—. O eso, o ven aquí y atente a las consecuencias.

Ella se quedó pálida y jadeó. ¿Quería decir que iba a intentar seducirla allí mismo, en aquel instante?

—¡No te sorprendas tanto! Siempre fui un granuja y un mujeriego, ¿no lo recuerdas?

Amelia no supo qué responder. Sin embargo, estaba a punto de defenderlo, y tuvo que contenerse para no hacerlo.

Él se echó a reír.

—¡Dios mío, me defenderías incluso ahora!

Ella retrocedió, y dio con la espalda en la pared del comedor. Por fin, recuperó la voz.

—Te defendería, Grenville, si hubieras sido acusado injustamente de algún tipo de maldad. ¡Sin embargo, en este momento no voy a intentar excusar tu comportamiento, porque es atroz! —respondió ella airadamente. ¿Estaba gritando?

Él abrió mucho los ojos.

—Es evidente que estás sumido en el dolor, ¡no lo niegues! No sé si estás sufriendo por tu esposa, por tu hermano o por otra persona, pero tu angustia es evidente. Sin embargo, ese dolor no te da derecho a tratarme con semejante falta de respeto.

Él frunció la boca, como si estuviera intentando no hablar. Ella se dio cuenta de su propio temblor.

—Estoy muy preocupada por tus hijos, y sí, por ti también. Si tú prefieres pensar que lo que ocurre es que todavía me siento atraída por ti, pues piénsalo. No voy a intentar que cambies de opinión. Sin embargo, tengo que decirte algo, y no te va a gustar: es hora de que dejes a un lado tu comportamiento egoísta. Ve a ver a tus hijos. ¡Ve a ver a tu hija recién nacida! Te necesitan, Grenville. Y después, ¡haz algo para poner en funcionamiento esta casa! —gritó. Nunca se había sentido tan enfadada.

Por fin, él preguntó:

—¿Has terminado?

—Sí, he dicho lo que tenía que decir —respondió ella, y alzó la barbilla—. Y voy a ver a los niños antes de marcharme, a menos que tú tengas alguna objeción.

—No, no tengo objeciones. Creo que ellos se alegrarán de verte.

Amelia sintió un gran alivio. Se dio la vuelta rápidamente y recorrió el comedor, mientras se daba cuenta realmente de lo que había hecho. Acababa de reprender a Grenville. Le había gritado con todas sus fuerzas.

Se volvió a mirarlo desde el pasillo.

El conde de St. Just no se había movido. Estaba mirándola fijamente, y Amelia no supo discernir si en sus ojos había desprecio por ella.

Cuando llegó a la puerta de la clase de los niños, Amelia notó que estaba sudorosa y aturullada, y que tenía el corazón desbocado.

No le importaba que Grenville la despreciara. Alguien tenía que ponerlo en su sitio y evitar que siguiera por el camino de la destrucción, de sí mismo y de su hogar.

El señor Barelli salió al umbral de la habitación. Él había estado sentado en uno de los tres pupitres de la clase, leyendo, mientras John jugaba con unas fichas de dominó en el suelo y William permanecía junto a la ventana, mirando al exterior, con una caña en la mano.

Así que no estaban dando clase.

—Me alegro muchísimo de verla —dijo el profesor, en un tono angustiado. Después añadió en voz baja—: Se niegan a hacer la lectura que les he mandado.

John se levantó de un salto y se echó a los brazos de Amelia. Ella lo abrazó mientras William se acercaba con una expresión sombría.

—Hola —dijo Amelia, con todo el ánimo que pudo—. ¿A que tenemos mucha suerte? Ha dejado de llover, y parece que mañana va a hacer un día precioso.

—Muy bien. Así puedo ir a montar —dijo William, con demasiada decisión para un niño de su edad.

—Yo también —dijo John, sonriendo a Amelia—. ¿Puede venir usted con nosotros, por favor?

Amelia miró al tutor.

—Me encantaría ir a montar, pero no tengo caballo —dijo. Y antes de que pudieran protestar, les prometió—: Aunque si hacéis las tareas y los deberes que os ha mandado el señor Barelli, le pediré permiso a vuestro padre para llevaros de excursión el fin de semana, cuando terminéis de estudiar.

La expresión malhumorada de William había desaparecido.

—Pero las excursiones son para el verano —dijo.

—¡Yo quiero ir de excursión! —gritó John, dando saltos.

—Será una excursión especial —dijo Amelia—. Y si hace buen tiempo, llevaremos también a vuestra hermana.

John comenzó a bailar por toda la habitación, y William dijo con gravedad:

—Me gustaría mucho, pero mi padre está encerrado en su habitación.

Amelia lo tomó de la mano.

—No. Está en el comedor.

En el rostro del niño se reflejó tanta esperanza que ella supo, sin ningún género de duda, que la mejor medicina para ellos era su padre. ¿Se atrevía a llevar a los niños a que lo vieran?

El señor Barelli intervino.

—Gracias a Dios que el señor conde ha salido de su habitación. Los niños lo echan de menos, señorita Greystone.

¿Se atrevería ella a reunir a la familia?

—Quiero ver a papá —dijo John, entre lágrimas.

Amelia supo que, si lo hacía, Grenville la echaría de la casa para siempre. Sin embargo, ¿tenía eso alguna importancia? Le tendió una mano al niño.

—Vamos, John. Vamos a ver a tu padre.

John abrió unos ojos como platos, corrió hacia ella y le dio la mano.

Ella se volvió hacia el señor Barelli.

—Creo que necesitan pasar un rato con su padre antes de retomar las clases.

—Sí, tiene usted razón —dijo el profesor.

Amelia sonrió a los niños y se los llevó, tomados de la mano, por el pasillo. Entonces, se abrió una puerta y la señora Murdock salió de la habitación infantil.

—Me pareció oír su voz, señorita Greystone —dijo con una sonrisa—. ¡Me alegro mucho de que nos haya visitado!

Amelia se detuvo a saludarla.

—Voy a llevar a los niños a ver a su padre. ¿Cómo está el bebé?

—Acaba de despertarse.

Amelia miró al interior de la habitación, hacia la cuna. La niña estaba tumbada boca arriba y agitaba los pies y las manos. Grenville todavía no había visto a la recién nacida. ¿Debería llevar también al bebé?

—¿Por qué no la trae con nosotros? El señor conde todavía no la ha visto, ¿verdad?

La señora Murdock debió de entender el alcance de lo que iban a hacer, porque palideció.

—Solo la vio cuando llegó.

Sin embargo, ni siquiera en aquella ocasión había mirado a la niña, pensó Amelia.

—Se va a enamorar de ella —dijo Amelia, pensando en voz alta.

La señora Murdock sonrió y tomó al bebé en brazos. Todo el grupo comenzó a bajar las escaleras. Amelia los llevó hacia el salón; tenía el corazón en un puño. En cuanto todo el mundo estuviera calmado, podría escapar. Ya no quería hablar más con Grenville.

El sirviente continuaba ante la puerta del comedor, pero ambas puertas estaban abiertas. John gritó:

—¡Papá!

Se soltó de la mano de Amelia y entró corriendo en la estancia. William la soltó también, y siguió a su hermano.

Grenville estaba sentado en la cabecera de la mesa leyendo el periódico, y se levantó con incredulidad. Entonces, cuando John se acercó corriendo a él, sonrió. Cuando lo vio tomar a su hijo en brazos y hacerle girar por el aire, Amelia sintió un gran alivio.

Él quería mucho a los niños.

Grenville dejó a John en el suelo y abrazó a William con fuerza. Cuando volvió a erguirse, sonreía.

—He roto el caballo —dijo John.

—La señorita Greystone quiere llevarnos de excursión —dijo William—. ¿Podemos ir, papá?

—¿Podemos? ¿Podemos? —gritó John, saltando.

Grenville se giró y la miró. Entonces, sus ojos se fijaron en la señora Murdock y en el bebé, y la expresión de su rostro se volvió fría.

Amelia se alarmó. No quería ver a su hija.

Durante el funeral ni siquiera la había mirado.

Sin embargo, se volvió rápidamente hacia sus hijos.

—Hablaremos de esa excursión después de que me hayáis contado qué tal van las lecciones —dijo. Y, cuando ambos niños empezaron a hablar a la vez para explicar por qué no habían hecho los deberes, él miró a Amelia.

Con una expresión oscura, declaró:

—Veré a la niña en otro momento.

Después, les dio la espalda a la niñera, al bebé y a ella.

No podía haberlo dicho con más claridad: debían salir del comedor.

Amelia tomó del brazo a la señora Murdock sin dar crédito. Cuando salieron al pasillo, la niñera la miró con los ojos muy abiertos.

Ella estaba furiosa. ¿Cómo podía ser Grenville tan cruel e insensible como para no querer ver a su hija?

—Oh, señorita Greystone —susurró la señora Murdock—. Sé que desprecia los chismorreos, pero me temo que en esta ocasión las habladurías son ciertas.

Amelia la miró. Se dio la vuelta y cerró las puertas del comedor. Se le había ocurrido un pensamiento horrible.

—Culpa a la niña por la muerte de su madre.

—No, no creo que sea eso.

—¡Pues si tiene otra explicación, me gustaría oírla!

—La niña no es suya.

CAPÍTULO 5

Llamaban a la puerta.

No podía imaginarse quién podía ser, en mitad de la noche. Los golpes eran cada vez más insistentes.

Y de repente, supo quién estaba ante su puerta. El terror se apoderó de él.

—¡St. Just! ¡Abra la puerta! ¡Sabemos quién es, y lo que ha hecho! —gritó un hombre.

Habían descubierto su identidad, y sabían que estaba haciendo un doble juego. ¡Querían arrestarlo y devolverlo a Francia!

Recordó a las mujeres rogando que les perdonaran la vida a sus hijos, a los hombres adultos llorando, a Danton dirigiéndose a la multitud, valientemente, ante la guillotina...

Los golpes se repetían con fuerza.

Iba a vomitar. No podía soportar aquel sonido, ni aquellos gritos...

Miró hacia abajo y vio que tenía el cuerpo cubierto de sangre. Se dio cuenta de que estaba agarrado a los barrotes de su celda. Ya lo habían llevado a Francia, y estaba de nuevo en aquella cárcel de la que no había escapatoria.

Salvo que seguían llamando a la puerta.

Simon jadeó y se incorporó. Al abrir los ojos, la luz del sol lo cegó. Estaba sentado en un magnífico sofá con tapicería de brocado dorada y blanca, en una biblioteca de madera, y lo que estaba tocando era el brazo del asiento, no unos barrotes de hierro. Estaba empapado en sudor, no en sangre. En la puerta de la biblioteca había un sirviente con la bandeja de su comida.

Estaba en su casa, en St. Just Hall, no en una cárcel de Francia.

Se desplomó contra el respaldo del sofá e intentó tomar aire. ¿Acaso no iban a cesar nunca aquellas pesadillas? Estaban empeorando cada vez más. No había una sola noche en que no soñara con que iban a buscarlo, lo apresaban y lo enviaban a la guillotina. Había empezado a evitar acostarse en la cama, con la esperanza de poder evitar aquellos horribles sueños.

Sin embargo, no estaba en París. Warlock quería enviarlo allí de nuevo, y seguramente tendría que ir, pero hasta ese momento estaba a salvo. Por lo menos, estaba tan a salvo como podía estarlo una persona en su situación.

Cerró los ojos e intentó deshacerse del miedo y recuperar la compostura. Los recuerdos invadieron su mente; vio a su hermano, Will, sonriéndole mientras estaban en la playa, a punto de zambullirse entre las olas. Recordó la mirada estoica de Elizabeth cuando él le ponía la alianza en el dedo; recordó el momento en que tomó a Will en brazos, recién nacido, y sintió el corazón henchido de amor...

Y entonces vio a Amelia Greystone, que lo miraba con horror porque él no había permitido que la institutriz le acercara a la hija bastarda de Elizabeth en el comedor.

No se había esperado volver a ver a Amelia. Sin embargo, ella había asistido al funeral, y él la había reconocido inmediatamente.

Se le encogió el corazón al recordar su expresión cuando él intentó besarla el otro día, en medio de su embriaguez. Sus ojos estaban llenos de miedo y de deseo.

Ella temía la atracción que todavía existía entre ellos.

Le dolía terriblemente la cabeza. Se puso un brazo sobre la frente. ¿Podía culparla? La atracción que él mismo sentía era más intensa que nunca, y eso también le asustaba a él.

—Johnson, deje la bandeja en mi escritorio, gracias.

No miró al sirviente mientras aquel obedecía su orden. Sabía que sus pensamientos se estaban haciendo peligrosos, pero no podía deshacerse de ellos.

En vez de eso, recordó a Amelia, en el umbral del comedor, con sus hijos tomados de la mano.

Nunca olvidaría su imagen con sus dos niños. Y demonios, no quería hacerlo. Era un pequeño placer en el infierno de su vida.

En cuanto al entrometimiento, nadie podía superar a Amelia. Sin embargo, ella se entrometía por preocupación. ¿Cómo iba a decirle que no interviniera, y en especial con respecto a los niños? Por otra parte, su intervención podría ser peligrosa, muy peligrosa, y ella ni siquiera lo sabía.

Sebastian Warlock era el tío de Amelia. Además, era el jefe de espías británico a quien él debía rendirle cuentas. Simon llevaba ya dos años involucrado en los juegos de guerra de Warlock, así que lo conocía, y sabía que Sebastian nunca permitiría que su sobrina conociera la verdad.

Pero... Amelia era astuta. Y estaban sus hermanos. Él no los conocía bien, pero sabía que Lucas estaba involucrado en la guerra, y también sabía que Jack ayudaba de vez en cuando a los emigrantes que huían de Francia. Sin embargo, dudaba que sus hermanos la hubieran puesto en peligro revelándole alguna de sus actividades. Y se sentía aliviado.

No sabía si le gustaba tener aquella reacción, ni tampoco sabía cómo debía tomarse el deseo que sentía por ella.

Se apoyó en los cojines del sofá e hizo caso omiso de su comida. No tenía apetito. Estaba muy confundido. Sabía que no debía pensar en ella, pero no podía dejar de hacerlo. Era como si Amelia hubiera vuelto a su vida con una fuerza inusitada.

Ella siempre veía lo bueno de los demás, incluso de él, cuando nadie más lo hacía. Seguía creyendo en él, incluso después de que la hubiera dejado de aquel modo hacía diez años. Y quería reconfortarlo, consolarlo.

Miró distraídamente por la ventana, hacia los páramos yermos que se extendían ante él. ¡Ojalá la vida los hubiera tratado de un modo distinto, pero no había sido así! Cuando Will estaba yaciendo en el ataúd, él sabía que su relación con Amelia había terminado. En cuanto su hermano se había caído del caballo y se había roto el cuello, él se había convertido en el heredero del condado, y se había marchado de Cornualles sin decir una palabra.

Sin embargo, en aquel momento él no sabía que cumplir con su deber solo era una pequeña parte del precio que iba a tener que pagar en la vida. No sabía que en el futuro iba a convertirse en uno de los muchos peones que se movían en el tablero de la guerra y la revolución, y que su vida y la de sus hijos iba a estar en peligro.

Al pensar en que había puesto a sus hijos en aquella situación, supo que no podía seguir fantaseando con Amelia Greystone. Quería hacer el amor con ella, tener lo que no había podido tener diez años antes; su pasión era mucho más fuerte ahora que antes. Sin embargo, no iba a jugar con ella. Ya le había hecho daño una vez, y no quería hacérselo de nuevo. Su vida era demasiado peligrosa, y ella no debía tener nunca una relación seria con él.

Se puso en pie y se acercó al escritorio. Era hora de olvidar a Amelia. Si ella visitaba de nuevo la mansión, él no iba a recibirla. Aunque sí permitiría que viera a sus hijos, porque parecía que los niños la adoraban.

Elizabeth ya estaba de camino a Londres. Descansaría en el mausoleo que la familia tenía allí. Su muerte había sido un paréntesis en el papel que él estaba desempeñando en la guerra. Sin embargo, la verdad era que Jourdan tenía que aparecer pronto en la ciudad.

La noche que él había partido de París, Lafleur había dejado las cosas muy claras: Si Simon no demostraba su lealtad al Comité, lo perseguirían como si fuera un perro rabioso.

Tenía que volver a Londres inmediatamente y comenzar a

recopilar información. Necesitaba aplacar a sus superiores franceses, pero sin proporcionarles nada que pudiera poner en peligro el avance de las fuerzas aliadas.

Y todavía tenía que hablar con Warlock. Cuando se había marchado de París, había ido directamente a El Havre, en busca de un contrabandista que lo llevara a Dover. Allí había alquilado un coche para llegar a St. Just. No había tenido ocasión de reunirse con Warlock para ponerle al día en alguna taberna del camino.

No tenía idea de lo que podía saber Warlock sobre sus últimos meses en París, ni cuánto debía revelarle. Sin embargo, no iba a subestimar a Sebastian. Seguramente, sabía que había pasado noventa y seis días encarcelado. Y querría saber también cómo había conseguido salir de la cárcel. Si decía que había escapado, Warlock exigiría que le explicara tal hazaña. Si decía que lo habían liberado, Warlock sospecharía de inmediato. Tendría que ser muy cuidadoso con el hombre que lo había metido en aquella intriga.

Y Warlock también querría que Simon volviera a París y consiguiera más información para los británicos, de igual forma que Lafleur quería información antes de que se produjera la invasión aliada de Flandes.

De repente, se sintió tan furioso que tiró una copa de vino contra la pared. Se hizo añicos. Después se sentó, temblando, ante la bandeja de la comida. Cada vez estaba de peor humor. Tendría que volver a Londres rápidamente, y debía tomar una decisión muy difícil: ¿Sería más seguro dejar a los niños en Cornualles, o llevárselos a la ciudad?

Inmediatamente, supo que debía tenerlos cerca. Si los dejaba en St. Just Hall viviría con el pánico constante a que pudiera ocurrirles algo. Si se descubría su engaño, correrían un peligro muy grave.

Apartó la bandeja y se recostó en la silla. Estaba a punto de volver a Londres. Sus actividades iban a ser muy peligrosas. Tendría que salir a todas horas, y sobre todo, por la noche. Era evidente que necesitaba un ama de llaves, pero debía ser alguien inteligente, con fuerza de carácter y con sentido común. Debía ser alguien en quien él pudiera confiar.

El señor Barelli no tenía valor. La niñera, cuyo nombre no era capaz de recordar, había sido contratada por Elizabeth. Cada vez que él la había visto, aquella mujer estaba llorando. Claramente, era una histérica.

Elizabeth había llevado su casa y se había encargado de la educación de los niños, y lo había hecho bien. La anciana ama de llaves, que había muerto unos meses antes, respetaba a lady Grenville. Elizabeth había sido algo más que una bella condesa. Había sido una buena gestora y una buena madre.

Al instante, él recordó a Amelia, en la puerta del comedor, con sus hijos tomados de la mano.

Amelia, que estaba sola en Greystone Manor, cuidando a su madre enferma y diciendo que estaba contenta.

Amelia terminó de quitarle el polvo al piano que la condesa viuda de Bedford le había regalado a su hermana. Se irguió y observó el instrumento, que brillaba. Como el salón de la mansión apenas estaba amueblado, habían puesto seis sillas rojas alrededor del piano. Antes de que Julianne se fugara con Bedford para casarse con él, tocaba durante muchas horas, y los vecinos acudían a menudo para sentarse allí y escucharla. El conde D'Archand, un refugiado francés, había tomado la costumbre de llevarse el violín y unirse a Julianne. Amelia recordaba aquel salón lleno de música, de conversación, de afecto y de carcajadas.

En aquel momento se sintió muy sola. La casa llevaba silenciosa muchos meses.

No iba a acordarse de cómo se había sentido en presencia de Grenville, ni entre sus brazos.

Mamá estaba arriba, durmiendo. Garrett estaba fuera, recorriendo la finca con los perros. Lucas se había marchado a Londres hacía unos días, y ella no sabía dónde estaba Jack. Seguramente estaría en alta mar, esquivando a los barcos de la Royal Navy.

Por desgracia, mamá no era una buena compañía, ni tampoco aquel escocés taciturno. En cierto modo, era como si la casa estuviera vacía.

Ojalá Nadine D'Archand estuviera en la parroquia. Ella se había hecho muy amiga de la hija mayor del conde durante el invierno, pero Nadine se había marchado a la ciudad con su familia. A Nadine no le gustaba mucho el campo. Además, Amelia sospechaba que estaba involucrada en la guerra. Estaba en contra de los jacobinos, y siempre estaba al tanto de las últimas novedades revolucionarias.

De repente pensó en Grenville, y también en su preciosa hija menor. Sería muy fácil dejarse llevar por aquellos pensamientos. ¡De hecho, casi no podía pensar en otra cosa que en ellos dos!

Siguió limpiando la estancia, pasando el trapo para quitar el polvo del alféizar de una de las ventanas, aunque ya lo hubiera hecho antes. No sabía cómo iba a unir al padre con su hija, pero estaba decidida a conseguirlo. Grenville tenía muchos defectos, era obvio, pero era un buen padre. Cada vez que lo veía con sus hijos se sentía impresionada. ¿Cuánto tiempo iba a seguir dándole la espalda a su hija? Ella había pasado toda la noche en vela, intentando dilucidar cómo iba a convencer a Grenville de que aceptara al bebé.

En cuanto a las absurdas afirmaciones de la señora Murdock, no iba a prestarles atención. Aquellos cotilleos eran algo sórdido, y ella no iba a creerlos. ¡Seguro que la niña era hija de Grenville!

Había limpiado ya la casa, y minuciosamente. Seguramente, no quedaba ni una mota de polvo en ningún sitio. El equipaje de su madre ya estaba listo, y ella terminaría sus maletas en menos de una hora, ya que tenía pocas posesiones.

—Amelia.

Se quedó helada al oír la voz de Grenville. Con incredulidad, se giró.

El conde de St. Just estaba en el umbral de la puerta del salón, ataviado con una chaqueta de terciopelo color marrón, unos pantalones de color beige y unas medias más claras. Llevaba el pelo recogido en una coleta y un bicornio. Arqueó las cejas al verla. Ella llevaba uno de sus vestidos más viejos, y un delantal, y tenía un plumero en la mano.

Se ruborizó.

—¿Has entrado sin avisar?

—He llamado tres veces. Incluso grité, pero no me ha oído nadie. ¿Por qué estás limpiando tú la casa?

—Porque no tengo doncellas —respondió Amelia secamente. Sin embargo, el corazón le latía salvajemente. ¿Por qué había ido Grenville de visita?

—Eso es inaceptable —dijo él, mirando a su alrededor—. Veo que las cosas no han cambiado, salvo que has despedido al servicio.

—Prefiero no hablar de eso.

—¿Puedo pasar? No quisiera incomodarte.

—Pues lo estás haciendo.

Él sonrió lentamente.

—Tal vez sea mi presencia, y no el tema de conversación, lo que te resulta inquietante.

Amelia se mordió el labio. Él tenía razón. Detestaba que la hubiera sorprendido con aquel aspecto, como si ella misma fuera una sirvienta, y su presencia poderosa la afectaba mucho.

—Si hubiera sabido que ibas a venir de visita, habría preparado un té —dijo con tirantez.

Él sonrió de nuevo, y en aquella ocasión, la sonrisa le iluminó la mirada.

—Me habría encantado tomar el té contigo —dijo—, pero para eso, tú tendrías que encender el fuego, hervir agua, hacer la infusión, preparar la bandeja y, en general, privarme de tu presencia. Así pues, no quiero té.

Ella se sintió aliviada. Él estaba siendo muy amable.

Simon la miró fijamente, con una media sonrisa.

Diez años antes también había sido amable. Le llevaba regalos y la escuchaba cuando le hablaba con preocupación de su madre. Y cuando se quejaba de Julianne, que siempre andaba zafándose de sus deberes, él le daba consejos. Y cuando se enojaba con Lucas, porque él no les permitía estar juntos, él se mostraba calmado y sensato. Además, ella se sentía agradecida por el hecho de que él no se preocupara de la gran diferencia de clase y de riqueza que había entre sus familias.

—No me importa preparar el té —insistió ella.

—He tomado un té antes de salir de casa, pero de todos modos, me sentaré contigo si tú deseas tomar un poco.

Ella negó con la cabeza.

—No, no. Por favor, pasa.

Él sonrió brevemente y entró en el salón.

—¿No está Lucas en casa?

—Lucas se marchó a Londres después del funeral.

Él asintió, y posó la mano en el piano.

—Es nuevo.

—La condesa viuda de Bedford se lo compró a Julianne.

—Pues fue todo un detalle por su parte.

¿Iban a comportarse así, de una forma tan exageradamente amable, el uno con el otro? Amelia preguntó con cuidado:

—Bueno, entonces, ¿esto es una visita meramente social?

—No, no lo es —dijo él—. Desearía disculparme por segunda vez.

—¿Por tu comportamiento de ayer?

—Sí. Fui un grosero. Pero en mi defensa puedo alegar que me sentía muy mal.

Ella sonrió.

—Creo que yo también te debo una disculpa.

Y él le devolvió la sonrisa.

—No la acepto.

—¿Por qué no?

—Porque necesitaba la regañina. Tenías razón. Me estaba comportando de un modo egoísta.

Amelia no daba crédito a lo que acababa de oír.

—Te has quedado con la boca abierta —dijo él.

Y su tono de voz fue tan agradable que a ella se le aceleró el corazón de nuevo. El deseo se apoderó de su cuerpo, y por un instante, Amelia se sintió horrorizada al pensar en que todavía estaba enamorada de él. Aquel era un pensamiento traicionero que la asombró, y tuvo que darse la vuelta. No, no era posible que todavía quisiera a Grenville.

—Amelia, ¿te he disgustado?

Su tono seguía siendo amable. Ella se dio la vuelta y sonrió forzadamente.

—No, claro que no. ¿Qué tal están los niños?

—Parece que están un poco mejor. Cuando lleguemos a Londres, voy a comprarle un poni a John. Y William desea participar en su primer torneo de esgrima. Lleva practicando unos cuantos meses. También voy a comprarle un bote.

Entonces, ¿se marchaban a Londres? ¿Y por qué se sentía ella tan consternada?

—Seguro que esos regalos les van a encantar —dijo.

—Lo desapruebas.

—Aunque los mimes tanto, no van a recuperar a su madre.

—No. Eso es cierto —dijo él.

Sin embargo, ella no podía culparlo por querer hacerles regalos a los niños. Pero, ¿qué pasaba con su hija?

—¿Le has puesto nombre ya?

—No —respondió él con dureza. Se dio la vuelta y comenzó a caminar por el comedor. Se detuvo ante un par de sillas de tapicería granate, muy desgastadas—. Creía que la mina era rentable. El estaño da muchos beneficios.

Estaba cambiando de tema, pero su hija necesitaba un nombre. ¡Y un padre! Amelia se sintió horrorizada.

—Sabes que Lucas gestiona bien la finca. Creo que la mina y la cantera dan beneficios, pero estos son tiempos difíciles. Yo no malgasto nuestros ingresos, y menos con los precios tan altos a causa de la guerra.

Él se giró hacia ella.

—Pero las casas necesitan mantenimiento, Amelia, estemos en guerra o no.

Tenía razón, pero ella no quería hablar de aquel tema.

—Simon, sigo preocupada por tus hijos.

Él se le acercó y le quitó el plumero de las manos. Sus manos se rozaron, y ella se estremeció. No pareció que él percibiera aquel contacto mínimo, y ella vio que dejaba el plumero en una esquina, junto a una de las ventanas.

—Nunca me acostumbraré a verte limpiando.

—Alguien tiene que hacerlo.

Él pasó la mirada por su rostro, muy despacio. Después dijo:

—Me gustaría hacerte una oferta, Amelia... Una proposición, por decirlo de algún modo, pero no quiero que te sientas ofendida.

Amelia se quedó mirándolo con sorpresa, porque no se esperaba algo así. Grenville tenía una expresión enigmática, y ella no acertaba a comprender qué estaba pensando, ni qué estaba sintiendo. ¿Qué era lo que iba a sugerirle?

Y de repente, a ella se le ocurrió la idea de que iba a pedirle que fuera su amante.

Se le pasaron por la mente una docena de imágenes ardientes.

¿Se atrevería a aceptar tal proposición?

—Necesito un ama de llaves —dijo él, lentamente.

—¿Cómo?

—Necesito desesperadamente un ama de llaves. Yo tengo que ir constantemente al norte, donde tengo algunas fincas muy grandes y productivas, y quiero que mis hijos permanezcan en Londres. La ciudad es mejor para ellos, y no tienen por qué viajar tanto como yo. Elizabeth se ocupaba de la casa y de las actividades diarias de los niños, y ahora necesito a alguien que haga esas funciones.

A Amelia le daba vueltas la cabeza. Grenville quería contratarla para que fuera su ama de llaves.

¡Y ella había pensado que quería que fuera su amante!

—Necesito a alguien de confianza, Amelia.

Ella lo miró a los ojos. Se sentía como si acabara de apuñalarla en el corazón. Dios Santo, sí, se sentía insultada.

Sin embargo, no debería sentirse así porque él le hubiera ofrecido un trabajo como ama de llaves bien situada y bien pagada. Era una mujer de buena cuna, pero empobrecida. Aquel trabajo estaba por debajo de su estatus, pero no enteramente, porque ella necesitaba los ingresos.

¡Pero no podía evitar sentirse ofendida!

—¿Vas a rechazarlo? —le preguntó él, cuidadosamente.

Ella notó que le ardían las mejillas.

—No puedo aceptar esa oferta.

—Hablaba en serio cuando te he dicho que no quería insultarte.

Ella se cruzó de brazos.

—Yo tengo mi casa, y mi familia. Debo encargarme de los míos.

—Tengo entendido que Lucas va a llevaros a Londres a ti y a tu madre y va a cerrar esta casa. Por supuesto, yo tengo sitio para ti y para tu madre en mi casa de Mayfair.

Amelia solo podía pensar en Simon, tomándola entre sus brazos.

—No creo que pueda aceptar —repitió ella.

—Amelia, necesito que me ayudes —dijo él rápidamente—. Mis hijos necesitan a alguien como tú. Incluso la niña. Ella no tiene a nadie. Y si eso te tranquiliza, yo viajo mucho por mis fincas, así que apenas vamos a estar juntos en la casa —añadió, con una mirada intensa.

—¿Qué significa eso?

—Lo he dicho por si dudas de mí. Los dos sabemos que no me he portado bien contigo. ¿Es por eso por lo que dudas? Te respeto mucho, y tengo una gran opinión de ti. Siempre la he tenido.

Entonces, ella quiso gritarle que se había marchado y la

había dejado sin decirle una sola palabra, y se quedó asombrada al sentir una punzada de dolor en el corazón.

—A tu madre y a ti no os faltará de nada —dijo él—. Estaréis en la ciudad, y podréis visitar a tu hermana y a tu hermano siempre que queráis. Yo no espero que tú seas un ama de llaves al uso. Haremos un horario, el que más te convenga —explicó, y añadió con firmeza—: No voy a aceptar un «no» por respuesta.

Y Amelia supo que era cierto, que él no iba a permitir que rechazara la oferta. También supo, exactamente, lo que significaba aceptarla: conseguir un puesto bien remunerado en Londres, donde no tendría que preocuparse por la guerra, ni por los soldados enemigos, ni por los espías ni por los asesinos. No tendría que preocuparse por una invasión francesa. Tampoco tendría que preocuparse de conseguir comida para poner sobre la mesa. Su única preocupación sería cuidar a los hijos de Grenville.

Sin embargo, había más cosas por las que inquietarse. ¿Cómo iba a controlar su propia confusión en cuanto al pasado que habían compartido? ¿Y qué iba a hacer con respecto a la atracción que había entre ellos dos?

Por otro lado... su madre estaría a salvo, y los niños la necesitaban. ¡Su hija la necesitaba!

—Veo que, por fin, estás interesada —dijo él.

—Sí, lo estoy. Tus hijos, los tres, me han interesado desde que los conocí.

La sonrisa de Grenville se desvaneció.

—Eso lo sé.

—Es tu hija, Grenville. ¿Por qué ni siquiera le has puesto nombre? ¿Cómo es posible que no te hayas enamorado de ella?

Él la miró sin decir una sola palabra y se cruzó de brazos. Finalmente, dijo:

—No la quiero, y no me importa cómo se llame.

—¡Que no la quieres!

Él respiró profundamente.

—Te vas a enterar antes o después, así que más vale que te lo diga yo: la niña no es mía.

A Amelia se le escapó un grito. ¿Las habladurías eran ciertas? ¡No!

—No puede ser cierto. ¡Tú no creerás tal cosa!

—Esa niña es bastarda. No es mía.

—No puedes estar seguro.

—¡Claro que estoy seguro! No puede ser mía, Amelia. Es imposible.

Y Amelia comenzó a entender. Él continuó:

—Yo no he vuelto a estar en el lecho con Elizabeth desde que concebimos a John.

Amelia no podía creer lo que él le estaba diciendo. ¡No había tenido relaciones con su esposa desde hacía años! No pudo apartar la mirada de sus ojos negros.

—¿Y bien? —insistió él.

Ella susurró:

—Lo haré.

Y entonces, él sonrió con dureza y satisfacción.

CAPÍTULO 6

—¿Por fin vamos a parar para pasar la noche? —preguntó esperanzadamente la señora Murdock.

Amelia tenía al bebé en brazos, y estaba ayudando a la niñera a que la amamantara. Iba sentada junto a su madre, frente a la niñera y a Garrett, en uno de los tres vehículos de pasajeros que los trasladaba a la ciudad. Grenville y sus hijos iban en el primero de los carruajes, y el señor Barelli, Lloyd y la cocinera, en el tercero. Sus equipajes y pertenencias los seguían en dos carros.

Llevaban viajando desde el amanecer, y casi había anochecido. Grenville había tardado tres días en preparar a su familia y los sirvientes para el viaje a Londres; durante ese tiempo, Amelia se había mantenido lejos de St. Just Hall. Desde el momento en que había aceptado ser el ama de llaves de Grenville, se había sentido llena de confusión e incertidumbre.

Solo una mujer muy estúpida podía haber pensado que aceptar aquel puesto era buena idea. Entre Grenville y ella continuaba interponiéndose el pasado. Aunque él se escondiera detrás de una fachada de formalidad, y aunque no volviera a hacer alusión al pasado, Amelia no sabía si sería capaz de hacer lo mismo.

Sin embargo, su madre estaba entusiasmada por la aventura. Durante aquellos últimos días había tenido muchos momentos de lucidez. Amelia le había explicado la situación, y su madre había decidido creer que iban a ser las invitadas del conde de St. Just durante la temporada social.

—¡Debe de querer cortejarte, Amelia, para haberte hecho semejante invitación! —exclamó con alegría.

Amelia prefirió no responder.

En aquel momento, mientras sujetaba con cariño al bebé, miró por la ventana. Delante de ellos había una alegre posada blanca de cuyas chimeneas rojas salía humo. Habían llegado a las afueras de Bodmin, y los robles eran enormes y verdes. La hiedra cubría los muros encalados de la posada. En el patio, junto a la valla, había rosales en flor, y en el campo de al lado pacían tranquilamente unas cuantas ovejas. Estaba atardeciendo, y el sol teñía el cielo de lila. Era una preciosa imagen, pero Amelia no se sintió reconfortada al verla.

Dentro de unos momentos, Grenville y ella tendrían que verse cara a cara, y eso le afectaba mucho. El hecho de ser ama de llaves de un conde hacía que se sintiera azorada y demasiado consciente de la situación.

No había vuelto a verlo desde que él había ido a visitarla a Greystone Manor, salvo unos minutos aquella mañana. Durante los tres días anteriores, él le había enviado listas y una nota para hacerle saber cuándo iban a ponerse en camino hacia Londres. No habían hablado de su nuevo trabajo, cuando ella esperaba tener varias conversaciones sobre el asunto. Suponía que se sentarían a hablar en la biblioteca de casa de Grenville cuando llegaran a la ciudad, y que en ese momento aclararían los detalles.

Él había enviado su coche a Greystone Manor para recogerla a ella, a su madre y a Garrett, al amanecer de aquel día. Después, su carruaje se había reunido con los de St. Just en la carretera principal, a las afueras de Penzance. Él había bajado del coche para saludarlas amable, aunque brevemente. Después había vuelto a subir al vehículo y todos se habían puesto en camino. Amelia se había quedado muy nerviosa por el encuentro.

¿Acaso esperaba más? Suspiró. La formalidad sería el mejor modo de tratarse para ellos dos, aunque eso fuera molesto para ella. Tenía que asimilar que era su ama de llaves.

Sonrió a la señora Murdock.

—Ha sido un día muy largo y muy cansado. Seguro que todos estamos impacientes por cenar y acostarnos.

—Sí. Yo tengo la espalda dolorida del viaje —dijo la señora Murdock—, y verdaderamente estoy deseando irme a dormir. Pero tenemos suerte de que Lucille sea tan buena.

Amelia sonrió a la niña. Se habían atrevido a ponerle nombre, porque la pequeña lo necesitaba, y parecía que a lady Grenville le gustaba «Lucille».

—Es una niña maravillosa —dijo Amelia, y le acarició la cabecita—. A este paso, seguramente llegaremos a Londres mañana al mediodía, a menos que perdamos una rueda o algo por el estilo —comentó. Recorrer el trayecto de Cornualles hasta Londres en dos días parecía imposible, sobre todo para una caravana tan grande, pero parecía que Grenville tenía prisa por llegar a su destino.

Vio abrirse la puerta del gran carruaje negro de Grenville, y el corazón se le aceleró. Él salió, y su abrigo se le movió alrededor de las estrechas caderas y las largas piernas. Tenía una expresión impasible.

Ella sintió una punzada de deseo. Era un hombre magnífico y atractivo. ¿Sería siempre así?, se preguntó Amelia con tristeza. ¿Tendría aquel anhelo siempre que lo mirara? Pero, exactamente, ¿qué era lo que anhelaba?

Tenía miedo de responderse aquella pregunta. ¡Sabía que debía dejarla en el aire!

Sin embargo, sentía una atracción muy grande por él. Incluso mientras iba tras Grenville en el convoy de carruajes que los llevaba a Londres, era muy consciente de que él iba delante de ellos, a pocos metros. En parte, estaba impaciente por volver a encontrarse con él, por mucho que intentara sentir indiferencia. Si contaba los minutos y los segundos que le faltaban para verlo, ¿cómo iba a ser su ama de llaves? ¡Si había llegado a pensar, por un instante, que él quería que fuera su amante!

¡Qué ridícula era!

Tal vez, si se comportaba de manera muy formal y hacía todo lo posible por olvidar el pasado, sería capaz de realizar el trabajo de ama de llaves. Tal vez así su anhelo desapareciera. Tenía que concentrarse en los motivos por los que había aceptado el puesto; los hijos de Grenville la necesitaban, y ella ya les había tomado mucho afecto a los niños. Y aquella pobre niña... la hija bastarda de lady Grenville... ¡la necesitaba! Y ella también quería al bebé. ¿Quién no iba a querer a una niña tan adorable?

Sin embargo, él no se había acostado con su mujer durante años.

Cerró los ojos durante un instante. ¿Qué significaba eso exactamente? Ojalá él no se lo hubiera contado.

Miró a la niña, que había terminado de mamar, y que estaba bostezando. Sonrió un poco. Eso significaba que el matrimonio de Grenville había sido tan tenso y distante como había descrito la niñera.

A Amelia se le encogió el corazón. Cuando habían estado juntos a solas, él no había sido capaz de controlar las manos. Si ella sabía algo sobre Grenville, era que se trataba de un hombre muy apasionado y viril.

Después del funeral, había intentado seducirla. ¿Qué debía sacar en conclusión de eso? Él había evitado a su esposa, pero a ella había intentado besarla.

Eso no tenía por qué significar que él siguiera sintiendo deseo por ella. ¡Solo el hecho de pensar aquello ya era peligroso! Además, si esa fuera la realidad, no le habría pedido que fuera su ama de llaves. La habría seducido, o le habría pedido que fuera su amante.

—Señorita Greystone, ¿le importaría darle el bebé a la niñera y ayudar al señor Barelli con los niños?

Ella se puso rígida al oír la voz suave y autoritaria de Grenville. Lo vio a través de la ventanilla; él abrió la puerta sin sonreír, y ella se mordió el labio y le entregó la niña a la señora Murdock. Él se estaba comportando de una manera muy formal y distante. Lo único que tenía que hacer ella era superar la dificultad de aquel comienzo. Era su ama de llaves, no una mujer a la que él estuviera cortejando, y mucho menos su amante.

Sin embargo, Grenville le tomó la mano sin que ella se la hubiera ofrecido. Amelia bajó del carruaje; entonces, él le señaló la puerta principal de la posada, hacia donde corrían William y John riéndose y gritando. Aparecieron dos cachorrillos que persiguieron a los niños entre ladridos, y de la casa salió un hombre fornido con una sonrisa jovial. Amelia pensó que sería el posadero.

Al ver a los niños de tan buen humor, se sintió aliviada.

Y también parecía que Grenville estaba satisfecho, porque miró a sus hijos y sonrió. A ella le dio un vuelco el corazón.

Entonces, él se volvió hacia ella, pero la sonrisa se le borró de la cara.

—Espero que no estés muy cansada —le dijo—. Disculpa que hayamos viajado durante todo el día.

—Yo... soy joven y estoy en forma —respondió ella con una sonrisa—. No me importa viajar durante doce horas seguidas, pero la señora Murdock me ha comentado que le duele mucho la espalda.

—Bueno, nos detuvimos a cambiar los caballos —dijo él, volviéndose de nuevo hacia los niños.

—Sí, es cierto. Pero estoy un poco preocupada por ella, Grenville.

—No me importa nada la niñera. Te estoy preguntando cómo estás tú —replicó él—. No quisiera agotarte.

Ella no esperaba que la tratara de usted cuando estaban a solas, puesto que sería absurdo, pero en aquel momento no se estaba comportando como su patrón. Y ella se sintió aliviada, aunque no debería ser así.

—Estoy bien —dijo—. Pero admito que estoy cansada. Y tengo hambre.

—Mañana será un día igualmente largo —dijo él—. ¿Podrás soportarlo?

—Por supuesto que sí —respondió Amelia, preguntándose el porqué de aquella urgencia en el viaje.

—¿Y tu madre? —preguntó él, observando como Garrett ayudaba a bajar a la madre de Amelia del carruaje.

—Mi madre está feliz de volver a la ciudad. Se ha pasado la mitad del viaje durmiendo.

Él asintió.

—Entonces me siento aliviado —dijo. Después le tocó un codo a Amelia, y ella se sobresaltó. Él dejó caer la mano y le señaló la posada. Entonces, Amelia lo precedió por el camino, con el corazón acelerado.

—¿Qué tal han estado hoy los niños? —le preguntó.

—Han hecho bien el viaje —respondió él. Entonces titubeó, y ella lo miró con determinación. Él dijo—: He disfrutado viajando con ellos.

En cuanto habló, su expresión se volvió más cerrada. Ella tuvo la sensación de que él se arrepentía de compartir sus sentimientos con ella.

Quería preguntarle por qué había estado tan pocas veces en casa con su familia. Quería preguntarle si despreciaba tanto a su esposa como para haber preferido alejarse de sus hijos con tal de no estar con ella.

—Me imagino que ellos también se han puesto muy contentos al estar contigo —dijo suavemente, aunque sabía que ningún ama de llaves le haría semejante comentario a su empleador.

Al principio, Amelia pensó que él no iba a responder. Entonces, él dijo:

—Sí, me han estado contando historias de todo lo que han hecho durante este año.

Ella se detuvo y le tocó la manga del abrigo. Él abrió mucho los ojos y los clavó en los de Amelia. Sin embargo, en aquel momento ella no podía ceñirse a su nuevo papel.

—La muerte de lady Grenville ha sido una tragedia. Sin embargo, tú te mereces la oportunidad de ser el padre de tus hijos. Tal vez salga algo bueno de esa tragedia. Tal vez vuestra relación salga reforzada.

—Necesitan a su madre, Amelia.

—Por supuesto que sí —dijo ella, y titubeó—. Sé que solo soy tu ama de llaves, pero haré todo lo que pueda para ayudarles a que superen la pérdida.

Pasó un momento antes de que él respondiera.

—¿Estoy siendo demasiado duro con todo el mundo, al imponer tanta prisa por volver a Londres?

Amelia se sintió muy sorprendida por la inseguridad con la que él formuló la pregunta.

—A menos que haya alguna emergencia, sería mucho más agradable para todo el mundo hacer la mitad del camino mañana, y terminar al día siguiente.

—No —dijo él—. Mañana tú vendrás con los niños y conmigo. Deja a la niña con la señora Murdock y a tu madre con el escocés. Ellos pueden tardar dos días más en llegar, pero nosotros tenemos que estar en Londres antes de medianoche.

Ella no lo entendió, pero había visto el miedo reflejado en sus ojos. ¿Qué estaba ocurriendo? ¿Por qué no podía irse solo si tenía tanta prisa?

—Los niños podrían viajar conmigo y con mi grupo —sugirió.

—¡No! —exclamó él—. Mis hijos vienen conmigo, y tú te reunirás mañana con nosotros. Es lo mejor.

Después, Grenville se dirigió a la posada sin ella. Amelia no tenía ni idea de qué era lo que le estaba asustando tanto. De repente, él se detuvo y se giró. Sonrió con tristeza.

—Discúlpame por el exabrupto.

—No te preocupes. No pasa nada.

—Sí, sí pasa. Estoy intentando ser amable, y comportarme como lo haría un buen patrón. Sin embargo, una vez fuimos amigos, y no creo que tu puesto pueda cambiar eso. Además, valoro mucho tu sabiduría y tu consejo.

A ella se le alegró el corazón. No le importó que él hubiera hecho referencia al pasado, porque había sido muy respetuoso. Sin embargo, intentó averiguar lo que pasaba.

—Entonces, si puedes, explícame lo que está ocurriendo para que pueda darte un verdadero consejo.

—No pasa nada. Mis hijos acaban de perder a su madre. Deben estar conmigo, y yo tengo cosas muy importantes que hacer en la ciudad.

Ella no sabía si creerlo, pero, ¿por qué iba a mentir él acerca de sus hijos? Lo que acababa de decir tenía sentido. Aquella explicación no tenía ningún punto débil.

Sin embargo, a Amelia no le gustaba nada su expresión de temor, ni la tensión que irradiaba.

—¡Papá! —gritó John, que se acercaba corriendo—. ¡Tengo hambre!

Amelia sonrió y le revolvió el pelo. Después miró a Grenville. Estaba muy contenta por haber recuperado su antigua amistad, aunque ella fuera su ama de llaves.

—Yo también tengo hambre —dijo Grenville—. ¿Podrías pedirle amablemente a la señora Hayes que nos envíe las bandejas con la cena a nuestras habitaciones?

John asintió y volvió a entrar en la posada.

—Seguro que se quedarán dormidos en cuanto se acuesten, aunque ahora tengan tanta energía —dijo. Su sonrisa se desvaneció.

Amelia se dio cuenta de que estaba preocupado. Y tuvo miedo de que su preocupación se debiera a algo más que al hecho de que sus hijos hubieran perdido a su madre.

—Sí, me lo imagino.

Habían llegado a la puerta delantera de la posada. La posadera bajó los escalones sonriendo.

—Buenos días, milord. Estábamos esperándolos. Sus habitaciones están listas.

—Gracias, señora Hayes. Le presento a la señorita Greystone. ¿Le ha pedido mi hijo las bandejas de la cena?

—Sí, milord. Se las subirán dentro de media hora. ¿Desea que les muestre las habitaciones?

—Sí, es buena idea —respondió Grenville, mirando a Amelia—. No te importará compartir un dormitorio con tu madre, ¿verdad?

—Lo prefiero así.

—Bien. Entonces, nos vemos al amanecer —dijo él, con una mirada muy intensa—. Amelia, te agradezco mucho que estés aquí con mi familia.

Entonces, ella se dio cuenta de que Grenville también la necesitaba.

Londres, 19 de abril de 1794

Amelia nunca había estado en la mansión londinense de Grenville. Se movió lentamente por la lujosa habitación que le habían asignado. Las paredes estaban paneladas de madera blanca hasta media altura, y pintadas de verde claro en la parte superior. El techo era blanco y tenía molduras de color lila y verde. La cama tenía dosel, y las tapicerías eran de flores. La mayoría de los muebles estaban cubiertos de pan de oro, y el suelo estaba cubierto con maravillosas alfombras Aubusson. La chimenea era de yeso blanco, y sobre la repisa había un enorme reloj dorado.

Eran más de las doce de la noche. Habían llegado a Londres una hora antes. El servicio de la mansión había salido a recibirlos, y Grenville le había dicho que él acostaría a los niños. Después le había ordenado a una doncella que la llevara a su habitación.

Amelia estaba segura de que la doncella había cometido un error, puesto que ella no era la invitada del señor conde, sino su ama de llaves. Al día siguiente le darían una habitación más indicada para su puesto.

«Una vez fuimos amigos, y no creo que tu puesto pueda cambiarlo».

Amelia, que todavía llevaba la ropa de viaje, se sentó en un diván blanco. Él lo había dejado claro: seguían siendo amigos, de algún modo.

Sin embargo, ahora existía una fina línea entre ellos. Por un lado, ella estaba a su servicio. Por el otro, tenían un pasado en común y seguían sintiendo algo de afecto el uno por el otro. Ante ellos había varios desafíos.

Acababa de pasar el día más largo de su vida. Si solo fuera un ama de llaves, ¡no se sentiría así! Ojalá pudiera tomar un brandy; sin embargo, ya había constatado que no había ningún decantador en la habitación.

El carruaje era demasiado pequeño para ellos dos. Ella había ido sentada frente a Grenville, junto a William, y había tenido que pasarse dieciocho horas intentando evitar su mirada, porque estaba decidida a no sentir su presencia, y a no experimentar ninguna atracción por él.

Sin embargo, lo había mirado muchas veces, aunque hubiera fingido que iba leyendo. Los niños y su padre habían mantenido una conversación casi constante, salvo cuando los pequeños iban durmiendo. Habían hablado de sus estudios; a William se le daban muy bien los idiomas, y estaba estudiando Francés y Alemán; también habían hablado de sus aficiones, y parecía que John montaba muy bien a caballo, aunque fuera tan pequeño. Habían hablado de lo que iban a hacer cuando llegaran a Londres; los dos niños querían ir al circo. Y también habían hablado de algunas de las cosas que pasaban en el mundo. El coche había parado tres veces, brevemente, para cambiar de tiro y para que los viajeros estiraran las piernas.

Amelia se había sentido fascinada por aquellas conversaciones. Estaba claro que los niños adoraban a Simon, y que él adoraba a sus hijos. ¿Cómo era posible que no hubiera estado en casa, con ellos, durante tantos años? ¿Acaso exageraba la señora Murdock?

Miró a su alrededor por aquella preciosa habitación. Durante el viaje, él había intentado tratarla como a un ama de llaves, y ella había intentado cumplir su papel. No estaba segura de por qué él se había comportado con informalidad la noche anterior. Probablemente, lo mejor era que intentaran mantenerse como patrón y empleada tanto como fuera posible. Sin embargo, Amelia también sabía que, cuando él la necesitara, ella retomaría con gusto su amistad.

Se alegraba de que hubiera terminado aquel día, puesto que había sido uno de los más difíciles de su vida. Había una cosa que estaba muy clara: no era inmune a su empleador. La presencia de Grenville le resultaba abrumadora.

Se levantó lentamente. En cualquier caso, tendría que seguir dándole vueltas a todo aquello en otro momento. Acababan de llegar a la ciudad, y su trabajo consistía en gestionar la casa y ayudar en la crianza y la educación de los niños. ¡Tenía muchas cosas que hacer!

Estaba agotada, pero sabía que no iba a poder dormir. La casa estaba prácticamente vacía; había dos doncellas y un criado, aparte de Grenville, los niños y ella. Sin embargo, al día siguiente por la noche eso iba a cambiar.

Había que airear las habitaciones, organizar los menús y servir las comidas. La cocinera no iba a llegar a tiempo ni siquiera de preparar la cena del día siguiente, así que ella tendría que preparar el desayuno, la comida y la cena. No le importaba. ¡Quería estar ocupada!

Necesitaba una pluma y un papel para hacer listas. Y, mientras buscaba los instrumentos de escritura, buscaría también un poco de brandy. Deseaba ir a ver a los niños, pero como estaban en el ala familiar de la mansión, donde dormía Grenville, eso no sería buena idea. Decidió que debía evitar aquella parte de la casa, y más a una hora tan tardía.

La imagen de Grenville invadió su mente, pero no como lo había visto durante el viaje. Lo recordó tal y como lo había visto en los días posteriores al funeral, encerrado en su habitación. Con el pelo suelto, la camisa desabotonada y una sonrisa sugerente...

Al recordarlo, se le encogió el corazón, y se apartó aquellos recuerdos de la cabeza. ¡Debía olvidar aquel encuentro! Atravesó rápidamente la habitación hacia la puerta, y al pasar por delante del espejo, se vio reflejada en él.

Llevaba el vestido de viaje, un conjunto que se había puesto cien veces. No estaba muy atractiva con aquella chaqueta y aquella falda de color azul. Ya se había quitado la capota, y tenía el pelo rubio recogido en una larga coleta que descansaba sobre su hombro.

Siguió mirándose al espejo unos instantes. Tenía las mejillas sonrojadas y los ojos grises y brillantes. Era como si acabara de dar un buen paseo por los páramos. Sin embargo, no estaba ruborizada a causa de una caminata, sino de la atracción que sentía por su patrón. No estaba nada fea en aquel momento; ya no parecía una solterona...

Entonces, dejó de pensar en aquellas cosas. Su aspecto no tenía importancia; ella no había ido a casa de Grenville para desfilar ante él. Además, era muy tarde. No iba a encontrarse con nadie, y menos con Grenville. Al menos, esperaba que no fuera así.

Tomó una vela y salió de su habitación.

No estaba familiarizada con aquella mansión. La habían guiado por el enorme vestíbulo hacia un pasillo que conducía al ala sur del edificio. Grenville y los niños habían ido en dirección opuesta. Todas las puertas que había pasado de camino a su dormitorio estaban cerradas. En aquel momento se dirigió a la escalera y bajó los escalones cuidadosamente a la tenue luz de la vela. Abajo, el pasillo estaba mejor iluminado, y ella lo siguió con intención de volver al vestíbulo. Desde allí, sería fácil encontrar algún salón en el que hubiera un escritorio y un mueble bar. O tal vez encontrara la biblioteca.

Sin embargo, había un par de puertas muy bonitas, abiertas de par en par un poco más allá. Por el brillo que salía de ellas,

Amelia se dio cuenta de que había un fuego encendido en la chimenea. Vaciló. Sabía que a aquellas horas solo podía haber una persona en aquella habitación.

Grenville salió de repente al umbral de la puerta, con una copa de vino en la mano.

Sus miradas se cruzaron. A ella le dio un vuelco el corazón.

—He oído pasos —dijo él, y alzó la copa para hacer un brindis.

Sin embargo, bajó los ojos, y ella no supo si le había desagradado verla vagando por su casa a tal hora.

Simon se había quitado la chaqueta y el chaleco, y solo llevaba una camisa con encaje en la solapa y en los puños, unos pantalones de color marrón, medias y zapatos. Tenía el pelo recogido. Alzó de nuevo la mirada y la clavó en ella.

—No puedo dormir. Quiero hacer una lista para organizar todas las tareas de mañana.

Simon se hizo a un lado.

—Solo tú podías querer hacer una lista a la una de la mañana.

Ella titubeó. Era muy tarde. Amigos o no, no iba a entrar en aquella habitación. No debían estar a solas otra vez.

—¿Eso es una crítica?

—No, claro que no. Puede que sea un cumplido.

Sus miradas se encontraron de nuevo, pero él la apartó primero.

—¿Quieres tomar una copa? Es hora de acostarse, Amelia.

Su tono de voz no era sugerente. Sin embargo, tampoco era enteramente formal.

—Soy tu ama de llaves —dijo—. Tal vez deberíamos dejar nuestra amistad de lado, ahora que estamos en Londres.

Él se encogió de hombros, mirándola.

—¿Es eso lo que quieres de verdad?

Ella tuvo miedo de responder.

De repente, la mirada de Simon se volvió muy intensa.

—No creo que podamos dejar nuestra amistad de lado, ni aunque quisiéramos hacerlo. Y hemos tenido un día muy largo.

Entonces, se dio la vuelta y entró en la habitación, que era una biblioteca. Había dos paredes llenas de estanterías. En otra de las paredes, que estaba pintada de color granate, había una enorme chimenea de mármol. La cuarta pared estaba llena de ventanas y de puertas que daban al jardín, o eso pensó ella. Amelia vio que él dejaba la copa sobre una preciosa consola, donde había una bandeja de plata con varias botellas de vino. Él sirvió una segunda copa.

Amelia pensó que él tenía razón. Podían fingir muchas cosas, pero la verdad siempre estaría entre ellos. Y el pasado también. Se preguntó si el hecho de haber viajado juntos también le había afectado a él.

—Supongo que, al principio, hasta que nos acostumbremos a ser empleada y patrón, será un poco embarazoso.

Él se giró y sonrió.

—Sí, eso creo yo también. Sin embargo, no me importa que vayamos fijando las normas a medida que avanzamos. Además, me gustaría tomar una copa contigo.

Él estaba muy calmado, pero ella estaba muy tensa. Además, su sonrisa le había acelerado el corazón. Amelia sabía que debería tomar el material de escritorio y volver a su habitación; se sentía más atraída que nunca por él.

—A mí también me gustaría.

—¿Te importa que no sea blanco? Este es un rosado francés excepcional. Pero si prefieres vino blanco, tengo un buen borgoña en la casa.

Ella entró despacio, aunque el sentido común le estaba pidiendo que no lo hiciera. Tenía el corazón desbocado.

—Gracias —dijo, mientras tomaba la copa de su mano. Dio un sorbo, y entonces se percató de que se había situado muy cerca de él. Caminó por la habitación, fingiendo que la estaba observando—. Pensaba que estarías durmiendo, a estas horas.

—Yo casi nunca duermo a estas horas.

—¿Por qué no? —preguntó ella sorprendida.

—Porque, como tú, tengo problemas para dormir. Siempre tengo algo por lo que preocuparme.

—¿Los niños están durmiendo?

—John se quedó dormido antes de posar la cabeza en la almohada —respondió Grenville con una sonrisa—, y William, un instante después. Estaban agotados.

Amelia se había alejado un poco más mientras hablaba, y pareció que él medía la distancia que había entre los dos. Al menos, la distancia del sofá.

—Tengo muchas cosas que hacer mañana. He de familiarizarme con toda la casa y organizarla. Sin embargo, los niños necesitan estar atendidos. ¿Tienes interés en sacarlos de excursión por la mañana?

Él pasó la mirada, lentamente, por sus rasgos.

—No tienes por qué construir Roma en un día.

Cuando él le miró la boca, como si estuviera pensando en algo ilícito, a ella comenzó a resultarle difícil razonar.

—Pero tus hijos y tú tenéis que comer, por lo menos.

—Nos las arreglaremos.

—Da la casualidad de que soy muy buena cocinera. Puedo cocinar yo.

Él abrió mucho los ojos, y dejó la copa en la mesa de un golpe seco.

—¡Por supuesto que no!

¿Por qué le parecía mal que cocinara para él y para sus hijos?

—Grenville, tienes que comer. Al amanecer enviaré a una doncella en busca de pan y huevos. Yo puedo preparar un desayuno excelente...

—¡Eso sí que no! —repitió él. Parecía que estaba horrorizado.

Ella se quedó desconcertada.

—Amelia, tú no eres una sirvienta corriente, y no voy a tratarte como si lo fueras. Puedes supervisar el desayuno, la comida y la cena, si quieres, pero el trabajo lo hará una de las doncellas. Y si ninguna de ellas es capaz de hacerlo, iremos a comer al St. James Hotel —dijo Simon rotundamente.

Amelia se preguntó si debía sentirse halagada.

—No me importa, de veras, pero veo que tú ya lo tienes decidido.

—Pues sí —dijo él—. Como eres mi invitada, pero también estás a mi servicio, tienes que hacer lo que yo diga.

Ella estuvo a punto de decirle que no podía ser a la vez su invitada y su ama de llaves, de igual modo que no podía ser su amiga y su sirvienta. Sin embargo, él había sido muy claro: tenía intención de fabricar normas especiales para su relación.

—Está bien. De todos modos, mañana va a ser un día muy ajetreado. Te agradezco que no esperes que construya Roma en un día. Aunque pienso intentarlo.

Él no sonrió.

Ella se humedeció los labios nerviosamente.

—¿Estás bien? ¿Ocurre algo? He intentado hacer una broma.

Él tomó su copa y comenzó a caminar lentamente.

—Mañana no puedo sacar a los niños de paseo. Yo también tengo muchas cosas que hacer —dijo él.

—Entonces, sacaré tiempo para estar con ellos. Simon... ¿hay algo que te preocupa?

Él se volvió hacia ella con los ojos muy abiertos.

—¿Ahora me llamas Simon?

Ella se echó a temblar.

—Grenville, entonces. Me da la sensación de que ocurre algo, aunque tal vez solo sean imaginaciones mías. Pero si de veras hay algún problema, me gustaría ayudar.

—Claro, por supuesto —dijo él, mirándola con dureza—. Espero no haber cometido un error, Amelia, al pedirte que vinieras a Londres con nosotros.

Ella se dio cuenta, con asombro, de que él estaba arrepintiéndose de su acuerdo.

—Sé que es un poco embarazoso, pero los niños me necesitan. Yo me alegro de poder ayudar, y de estar aquí. Aunque tú no me hubieras pedido que fuera tu ama de llaves, yo haría todo lo posible por ayudaros a ti y a los niños.

Él hizo una larga pausa.

—Tu decisión, tu compasión y tu lealtad me asombran.

—Con el tiempo, los dos nos acostumbraremos a esta relación —dijo ella, aunque no se lo creía del todo.

Él arqueó una ceja con escepticismo. Después apuró la copa de vino.

—Te mereces algo más que esto.

Ella se quedó muy sorprendida al oír aquellas palabras.

—Quiero estar aquí —respondió—. De lo contrario habría rechazado tu oferta.

—Espero que no llegues a lamentar haber tomado esa decisión.

—Me estás confundiendo —dijo ella—. Sé que estás de luto, Simon, pero a veces me pregunto si lo único que te está afectando es la crisis por el fallecimiento de lady Grenville. Anoche me di cuenta de que estabas preocupado por algo. Pensaba que era por los niños, pero tenías muchísima prisa por volver a la ciudad. Y tu expresión es muy seria, casi de angustia. ¿Qué es lo que te está molestando tanto?

—Si te he asustado, lo siento —dijo él con una sonrisa tensa—. No ocurre nada. Lo que pasa es que me siento abrumado, eso es todo. Además, se me olvidaba que no has bajado para disfrutar de mi triste compañía, sino para buscar papel y pluma.

Él dejó la copa y se acercó a su escritorio. Justo cuando él abría el cajón superior, se oyeron dos golpes. Después, otro.

Amelia pensó que era una contraventana que había golpeado contra la casa, pero Grenville sacó una pistola del cajón y rodeó el escritorio.

—¿Qué estás haciendo? —preguntó Amelia con espanto.

Él le clavó una mirada salvaje.

—¡No te muevas de aquí!

Ella lo siguió hasta el umbral de la puerta de la biblioteca.

—¡Simon!

—Hay alguien en la puerta —dijo él, y después añadió—: ¡He dicho que no te muevas de aquí!

—¡Simon, ha sido una contraventana!

—¡No salgas de esta habitación! —repitió él, y después de mirarla de un modo amenazante, salió corriendo por el pasillo.

Amelia se quedó estupefacta. Estaba segura de que los golpes eran de una de las contraventanas, no de alguien que estuviera llamando a la puerta. Y aunque ese fuera el caso, se trataría de un vecino que necesitaba algo urgente, y por eso se había acercado a la casa a medianoche. Siguió a Simon hasta el vestíbulo.

La puerta principal estaba abierta, y él estaba allí, mirando hacia fuera en aquella noche oscura y nublada, con la pistola en alto. De repente, cerró con fuerza la puerta y echó la llave. Entonces se giró y la vio.

—Tenías razón.

Amelia se dio cuenta de que él tenía la frente sudorosa. Y lo vio temblar.

—¿Estás bien? —le preguntó suavemente.

Él no la oyó. Tenía una mirada perdida, como de miedo.

—¡Simon! —exclamó ella, y lo tomó del brazo.

Él se sobresaltó, y pareció volver a la realidad.

—Te dije que te quedaras en la biblioteca —dijo con furia.

Amelia lo observó con asombro.

—¿A quién esperabas ver a estas horas?

—A nadie —respondió Simon en un tono muy tirante.

Y Amelia supo que estaba mintiendo.

CAPÍTULO 7

Amelia cerró la tapa de la cesta que había debajo de la enorme mesa de la cocina.

—Y también necesitamos cebollas —le dijo a Jane, una de las doncellas. Era una muchacha delgada, pelirroja y con pecas.

Jane asintió, pero no hizo ademán de ponerse la capa para marcharse.

Amelia acababa de darle una lista de todas las provisiones que necesitaban para hacer un buen desayuno para Grenville y para sus hijos. Ella no iba a prepararlo; no quería desafiar a Grenville, sobre todo en un asunto tan trivial. La tía de Jane iba a llegar enseguida. Según la doncella, su tía era una excelente cocinera y, en aquellas circunstancias, estaba encantada de poder ayudar.

—Y, por favor, date prisa —le dijo Amelia a Jane—. Son casi las siete.

Entonces, Jane reaccionó y salió de la cocina.

Amelia suspiró. La muchacha era muy tímida, y ella esperaba que el resto del servicio tuviera más energía. Al menos, toda la cocina y todos los utensilios y cacharros estaban impecablemente limpios.

La cocina era enorme y tenía todo lo necesario. Siempre se podía saber cómo era una casa por su cocina, y Amelia se sintió agradada e impresionada.

Ella se había enterado de que Lambert Hall era parte de la dote de lady Grenville. No tuvo que preguntar nada para saber que Grenville no era quien se había ocupado de modernizar la cocina. Aquella sala y todo su equipamiento era obra de su esposa.

También tenía una puerta que daba a la calle, lo cual era muy cómodo para recibir las provisiones y los diversos repartos. Jane había dejado la puerta entreabierta, y Amelia se acercó a cerrarla; antes de hacerlo miró hacia fuera, a aquella calle desierta de Londres. Pasó un carruaje y se alejó. En ambos lados de la calle había casas maravillosas. Era un vecindario muy lujoso.

Lambert Hall ocupaba casi una manzana entera. El jardín estaba en una especie de patio interior, porque la casa formaba una U. Era muy temprano, pero Amelia llevaba levantada desde las cinco de la mañana. Había explorado la casa todo lo posible, y tenía una lista enorme de tareas. Había descubierto que las dependencias del servicio estaban en el tercer piso, en el ala de la casa donde ella había dormido la noche anterior. Una de las doncellas estaba aireando y limpiando las habitaciones del señor Barelli, de la señora Murdock y del resto de los sirvientes.

En el piso bajo había tres salones, todos ellos en la parte central de la casa. El ala oeste albergaba una sala de música y un salón de baile, y en el ala este se hallaban el comedor y la biblioteca. Todas las estancias estaban maravillosamente amuebladas. Incluso un rey estaría cómodo allí.

Las únicas habitaciones que no había inspeccionado eran las de Grenville y sus hijos. La familia ocupaba toda la planta segunda del ala oeste. Ella se había negado a poner un pie allí.

Tampoco quería pensar en la conversación que habían mantenido Grenville y ella la noche anterior, ni en la copa que habían tomado juntos, ni en la reacción tan extraña que había tenido él al oír el golpe de la contraventana. Además, no tenía tiempo para preocuparse por el hecho de que tuviera un arma cargada en el cajón del escritorio, ni de que hubiera dado la sensación de que temía que apareciera un intruso a quien debía disparar.

Grenville y los niños seguían en la cama, pero Amelia se imaginaba que iban a levantarse enseguida. Y había preparado una bandeja con galletas y mermelada, y había agua hirviendo al fuego. Por lo menos, la familia podría tomar algo de desayuno al despertar.

Ya había puesto la mesa del comedor, pero salió de la cocina para inspeccionarlo todo una vez más.

El comedor era una habitación alargada de color azul claro, con cortinas de damasco dorado. Del techo colgaba una araña de cristal, y la mesa podía albergar a dos docenas de comensales. Las sillas eran de madera, con los asientos tapizados en dorado y azul.

Ella había puesto la mesa con servilletas de rayas doradas, vasos de Waterford y porcelana dorada. Para elaborar un centro de mesa, había cortado rosas y lilas del invernadero que había en el jardín.

Grenville iba a sentirse satisfecho, pensó con una sonrisa.

Entonces, por el rabillo del ojo percibió un movimiento.

Rápidamente, se acercó a la ventana. Vio a un hombre atravesando el jardín.

Era evidente que había entrado de la calle, ¡y se estaba acercando a la casa!

Por un momento lo observó, con la mente trabajando febrilmente. ¿Acaso no estaban cerradas las puertas? ¿O las dejaban abiertas siempre para que pudiera entrar cualquiera? ¿Era un intruso que había allanado la propiedad? No podía imaginarse el motivo por el que había alguien en el jardín.

Era un hombre alto y delgado, de pelo blanco. Llevaba un abrigo azul, pantalones y medias blancas.

¡E iba rápidamente hacia la casa!

—¡Harold! —gritó ella mientras salía corriendo del comedor.

Entró rápidamente a la biblioteca y fue hacia el escritorio de Grenville. La pistola estaba en el mismo cajón que la noche anterior.

—¿Señorita Greystone?

Se giró al oír a Harold. Era un joven de unos dieciocho años, que hacía tareas dentro de casa y en el jardín.

—¿Has visto al señor conde? ¡Hay alguien fuera! ¡Creo que es un intruso que quiere colarse en la casa!

Harold palideció.

—El señor conde permanece en su habitación, señorita. ¿Debo despertarlo?

—Maldita sea —gimió Amelia. Cuando Harold hubiera vuelto con Grenville, el intruso ya estaría dentro—. ¿Tenemos algún vecino que pueda visitarnos a una hora tan temprana, y entrando por el jardín?

—No que yo sepa, señorita Greystone —dijo Harold, con los ojos muy abiertos—. ¿Quién iba a hacer una visita a las siete de la mañana? Además, ¿quién sabe que el señor conde ha vuelto ya a la ciudad?

¡Aquel hombre era un intruso!

—Ven conmigo. Y toma un cuchillo. No, mejor toma el atizador de la chimenea, por si tienes que usarlo.

Por supuesto, podía haber una explicación sencilla para todo aquello, pero ella no estaba dispuesta a concederle a aquel hombre el beneficio de la duda, y menos en aquellos tiempos de guerra. Amelia salió corriendo de la biblioteca, sin esperar a Harold, pero oyó que él la seguía. Ojalá hubiera tenido tiempo para conocer mejor la casa. No sabía qué estancias tenían salida al jardín.

Sin embargo, aquella mañana se habían abierto las puertas de todas las habitaciones. Ellos dos pasaron rápidamente por delante del más grande de los salones y continuaron hacia la sala de música. Amelia tiró de Harold para que entrara con ella. En el centro de la sala había un piano, y a su lado, un arpa, y ambos instrumentos estaban rodeados por una docena de sillas doradas. Detrás de los instrumentos había unas puertas de cristal que se abrían a un pequeño patio de ladrillo, y al resto del jardín.

Ella llegó hasta la puerta, jadeando, pero no vio al caballero de la peluca blanca y la chaqueta azul.

—Ya ha entrado.

—Debería ir a avisar al señor conde —dijo Harold con tirantez.

Amelia se preguntó dónde estaba el armario de las armas.

—Sígueme —le dijo al muchacho. Y, cuando salía de la sala de música, al girarse hacia la derecha, vio a Grenville aproximándose.

Él abrió mucho los ojos.

—¿Qué estás haciendo con mi arma?

—¡Hay un intruso en la casa! —exclamó ella, temblando de alivio.

Entonces, Grenville le quitó el arma de las manos.

—¡Estás temblando! —le dijo, y le puso un brazo sobre los hombros—. Amelia, ¿qué estás diciendo?

—Estaba comprobando que la mesa estuviera bien dispuesta, y he visto a un hombre en el jardín. ¡Venía directamente hacia la casa! Pero ahora ya no está ahí fuera. Debe de haber entrado —explicó ella, y miró a Grenville. ¿Qué hacía él, paseándose por el piso bajo del ala oeste de la casa?

Él le entregó el arma a Harold.

—Ten cuidado. Está cargada —le dijo. Después, le tomó las manos a Amelia y sonrió—. Creo que te lo has imaginado todo. Yo estaba haciendo una inspección rutinaria de la casa, Amelia. He entrado en todas las habitaciones y no he visto a nadie. ¿Estás segura de que has visto a un intruso fuera?

Ella lo miró con confusión.

—Sí, he visto a un hombre muy alto con el pelo blanco. Estaba al otro lado del jardín, junto a la entrada, y se dirigía hacia la casa.

Grenville no parecía muy alarmado.

—Harold, por favor, pon la pistola en el primer cajón de mi escritorio, en la biblioteca. Y también puedes dejar el atizador en su sitio —dijo. Después rodeó a Amelia, suavemente, con el brazo—. ¿Y qué ibas a hacer si te encontrabas con el intruso? ¿Sabes disparar?

—Por supuesto que sé disparar. De hecho, tengo una puntería excelente —respondió ella—. Deberíamos registrar la casa, Simon. He visto a alguien fuera.

Él la observó durante un instante, y después asintió. La tomó del brazo y la llevó hasta el umbral del salón de baile. Las puertas estaban cerradas, pero Grenville las abrió de par en par.

Amelia se quedó mirando aquella enorme habitación, que tenía el suelo de madera brillante, paredes rojas y columnas doradas. Sobre su cabeza pendían cuatro magníficas arañas de cristal, y enfrente había una pared entera llena de puertas que daban a una gran terraza de piedra sobre el jardín.

—Esta sala es preciosa —dijo.

Ella nunca había estado en un baile, pero podía imaginarse aquel salón lleno de invitados vestidos de seda y brocados, luciendo diamantes y rubíes.

—Aquí no ha vuelto a haber un baile desde que Elizabeth y yo nos comprometimos.

Su tono de voz era extraño.

Amelia lo miró. Entonces, ¿ellos habían celebrado el baile de petición de mano?

Él hizo un gesto de tristeza.

—No había vuelto a pensar en aquella noche durante estos diez años.

Ella se dio cuenta de que sus recuerdos no eran gratos. Estaban uno junto al otro, tan cerca que su falda rozaba el pantalón de Grenville. No se apartó, sino que lo observó atentamente. Él bajó la mirada y la observó a ella.

A Amelia se le aceleró el corazón. Nada había cambiado desde la noche anterior. Ni la amenaza de un intruso, ni todas las listas de quehaceres del mundo, podían disminuir la atracción que sentía por él.

—No hay ningún intruso —dijo suavemente.

—No, no lo hay.

—Pero vi a alguien en el jardín, Simon.

—Tal vez lo vieras, pero ahora ya no está. Yo me levanto siempre muy temprano. Mañana estaré atento a cualquier detalle extraño, y les pediré a los sirvientes que presten atención.

—Pero, ¿por qué no estás preocupado?

—Porque no me imagino por qué iba un ladrón a intentar robar en esta casa cuando todos sus ocupantes están despiertos —dijo él, sin apartarse de ella ni un ápice.

Amelia se dio cuenta de que tenía razón. Un ladrón hubiera intentado entrar por la noche, cuando todo el mundo dormía.

—Si estoy en lo cierto, y había un hombre en tu jardín, entonces no era un ladrón.

Grenville arqueó las cejas.

—Estamos en tiempos de guerra, Grenville. Hay muchas historias que podría contarte —dijo Amelia, pensando en el marido de Julianne, que había sido uno de los espías de Pitt.

—¿Me estás diciendo que tú puedes contarme historias de la guerra? —le preguntó él, con una media sonrisa divertida.

—Julianne se convirtió en una radical. Se hizo jacobina, hasta que se enamoró de Bedford. Tú debes de haber oído hablar de los desertores franceses que aparecieron en St. Just, en casa del señor Penwaithe.

—Pues sí. Entonces, ¿quieres decir que había un espía, o un francés, en mi jardín?

—Lo único que estoy diciendo es que debes mantener las puertas cerradas y que cualquier cosa es posible —dijo ella con firmeza.

—Lo tendré en cuenta —dijo él. Después la miró pensativamente, y le preguntó—: ¿Has dormido bien esta noche?

Ella agitó la cabeza lentamente.

—No, me he despertado muchas veces. No podía dejar de pensar en todo lo que quiero hacer. Me he levantado a las cinco. Aunque normalmente me levanto a las seis —añadió. De repente se sintió un poco boba. Era una mujer sensata, pero estaba hablando sin coherencia. Esperaba que Grenville no la considerara una tonta.

—Ya veo que vas a intentar construir Roma en un solo día —dijo él suavemente, con los labios ligeramente curvados.

—Lo dije en serio —respondió ella, devolviéndole la sonrisa.

—Harold me ha oído llamarte Amelia.

Ella se sobresaltó.

Él le acarició la mejilla de repente.

—Siento que te hayas asustado —dijo, y bajó la mano—. Voy a despertar a los niños, si es que no se han despertado ya.

Y, antes de que ella pudiera responder, Grenville se había dado la vuelta y se estaba alejando. Amelia se quedó en aquel magnífico salón, sintiendo aquel anhelo insistente otra vez.

Hyde Park estaba maravilloso en primavera. Los narcisos estaban en flor, las praderas tenían un color verde esmeralda y los olmos y los robles estaban echando sus hojas nuevas. El cielo era azul, perfecto. No había ni una sola nube, y el sol brillaba con fuerza. Un día espléndido.

¿O no?

Simon montaba en su nueva yegua purasangre. La había comprado a través de un intermediario, y el animal tenía fama de ser magnífico para la caza. Además, era muy valiente a la hora de saltar setos altos y muros de piedra. Él estaba deseando que llegara su primera jornada de caza.

Sin embargo, en aquel momento mantuvo las riendas flojas, permitiendo al animal que trotara suavemente por el camino.

El parque estaba muy concurrido aquel día. Había más caballeros montando y varios carruajes ocupados por damas elegantemente vestidas. También había peatones, gente paseando a sus perros. Algunos lo reconocieron y lo saludaron amablemente. Él respondió asintiendo, o con un breve «hola».

No quería ser antipático, pero no estaba de buen humor. El contacto de Jourdan no había aparecido.

Aquel día, él había salido de casa antes de las cinco de la mañana, disfrazado, para reunirse con el jacobino. Sin embargo, no había nadie esperándolo en la zapatería de Darby Lane.

Aquel fracaso podía significar dos cosas: que habían asesinado a su contacto, o que lo habían encarcelado.

Y cualquiera de las dos opciones era una amenaza para él. Si los agentes de Pitt estaban sobre la pista de los hombres de Lafleur, tal vez consiguieran descubrir su doble juego.

Pero había más: Amelia había estado a punto de verlo cuando volvía a casa.

A Simon se le encogió el corazón. No volvería a cometer aquel error. La próxima vez que saliera de casa en el papel de su primo francés, se cambiaría de ropa antes de llegar a casa. Aquel día había tenido que arrojar la peluca blanca y el abrigo azul en cuanto había entrado en el salón de baile. Había dejado las cosas detrás de un diván. Después de que Amelia hubiera vuelto a sus tareas domésticas, él había recogido aquellas prendas y las había quemado.

Detestaba engañar a Amelia.

Sin embargo, ella no podía saber la verdad.

Él no podía decirle que había sido enviado a Francia a espiar para Pitt y sus colegas, y que se había infiltrado en el gobierno revolucionario de París. Tampoco podía contarle que había cometido un error terrible. No podía explicarle que estaba haciendo un doble juego, y que no sabía cómo iba a terminar. Nunca podría decirle que estaba dispuesto a vender a su país, si era necesario, con tal de proteger a sus hijos.

Ella nunca entendería que les hubiera ofrecido sus servicios y su talento a los jacobinos. Pensaría que era un cobarde, y con razón.

¡Dios, finalmente, ella lo despreciaría!

Simon notó que se le aceleraba el corazón. Amelia seguía admirándolo. Tenía suficiente experiencia como para darse cuenta de ello. Sin embargo, si alguna vez llegaba a saber la verdad, perdería la fe en él.

¡Y por extraño que fuera, él necesitaba su fe!

Por otra parte, si Amelia averiguaba la verdad, estaría en peligro. Él esperaba no haberla puesto en peligro ya, al llevarla a Londres. Sin embargo, ella solo era el ama de llaves. Nadie pensaría que tenían un pasado en común, que una vez estuvieron a punto de ser amantes, ni que ahora eran amigos. Nadie pensaría que la necesitaba como amiga, y que la deseaba en su lecho. Nadie pensaría que ella ocupaba un lugar muy importante en su vida.

Salvo que la había llamado por su nombre de pila aquella misma mañana, delante de un sirviente. Aquello había sido un error.

Los sirvientes chismorreaban.

En lo sucesivo, debería tener mucho más cuidado.

Pensó en el sencillo desayuno que les había servido aquella mañana, en una mesa puesta como si fuera la de una cena formal. Amelia se había tomado muchas molestias para que todo fuera perfecto, y se había sentido muy agradada al sentarlos, a él y a sus hijos, a la mesa.

A las once había servido una comida elaborada, con huevos, salchichas, jamón y otras delicias. ¿Cómo lo había conseguido? Él todavía no lo sabía. Sin embargo, al mirarla, preguntándose si ella había desobedecido sus órdenes y se había puesto a cocinar como una sirvienta, Amelia había sonreído dulcemente y lo había negado.

Él había cometido otro error en aquel momento: le había preguntado si quería sentarse a comer con ellos. No había pensado en la invitación, ni en lo que significaba; los aristócratas no invitaban a los empleados a comer en su mesa. Ella había rehusado el ofrecimiento rápidamente.

Sentarse con ellos a la mesa habría sido muy natural para ella. Su papel de ama de llaves no era natural en absoluto. Simon se dio cuenta de que iba a tener que ser tan cuidadoso en su propia casa como lo era fuera de ella. Tendría que empezar a considerar a Amelia como una parte del peligroso juego al que estaba jugando, para mantenerla fuera de peligro.

Había sido muy difícil mantenerse concentrado en sus hijos y en la comida. No había podido dejar de mirarla cuando ella entraba y salía del comedor.

Observó que, pese a todos sus deberes, ella estaba sonriendo, y se sintió como si se le quitara de encima algo del peso que llevaba en los hombros. Sus hijos la necesitaban, así que había hecho la elección más correcta.

—Veo que hoy estás de muy buen humor.

Simon se sobresaltó al oír la voz de Sebastian Warlock. Su tono era de diversión. Él estaba tan absorto en sus pensamientos que no había visto acercarse al jefe de los espías, montado en su caballo negro.

—Hola, Warlock. Te engañas. Yo nunca estoy de buen humor.

Warlock frunció los labios. Era un hombre alto y taciturno, y sentía desprecio por las modas. Iba vestido de colores tan sombríos como siempre, y llevaba botas de montar. Tenía el pelo oscuro y lo llevaba recogido en una coleta. Iba tocado con un bicornio. Era un hombre guapo, y las damas que pasaban cerca se quedaban mirándolo.

—Me ha parecido verte sonreír. Aunque no te culpo. El aire fresco debe de ser muy tonificante, después de París.

¿Era aquello una insinuación? ¿Se estaba refiriendo a su encarcelación? Simon no tenía intención de mencionarla, porque lo mejor sería que el jefe de los espías no supiera que había estado en la cárcel. Así tendría más dificultades para detectar hasta qué punto llegaba su doble juego. Por otra parte, parecía que aquel hombre lo sabía todo.

—Estoy disfrutando del paseo con mi yegua nueva, y de un perfecto día de primavera.

—Vamos a atar los caballos —dijo Warlock. Se detuvo y desmontó.

Simon hizo lo propio. Llevaron a sus caballos hacia un bosquecillo de robles, y ataron las riendas a una rama.

—He echado de menos la ciudad —dijo Simon.

—Me lo imagino. Siento mucho lo de tu esposa, Grenville.

Él se encogió de hombros.

—Era demasiado joven para morir.

—Siempre son demasiado jóvenes para morir.

—Sí, es cierto.

Simon supo que los dos estaban pensando en las víctimas inocentes de la guerra y la revolución. Se le encogió el estómago.

—No creo que un régimen terrorífico pueda sostenerse indefinidamente —dijo Warlock, que se había puesto en camino hacia un estanque—. Los tiranos siempre caen.

—Hay divisiones, tanto en el Comité como en la Comuna —dijo Simon, refiriéndose al comité de gobierno de Robespierre y al gobierno de la ciudad de París—. Y nadie está a salvo de las sospechas. Todo el mundo teme que llamen a la puerta de su casa a medianoche —dijo. ¡Y qué calmado parecía!

—¿Tú también?

Simon se puso tenso.

—Habría sido un idiota si no hubiera temido que me descubrieran.

Warlock se detuvo. Simon se detuvo también, y notó que se le erizaba el pelo de la nuca cuando oyó la pregunta de su interlocutor:

—¿Qué tienes para mí, Grenville?

Se dio cuenta de que Warlock lo sabía todo. Sabía que había estado en la cárcel, y era un hombre muy inteligente. Si no había deducido ya cómo había conseguido salir él de la cárcel y de Francia, lo haría muy pronto.

Sabía que no podía jugársela en aquel momento. Existía la posibilidad de que Warlock no supiera nada de su encarcelamiento, pero el instinto le decía que no era el caso. Por lo tanto, debía empezar a revelarle partes de la verdad…

—No esperaba poder volver a casa —dijo Simon.

—Y yo no esperaba volver a verte —respondió Warlock, mirándolo fijamente.

—Entonces, ¿sabías que estaba en la cárcel?

—Mi cometido es saber las cosas. Tú eres uno de mis hombres. El día veinticuatro de diciembre me dijeron que te habían encarcelado cuatro días antes. Me sentí consternado.

Claro, claro.

—En cuanto volví a Francia, a finales de noviembre, supe que me estaban siguiendo y que estaba vigilado —dijo Simon con tirantez.

—Pero de todos modos, te detuvieron.

—Sí. Me atraparon cuando menos lo esperaba.

—¿Y cómo escapaste de la guillotina? —preguntó Warlock.

—Utilicé la relación entre Jourdan y St. Just en mi provecho. Les aseguré a las autoridades que mi primo, el conde, me daría la bienvenida en su casa de Londres, que me recibiría con los brazos abiertos, y que de ese modo, Jourdan podría moverse con facilidad por las altos círculos del gobierno tory sin levantar ninguna sospecha. Les prometí que les proporcionaría información muy relevante —dijo Simon. Se dio cuenta de que estaba sudando. Le había dicho casi toda la verdad a Warlock, salvo que no sabía en qué bando iba a terminar.

Warlock permaneció calmado.

—Eso fue muy inteligente por tu parte, Simon.

—Uno siempre encuentra la inteligencia cuando peligra su cabeza.

—¿Y vas a darles esa información? —inquirió Warlock.

—¡Por supuesto que sí! —dijo él—. De lo contrario me perseguirán, Warlock, y me matarán. Peor todavía, averiguarán quién soy y se vengarán de mí a través de mis hijos.

Warlock no se dejó afectar por su estallido.

—Pero, por supuesto, solo les darás información que yo apruebe.

—Por supuesto —mintió Simon—. Soy muchas cosas, pero también soy un patriota.

—Sí, eres un patriota —dijo Warlock pensativamente—. ¿Has dado a conocer la presencia de Jourdan aquí en París?

—Sí. Ha alquilado una habitación en London Arms, y estoy seguro de que el posadero lo ha visto entrar y salir varias veces.

Había sido necesario encontrar una residencia para su álter ego, y era imposible fingir que Jourdan estaba alojándose en casa de St. Just.

—Bien —dijo Warlock con una sonrisa—. ¿Y cuál es tu forma de contactar con los amigos de Jourdan?

Él no deseaba darle aquella información a Warlock, así que mintió.

—Todavía tienen que darme esas instrucciones. Saben que estoy en Arms, y son muy listos y cautelosos.

—Entonces, mantenme informado. ¿Sabes que necesitaré que vuelvas a París dentro de poco tiempo?

Simon se puso enfermo.

—Lo había supuesto.

—Debemos aprovechar las diferencias que hayan surgido dentro del Comité —dijo Warlock—. Como sabrás, ha habido intentos de formar una oposición a Robespierre.

—Tienes otros agentes allí.

—Sí, pero no tengo a nadie dentro del Comité. ¿No fuiste presentado ante ellos como Jourdan?

Simon se quedó helado. Warlock sabía que Lafleur lo había llevado ante Robespierre y su comité. ¿Qué más sabía?

—Supongo que no te costaría mucho hablar personalmente con Robespierre. Grenville, eres muy valioso para mí.

Él se humedeció los labios.

—Por supuesto que cumpliré con mi deber, Warlock. Pero Elizabeth acaba de morir, y en estos momentos, mis hijos me necesitan.

—No quiero decir que tengas que volver mañana mismo. Además, antes de irte, debes demostrarles la lealtad de Jourdan.

—Sí. Querrán tener información muy pronto, antes de que los aliados invadan Flandes.

—Y nosotros les daremos algún pequeño dato, para que estén contentos —respondió Warlock con los ojos brillantes.

Simon pensó, con una furia repentina, que aquel hombre disfrutaba con todo aquello. Y supo, sin ningún género de duda, que Warlock iba a usarlo implacablemente para llevar a cabo todo su espionaje. También supo que Warlock sabría, más tarde o más temprano, hasta qué punto llegaba su lealtad, si él no tenía mucho cuidado.

—Tengo hijos —dijo con acritud—. Tengo que demostrar mi lealtad, Warlock, por mis propios motivos. Tengo que darles algo genuino a los franceses, sin poner en peligro nuestra empresa bélica.

—Ya lo sé. Y les daremos algo de valor, pero para poder tomar algo de ellos —dijo Warlock con una sonrisa fría—. Ahora estás en muy buen lugar, Grenville. Estás en el centro de todo. Tienes la confianza de todo el mundo. Es casi perfecto; yo no habría podido conseguir una situación tan brillante.

Simon sabía que hablaba en serio. Estaba entusiasmado por tenerlo en un lugar tan horrible.

—A mí no me importa cumplir órdenes siempre y cuando mis hijos estén seguros.

—Eso ya lo sé —dijo Warlock—. Deja que vea cuáles son las opciones. Pero tú tendrás algo jugoso para darles a nuestros amigos franceses antes de que invadamos Flandes. Y cuando vuelvas a Francia, Jourdan será un héroe revolucionario.

Simon no se movió. La tensión lo tenía inmovilizado. Warlock le dio una palmadita en el hombro y volvió hacia su caballo. Simon se quedó mirándolo.

Warlock era un hombre brillante, pero no tenía los mismos intereses que él. Para él, las vidas de sus hijos estaban por encima de todo, y Warlock siempre antepondría los intereses de Gran Bretaña a todo lo demás. Al final, tendría que ser más listo que su jefe, por el bien de sus hijos.

Warlock ya había montado. Lo saludó y se alejó al trote. Simon se acercó a su yegua y desató las riendas.

Si Warlock se salía con la suya, tendría que volver a Francia antes de seis meses. A él le encantaría ayudar a derrocar al gobierno revolucionario, pero sabía que no iba a sobrevivir. Lo descubrirían todo. De repente, lo supo con tanta certeza como sabía que el sol se ponía y la luna salía después.

Sin embargo, si sus hijos estaban a salvo, ¿tenía eso alguna importancia? ¿Y podría él mantenerlos a salvo? Porque su seguridad era lo único que le importaba.

Si él no volvía, los niños tendrían el consuelo de Amelia.

Así que, al menos, había un pequeño consuelo en aquel espantoso mundo.

CAPÍTULO 8

—¿Señorita Greystone? Ha llegado su madre. Está en el vestíbulo con la señora Murdock. Veo que están preparando la cena.

Amelia estaba en la cocina con Jane, con la tía de Jane, Maggie, y con Harold. Tenía recogidas las mangas del vestido y llevaba el mismo delantal que había tenido puesto durante todo el día. En aquel momento, estaba asomándose al horno para vigilar los cuatro pollos que había en su interior. Sin embargo, se le alegró el corazón al oír a Lloyd, y se giró rápidamente.

Sonrió. ¡Lucille también había llegado! La había echado de menos.

Y, por supuesto, siempre se alegraba de ver a su madre.

Comenzó a quitarse el delantal.

—La cena se servirá dentro de una hora, Lloyd. Espero que hayan tenido un buen viaje.

Él entró en la cocina.

—Ha sido muy cómodo —dijo. Después, saludó a la tía de Jane.

Amelia solo quería supervisar los preparativos de la cena de Grenville y de los niños, pero la verdad era que le gustaba mucho cocinar, tanto como cuidar de su familia, y tanto como cuidar de la familia de Grenville. Sabía que no debía interferir, pero le dijo a Maggie:

—Si mezcla la sal, la pimienta y el tomillo con la miga de pan, el guiso de alubias quedará delicioso.

—Es una buena idea, señorita Greystone —respondió la tía de Jane.

—Y tal vez debiera sacar los pollos del horno para que reposen durante un rato.

No quería que se cocinaran excesivamente. Ya le había explicado a Maggie cómo se hacía la salsa de coñac y frambuesa para el asado. Maggie sonrió y le dijo a Harold que sacara la bandeja del horno.

—Yo volveré ahora mismo —dijo Amelia, y se dirigió al vestíbulo con el corazón acelerado. Llevaba todo el día esperando aquel momento. Había echado de menos a Lucille, tanto como si fuera su propia hija.

Su madre estaba con Garrett en la entrada, observando con los ojos muy abiertos todo el lujo que la rodeaba. La señora Murdock estaba junto a ellos, con el bebé en brazos. William y John habían bajado para saludarlos. John estaba charlando con el señor Barelli, contándole cómo lo habían pasado en su salida a Piccadilly Circus, mientras William observaba atentamente a su hermana pequeña.

—¿Me está sonriendo? —preguntó.

Amelia lo miró con el corazón encogido. Grenville había desaparecido aquella tarde, y ella había pensado que era más importante llevar a los niños a dar un paseo que seguir organizando la casa. Habían mirado los escaparates de las tiendas, habían comprado algunos dulces y habían sido a sentarse a un banco del parque. Ella había disfrutado mucho con los niños.

Debía tener cuidado de no enamorarse de los tres pequeños. Después de todo, no eran su propia familia; ella solo era el ama de llaves.

—¡Mamá! —le dijo Amelia, y atravesó el vestíbulo corriendo para abrazarla—. ¡Por fin has llegado! ¿Qué tal el viaje?

—Oh, muy agradable, Amelia, pero, ¡vaya! ¿Vamos a quedarnos aquí? Preguntó su madre, mientras miraba boquiabierta la araña del techo.

—Sí, vamos a quedarnos aquí —dijo Amelia con una sonrisa, mirando a Garrett—. La habitación de mamá está en el segundo piso de esa ala. Es amarilla y blanca.

No había hablado de las estancias con Grenville, así que había elegido una habitación de invitados pequeña, al final del pasillo del ala oeste, para su madre. Estaba junto a otra habitación pequeña que iba a ocupar ella misma. Aunque no eran tan lujosas como el dormitorio que le habían asignado al principio, las habitaciones eran mucho más cómodas que las de su propia casa.

—Estoy impaciente por ver mi habitación —dijo su madre con emoción.

Aquel día estaba muy lúcida, pensó Amelia, volviéndose hacia la señora Murdock.

—¿Cómo está usted? ¿Y el bebé?

La señora Murdock le entregó a la niña.

—Ha sido una viajera perfecta, señorita Greystone. Ha llorado un poco de vez en cuando, pero ha ido durmiendo casi todo el tiempo.

Amelia la ciñó suavemente contra su pecho. La niña estaba despierta y la miraba con sus enormes ojos azules.

—¡Oh, la he echado de menos! —dijo, meciéndola—. Estaba preocupada. Me alegro mucho de saber que el viaje ha transcurrido sin incidentes.

—Es un angelito —dijo su madre.

Lloyd se acercó.

—Quisiera darle las gracias por organizar la cena, señorita Greystone.

—Ha sido un placer. Si no le importa, me gustaría supervisar las comidas de la familia diariamente —le dijo al mayordomo. Ambos sabían que los deberes de un ama de llaves no incluían aquella supervisión; ella solo debía encargarse de la gestión doméstica—. Y todas las habitaciones de la casa están limpias y aireadas. Creo que eso le agradará.

—Mucho, y no me importa nada que usted supervise nuestros menús diarios. Lady Grenville también lo hacía. Yo voy a ver al señor conde. A él le gusta tomar una copa de vino antes de la cena, en la biblioteca.

¿Era allí donde estaba Grenville? No lo había visto desde aquella mañana. La cena se serviría pronto, y sería muy agradable. Ella cenaría con su madre en privado, en su habitación. Después, se cercioraría de que la cocina quedaba limpia antes de permitir que el servicio se retirara a pasar la noche. Sin embargo, en aquel momento quería pasar un rato con Lucille. Miró al bebé. Ya quería mucho a la niña, ¿cómo no iba a adorar a aquella pequeña?

Lucille no tenía madre, y además, ella no sabía quién era su padre. A todos los efectos, en aquel momento su padre era Grenville. ¿Qué pensaría hacer con ella? ¿La criaría como si fuera suya, o pensaba ponerse en contacto con el padre, si acaso sabía quién era? ¿Había pensado una sola vez en Lucille, o en su futuro?

Seguramente, ni siquiera sabía cuál era el nombre que le habían puesto. ¿Se atrevía ella a llevarla a la biblioteca para presentársela a Grenville? Tenía miedo de que él se enfadara si intentaba acercarlo a la hija de Elizabeth. Pero, si Lucille iba a quedarse en aquella casa, él tendría que conocerla y aceptarla. Era hija de su esposa, y él tenía deberes hacia ella.

No la echaría de allí, ¿verdad? Amelia se negaba a creer que Grenville pudiera hacer algo tan horrible.

Le besó la frente a Lucille, y después se la entregó a la señora Murdock.

—Voy a hablar con el señor conde. Hay varios asuntos que tenemos que tratar, y no he tenido ni un momento libre en todo el día.

La señora Murdock sonrió.

—Parece que la casa lleva abierta muchos meses. Es como si ahora viviera aquí una familia feliz. ¡Qué extraño!

Amelia se sobresaltó.

—No era un sitio muy feliz cuando nos marchamos, señorita Greystone. Era una casa oscura y triste. Todo el mundo estaba preocupado y triste, y lady Grenville lloraba muy a menudo. John también.

Amelia se imaginó que lady Grenville debía de estar fuera de sí, embarazada del hijo de otro hombre y sabiendo que más tarde o más temprano tendría que enfrentarse a su marido. Aquella tensión tenía que haber afectado a todos los habitantes de la casa.

—Esto es un comienzo nuevo —dijo con firmeza—. La muerte de lady Grenville es una tragedia. Todos estamos tristes por su muerte. Sin embargo, debemos seguir adelante.

La señora Murdock sonrió.

—Sí, estoy empezando a pensar que todo va a ir bien. ¿Vendrá a ver cómo come la niña a las siete?

—¡No me perdería su hora de comer por nada del mundo!

—Eso creía yo —dijo la señora Murdock—. Que tenga buena suerte, querida —añadió, como si supiera que iba a enfrentarse al león en su guarida.

Amelia se giró hacia los dos niños.

—¿Os importaría subir con el señor Barelli? Tenéis que lavaros y arreglaros para la cena. Es a las siete.

El tutor dijo que se aseguraría de que se lavaran las manos y se pusieran la chaqueta para bajar a cenar. Ella sonrió y observó a los pequeños mientras subían las escaleras.

Se volvió hacia su madre y hacia Garrett.

—Yo subiré dentro de poco, mamá. Descansa antes de que nos lleven la cena. La tomaremos en tu habitación, ¿de acuerdo? Será muy agradable.

—¡Oh, qué feliz soy, Amelia! Como si las últimas décadas no hubieran sucedido —dijo su madre, y la abrazó con fuerza.

Amelia le dio unos golpecitos en la espalda.

—Me alegro mucho —le susurró al oído.

Después, Garrett se llevó a su madre, y a ella se le borró la sonrisa de los labios. Estaba nerviosa, por muy absurdo que fuera. Grenville era un adulto, y seguramente, ya había superado sus sentimientos iniciales con respecto a Lucille. Después de todo, la niña solo era una víctima inocente de todo aquello.

Las puertas de la biblioteca estaban abiertas, como la noche anterior. De repente, ella recordó la copa de vino que habían tomado juntos. Ella no tenía derecho a pasar tiempo a solas con él, y menos tan tarde, fueran amigos o no.

Recordó también que él le había acariciado la mejilla aquella misma mañana, cuando estaban buscando al intruso. Aquel gesto era inadecuado, pero de todos modos a Amelia se le sonrojaron las mejillas.

—¿Me estabas buscando?

Ella se había detenido en el umbral de la puerta. En aquel momento, alzó la vista.

Grenville estaba sentado en su escritorio, leyendo algo que parecía un documento. La estaba mirando fijamente, con intensidad.

A ella se le aceleró el corazón. ¡Oh, no era inmune a él, y tal vez no lo fuera nunca!

Simon llevaba una preciosa chaqueta de color verde con bordados en hilo de oro. Llevaba el pelo recogido, y tenía encaje en el cuello y en los puños de la camisa. Los anillos le brillaban en los dedos; en una mano llevaba una esmeralda, y en la otra, un ónice. Era guapo y masculino, e irradiaba poder y autoridad.

De repente, ella se sintió sosa y sin gracia. Llevaba el mismo vestido que se había puesto aquella mañana. Era adecuado para abrir una casa que había estado cerrada durante varios meses. Era de un algodón muy grueso, más gris que azul, y estaba muy desgastado por los codos, además de tener una rasgadura en el bajo de la falda. Amelia se preguntó si estaba muy despeinada.

«Debo de tener exactamente el aspecto de un ama de llaves», pensó.

—¿Amelia? —dijo él. Sonrió ligeramente y se levantó—. Tengo entendido que has estado muy ocupada hoy.

Ella entró en la biblioteca, y se dio cuenta de que él tenía aspecto de encontrarse muy cansado.

—Espero que te agrade. Hemos aireado todas las habitaciones, y la mayoría ya están limpias. Y la tía de Jane ha preparado una comida deliciosa. De hecho, estoy tan impresionada con ella que espero que podamos emplearla en la cocina.

—Si deseas contratarla, entonces está contratada.

¿Qué significaba aquello?, se preguntó Amelia, temblando.

—¿No deseas pedirle referencias?

—No. Si crees que será una buena adquisición para el servicio, entonces contrátala. Yo me fío de tu sentido común.

—Me siento halagada.

—Pues es la verdad. La casa está en perfectas condiciones, Amelia, y solo llevas un día aquí.

Ella se entusiasmó al oír aquella alabanza, y también al ver la mirada cálida de sus ojos.

—Bueno, la casa no se estaba cayendo ni llevaba años cerrada. En algunas de las habitaciones olía a humedad, y la despensa estaba vacía, pero eso es todo. ¡Ah! Y me preguntaba si te importaría que amuebláramos de otra manera la habitación de los niños. Los muebles son adecuados para John, pero no para William. Creo que a él le gustaría que rehiciéramos su habitación.

Él sonrió.

—No, no me importa. ¿Sabes? He ido a ver a los niños cuando he llegado, y no dejaban de hablar de ti.

—Hoy les he llevado a dar un paseo.

—Ya lo sé. Te adoran, Amelia.

Ella vaciló.

—Yo también les he tomado mucho cariño.

Se miraron. Él fue el primero en girar la cara, y dijo:

—Empezaron a contarme historias sobre los contrabandistas de Sennen Cove.

Ella se echó a reír.

—Les he hablado sobre las hazañas legendarias de mis ancestros.

—John ha declarado que, cuando sea mayor, va a ser contrabandista.

—¡Oh, no! —dijo ella, riéndose.

—Seguro que se dará cuenta de que es una idea descabellada cuando se convierta en un adulto.

—Jack nunca se ha dado cuenta de eso.

—A propósito, ¿cómo está Jack?

Ella titubeó.

—No ha cambiado, Simon.

Él miró hacia su escritorio. Después alzó la vista.

—Entonces, ¿continúa con el contrabando, incluso en tiempos de guerra? Ahora debe esquivar a las marinas de dos países, no solo de uno.

Amelia se retorció las manos. Quería compartir sus temores con él.

—Es mucho peor —dijo suavemente—. Jack está rompiendo nuestro bloqueo a Francia.

Grenville soltó un juramento.

—¡Si lo atrapan, lo ahorcarán! Sigue siendo tan temerario como siempre. ¿Y cómo puede ayudar a los republicanos franceses?

—Solo piensa en los beneficios que está obteniendo —dijo ella, defensivamente—. También ha ayudado a varias familias de refugiados a llegar a las costas británicas.

—Me alegro de oír eso —respondió Simon, y se levantó del escritorio—. ¿Te apetece una copa de jerez antes de la cena? Yo voy a tomar algo.

—Grenville, yo no puedo beber a estas horas.

Él se estaba sirviendo una copa de vino tinto, y la miró divertido.

—Claro, claro. Tu jornada de trabajo todavía no ha terminado. No es la hora de acostarse.

Ella se ruborizó.

—Me arrepiento de haberte contado que tomo un poco de brandy antes de dormir.

—Yo no.

¿Se estaba riendo? Eso esperaba Amelia.

—Cuando sonríes así, se te iluminan los ojos como si te hubieras quitado todo el peso del mundo de los hombros.

—No seas tan imaginativa —replicó él, con un gesto ceñudo—. Yo no llevo sobre los hombros el peso del mundo, Amelia, solo el de un pequeño condado y el de mi familia.

¿Por qué le había molestado aquel comentario? Algunas veces, su comportamiento era muy extraño.

Grenville se acercó al sofá, le hizo un gesto a ella y se sentó.

—¿Has hablado ya con Lucas? ¿Sabe que has aceptado este puesto de trabajo?

Amelia se sentó en una butaca.

—No he tenido oportunidad de hablar con Lucas. Él quería que viniera a la ciudad, pero me imagino que se quedará muy sorprendido cuando sepa que soy tu ama de llaves.

—¿Se va a sorprender, o se va a enfadar?

¿Acaso recordaba que Lucas se había negado a permitir que Simon la visitara? Hacía mucho tiempo de eso.

—Lucas me comentó que te había visto de vez en cuando en la ciudad. No parecía enfadado cuando hablaba de ti —dijo ella. No tenía intención de mencionar el pasado.

Él le dio un sorbito a su vino.

—Yo tengo cierta amistad con tu tío, Amelia. Lucas se aloja en casa de Warlock a menudo cuando está en Londres, así que nuestros caminos se han cruzado.

Amelia no sabía que Grenville conociera a su tío. Sebastian Warlock no tenía una relación cercana con Amelia y con sus hermanos, aunque se habían visto varias veces.

—Entonces, el mundo es un pañuelo.

—Pues sí.

—Creo que Lucas se va a quedar muy sorprendido cuando sepa que he aceptado ser tu ama de llaves, pero al final, entenderá por qué lo he hecho.

—Ya veremos. ¿Estás segura de que no quieres un poco de jerez o de vino?

—No, gracias. De hecho, dentro de un momento tengo que

subir al primer piso. En realidad, quisiera hablar contigo de un asunto —dijo Amelia con cierta tensión. Por algún motivo, no creía que su conversación sobre Lucille fuera a desarrollarse con calma—. Los demás ya han llegado, por si no has oído el barullo desde el vestíbulo.

—Sí, lo he oído.

—Tenemos que hablar de Lucille, Grenville.

Él entrecerró los ojos y se levantó bruscamente.

—¿Lucille?

Ella también se levantó.

—La niña se ha pasado diez días sin nombre. Tú dejaste muy claro que no te importaba cómo se llamara, y parece que a lady Grenville le gustaba el nombre de Lucille. Por lo tanto, ese es el nombre que le hemos puesto.

—¿Y qué vas a hacer si Southland se lo cambia? —preguntó él con dureza.

—¿Quién es Southland? ¿Es su padre?

—Sí. Thomas Southland es el padre natural de esa niña. Le escribí la semana pasada para decirle que había nacido una hija suya.

Ella se sintió muy alarmada, y consternada también.

—¿Qué quieres decir? ¿Quién es? ¿Lo conozco yo?

—Si lo que estás preguntando es si se trata de un aristócrata, sí. Elizabeth elegía a sus amantes con cuidado —dijo él, con una expresión cerrada—. No creo que nunca tuviera relación con un mozo del establo.

—¡Eso es horrible por tu parte!

—Bueno, puede que me equivoque. Que yo sepa, se acostó con mi jardinero —replicó él. Se terminó de golpe todo el vino y dejó la copa sobre una consola.

Su esposa le había hecho daño. De lo contrario, ¿por qué iba a hablar él con tanto desprecio sobre una difunta?

—Siento mucho que Lucille no sea hija tuya.

—Yo no lo siento. Sin embargo, su nacimiento es muy inconveniente.

—¡Simon, ya basta! No lo dirás en serio...

—Por supuesto que sí. Elizabeth no me dijo que estaba embarazada, Amelia. Me lo dijo Warlock, cuando su embarazo se hizo evidente para todo el mundo. Yo le había pedido que vigilara a mis hijos mientras estaba en el norte. Ni siquiera sabía que iba a marcharse a Cornwall para dar a luz. No sé lo que había planeado. Tal vez quería tener a la niña en secreto y después llevarla al orfanato de un convento.

Amelia se quedó espantada.

—¡Ninguna madre haría algo así!

—Ah. Así que tienes mucha fe en una mujer que ha muerto. En mi difunta esposa.

—Estás hablando muy mal de ella.

—Pues sí.

—¿Por qué no te agradaba?

—Mi deber era casarme y tener herederos, no sentir agrado por ella.

—Pero podías haberte casado con otra mujer.

Él arqueó una ceja.

—Yo hice lo que deseaba mi padre, Amelia. Tal vez podría haberme negado, pero no lo hice porque no me importaba. Mi matrimonio iba a ser de conveniencia de un modo u otro. Sin embargo, entre Elizabeth y yo no hubo más que antipatía desde que nos comprometimos.

—¡Eso no tiene sentido!

—Yo no soy mi hermano.

—¿Elizabeth quería casarse con William?

—Se habían visto varias veces, y las familias habían hablado sobre un matrimonio entre ellos —respondió él, mientras se servía una segunda copa de vino—. Creo que se hubieran llevado bien.

Lo contaba con tanta calma, que ella sintió dolor por él. Su esposa quería casarse con su hermano, en realidad. ¿Cómo no iba a haberle hecho daño eso?

Quería acariciarlo y consolarlo. En vez de hacerlo, se agarró con fuerza las manos.

—Lamento mucho que lady Grenville y tú sufrierais. Y, aunque no importa, yo pensaba que hacíais una buena pareja.

—Pensar bien de los demás es algo innato en ti.

Ella sabía que no podía posponerlo más, así que tomó aire.

—Simon, Lucille es una niña inocente. No ha hecho ningún mal. Ha perdido a su madre, y ahora necesita un padre.

—Entonces, reza para que Southland venga a llevársela.

Amelia se quedó horrorizada con aquella respuesta tan fría.

—¿Es eso lo que le has pedido?

—¡Por supuesto que sí! ¡No tengo ninguna gana de criar a una hija ilegítima!

A ella se le llenaron los ojos de lágrimas, y ni siquiera intentó secárselas. Grenville no quería hacerse cargo de Lucille. Ella debía recuperar la compostura y pensar.

—¿Sabía él que ella estaba embarazada?

—No tengo ni idea —respondió él, con más calma—. Después de todo, no me contaba sus secretos.

Él estaba sufriendo, pero no iba a admitirlo.

—Deja de mirarme con lástima —le advirtió él.

—No te tengo lástima.

—Y un cuerno que no.

Amelia se rindió. Se acercó a él y le tomó una mano.

—Estás herido, y es comprensible. ¡Pero tú eres un buen hombre! Y cuando haya pasado el tiempo, cuando tus heridas no estén tan abiertas, sentirás algo muy distinto por Lucille.

—¿De verdad crees que es inteligente por tu parte intentar consolarme ahora? —le preguntó él. De repente, tenía la mirada brillante.

A ella se le aceleró el corazón. ¿Acaso estaba pensando él en convertir aquello en una seducción? Por un momento, ella le sujetó la mano.

—Necesitas consuelo, Simon.

—¿Y también te parece inteligente seguir llamándome Simon? Nuestra relación terminó hace años.

Ella se puso tensa y miró hacia la puerta de la biblioteca. Continuaba abierta, pero no había nadie haciendo guardia.

—Sí, la casa está llena de sirvientes, y los sirvientes hablan —dijo él. Bruscamente, se liberó de su mano, y añadió—: Este es terreno peligroso, Amelia.

—Incluso tú has admitido que somos amigos. Los amigos se ayudan, Grenville, en un momento de necesidad.

—Ah, así que has recuperado el sentido común y vuelves a llamarme Grenville.

—¿Qué es lo que te ha convertido en alguien tan oscuro y tan temible? ¡No puede ser solo el matrimonio con una mujer a quien no amabas!

—Entonces, ¿ahora soy oscuro y temible?

—¡Has cambiado por completo!

—Bueno, por fin estamos de acuerdo en algo —dijo él. Se dejó caer en un sofá y la miró—. Te he pedido que vinieras a Londres porque mis hijos te necesitan. Los dos sabemos que tú has aceptado el puesto porque los niños perdieron a su madre. Yo no te necesito, Amelia. No necesito tu consuelo. Pero, si sigues ofreciéndomelo, creo que lo vas a lamentar de veras.

—¿Me estás amenazando?

—Los dos sabemos que hay una atracción fuerte entre nosotros —dijo, encogiéndose de hombros.

¡Lo había dicho de una forma tan informal y tan despreocupada!

Tenía razón en ambas cosas: entre ellos existía una atracción muy fuerte, y por otra parte, los niños la necesitaban. Sin embargo, Simon se equivocaba al decir que no la necesitaba. Estaba herido, aunque ella no entendiera de qué forma, ni por qué. Fuera cual fuera la causa de sus heridas, era algo más que el fracaso de un matrimonio.

Pensó en su terrible reacción ante los golpes de la contraventana de la noche anterior.

Él seguía mirándola desde el sofá.

—¿Por qué tienes una pistola cargada en un cajón del escritorio? —le preguntó—. ¿Por qué tenías miedo de quien pensabas que estaba ayer en la puerta?

Él sonrió, pero mostrando los dientes de una forma implacable.

—Londres está lleno de sinvergüenzas, tramposos y ladrones.

—¡Oh, por favor! ¡Los ladrones no llaman!

—Tal y como tú misma has dicho, yo he cambiado.

—¡Saliste corriendo hacia la puerta con la pistola cargada! Estoy preocupada por ti, Simon. Has dicho cosas raras, y te has comportado de un modo extraño. Si puedo ayudar, deseo hacerlo.

—Lo siento, porque no quería asustarte anoche. La vida le cambia a todo el mundo, Amelia, y a mí me ha cambiado. Supongo que a veces tengo un comportamiento extraño. Pero tú ya me estás ayudando. Mis hijos te necesitan de verdad, y debes darles toda tu compasión a ellos, no a mí.

En aquel momento, su determinación por ayudarlo a librar la batalla que estuviera librando fue feroz y arrolladora. También se sintió muy agradecida por haber aceptado aquel puesto en su casa. Sin embargo, tendría que ser mucho menos directa si de verdad quería ayudarlo.

—¿Estás maquinando algo? —le preguntó él, mirándola fijamente.

Ella se acercó al sofá y se sentó en un extremo. Él estaba en el medio.

—Me gustaría hablar del horario de los niños contigo.

—Eso podemos hacerlo mañana por la mañana.

—Bueno. Entonces, tal vez podamos terminar de hablar de Lucille y de su futuro.

Él pasó la mirada por sus labios, y después volvió a sus ojos.

—No sabía que habíamos hablado del futuro de Lucille.

—¿Crees que Southland va a venir? —le preguntó ella, conteniendo la desesperanza. Si el padre natural de la niña quería reunirse con ella, sería algo muy beneficioso para la pequeña.

—No lo sé. Tal vez no. Es soltero y tiene que proteger su reputación.

—Entonces, no vendrá. ¡Un soltero no puede criar a su hija ilegítima!

—Tal vez los padres de Southland decidan hacerse cargo de ella. Amelia... ¿estás consternada o contenta?

—Quiero lo que sea mejor para ella.

—Sí, seguramente sí. Pero te has encariñado mucho con esa niña.

—¿Y cómo no iba a encariñarme? Cualquiera se enamoraría de ella.

Él posó ambos pies en el suelo y se irguió en el asiento.

—Tienes veintiséis años. No has estado casada, ni has tenido hijos.

—Estamos hablando de Lucille.

—Sí, es cierto. Y ella no es tu hija, Amelia, ni es mía. Sin embargo, es más que evidente que tú has sacrificado tu vida para cuidar de tu madre.

—Es un sacrificio que he hecho alegremente —respondió ella con sinceridad.

—Pero mira lo feliz que eres en mi casa, cuidando de mis hijos y de Lucille.

Ella se puso en pie.

—No veo adónde quieres llegar.

Él suspiró.

—No sé si quería llegar a algún sitio. Sin embargo, tal vez debieras pensar en casarte. Está claro que necesitas tener tu familia.

—¿Y quién cuidaría de ti y de tus hijos?

Él abrió mucho los ojos.

—No lo sé —respondió lentamente.

Ella se dio cuenta de cómo había sonado su pregunta, y de lo que implicaba. Se sonrojó.

—No tengo pretendientes, Grenville.

La expresión de Simon fue indescifrable.

Ella se retorció las manos.

—¿Qué pasará si Southland no aparece? —preguntó por fin.

Él suspiró.

—No estoy completamente falto de moral, ni soy un irresponsable. Criaré a la hija de Elizabeth si tengo que hacerlo.

Ella sintió un alivio enorme.

—Sabía que harías lo que está bien. Gracias, Grenville.

Por un momento, siguieron mirándose fijamente. Después, ella se excusó y salió volando.

La cocina estaba impecablemente limpia. Amelia sonrió a Jane, a Maggie, a la cocinera y a Harold, y les deseó buenas noches a todos. Los vería a las seis de la mañana siguiente.

—Gracias por su ayuda de hoy —le dijo Maggie afectuosamente antes de marcharse.

Cuando se quedó a solas, Amelia cerró la puerta de la salida a la calle con llave, y echó el cerrojo. Se sentía muy satisfecha. Había sido un día muy largo, pero muy bueno también.

Lucille había comido y estaba durmiendo. Amelia había cenado con su madre y la había animado a que se acostara pronto, puesto que estaba muy cansada del viaje. Su único pesar era que no podía subir a darles las buenas noches a los niños. No estaba dispuesta a entrar en la zona privada de Grenville.

Apagó las velas y salió de la cocina. ¿Acaso se estaba comportando como una boba? ¿Le preocupaba que él la sedujera si subía las escaleras del ala oeste? Sabía muy bien que no podía permitirse ninguna aventura con su patrón, por mucho que tuvieran una historia común en el pasado. En futuro, debería tener cuidado cuando se aproximara a él. Una amistad era tolerable, pero no podía ir más allá en sus anhelos. Debía preocuparse de sus hijos, tal y como él le había dicho.

Alejó de su mente aquellas preocupaciones y se detuvo en el vestíbulo. La casa estaba muy silenciosa. Se asomó ligeramente al pasillo del ala este; las puertas de la biblioteca estaban abiertas. La chimenea estaba encendida y el brillo del fuego iluminaba tenuemente el pasillo.

A ella le dio un vuelco el corazón. Le encantaría tomar una copa, pero aquella noche tendría que pasar sin ella, puesto que era evidente que Grenville estaba despierto. Todavía tenía muy fresco en la cabeza su último encuentro con él, y le parecía peligroso buscar de nuevo su compañía. En lo sucesivo, se encargaría de que dejaran un decantador y una copa en su habitación.

Sin embargo, iba a tener que pasar por delante de la biblioteca para llegar a las escaleras. Si él la veía, se limitaría a saludarlo con un gesto de la cabeza y apretaría el paso.

Entró en el pasillo y miró hacia la biblioteca, esperándose que iba a verlo allí. Sin embargo, él no estaba en la habitación.

Al mirar al interior, Amelia oyó un grito gutural.

Vaciló. Aquel sonido estaba lleno de dolor.

—Que Dios me ayude —dijo Simon.

Ella jadeó. Aquellas palabras eran de angustia. Atravesó el umbral de la biblioteca y vio a Simon tendido en el sofá. Estaba dormido.

Y claramente, estaba soñando. Se agitaba salvajemente.

—¡Por Dios, Danton, no! —gritó, como si estuviera sollozando.

Tenía una horrible pesadilla.

Amelia entró rápidamente, sin pensarlo dos veces. Dejó la vela en la mesa, se arrodilló a su lado y lo agarró del brazo.

—Simon, despierta. ¡Estás soñando!

—Vienen por mí —dijo él. Abrió los ojos y la miró con fijeza. Tenía las pestañas llenas de lágrimas—. Soy el próximo. Me han descubierto.

Hablaba con tanta lucidez que ella se quedó petrificada. ¿Qué estaba diciendo?

—Voy a vomitar. ¡Hay mucha sangre! ¡Ya no lo soporto más!

—¡Simon! —exclamó ella, y lo agitó de nuevo—. Despiértate. ¡Estás soñando!

Entonces, él abrió mucho los ojos.

—¿Amelia?

Ella sintió un gran alivio, pero no le soltó el brazo.

—No pasa nada —le dijo, intentando calmarlo como si fuera un niño—. Tenías una pesadilla.

—¿Todavía estoy soñando? —le preguntó él con la voz ronca. De repente, la agarró con la mano libre y la estrechó contra su pecho. Sus caras quedaron una junto a la otra—. No me importa que me consueles ahora, Amelia —susurró—. No me importa en absoluto.

Tenía los ojos fijos en sus labios. Hizo que ella le soltara el brazo y la rodeó.

—Deberías saber —le dijo suavemente— que no se debe despertar a un hombre.

Ella sabía que tenía que liberarse, pero no se movió. Estaba en brazos de Simon.

—Tenías una pesadilla horrible.

—Sí, es cierto. Y me pregunto si sigo soñando —dijo. Sonrió ligeramente, y siguió apretándola contra su pecho—. ¿Me estás consolando en sueños, dulce Amelia? Si es así, no deseo despertar.

Ella sabía que tenía que protestar. Él estaba medio dormido, pero eso le hacía incluso más peligroso. Ella quería decírselo, pero él se inclinó más aún y le rozó la boca con los labios.

Amelia se quedó inmóvil, y todos sus sentidos explotaron. Él emitió un sonido áspero, y después volvió a acariciarle los labios, una y otra vez. Amelia sintió cada vez más presión en el cuerpo. ¡Lo necesitaba!

Una mano fuerte la agarró por la nuca y la sujetó para poder besarla sin medida.

Amelia se rindió. Le devolvió el beso apasionadamente, con frenesí. Sus lenguas se tocaron…

De repente, él se apartó de ella con los ojos muy abiertos. Había recuperado por completo la lucidez.

—Esto no es un sueño.

Ella se dio cuenta de que tenía rojas las mejillas. Le ardía todo el cuerpo. Quería que él la acariciara, que la besara.

—No, no lo es —dijo en un jadeo.
—¡Maldita sea! —murmuró Simon.
Entonces, bajó las piernas del sofá y se sentó a cierta distancia de ella.
Amelia se echó a temblar.
Simon la había besado, y ella le había devuelto el beso.
Él le dijo:
—Estás sentada en el suelo.
Amelia se dio cuenta de que era cierto; ella estaba en el suelo, y él estaba en el sofá, mirándola. Sin querer, atisbó la tela tensa de sus pantalones, y supo que se ruborizaba todavía más. Se puso en pie de un salto. Le temblaban las rodillas.
Simon se recostó en el sofá, y se puso un brazo sobre los ojos.
Ella se tapó la cara con las manos, y oyó que él se levantaba. Al notar que pasaba a su lado, se puso muy tensa.
Se giró para mirarlo, y vio que estaba sirviendo dos copas de brandy. Él le entregó una.
—Gracias —dijo Amelia en un susurro.
Sabía que debía marcharse, pero necesitaba aquella copa desesperadamente.
—Tal vez sea mejor que, la próxima vez que me veas dormido, te lo pienses dos veces antes de despertarme —le dijo él, en tono calmado, y con una mirada de cautela.
Ella se echó a temblar y tomó un buen sorbo de brandy. Era delicioso, y tomó un poco más.
—Con eso no vas a poder apagar el fuego —comentó él.
Ella tomó un tercer sorbo.
—No podía dejarte temblando y agitándote en el sofá.
—La próxima vez, será mejor que te lo pienses —repitió Simon.
Ella agarró el vaso con fuerza. La próxima vez, si acaso había una próxima vez, él no iba a detenerse e iba a hacerle el amor. ¡Sabía que no podía ni siquiera pensar en la posibilidad de volver a estar entre sus brazos!

—¿Con qué estabas soñando?
—No lo recuerdo.
—Dijiste el nombre de alguien. Sonaba parecido a Danton.

Él se encogió de hombros.

—No conozco a nadie que se llame así.
—Estabas angustiado, ¡y dijiste que había mucha sangre!

Él se alejó de ella.

Sin embargo, Amelia lo siguió con decisión.

—¿Con qué estabas soñando?
—No lo sé.
—No estabas presente cuando murió Elizabeth; de lo contrario, pensaría que te referías a la hemorragia que tuvo cuando murió al dar a luz.
—Déjalo —respondió él.
—¿Cómo voy a ignorar tu angustia? —le preguntó ella, casi con furia—. Dijiste algo de que te habían descubierto. ¿Qué significa?

Entonces, Simon la miró con ira.

—¡No lo sé! ¡Era una pesadilla! Aunque, seguramente, tienes razón y estaba soñando con Elizabeth.
—¡Has dicho que iban por ti!
—Dios, ¡eres como un terrier con un hueso!
—¿Quién te está acosando? ¿Quién viene por ti? ¿Por eso tienes una pistola cargada en el cajón del escritorio? ¿Hay alguien persiguiéndote, Simon?
—¡Maldita sea! —rugió él—. ¡Maldita sea!

Con rabia, lanzó la copa contra la pared.

Ella se estremeció y retrocedió. El vaso se hizo añicos, y el brandy manchó la bella tela verde.

—Déjame en paz, Amelia.

Ella dejó la copa en una mesa, temblando. Recordó en qué estado se encontraba su habitación de St. Just Hall.

—Somos amigos. Tú mismo lo dijiste.
—Entonces, cometí un error. En este momento no eres más que mi ama de llaves, y quiero que te vayas.

Ella lo ignoró.

—Hay algo que te está angustiando. Aquella primera noche, en la carretera, estabas preocupado. Lo vi en tus ojos. Incluso lo sentí. Tenías mucha prisa por llegar a Londres. Estuviste fuera toda la tarde, y no le dijiste a nadie adónde ibas, ni cuándo ibas a volver. ¿Qué ocurre, Simon? ¿Te está persiguiendo alguien? ¿Estás en peligro?

—¡No, no estoy en peligro! ¡Tienes una imaginación desbordante! ¡Y todo por una pesadilla!

—No le daría importancia a este incidente si fuera el único —replicó ella, sin apartar la mirada de su rostro.

—Yo no soy un niño que tenga que informar a sus mayores —dijo él con tirantez.

—¿Y si hubiera alguna emergencia y te necesitáramos? Sé razonable.

Pasó un momento interminable. Él se acercó a la consola y se sirvió otra copa. No la miró mientras respondía.

—Tienes razón. Debería haberte dicho dónde podías encontrarme si les ocurría algo a los niños.

Entonces, se acercó a la chimenea y se quedó mirando el fuego.

Ella lo siguió. Se había dado cuenta de que, pese a que intentaba aparentar calma, estaba temblando.

—¿Con qué estabas soñando? ¿Qué es lo que te ha dejado tan agobiado?

—Dios Santo, eres muy insistente. No lo recuerdo, Amelia.

—Solo quiero ayudarte. Y tal vez pudiera hacerlo si supiera qué es lo que te angustia tanto. ¿No se te ha ocurrido pensar que esa angustia puede afectar a los niños?

—¡Todo lo que hago y lo que he hecho es por su bien! —respondió él con aspereza.

Amelia pensó que debía de estar en una situación terrible.

—Algunas veces, casi parece que has estado en el extranjero, que has experimentado la guerra en persona.

Él la miró con los ojos muy abiertos.

—¿Y por qué demonios piensas eso?

—Lucas está involucrado en la guerra, Simon, en secreto. Y Bedford también fue agente de nuestro país.

Él palideció.

—No puedo creer que me estés diciendo esto. No creo que sepas de qué estás hablando.

—No soy una solterona de las que se pasan la vida metida en casa. La primera vez que vi a Bedford, estaba gravemente herido, y pensamos que era un oficial francés. Había estado en Francia, espiando para Pitt.

—Entonces, por eso tienes tú tanta imaginación.

—Unos desertores franceses saquearon la casa de mi vecino. Mi mejor amiga es una emigrada. La guerra es un hecho terrible en mi vida, y no puedo evitar preguntarme si también te ha afectado a ti.

—Yo estoy demasiado ocupado gestionando mi condado como para pensar en la guerra.

—Entonces, eres muy afortunado. ¿Tienes esos sueños a menudo?

Él la miró con incredulidad.

—Lo dicho. Pareces un terrier con un hueso. ¿Es que no vas a dejar ese tema?

—En este caso, cuando te veo sufriendo así, no.

—No recuerdo esa maldita pesadilla, y no quiero recordarla. Pero si de verdad quieres saberlo, tengo pesadillas a menudo, sí. ¡De hecho, las tengo todo el tiempo! Y la próxima vez que me veas dormido, te sugiero que te alejes. No es asunto tuyo.

—Pues yo creo que sí. Porque estoy preocupada por ti, y me importan tus hijos.

—Entonces, correrás un riesgo por tu propia voluntad. La próxima vez que interfieras, voy a tomar lo que quiero.

—¿Me estás amenazando?

—No, Amelia. Te estoy haciendo una promesa. La próxima vez satisfaré mis deseos, y también los tuyos.

Y, con aquello, se marchó con brusquedad.

Amelia se acercó a la butaca más cercana y se dejó caer en ella. Entonces, tuvo que contener las ganas de llorar. ¿Qué estaba ocurriendo? ¿Estaba en peligro Simon?

Y se dio cuenta de que el sufrimiento de Simon también la estaba haciendo sufrir a ella. Si pudiera, lo ayudaría. Pero para eso, primero tenía que averiguar lo que estaba ocurriendo.

CAPÍTULO 9

Amelia sonrió de emoción al bajar del carruaje de St. Just. Bedford House era una casa magnífica que estaba a pocas manzanas de Lambert Hall, y ella quería ir caminando, pero Grenville la había visto salir de casa y se había empeñado en que fuera en el coche, o en uno de los vehículos más pequeños. Antes de que ella pudiera negarse, él había ordenado que llevaran el carruaje principal a la puerta, se había metido en la biblioteca y había cerrado ambas puertas.

Habían pasado ya dos días, y aquel era el primer momento libre que tenía para visitar a su hermana. Había estado demasiado ocupada como para ir a ver a Julianne. Había supervisado la limpieza de toda la casa, había llenado las despensas, había hecho afinar el piano y el arpa, había ordenado que lavaran los uniformes de todo el servicio. El señor Barelli y ella habían pasado una tarde entera organizando el horario de clases y actividades de los niños. También había estado unas tres horas diseñando la nueva decoración del cuarto de los niños. John y William se habían trasladado a una habitación de invitados, puesto que la suya iban a pintarla de azul y blanco, además de retapizar los muebles y la cama.

También había ido a comprar ropa para Lucille, y la niña tenía un precioso guardarropa, prendas en miniatura sobre todo de colores rosa y amarillo.

No había visto a Grenville salvo de pasada. Estaba segura de que él la evitaba después de aquel beso de la noche anterior. Seguramente, sentía aquella atracción tan peligrosa y sabía que debían mantenerse a distancia.

Así pues, cuando se veían, él era amable y distante. Le daba las gracias después de todas las comidas, y después se encerraba en la biblioteca o salía para asistir a reuniones. La noche anterior había ido a cenar a casa de lord Dell. Ella estaba despierta cuando él llegó, y eran más de las dos.

Amelia no quería preguntarle nada de su salida, pero sabía que las cenas formales que se celebraban en los días de diario terminaban antes de las dos.

Amelia se dio cuenta de que tenía una amante. Todos los hombres de su posición la tenían.

Se sintió dolida, y no solo por el hecho de que él tuviera una aventura. Sabía que debería estar aliviada por el hecho de que estuvieran cumpliendo con su papel de ama de llaves y patrón. Sin embargo, aquella no era una tarea fácil. Cada vez que sus ojos se cruzaban, notaba una tensión instantánea, una atracción inmediata, y sabía que Simon también. Cada vez que sus ojos se cruzaban, él apartaba la mirada.

También se dio cuenta de que estaba muy cansado. ¿Seguía durmiendo mal? ¿Seguía teniendo pesadillas? ¿Acaso tenía problemas, o estaba en peligro? ¡Era tan evasivo! Y ella estaba muy preocupada.

Sabía que no debía preguntarle cómo se encontraba. Las pocas veces que había estado a punto de hacerlo, él se había dado la vuelta inmediatamente, como si lo presintiera.

Ahora, ella tenía un decantador en la habitación, así que podía tomar una copa de brandy antes de acostarse sin tener que encontrarse con él en el piso bajo. Sin embargo, no tenía ganas de evitar a Simon. ¡Echaba de menos su compañía! Además, sabía que no podía seguir evitándolo indefinidamente.

Aquella tarde, había decidido que era hora de ocuparse de sí misma. Los niños estaban en clase con el señor Barelli, la compra de aquel día estaba hecha, ya habían comido y la cena estaba organizada. Sus deberes por el momento habían estaban cumplidos. Echaba de menos a su hermana, y necesitaba verla.

Sintió una punzada de arrepentimiento al llegar a la entrada principal del palacio de su hermana. Su madre siempre se echaba una larga siesta después de comer, y ella la había animado especialmente para que lo hiciera aquel día. Amelia sabía que su madre querría ver a Julianne, aunque tal vez no la reconociera, pero ella necesitaba hablar con su hermana a solas.

Y antes de llegar a la puerta, esta se abrió, y en el vano apareció Julianne.

—He visto el coche entrando en la finca —dijo Julianne con una sonrisa—. St. Just no viene nunca de visita. ¡Sabía que eras tú! —exclamó, y se echó a sus brazos.

Amelia la abrazó con fuerza. Después la observó. Antes de casarse, Julianne era un miembro de la pequeña aristocracia rural, con medios económicos limitados. Se pasaba el día haciendo labores domésticas, leyendo o buscando apoyos para los jacobinos franceses. Después de su matrimonio se había convertido en toda una condesa que vestía seda y lucía joyas.

—Casi no te reconozco —dijo Amelia, mientras entraba en casa con su hermana—. ¡No sé si voy a poder acostumbrarme a tener una hermana tan elegante!

Julianne era alta y esbelta, y tenía el pelo rubio rojizo. Llevaba un vestido de seda brocada verde y un conjunto de pendientes y collar de esmeraldas, y estaba resplandeciente.

—¿Te has puesto carmín en los labios? —preguntó Amelia, mirándola.

—Solo un poco. Soy una mujer perdida —respondió Julianne, sonriendo con picardía.

Amelia se dio cuenta de que su hermana era muy feliz.

—Nunca te había visto tan radiante. ¿Cómo está mi sobrina?

—¡Jaquelyn ya gatea por todas partes! —exclamó Julianne—.

Me paso casi todo el tiempo detrás de ella, porque se mete debajo de todas las sillas y los asientos.

Amelia sonrió.

—¿Puedo verla antes de irme?

—Por supuesto que sí. Ahora está dormida, pero haré lo impensable y la despertaré si es necesario.

A Julianne se le borró la sonrisa de los labios cuando las dos hermanas entraron en el lujoso salón de la mansión.

—¿Por qué llevas ese vestido tan horrible? —le preguntó a Amelia.

Amelia vaciló. Julianne se había empeñado en darle mucho dinero a su familia, pero ella había metido todo aquel dinero en una cuenta bancaria.

Julianne la miró con reprobación, y después sonrió al mayordomo, que acababa de aparecer.

—Gerard, ¿le importaría traernos un té con pastas, por favor?

Él hizo una reverencia y se marchó.

Julianne se volvió hacia ella.

—Olvida el vestido. Ya sabía que no te ibas a gastar ni un penique del dinero que te di. Tendré que ir yo misma a llevarte algunos vestidos decentes a la puerta de casa.

—No necesito vestidos, Julianne —replicó Amelia, aunque no fuera cierto.

Julianne la miró nuevamente con desaprobación.

—Lo has hecho, ¿no? ¿Te has ido a vivir con St. Just?

—Soy su ama de llaves —dijo Amelia.

—Estuve a punto de desmayarme cuando recibí tu carta —dijo Julianne—. No podía creer lo que estaba leyendo. ¡No puedo creer que él te ofreciera un puesto en el servicio de su casa y tú aceptaras!

—¿No leíste también lo de sus pobres niños y en qué estado se encontraba su casa? Su esposa acaba de morir, Julianne.

—Él te rompió el corazón.

Amelia se quedó helada.

—Sí, voy a ir directamente al grano. Olvida que eres de la nobleza, que tu cuñado es Bedford y que ya no estás en una mala situación económica. Él te rompió el corazón. Estuvo jugando contigo durante todo un verano. Tú esperabas una petición de matrimonio por su parte, pero él se marchó sin despedirse. ¡Tal vez tú lo hayas olvidado, pero yo no! —exclamó su hermana iracunda.

—Yo lo he perdonado, Julianne —dijo Amelia—. Te pido que tú hagas lo mismo.

—¡Y un cuerno! ¿Cómo has podido perdonarlo? ¿Cómo puedes encargarte de su casa? ¿Cómo puedes cuidar de sus hijos?

Amelia sabía que la rabia de Julianne era resultado del amor que le tenía, pero suspiró. Necesitaba de veras los consejos de Julianne, pero si estaba tan enfadada, no iba a servirle de mucho lo que le dijera.

—Están sufriendo —murmuró.

—¿Te ha seducido? —le preguntó Julianne—. ¿Se trata de eso?

A Amelia se le escapó un jadeo de sorpresa. Antes de que pudiera negarlo, aparecieron Gerard y una doncella con la bandeja del té y las pastas. Julianne les dio las gracias a los sirvientes, y cuando se marcharon, Amelia dijo:

—Eso es injusto.

—¡No, lo que es injusto es que te persiguiera! ¡Que te besara! ¡Y que te dejara, al final!

Amelia se sentó. Su hermana era muy apasionada, e iba a seguir despotricando hasta que se calmara. Al final, Julianne volvería a ser razonable, pero en aquel momento Amelia lamentó haberle contado que Simon la había besado, tantos años atrás.

—Bueno, ¿sigue siendo tan guapo? ¿Sigue siendo peligroso y apuesto? —le preguntó Julianne, en tono de acusación.

—Todavía es atractivo —dijo Amelia—. Pero ha cambiado terriblemente, Julianne. Estoy muy preocupada por él.

—¿Que estás preocupada por él? —inquirió Julianne, y se dejó caer junto a Amelia—. No has llegado a responder mi pregunta. Oh, Amelia, ¡te hizo muchísimo daño, y no quiero que eso suceda de nuevo! ¡No es lo suficientemente bueno para ti!

Amelia eligió las palabras con cuidado, y tomó a su hermana de la mano.

—En primer lugar, no me ha seducido. Solo soy su ama de llaves. No sabes lo mucho que me necesitan sus hijos, y Lucille. Pero... también soy su amiga.

Julianne se atragantó.

—¡Solo tú tendrías tan buen corazón como para ser amiga suya!

—Él necesita alguien que sea su amigo en estos momentos, Julianne.

Su hermana agitó la cabeza.

—¿Lucille es el bebé?

Ella asintió.

—Julianne, Lucille no es hija suya. Es hija ilegítima de lady Grenville, y él está muy enfadado por eso.

—¡Oh, Dios mío! —exclamó Julianne, que se olvidó del resentimiento que sentía por Grenville.

—¡Es tan preciosa y tan inocente! Yo ya me he enamorado de ella. Es una de las razones por las que acepté el puesto. La pobre niña no tiene padre ni madre, y estoy muy preocupada por ella.

Julianne la abrazó.

—Es lógico. No sé lo que sentiría yo si Jaquelyn se estuviera criando en casa de algún extraño. También es lógico que Grenville esté furioso por el hecho de que su mujer lo haya dejado con una niña bastarda.

—No tenían un buen matrimonio. No se querían.

—¿Cómo lo sabes? Tú nunca haces caso de los chismorreos.

—Él mismo me lo dijo.

Julianne palideció y se puso en pie.

—¿Te lo dijo él? ¿Y tú lo crees? Lo sabía. Nunca has dejado

de estar enamorada de Grenville. Por eso no te has casado. ¡Amelia, no podéis ser amigos, después de todo lo que te ha hecho!

—Tú no le conoces, Julianne. No deberías sugerir que está mintiendo con respecto a su matrimonio, ni que nuestra amistad es falsa —dijo Amelia con seriedad, y también se puso en pie.

—Voy a cuidar de ti, Amelia, porque tú siempre me has cuidado a mí. Creo que conozco a los hombres un poco mejor que tú. Ahora, Grenville está jugando contigo como jugó hace diez años.

Amelia pensó en lo seductor que podía llegar a ser Grenville. Sabía que, si ella le concedía ciertas libertades, él no vacilaría en aprovecharlas. ¿Estaba Julianne en lo cierto? ¿Estaba él jugando con ella? Ella lo había creído cuando él le había dicho que, pese a todo, eran amigos.

—Ya veo que estás insegura —dijo Julianne—. Sabes que tiene una malísima reputación.

Amelia se puso tensa.

—Si vas a decirme que es un mujeriego, no quiero oírlo.

—No, pero vive en una total reclusión, Amelia. Nadie lo invita ni siquiera a cenar, porque saben que se pasaría toda la velada con una actitud inquietante, malhumorada.

Amelia sintió dolor por Simon.

—Entonces, tal vez los cambios que he observado en él empezaron hace tiempo. Cuando éramos jóvenes, no era ningún ermitaño. Ahora es alguien oscuro y angustiado. Me di cuenta al verlo en el funeral, antes de que tuviéramos ocasión de hablar. Hay algo que le está causando sufrimiento, pero no quiere decirme de qué se trata.

—Tal vez tenga melancolía —dijo Julianne—. ¿Te reconoció, Amelia? ¿Recordaba vuestra aventura?

Amelia no titubeó.

—Cuando me enteré de que lady Grenville había muerto y supe que íbamos a vernos en su funeral, pensé que él no iba a reconocerme. Pero sí lo hizo, Julianne.

—¿Después de todos estos años?

—Hay una conexión ilógica entre nosotros, Julianne. Por eso somos amigos. Y como amiga suya, estaré presente en su vida ahora, cuando está sufriendo y tiene problemas. Y estaré presente por sus hijos, no por él. Los niños me necesitan desesperadamente, Julianne.

Julianne la observó atentamente.

—Si esos niños te necesitan, tú siempre los antepondrás a todo. Supongo que me siento un poco aliviada. Pero, Amelia, ¿ha intentado seducirte Grenville?

Ella sabía que debía mentir, pero titubeó, y entonces, al ver que su hermana abría mucho los ojos, susurró:

—Existe una gran atracción entre nosotros. Los dos estamos luchando contra ella.

Julianne alzó las manos por el aire y comenzó a caminar de un lado a otro.

—¡Lo sabía! Estoy muy asustada por ti —dijo, y se giró hacia Amelia—. Deja que lo adivine: está sufriendo, y tú quieres consolarlo.

Amelia se echó a temblar. Julianne estaba en lo cierto.

—Por favor, no te asustes. Él me necesita, pero yo no voy a darle ninguna libertad. Ya no soy una boba ni una ingenua, Julianne.

—¡Pues yo creo que te ha tomado por tonta! —respondió Julianne—. No tienes experiencia, y él es un hombre de mundo. Estoy segura de que, si te sientes atraída por él, es porque le quieres. Pero hazme caso: para él es solo un asunto de deseo y lujuria.

Amelia se estremeció.

—¿Fue igual con Bedford?

—¡Claro que no! ¡Nosotros nos enamoramos!

Amelia empezó a sentirse enojada con su hermana.

—Ya veo que sigues furiosa con Grenville, y tal vez él se merezca esa ira. Sin embargo, creo que deberías concedernos el beneficio de la duda. Ahora estoy a su servicio, y ni tus advertencias ni tus sospechas van a alterar eso.

Julianne gimió.

—Te has puesto a la defensiva.

—Sí, es cierto. Pero necesito tu ayuda —dijo Amelia, y tomó de la mano a su hermana—. De veras, Julianne. Te necesito como hermana, como amiga y como confidente. Porque St. Just y los niños dependen de mí, y yo tengo que apoyarme en ti.

Julianne la abrazó.

—Siempre podrás contar conmigo. Y también podrás contar con Dom.

Amelia correspondió al abrazo de su hermana, y después se apartó.

—Los niños están empezando a recuperarse de la muerte de su madre. Ahora están muy necesitados de cariño. En cierto modo, soy una sustituta de Elizabeth.

—¿Y eso es inteligente?

—No lo sé. Pero les he tomado mucho cariño, y ellos necesitan a alguien a quien contarle lo que han aprendido en clase, que les lleve a pasear y les acueste por las noches —dijo—. Sin embargo, es Lucille la que más me preocupa. Tal vez su padre no venga a buscarla, y Grenville detesta incluso tenerla en su presencia, aunque ha dicho que la criará si se ve obligado a hacerlo. Yo quiero reconciliarlo con esa niña si su padre no viene a buscarla.

—¿Y por qué no crees que su padre vaya a recoger a la niña?

—Es soltero, Julianne. No es probable que quiera criarla. ¿Conoces a Thomas Southland?

—Me suena el nombre. Le preguntaré a Dominic por él.

—Gracias —dijo Amelia. La tomó de la mano y se la apretó. Entonces, Julianne le dijo:

—Bueno, veo que no voy a hacerte cambiar de opinión Sigo pensando que no es inteligente que te hayas vinculado tanto a la familia St. Just, ni que te preocupes tanto por ellos. Espero que te mantengas a distancia de él, y que solo seas su ama de llaves y su amiga.

Amelia sonrió ligeramente.

Julianne se acercó a la bandeja del té y sirvió dos tazas. Le entregó una a Amelia, que le dio las gracias, se sentó y tomó un sorbito. Después dejó la taza sobre la mesa y prosiguió:

—Creía que había olvidado por completo el pasado, pero lo cierto es que al ver a Grenville he recordado todos los detalles. Pero me recuerdo sin cesar que el pasado es eso, el pasado.

—¿Habéis hablado sobre ello?

—No, no exactamente. Ha habido alguna mención por su parte, pero los dos estamos decididos a no repetir ese error.

¿A quién estaba intentando engañar? ¿A sí misma? Lo cierto era que Simon la seduciría si pudiera. Estaba casi segura.

—Eres muy valiente.

—No. Estoy asustada. Como ya te he dicho, Simon ha cambiado, y está muy agitado. El otro motivo por el que he venido a verte, aparte de estar contigo, es porque necesito tu consejo.

Julianne se quedó mirándola fijamente.

—Estás preocupada, y no por una seducción.

—Sí. Estoy muy preocupada. Su comportamiento es muy extraño.

—¿En qué sentido?

—Tenía una gran urgencia por volver a Londres, y tuvimos que hacer el viaje en dos días. Además, le daba miedo dejar a sus hijos atrás por el camino. Los niños podían haber viajado con más tranquilidad, con mamá, Garrett y el resto del servicio. Sin embargo, se empeñó en que fueran con él.

—Tal vez sea su forma de reaccionar ante la reciente muerte de lady Grenville.

—No. Después del funeral se encerró en su habitación. Me pidieron que interviniera. Estaba borracho y dijo unas cosas muy extrañas.

—Pero... su esposa acaba de morir. Aunque no tuvieran un buen matrimonio, es lógico que esté de duelo por ella, Amelia.

—Me dijo claramente que no estaba sufriendo por ella, aunque sentía que hubiera muerto.

—Eso es muy extraño.

—Empezó a divagar, y estaba muy enfadado. Hablaba de hombres que morían todos los días. Parecía que se estaba refiriendo a la guerra.

Julianne palideció.

—¿Él ha estado en la guerra?

—No lo sé. Pero tiene una pistola en el cajón del escritorio, Julianne. La tiene cargada.

Julianne se quedó asombrada, y Amelia añadió:

—La noche que llegamos a la ciudad, se soltó una de las contraventanas de la casa y comenzó a golpear contra la pared. No tuvo nada de raro, pero Simon tomó la pistola y salió corriendo por la puerta principal, como si pensara que había merodeadores.

—Eso también es muy raro.

—Su comportamiento en general es muy raro. El otro día tenía una pesadilla espantosa, Julianne. Decía que había sangre por todas partes, y que no podía soportarlo más. También dijo algo como que iban por él. Cuando le pregunté con qué estaba soñando se puso muy esquivo, y me dijo que no se acordaba. Pero yo no lo creí. Sé que lo recordaba perfectamente.

—Elizabeth murió al dar a luz. Tal vez estuviera soñando con ella.

—Yo también lo pensé, pero sé con certeza que no estaba soñando con ella.

—¿Y qué podía significar que iban por él? ¿Lo está persiguiendo alguien? ¡Es el conde de St. Just!

—No tengo ni idea, pero puedo decirte que estaba muy angustiado cuando se despertó. ¡Era una pesadilla horrible! Al final me confesó que tenía pesadillas a menudo.

—Dominic también las tenía cuando nos conocimos.

A Amelia se le encogió el corazón de miedo.

—Julianne, ¿crees que ha estado en Francia y en la guerra?

—¿Por qué iba a creer eso?

—Él conoce a Warlock.

Julianne iba a tomar un poco de té, pero al oír aquello dejó la taza sobre el plato.

—No deberíamos sacar conclusiones apresuradas.

—Tú casi nunca hablabas de Sebastian, Julianne, cuando volviste a casa después de que Bedford volviera a Francia. Sin embargo, dejaste claras dos cosas: la primera, que no te gustaba en absoluto, y la segunda, que era el jefe de espías del que dependía Bedford.

—Sí, lo era. Dom tenía que hacer todo lo que le ordenaba. Y creo que Warlock todavía sigue en el juego de la guerra y el espionaje, aunque yo apenas he vuelto a verlo, desde que Dominic es un civil común y corriente —dijo Julianne, que se había puesto muy rígida.

—¡Estoy tan preocupada! —gimió Amelia—. Simon nunca está en casa con su familia, Julianne.

—Entonces, estás empezando a pensar que, en realidad, cuando no está en casa es porque está en Francia.

—¡Espero que no sea así! Seguramente está en alguna de sus fincas del norte.

—Francia está sumida en el terror. Sé que a ti no te interesa la política, pero deberías saber que estar allí es muy peligroso, a menos que seas un jacobino, como Hébert y Tallien. Han matado a pueblos enteros, Amelia, cuando una o dos de sus familias se atrevían a oponerse al régimen revolucionario. ¡Se culpabiliza por asociación! La causa que yo apoyaba ya no existe. Un grupo de tiranos radicales y enloquecidos ha terminado con ella, y Robespierre es uno de los peores. Nadie puede disentir. Mira lo que le ha pasado a Georges Danton.

Amelia soltó un gemido.

—¡Simon gritó un nombre en mitad de su pesadilla, y era Danton!

Julianne palideció.

—A Danton lo decapitaron hace unas semanas. Era un jacobino, Amelia, pero se volvió contra Robespierre, y lo pagó con la vida.

—Tal vez oyera mal —dijo Amelia, con el corazón en un puño—. ¡Simon no podía estar soñando con un jacobino a quien acababan de decapitar!

Sin embargo, él había gritado que había mucha sangre a su alrededor, y que ya no podía soportarlo más... Amelia se levantó de un salto y comenzó a pasearse de un sitio a otro.

—No puedo imaginarme que St. Just sea un agente, como era Dom —dijo Julianne en voz baja, y se puso en pie—. Es un ermitaño, Amelia.

—Espero que tengas razón, que solo sea un ermitaño malhumorado. Simon nunca habla de política. No parece que le interese mucho la guerra. Seguro que estoy haciendo una montaña de un grano de arena —dijo Amelia.

No podía imaginarse que Grenville hubiera estado en Francia. Y, de ser así, ¿qué habría hecho? ¿Espiar, como Bedford? ¿Dirigir a las tropas, como habían hecho otros aristócratas? ¡No tenía sentido!

—Además, él quiere mucho a sus niños. No creo que pusiera su vida en peligro de ninguna manera, y menos cuando ellos necesitan tanto a su padre.

Julianne la rodeó con un brazo.

—No debemos suponer que está soñando con la guerra solo porque tenga pesadillas. Podría estar soñando con cualquier cosa, Amelia. No sabes con seguridad si estaba gritando el nombre de Danton. Y aunque fuera cierto, tal vez se conocieran de antes de la guerra. Dom conocía a muchos franceses. Sin embargo, voy a preguntarle a mi marido lo que sabe sobre St. Just.

—Eso es buena idea. Seguramente, si Simon tuviera algo que ver con los tejemanejes de Warlock, Dominic lo sabría.

Julianne se la quedó mirando.

—No has dejado de llamarlo Simon.

Amelia se ruborizó.

—Ah. No me he dado cuenta.

—¿De veras? Espero que no le llames Simon cuando le estás preguntando cuáles son sus preferencias para el menú del día.

—No, no —dijo Amelia, aunque se dio cuenta de que enrojecía aún más.

—Me preocupas —le dijo Julianne—. Sé sincera conmigo, Amelia. ¿Sigues queriéndolo?

—¿Cómo puedes preguntarme algo así?

—Puedo preguntártelo y te lo pregunto.

—Le tengo estima, y estoy preocupada por él. Eso es todo.

Julianne negó con la cabeza.

—Todavía lo quieres. Nunca has dejado de quererlo. De esto no puede salir nada bueno, Amelia. Ya te utilizó una vez, ¿es que no lo ves? Y te utilizará de nuevo.

—No, si tengo cuidado —replicó ella. Sin embargo, se dio cuenta de que ni siquiera ella misma creía en sus palabras.

Julianne la miró con lástima.

Amelia se asomó al salón. Grenville estaba sentado a la cabecera de la mesa, con John a un lado y William al otro. Estaban terminando el segundo plato, venado asado con verduras, en una mesa lujosa. Los niños estaban muy guapos con sus chaquetas azules, y Grenville estaba magnífico con una chaqueta formal de color marrón. Sonreía por algo que acababa de decir John.

A ella se le encogió el corazón al ver aquella escena. Se quedó mirando sin poder evitarlo.

A Grenville le cambiaba la cara por completo con aquella sonrisa. John también se estaba riendo, e incluso William, que siempre intentaba portarse como un adulto, tenía una expresión divertida.

Estaban hablando sobre un barco nuevo y sobre un paseo por el río.

Amelia atravesó el umbral y le hizo una señal al sirviente que estaba junto a la mesa de servicio. El criado comenzó a retirar los platos, y ella se sintió satisfecha al comprobar que no había quedado ni un bocado. Entonces, miró a Grenville.

A él se le borró la sonrisa de los labios, y su mirada se hizo más intensa. Amelia consiguió asentir amablemente y siguió a Pete hacia la cocina.

—Sirve el postre, por favor.

Tenía el corazón acelerado. ¿Qué había significado aquella mirada larga e intensa? ¿Estaba en peligro de que intentara seducirla de nuevo? ¿Se había enamorado de él? Mientras sacaban de la cocina una bandeja de plata con pastas y tartaletas recién horneadas, ella tomó aire. No podía quitarse de la cabeza la conversación que había tenido aquella tarde con Julianne.

Él no podía estar implicado en la guerra ni en la revolución. Ni siquiera leía los periódicos, cuando los titulares hablaban de Francia, o de una declaración de Pitt, o de su ministro de Guerra, Windham. Ella nunca le había oído hacer ningún comentario sobre la guerra. A cualquier otra persona, aquello le habría parecido extraño, pero a ella no. Después de todo, lady Grenville acababa de morir, y Simon tenía muchas cosas de las que preocuparse.

Tenía pesadillas extrañas y estaba agitado, pero solo era una persona solitaria con un humor sombrío. Tenía que ser eso.

El hervidor comenzó a silbar, y Amelia, pese a las protestas de Maggie, puso el agua en la tetera. Un criado le quitó de las manos la bandeja con el servicio de té. Ella lo siguió hasta el comedor.

Al entrar, vio que ambos niños estaban devorando el postre. El de Grenville estaba intacto.

—¿Le desagrada el postre, milord? ¿Podemos ofrecerle otra cosa?

Él se acomodó en la silla y pasó la mirada, lentamente, por su rostro.

—No hay nada que me desagrade en este momento —respondió con una sonrisa—. Gracias por otra comida deliciosa.

Ella le devolvió la sonrisa.

—Eso es todo —le dijo Grenville al sirviente. Cuando aquel salió, Grenville miró a sus hijos—. Si queréis, podéis marcharos.

Amelia se puso tensa al darse cuenta de que, si los niños se iban, ellos dos se quedarían solos en el salón. John y William se pusieron de pie al instante, de un salto, y John corrió hacia ella mientras William decía:

—Gracias, papá.

Amelia acarició la cabeza a John, y Grenville respondió:

—De nada.

John sonrió a Amelia.

—Ha dicho que iba a contarnos un cuento. ¿Puede contárnoslo antes de que nos vayamos a dormir?

Ella vaciló. Para contarles un cuento a la hora de dormir, tendría que ir a la zona privada de la familia. Solo había subido allí durante el día, porque tenía que supervisar la limpieza de aquella parte de la casa. Y lo había hecho siempre cuando Grenville estaba fuera.

—¿Deseas contarles o leerles un cuento a los niños? —le preguntó Grenville.

—Me encantaría —dijo ella.

Sin embargo, tenía el corazón acelerado. ¿De veras quería subir allí a aquellas horas? ¿Y él? ¿Se iría a la biblioteca, como de costumbre?

—Amelia subirá dentro de poco. ¿Por qué no os preparáis para acostaros, mientras? —les sugirió Grenville a sus hijos.

Los niños salieron corriendo. Amelia titubeó; sabía que él deseaba quedarse a solas con ella, pero también sabía que no era aconsejable.

—¿Deseabas hablar conmigo? —le preguntó.

—Tú nunca subes —le dijo él suavemente.

—Es la zona privada de la familia. No me parece adecuado.

—A mí no me importa.

Amelia se dio cuenta de que él se había bebido casi toda una botella de vino tinto.

—Debemos mantener cierta formalidad.

—¿Así es como lo llamas? —le preguntó él divertido—. Has estado evitándome desde que me viste dormido en el sofá de la biblioteca, y yo he estado intentando decidir si puedo anteponer el bienestar de mis hijos a todo lo demás.

¿Qué significaba aquello? Claramente, se refería al beso que se habían dado.

—Yo estoy intentando cumplir mis deberes de ama de llaves. Tú también me has evitado, así que está claro que has sabido anteponer a tus hijos a todo lo demás.

—Supongo que he mantenido una distancia prudente. Sin embargo, no he olvidado ese encuentro —dijo él, y apartó la taza de té—. Me gustaría, Amelia, que les leyeras un cuento a los niños esta noche. Necesitan tu atención, y sus necesidades van por delante de las mías.

Ella intentó mantener la compostura.

—Gracias. Me encantaría hacerlo.

—¿Tienes miedo de que yo te moleste mientras estás con ellos?

Antes de que ella pudiera pensárselo y negarlo, él le dijo:

—Quiero que seas sincera.

—Sí —susurró ella.

Él miró a la mesa.

—Tal vez yo también quiera oír ese cuento. Tal vez sea algo tan sencillo como eso.

Ella lo observó atentamente. Él había estado mucho tiempo lejos de sus hijos, y quería estar con ellos. Tal vez solo quisiera estar presente en aquel momento familiar.

Tal vez se sintiera solo.

De repente, Grenville se puso en pie.

—¿Qué tal la visita a tu hermana?

Ella tomó aire profundamente. Estaba nerviosa, pero había decidido que iba a incluirlo en aquel rato de cuentos con sus hijos antes de dormir.

—Ha sido maravilloso verla.

Él rodeó la mesa.

—¿Y está de acuerdo con que hayas aceptado este trabajo en mi casa?

Amelia no podía contarle lo que su hermana pensaba de él.

—Entiende el motivo por el que lo he hecho.

—Recuerdo que estabais muy unidas. Entonces, ¿ella ha olvidado el pasado? ¿O me lo ha perdonado?

Amelia no quería mentir. Al ver que ella titubeaba, él exclamó:

—¡Ah! Así que habéis hablado sobre el pasado. Habéis hablado sobre mí.

—Le he explicado la situación en la que están los tres niños. Ella está muy preocupada por ellos, naturalmente.

—Entonces, ¿le ha parecido bien que aceptaras el puesto de ama de llaves?

—Sí.

—¿De veras? Porque no creo que la condesa de Bedford me haya perdonado los pecados del pasado. Si lo ha hecho, entonces tus poderes de persuasión me dejan impresionado —le dijo él con una sonrisa—. ¿Te has quejado tú sobre mí o sobre mi comportamiento?

Ella se sobresaltó.

—Yo nunca haría tal cosa.

—Entonces, ¿no le has dicho que a veces me comporto de una manera extraña, o que me has encontrado durmiendo en la biblioteca, en mitad de una pesadilla?

—Yo… Le mencioné que estaba preocupada por ti, que parece que estás angustiado y que yo quiero ayudar.

—Claro. ¿Y le has hablado de tu teoría? ¿Le has dicho que crees que estoy en peligro de algún modo?

—Sí, le dije que creo que hay algún motivo por el que estás angustiado, pero que no sabía cuál era.

—Solo estoy angustiado porque mis hijos han perdido a su madre —respondió él con aspereza.

Amelia se quedó callada. Ojalá estuviera siendo sincero con ella. Sin embargo, ella no lo creía.

—¿Y cuál fue el veredicto, al final? ¿Piensa tu hermana que estás haciendo lo correcto al ayudarnos a mis hijos y a mí? ¿También piensa ella que estoy angustiado?

Se quedaron mirándose fijamente el uno al otro. ¿Le estaba preguntando si Julianne también sospechaba algo de él? ¿Era tan astuto como para eso?

—Julianne cree que estás sufriendo por la muerte de tu esposa.

Él sonrió, pero sin alegría.

—Eso sería una conclusión lógica, ¿no? Es un momento muy difícil.

—Sí, sería la conclusión que sacaría casi todo el mundo.

Él la miró de reojo, y después añadió:

—No creo que le agrade que estés aquí, sean cuales sean las circunstancias.

—Ella ha aceptado mi decisión.

—Seguro que habéis tenido una pelea. Seamos francos, Amelia. Si supiera la verdad, te sacaría a rastras de esta casa.

Amelia se ruborizó.

—Si te conociera como te conozco yo...

Él abrió mucho los ojos.

—Si me conociera como tú, ¿me tomaría afecto? —preguntó él en tono de diversión—. Amelia, eres única.

—Julianne no es justa —respondió Amelia rápidamente—. Entrará en razón.

—Ah, lo que yo sospechaba. No está de acuerdo con que trabajes aquí, y no confía en mí en absoluto. Y no la culpo. Yo tampoco confío en mí mismo.

Amelia no podía dejar de mirarlo. Si no tenía cuidado, aquel momento se iba a convertir en algo romántico, estaba segura.

—Confío en ti —susurró, finalmente. Y en realidad, una parte de ella sí confiaba en él, aunque supiera que la seduciría si pudiera.

—Pero tienes miedo de subir.

—Sí. Tengo miedo de su subir a las estancias de tu familia.

Él le clavó una mirada abrasadora, pero no dijo nada.

El silencio se convirtió en algo tenso. Amelia se humedeció los labios y dijo:

—Creo que los dos nos estamos comportando de una forma elogiable, teniendo en cuenta lo difícil de la situación.

—Lo que más me gusta de ti, Amelia —respondió él, lentamente—, es que eres muy decorosa y muy recatada.

Ella se ruborizó, porque ambos sabían que no lo era.

—Tienes miedo de subir y atender a mis hijos —continuó él—. Temes acercarte a mí a la biblioteca. Y ahora mismo temes que me acerque demasiado a ti.

—¡Sí, es cierto, tengo miedo! —exclamó ella—. ¡Confío menos en mí misma que en ti!

En cuanto dijo aquellas palabras, se dio cuenta de que le había dado carta blanca.

Y él la aceptó. Su mirada, que ya era ardiente, se volvió abrasadora. Dio un paso hacia delante y la atrajo hacia sí.

—Me alegro de oír eso.

—¿De veras? —susurró ella, mientras posaba las manos en sus brazos.

—Sí, Amelia, me alegro mucho —dijo Grenville, y la besó.

Amelia cerró los ojos y no se movió. La euforia se apoderó de ella al sentir sus labios, y finalmente, correspondió a su beso.

Él abrió la boca, y ella deslizó la lengua entre sus labios, para entrelazarla con la de él.

Simon se alejó de repente, y se pasó la mano por el pelo.

—Se supone que eres mi ama de llaves —dijo con aspereza—. Pero no puedo olvidar lo que siento cuando te tengo entre mis brazos.

—Lo sé —susurró ella. No daba crédito a aquel deseo tan intenso. Estaba preparada para hacer lo impensable. Estaba dispuesta a subir las escaleras y acostarse con él, y al diablo con las consecuencias.

—Si nos convertimos en amantes, no habrá vuelta atrás —dijo él rotundamente.

Amelia se echó a temblar. Estar entre sus brazos era algo maravilloso, pero, ¿cómo iba a poder ser su amante y su ama de llaves?

¿Y sus sentimientos? Estaba enamorada, ¿no? ¿Y sus principios y su moralidad? ¿Y su futuro?

Él le acarició la mejilla con los nudillos.

—¿Amelia? Esto no es buena idea.

—Creo que los niños ya estarán esperando el cuento —dijo ella, con la respiración entrecortada.

Él la soltó, y ella se alejó de sus brazos. Sin embargo, no dejaron de mirarse.

—Deberías venir con nosotros, Simon —musitó Amelia.

Él bajó la mirada.

—No, creo que no.

Después se dio la vuelta, entró en la biblioteca y cerró ambas puertas tras de sí.

CAPÍTULO 10

Hacía años que Simon no visitaba Bedford House. Aunque Dominic Paget, el conde de Bedford, ya no estaba involucrado en la guerra, sí había apoyado años atrás la sublevación realista en Francia. Desde que Simon había caído en la red de intrigas de Warlock, le habían dicho que lo más prudente era fingir indiferencia hacia hombres como Paget, Penrose y Greystone. Warlock se había asegurado muy bien de que aquellos agentes de élite estuvieran informados los unos sobre los otros. Simon conocía la identidad de unos veinticuatro agentes más. Casi todos estaban infiltrados en Francia, recopilando información para el Ministerio de Guerra y el Departamento de Inmigración.

Sebastian Warlock lo había reclutado a él hacía dos años. Las potencias europeas temían que la revolución que se había producido en Francia se extendiera a su territorio. En Gran Bretaña las cosas no eran diferentes. El gobierno tory de Pitt se reunía constantemente para analizar la situación en Francia e intentar averiguar si aquella anarquía podía extenderse a Gran Bretaña y a sus aliados.

No era ningún secreto que él hablaba francés, español, italiano y alemán con fluidez, y que también hablaba un poco de ruso. No era ningún secreto, tampoco, que era tory y partidario de Pitt, aunque no formara parte de la política activamente. Tampoco era ningún secreto que tenía un matrimonio infeliz y que se pasaba la mayor parte del tiempo en sus fincas del norte, evitando a su esposa.

Una noche de niebla, en Londres, su amigo Burke lo había invitado a White's y le había presentado a Warlock. Un día después, Warlock se había presentado en Lambert House y se había empeñado en que lo acompañara a comer. Y, en la oscuridad del carruaje de Sebastian, con las persianas echadas, lo había reclutado para salvar a su país de la anarquía y la revolución.

—Nunca estás en la ciudad —le dijo—. Tienes la coartada perfecta.

Simon no había dudado ni un instante. Su vida ya era una especie de exilio, porque él había decidido evitar a Elizabeth aunque eso significara distanciarse también de sus hijos. No podía soportar la idea de pasarse toda la vida con ella. La oferta de Warlock había sido una vía de escape, y había aceptado con gusto el desafío de reinventarse como un francés jacobino.

Conocía bien a Paget, y le tenía una enorme simpatía. A medida que su carruaje se acercaba a la mansión del conde, se preguntó si se atrevería a retomar aquella vieja amistad. No pensaba que fuera inteligente, porque él estaba jugando a dos bandas, pero una visita no podía ser demasiado alarmante. Y, de todos modos, Paget podía ser una fuente de información.

Aunque su contacto no había aparecido aquella mañana, Jourdan había recibido una nota aquel día, pidiéndole una cita. Su nuevo contacto sería un hombre llamado Marcel. El jacobino le había sugerido que se vieran en una taberna del East End al día siguiente, a medianoche.

Al pensarlo, se le aceleró el corazón. Por supuesto, tenía que ir, y tenía que llevarle una información que todavía no tenía. Jourdan llevaba en Gran Bretaña casi tres semanas, así que ya debería haber hecho averiguaciones. Tenía treinta y seis horas para recabar algo de información para Lafleur y sus superiores franceses, y ya estaba sudando a causa de ello.

Cuando había salido, la otra mañana, se había puesto una peluca blanca y ropa andrajosa para ocultar su identidad. En

Francia, en su personaje de Jourdan, usaba pelucas de colores con frecuencia, y solo se ponía la peluca blanca en ocasiones formales. Sin duda, Lafleur le había dado a Marcel la descripción de Jourdan: le habría dicho que era alto y delgado, y que solía llevar pelucas de distintos colores. Y eso estaba bien, pero tal vez tuviera que empezar a ponerse disfraces más elaborados. Estar en Londres como Jourdan era muy peligroso, puesto que podía reconocerlo mucha gente.

Pensó cuidadosamente en sus opciones.

Amelia lo había visto volviendo a la casa, pero a distancia, no había sido capaz de reconocerlo.

Sintió una tremenda tensión.

La había llevado a su casa porque los niños la necesitaban. Y, si era sincero consigo mismo, porque él la necesitaba también.

Se le aceleró el corazón.

Necesitaba verla todos los días, y saber que estaba cuidando de sus hijos con el corazón lleno de afecto por ellos. Al verla con los niños, el corazón se le alegraba.

Por supuesto, también la necesitaba de otras maneras. Siempre estaba deseando que se quedaran a solas después de cenar, para poder conversar con ella. Y ni siquiera iba a intentar negar que su cuerpo enfebrecía en su presencia. Cuando la tenía entre sus brazos, sentía una desesperada necesidad de estar con ella, pero también tenía una extraña sensación de seguridad, como si ella fuera un puerto en medio de una tormenta.

Sin embargo, no había tenido en cuenta los problemas que podía causar la presencia de Amelia en su casa. Ella se levantaba muy temprano y se acostaba muy tarde. Lo había sorprendido cuando intentaba entrar en casa al amanecer, cuando la mayoría de las damas estarían dormidas. Iba a tener que escabullirse antes de la medianoche para encontrarse con Marcel, disfrazado, y dudaba que ella estuviera ya dormida. Tenía que asegurarse, de algún modo, de que Amelia no lo viera.

¿Encontraría el modo de ocuparla con los niños, aunque fuera tan tarde? ¿Y si ella pensaba que alguno de los niños estaba enfermo? ¿O podría inventar alguna otra distracción? Sabía que no debía confiar en que estaba profundamente dormida cuando intentara salir de casa.

Ella ya sospechaba de él. Tenía todos los motivos para cuestionarse su extraño comportamiento y sus pesadillas. Por desgracia, ella sabía demasiado sobre las actividades de Lucas. Incluso sabía que Paget había sido espía.

El carruaje se detuvo, y él suspiró. Amelia no debía averiguar nunca la verdad.

El mozo le abrió la puerta. Bedford House era un edificio cuadrado de tres pisos, con tres torres. La torre central era el vestíbulo de entrada. Los muros que rodeaban la casa estaban cubiertos de hiedra y de rosas. En el centro del patio de entrada había una fuente. Simon sonrió ligeramente al bajar del coche. Parecía que no había cambiado nada desde la última vez que estuvo allí de visita, hacía varios años.

Un momento más tarde, el mayordomo lo condujo hasta la magnífica biblioteca de Paget, pasando por corredores adornados con obras de arte y cubiertos por alfombras rojas.

Dominic lo estaba esperando. Se apartó de su escritorio al ver a Simon.

—Me quedé sorprendido al recibir tu nota, Simon, pero también agradado —le dijo el conde de Bedford, tendiéndole la mano.

Simon se la estrechó mientras observaba el buen aspecto que tenía Paget. El conde tampoco llevaba peluca, como él, y tenía el pelo recogido hacia atrás. Llevaba una chaqueta de color azul, unos pantalones claros y unas medias blancas, los puños de encaje, y anillos de oro que brillaban en sus dedos. Simon lo había visto brevemente el verano pasado, y tenía un aspecto demacrado. La guerra tenía aquel efecto en un espía. Sin embargo, en aquel momento parecía muy contento y muy descansado. Las sombras que tenía en los ojos, sombras de duda, de tensión y de miedo que Simon reconocía a la perfección, habían desaparecido. La sonrisa le iluminaba la mirada.

—Nunca estamos en Londres al mismo tiempo, y me pareció oportuno venir a visitarte para darte la enhorabuena por el nacimiento de tu hija —le dijo Simon.

A Dominic Paget se le borró la sonrisa de la cara.

—Te doy mi más sentido pésame por la muerte de tu esposa.

Simon se encogió de hombros.

—Es una tragedia. Elizabeth no se merecía morir.

Dominic dijo entonces:

—Eso es todo, Gerard.

Cuando el mayordomo se marchó, Paget cerró las puertas y sirvió dos copas de coñac.

Simon aceptó la bebida.

—Gracias.

—Hoy día, la vida es muy incierta. ¿Cómo están tus hijos?

Simon tomó un sorbo de coñac, que era francés, y excelente. Pasó por alto la referencia a la guerra. Todavía no quería llegar a aquel punto.

—Parece que se están adaptando mejor de lo que yo esperaba —dijo, y vaciló. No quería hablar de la hija de Elizabeth—. Y eso tengo que agradecérselo a la hermana de tu esposa.

—Sí. Julianne me ha estado dando la lata.

—Y a mí me zumban los oídos —dijo Simon, preguntándose si habría enrojecido.

Dominic lo miró.

—¿Nos sentamos?

Simon se sentó en el mismo sofá que su anfitrión.

—¿Es cierto que cortejaste a Amelia hace diez años con intenciones poco honorables?

—Éramos muy jóvenes y muy apasionados. Pero no creo que yo tuviera intenciones poco honorables, piense lo que piense lady Paget. En aquel entonces yo le tenía mucha admiración a Amelia, y ahora también. Y, por supuesto, estoy en deuda con ella.

—Pero sabrás que, llegado el caso, yo tengo que obedecer a mi esposa.

Simon tuvo que sonreír. Paget no era un hombre que obedeciera a cualquiera, pero parecía que no le importaba que su esposa tuviera el mando de la situación.

—Entonces, ¿es la condesa quien tiene la palabra final?

—Por supuesto —dijo Paget con una sonrisa—. Cuando ella está contenta, yo estoy contento.

Estaba completamente enamorado, y era bastante gracioso, al menos para Simon.

—Bien, así que, si no me comporto como un buen patrón, pagaré bien caro mis transgresiones, y tú te pondrás del lado de lady Paget, por supuesto.

—Yo siempre me pondré de su lado. Y Amelia es mi cuñada. No la conozco mucho, y francamente, al principio yo no le caía muy bien. Claro que yo sí tenía intenciones poco honorables con respecto a Julianne. Pero eso es historia —dijo con un suspiro, y volvió a sonreír.

Simon sintió curiosidad, pero dijo:

—Yo nunca tuve intenciones poco honorables. Mi respeto por Amelia es tan grande como mi admiración.

A Dominic se le borró la sonrisa de los labios.

—Parece que estás enamorado de ella.

Y Simon se dio cuenta de que en aquella ocasión sí se había ruborizado.

—Mis hijos la necesitan, y la adoran. Y ella también les tiene cariño a ellos. No podría arreglármelas sin ella. Todo esto es por los niños.

—Sí, me imagino que no podrías pasar sin ella —dijo Dominic lentamente—. Umm, esto es muy interesante.

—¿Qué es lo que te parece interesante? ¿Que dependa de mi ama de llaves? Seguramente, eso es una característica común de la mayoría de los solteros y viudos.

—No, que te hayas hecho dependiente de una mujer a la que cortejaste hace diez años, a quien admiras y respetas enormemente. Amelia es muy atractiva, con esa melena rubia y sus ojos grises, si uno consigue olvidarse de esos vestidos tan sosos que lleva siempre.

Simon no mordió el anzuelo, y no dijo nada.

—¡Ja! —exclamó Dominic, riéndose—. Todavía te parece atractiva.

Entonces, él respondió con tirantez.

—Evidentemente, es una mujer bella, pero yo no pienso en eso.

—Muy bien, muy bien, haré como que te creo —dijo Paget, y prosiguió con seriedad—: Bueno, quiero dejar claro que somos amigos, y que te apoyaré cuando sea necesario, si no perjudica en nada a mi familia, claro. Adoro a mi esposa, y Amelia es parte de mi familia. Procura tenerlo siempre en cuenta. Trátala con el respeto que se merece.

Simon tomó otro sorbo de coñac.

—Esa es mi intención, Dominic. ¿Tendré ocasión de saludar a lady Paget antes de marcharme? —le preguntó. Quería saludar a Julianne e intentar mitigar un poco su animosidad hacia él, pero también quería saber si estaba en casa.

—Julianne se ha ido a ver a Amelia con Nadine D'Archand, una vieja amiga de la familia —dijo Dominic, y estiró sus largas piernas—. Parece que tienes buen ánimo, Grenville. ¿Cómo te encuentras en realidad?

La tensión fue instantánea. Para disimularlo, Simon dio otro sorbo a su coñac y cruzó las piernas. Siempre era inteligente mantenerse lo más cercano posible a la verdad.

—Estar en casa es como estar en un mundo distinto. Todo es lo mismo, pero nada es igual.

—Estás en un mundo completamente distinto. Recuerdo bien esa sensación; es la sensación de estar atrapado. Estás condenado, hagas lo que hagas.

Simon dio un respingo. No quería hablar del dilema en el que se encontraba, pero, ¡cuánta razón tenía Paget!

—Me alegra mucho poder estar con mis hijos ahora.

—¿Cuánto tiempo?

—Me imagino que tengo un mes, dos a lo sumo.

—Cuando yo estaba atrapado en el mundo de Warlock, no

tenía hijos ni tenía a Julianne. En aquel momento estaba comprometido con Nadine, pero pensaba que había muerto. No entiendo cómo vas a poder hacerlo, Simon. ¿Cómo demonios vas a volver a Francia, a París precisamente, donde reina el Terror? ¿Cómo vas a dejar a tu familia?

—Yo tenía familia en Lyon, ¿lo sabías? Mi abuelo materno era francés. Casi todo su pueblo fue ejecutado por oponerse a la República, incluidos todos mis parientes. Sé muy bien hasta dónde puede llegar la venganza del Comité.

—La muerte está por todas partes, y nadie lo siente más que yo, porque soy medio francés —respondió Dominic—. Sin embargo, ahora las cosas están peor que el verano pasado, antes de que Robespierre tomara el mando. Mucho peor. Dios sabe que no voy a decirte lo que tienes que hacer, pero por lo menos, déjame que te diga que yo nunca había sido tan feliz, Simon. Estoy enamorado de mi mujer y adoro a mi hija. Antes tenía unas pesadillas horribles, ¡y ahora me parece un milagro levantarme todos los días con una sonrisa en los labios, deseando que comience el día!

—Me alegro mucho por ti —dijo Simon, y de repente, deseó tener todo lo que tenía Paget. Sin embargo, estaba atrapado entre Lafleur y Warlock, algo que su amigo no sabía, y que no podría saber nunca—. Uno de los motivos por los que le rogué a Amelia que aceptara el trabajo de ama de llaves en mi casa es que sabía que cuidaría a mis hijos en mi ausencia, que se encargaría de ellos como si fuera su propia madre.

Paget asintió.

—Así que no te vas a plantear salir de ese juego.

—Warlock nunca me lo permitiría, y tú lo sabes.

—En realidad, tiene corazón. Tal vez lo tenga enterrado bajo un pellejo muy duro, pero lo tiene, créeme.

Simon se encogió de hombros. Creería que Warlock tenía corazón cuando lo comprobara por sí mismo. Sin embargo, aunque aquello fuera cierto, no iba a poner en peligro a sus hijos por nada del mundo.

—Necesitamos ganar esta guerra. Si los franceses pierden, la República cae, y la revolución termina.

—¿No has oído las últimas noticias? Los franceses han atravesado nuestras líneas y han tomado Menin y Courtrai. Ahora invadiremos Flandes con toda seguridad.

Simon se quedó muy sorprendido, pero no alteró su expresión. No se había enterado de nada; Lafleur necesitaba información antes de que se produjera la invasión.

—Me imagino que ya estaremos en camino. ¿Conoces algún detalle sobre la inminente invasión?

—He oído algunos comentarios. Entre los Aliados hay desacuerdos sobre el liderazgo. También he oído que Coburg ha reunido sesenta mil hombres. Dudo que Francia tenga tantos soldados.

—No estés tan seguro. Las cosas han cambiado mucho desde que el servicio militar se hizo obligatorio el pasado agosto —dijo Simon con rotundidad—. Antes de salir de París oí decir que el ejército tendría más de un millón de efectivos antes de este otoño.

Dominic palideció.

—Espero que nunca lleguen a reunir ese número, pero he visto por mí mismo lo violentos que se han vuelto los hombres. Además, hoy en día el ejército ofrece una movilidad que nunca habría imaginado nadie. Los soldados rasos llegan rápidamente a sargento. Los zapateros se convierten en generales. Me da miedo.

Dominic lo tomó del hombro.

—Piensa en salir de todo eso ahora, mientras puedes hacerlo. Tus hijos te necesitan, Simon.

Simon estuvo a punto de echarse a reír. La razón de su existencia eran sus hijos. Sin embargo, no iba a decirle eso a su amigo.

—Saldré de esto en cuanto pueda, pero ahora no es el momento —respondió, y miró a Paget a los ojos—. Necesito algo, Dom, algo que pueda salvarme la vida si me descubren cuando vuelva a Francia.

Se dio cuenta de que estaba sudando. No creía que Paget tuviera información valiosa que darle, pero merecía la pena intentarlo.

—Tal vez tenga algo para ti —contestó Dominic, pensativamente.

Simon sintió esperanza.

—Hay un infiltrado en el Ministerio de Guerra.

Simon estuvo a punto de atragantarse.

—Warlock lo sabe. El topo está trabajando en estrecha colaboración con Windham. De hecho, Warlock sabe quién es. Lo sabe desde hace tiempo. Lo mantienen vigilado, y lo están utilizando, con mucha precaución, contra los franceses.

Simon no podía dar crédito a que hubiera un espía francés en el Ministerio de Guerra.

Acababa de obtener una información que podía salvar su vida y la de sus hijos. Si le decía a Lafleur que habían descubierto a su hombre, Lafleur confiaría absolutamente en él. Sin embargo, el inteligente juego de Warlock terminaría.

—No sé si debo preguntar esto, pero, ¿quién es?

—Casualmente lo sé, porque ayudé a descubrir quién era. Sin embargo, creo que cuanta menos gente sepa su identidad, mejor.

—Tienes razón —respondió Simon, que no salía de su asombro. Sin embargo, ya tenía toda la información que necesitaba, si alguna vez tenía que llegar tan lejos como para traicionar a su país—. Warlock está jugando a un juego muy peligroso.

—Sí, pero no hay nadie mejor que él en el juego del engaño y la sutilidad.

—Nadie —afirmó Simon.

Sin embargo, le pareció que mentía, puesto que él era el que estaba hundido hasta el cuello en el engaño y la mentira.

—Y vivieron felices y comieron perdices —dijo Amelia suavemente, con las manos en el regazo.

Acababa de contarles a los niños un cuento sensacional sobre un caballero y su princesa, una historia llena de ladrones, hechiceros y dragones voladores.

William estaba sentado en la cama, con las rodillas abrazadas contra el pecho. John se había quedado dormido en la cama de al lado, con una sonrisita. Sin embargo, eran más de las nueve de la noche, muy tarde para un niño de cuatro años.

—¿Se ha inventado usted el cuento, señorita Greystone?

Amelia se acercó a él, y el niño se acostó bajo las mantas.

—Pues sí —dijo ella.

William bostezó mientras ella tapaba a John.

—El príncipe Godfrey me recuerda a mi padre.

Amelia se puso tensa y se irguió. Se le encogió el corazón. Simon no había ido a escuchar el cuento con ellos.

Durante todo aquel día había tenido que hacer un esfuerzo para no pensar en la noche anterior. Aquel beso la había tenido obsesionada durante todas las tareas, y también el hecho de saber que él se sentía solo. Estaba segura de que tenía razón. Simon estaba solo. Echaba de menos a su familia.

Ojalá Simon se hubiera reunido con ellos para escuchar la historia que se había inventado. Sin embargo, ella no había tenido la oportunidad de pedirle que subiera a la habitación de los niños. Después de la cena, él le había dado las gracias mientras se levantaba de la mesa, y le había preguntado si iba a leerles un cuento a los niños. Ella le había contestado que sí. Entonces, Simon había asentido y se había marchado del comedor, dando por terminada la conversación.

Amelia sabía que habría disfrutado de aquel rato con sus hijos, pese a lo que había ocurrido la noche anterior, pero también sabía que las cosas eran mejor de aquel modo.

Sonrió a William.

—Sí, supongo que hay algunos parecidos entre el príncipe y tu padre. Después de todo, los dos son hombres guapos.

William se sobresaltó.

—¿A usted le parece que mi padre es guapo?

—Pues sí. Y ahora, cierra los ojos y duérmete. Que tengas dulces sueños.

Sin embargo, William dijo algo que a Amelia le pareció sorprendente.

—Para mi madre, mi padre no era guapo.

Ella acababa de soplar la vela, y se puso tensa de nuevo.

—Seguro que lo admiraba, William.

—No lo sé. A ella no le caía muy bien. Y a él no le caía bien ella.

A Amelia se le rompió el corazón. Se acercó a su cama y se sentó al borde del colchón.

—Algunas veces, los maridos y las mujeres no se llevan tan bien como deberían. Sin embargo, otras veces se llevan muy bien. Depende de las personas, y de los motivos por los que se casaron.

—¿Sus padres se llevaban bien? —le preguntó el niño.

—La verdad es que se querían, pero mi padre estaba obsesionado con el juego, William. Nos dejó en el campo, porque él prefería irse a jugar a las cartas a ciudades como París y Ámsterdam. Y cuando se marchó, le hizo mucho daño a mi madre.

William asintió.

—Mi padre se iba y nos dejaba siempre, pero no se iba a jugar. Tiene grandes fincas en el norte. Me ha dicho que un día me va a llevar con él.

—Seguro que está impaciente por llevarte —le dijo ella, e impulsivamente, le besó en la mejilla—. Pero creo que tienes que ser un poco más mayor. Así que, mientras, esfuérzate mucho en los estudios y haz que se sienta orgulloso de ti.

Cuando se levantaba, sonrió y añadió:

—¡Aunque ya se siente muy orgulloso de ti!

William sonrió.

—Ya lo sé.

Amelia le devolvió la sonrisa y apagó todas las velas que había por la habitación. Sin embargo, le latían las sienes. Simon debería haber estado presente durante aquel cuento. ¡Al día siguiente, ella iba a asegurarse de que estuviera!

Miró a los niños, y sintió un gran afecto por ellos. No era posible que Simon estuviera arriesgando la vida por algún motivo patriótico, cuando tenía que dirigir grandes fincas y educar a William para que fuera un digno heredero del condado.

Salió de la habitación y dejó la puerta entreabierta. Después se marchó hacia la habitación de Lucille. Quería estar unos minutos con la niña, y después iría a darle las buenas noches a su madre.

La señora Murdock no estaba presente. Amelia sabía que antes de acostarse, la niñera bajaba a la cocina para tomar un té con miel. Amelia se sentó en la silla que había junto a la cuna.

Lucille estaba durmiendo boca abajo, con el pulgar metido en la boquita. Era preciosa incluso dormida; tenía el pelo rubio y las mejillas regordetas, y con su camisón rosa, estaba adorable. Amelia le acarició la espalda con las yemas de los dedos. El bebé no se movió. ¿Cómo no iba a ir Southland por ella? ¿Cómo era posible que Simon no se hubiera enamorado de la niña con solo mirarla?

¿Se la llevaría Southland?

Sintió una punzada de temor. Que ella supiera, el padre de Lucille no había contestado a la carta que le había enviado Simon, y ya habían pasado tres semanas. Tal vez estuviera de viaje. De lo contrario, eso podía significar que pensaba ignorar el hecho de que tenía una hija.

Amelia se preguntó si debería sugerirle a Simon que enviara un sirviente al piso de Londres de Southland, para averiguar si estaba o no estaba en la ciudad. No quería hacerlo, pero Lucille debía estar con su padre natural, no con Simon Grenville, y menos con ella.

—Ojalá fueras mi hija —susurró, acariciando de nuevo a la niña.

Sabía que iba a rompérsele el corazón cuando Southland acudiera a buscarla, si eso sucedía. Y sabía también que también cabía la posibilidad de que no fuera. Simon tendría que reconocer a la niña. Sin embargo, con que la tuviera en brazos una sola vez, seguramente comenzaría a tomarle cariño.

La señora Murdock volvió, en bata, a la habitación. Amelia y ella se despidieron con un susurro.

—¿Ya se han dormido los niños? —le preguntó la niñera.

—Sí, están profundamente dormidos —respondió Amelia con una sonrisa—. Hasta mañana.

Salió de la habitación de Lucille y miró hacia un lado del pasillo. La puerta de la suite de Simon estaba al final, cerca de las escaleras, y estaba cerrada.

Debían de ser las diez menos cuarto, y él estaría en la biblioteca, seguramente. De todos modos, ella tenía que pasar por delante de su habitación para bajar las escaleras, así que no importaba dónde estuviera Simon.

Recorrió el pasillo y, sin querer, aminoró el paso al aproximarse a su puerta. Oyó un movimiento en el interior del cuarto, algo como un golpe, y después, un grito de dolor, como si él estuviera herido. Amelia agarró el pomo de la puerta.

—¿Grenville?

—¡Maldito! —gritó él.

Ella se quedó helada, y él volvió a gritar.

—¡Lafleur!

Estaba soñando de nuevo. Amelia entró.

—*Prêtez-moi!* —gritó.

¡Estaba hablando en francés!

Amelia atravesó corriendo la suite. No había ninguna vela encendida en la sala de estar, pero frente a ella vio la puerta abierta de la habitación. La cama estaba en el centro de la estancia, y tenía un dosel de ébano con cortinajes dorados. En la mesilla de noche había una luz, y ella vio a Simon al instante.

Estaba tendido boca arriba, con un brazo sobre la cara, sin chaqueta. Claramente, se había tumbado un momento para descansar, y se había quedado dormido.

Murmuró algo y se agitó. Amelia se acercó a él, lo tomó del hombro e intentó despertarlo.

—Simon...

Y, antes de que ella pudiera terminar lo que iba a decir, él la agarró, la tumbó sobre la cama y le puso el cañón de una pistola en la sien, mientras la cubría con su cuerpo.

Amelia sintió terror.

—¡Simon, soy yo!

Él tenía los ojos muy abiertos y llenos de furia. Su expresión era de una rabia implacable.

—*Batârd!*

—No dispares —dijo ella con un jadeo—. ¡No dispares! ¡Soy yo, Amelia!

Entonces, él enfocó la mirada y comprendió lo que estaba sucediendo.

—¿Qué demonios estás haciendo? —le preguntó a Amelia. Se estremeció y le quitó el arma de la sien.

Ella comenzó a respirar rápidamente, con dureza, y a sudar profusamente. Él se incorporó y quedó de rodillas sobre ella.

—Te he oído gritar —jadeó Amelia.

Simon se sentó a su lado y dejó la pistola en el cajón de la mesilla, que estaba abierto. Había reaccionado con tanta rapidez que ella ni siquiera le había visto abrirlo, ni tomar el arma. Amelia también se sentó, pero se desplomó sobre los cojines que había en la almohada, temblando incontrolablemente.

Simon se quedó mirándola con espanto, y ella no pudo apartar la vista de él. La había amenazado con una pistola. Él dormía con una pistola junto a la cama. Si ella hubiera sido cualquier extraño, habría muerto.

Oh, Dios.

Pero él también estaba temblando, y la camisa se le pegaba al pecho debido al sudor. Tenía la respiración entrecortada, como si acabara de correr una carrera.

—¿Estás bien? —le preguntó con la voz ronca.

Ella se tocó la sien en el punto en el que él le había puesto el cañón de la pistola.

—¿Está cargada?

Simon no respondió, y ella se dio cuenta de que se sentía mareada. Él dormía con una pistola cargada junto a la cama.

Tenía miedo de que lo atacara algún intruso en mitad de la noche, y padecía horribles pesadillas.

Si no estaba implicado en acciones de guerra clandestinas, entonces estaba implicado en algo igualmente horrible.

—¿Te he hecho daño?

—No, no mucho.

Él soltó una maldición. Bajó la mirada desde sus ojos, por su pecho y su cintura, y volvió a subirla al instante.

—¿Te duele la cabeza?

Amelia se puso muy tensa. Estaba en la cama de Simon.

—Un poco.

Él se puso en pie.

—¡No deberías haber entrado aquí! —exclamó—. ¡Son mis dependencias privadas!

—Tenías otra pesadilla. ¡Gritabas como si estuvieras herido! —replicó ella.

—Los dos sabemos lo que ocurrió la última vez que tuve una pesadilla y tú interferiste.

Ella no se movió. Intentó no fijarse en cómo se le ceñía la camisa al pecho musculoso, y en la silueta de sus piernas fuertes y poderosas. Aparte de las velas que había sobre la mesilla de noche, la habitación estaba a oscuras.

Amelia se inclinó hacia delante para bajar las piernas de la cama. Él posó de golpe la mano sobre el colchón, junto a su cadera, y le impidió que se moviera.

—No deberías haber entrado —repitió.

Ella se apoyó en los cojines lentamente.

—Estabas gritando.

Él se inclinó sobre ella con una mirada abrasadora.

—¿De veras?

Entonces, bajó las pestañas. Ella se dio cuenta de que tenía los pómulos sonrojados.

Simon volvió a mirarla.

—¿Les ha gustado el cuento a los niños?

Ella ignoró su pregunta.

—¿Quién es Lafleur? Incluso has hablado en francés. ¿Con qué estabas soñando?

La expresión de Simon no cambió, aunque frunció los labios ligeramente.

—«Lafleur» significa «la flor». Dudo que me hayas oído hablando sobre flores, Amelia.

—Creo que era el nombre de una persona, como Danton.

La expresión de Simon se endureció. Habló en voz muy baja mientras seguía inclinándose hacia ella.

—Maldita sea, Amelia, te he contratado para que cuides a mis hijos, no para que fisgonees —dijo, y volvió a deslizar la mirada por el corpiño de su vestido.

Ella llevaba un traje gris de cuello redondo y manga larga. Sin embargo, se sentía como si llevara un vestido muy escotado, o peor todavía, como si no llevara nada.

Amelia notó que le ardían las mejillas. Sabía que tenía que levantarse y salir rápidamente de allí, pero no se atrevía a moverse.

—¿Estabas soñando con la guerra?

—¿Por qué iba a soñar con la guerra, si me importa un comino lo que ocurra allí?

—No te creo —susurró Amelia. De repente, oyó el llanto de Lucille.

—La niña está llorando. ¿No vas a ir a ayudar a la niñera?

—No. Estoy empezando a pensar que sí te importa la guerra, después de todo. Simon, puedes confiar en mí.

Él se irguió y se cruzó de brazos. Su expresión tenía algo de implacable.

—Creo que deberías ir a encargarte de la niña. No me gusta este interrogatorio.

Ella se puso tensa.

—¡Yo nunca te interrogaría! Pero Julianne me dijo que George Danton ha sido ejecutado recientemente en París.

La sorpresa se reflejó en el rostro de Simon, pero rápidamente, adoptó una expresión de indiferencia.

—No sé de qué estás hablando —dijo.

Estaba mintiendo.

—Me parece que sabes muy bien de qué estoy hablando. Te oí gritando el nombre de Danton la otra noche, y ahora acabo de oírte gritando el nombre de Lafleur. Quisiera ayudarte.

—Ya sabes cómo puedes ayudarme —replicó él—. La última vez te lo dejé bien claro. Has entrado en mi habitación por tu cuenta y riesgo.

Amelia estaba atrapada entre él y los cojines, y sentía su respiración cálida en la piel.

—Estás cambiando de tema.

Él sonrió lentamente, y la furia desapareció de sus ojos.

—¿De verdad? Porque el único tema que conozco es que hay una mujer muy bella en mi habitación —dijo. Entonces, la sonrisa se le borró de los labios, y añadió—: Amelia, estás en mi cama.

—Lo sé —dijo ella, con el corazón acelerado—. No estoy segura de cómo puedo librarme de ti.

—Y yo no estoy seguro de si te permitiría que lo hicieras, aunque tú quisieras —murmuró Simon—. Porque creo que no quieres. Podías haberte marchado en cualquier momento.

Amelia se mordió el labio, porque Simon tenía razón. Sin embargo, aunque sus miradas estuvieran atrapadas, aunque sabía que él iba a besarla, se hizo las mismas preguntas que la noche anterior. ¿Podría entregarle su cuerpo, cuando lo que quería era darle su amor? ¿Y su moralidad? ¿Y los niños? ¿Y su propio futuro?

Le posó la mano en la mejilla.

—¿Vas a permitir que te ayude? ¿Vas a decirme la verdad alguna vez?

Él cerró los ojos y suspiró. Entonces, giró la cabeza y le besó la palma de la mano. Ella se estremeció y sintió suaves ondas de placer.

—No me acuerdo… No me importa. Solo me importa que estés aquí conmigo en este momento.

Volvió a besarle la palma de la mano, y después se la puso sobre la clavícula, bajo su camisa húmeda. Él tenía la piel mojada y caliente, pero no tan caliente como su mirada, que era abrasadora.

Ella deslizó la mano hacia abajo, sobre su pecho, y notó que a él se le endurecía el pezón al instante. Y recordó que lo había acariciado por todas partes, en un momento de pasión desinhibida, diez años antes. Él pasó la otra rodilla por encima de su cuerpo y se sentó a horcajadas sobre ella. Simon se inclinó, con los ojos cerrados, y le rozó la mandíbula con los labios.

Ella suspiró.

—¿Siempre duermes con una pistola cargada junto a la cama?

Él alzó la cabeza y la miró.

—Es una vieja costumbre, Amelia. Y las viejas costumbres son difíciles de perder.

Ella lo miró fijamente, y él la besó.

Amelia gimió cuando él le hizo abrir la boca con los labios y se tendió sobre ella. Ella lo abrazó y lo besó, pero mientras se acariciaban, no podía dejar de pensar que aquello solo era una aventura, no un matrimonio. ¿Qué sucedería con los niños cuando terminara?

¿Y qué le sucedería a ella?

Él interrumpió el beso y alzó la cara, y le tomó la cara entre las manos.

—¿Qué ocurre?

Ella abrió la boca, y tuvo que contenerse para no decirle que lo quería. En vez de eso, consiguió murmurar:

—Te deseo, Simon. Te deseo profundamente. Y me importas mucho, mucho.

Él la miró con angustia.

—Pero no puede ser. No está bien. Los niños están por encima de todo esto. Y tú te mereces algo más que unas horas en mi cama.

Ella asintió, y se dio cuenta de que tenía los ojos llenos de lágrimas. Dios ella se merecía más, y quería más… ¿Por qué él no le ofrecía algo más?

De repente, Simon volvió a besarla con fuerza. Después se levantó de la cama de un alto.

—Lucille sigue llorando. Por favor, atiéndela, Amelia —dijo, de espaldas a ella.

Simon tenía razón. Lucille estaba llorando desconsoladamente. Debía de tener un cólico. La preocupación que sintió por la niña hizo que reaccionara y que consiguiera alejar de su mente la necesidad que sentía por Grenville. Salió corriendo hacia la habitación de la señora Murdock, y llamó. Inmediatamente, la niñera le dijo que entrara.

—Oh, es el peor cólico que ha tenido —dijo la señora Murdock.

—Se le pasará —respondió Amelia. Era consciente de que la niñera estaba mirando con asombro su pelo revuelto y sus mejillas ruborizadas.

Tomó a la niña en brazos y comenzó a pasearse por la habitación, meciéndola y cantando suavemente. Miró a la señora Murdock, preguntándose si habría adivinado el secreto que compartían Grenville y ella.

Tardó un largo rato, pero al final, Lucille se calmó y se quedó dormida.

Amelia la abrazó, sin dejar de pensar en Simon. ¿Qué iba a hacer? Él estaba en peligro, y ella estaba peligrosamente enamorada.

Entonces, alzó la vista.

Simon estaba en el umbral de la puerta, vestido con un sencillo caftán. Y la estaba mirando fijamente.

Lucille se había quedado dormida, pero no importaba. Amelia se le acercó.

—¿Quieres tomarla en brazos? —le preguntó.

Pero él hizo un gesto negativo con la cabeza. Después, con una mirada sombría e indescifrable, bajó la cabeza y se marchó.

Amelia estrechó a la niña contra su pecho, mientras lo veía alejarse.

CAPÍTULO 11

Lloyd acababa de avisarla de que tenía visita. Era Lucas.

Amelia vaciló, y no porque supiera que iban a discutir acerca de su puesto de trabajo en casa de Grenville. Ella era el ama de llaves. ¿Dónde iba a conversar con su hermano?

—Señorita Greystone, el señor conde ha salido y va a pasar la tarde fuera.

Ella sonrió al mayordomo de Simon.

—¿Está sugiriendo que reciba a mi hermano en una de sus habitaciones?

—Usted era la señora de Greystone Manor hasta hace bien poco. Si lady Grenville no hubiera fallecido, usted no habría aceptado el puesto que ocupa ahora. Si desea recibir al señor Greystone, le sugiero que utilice la habitación rosa. Apenas se usa y no creo que al señor conde le importe —dijo el mayordomo, y la miró significativamente.

A ella se le aceleró el corazón. Estaba segura de que la señora Murdock había sospechado que ella estaba con Simon la noche anterior. ¿Acaso la niñera ya había hecho correr ese rumor? ¿Qué otra cosa podía significar aquella mirada?

Con las mejillas ardiendo, pensó en recibir a Lucas en la cocina, donde Lloyd y ella estaban hablando en aquel instante. Sin embargo, eso solo serviría para enfurecer más a su hermano. Y Lucas tendría razón si ponía objeciones a aquel trabajo, porque la noche anterior ella había estado a punto de caer en la tentación.

—De acuerdo —dijo, quitándose el delantal—. Pero no voy a recibirlo formalmente, Lloyd. No estoy en situación de hacerlo. No es necesario que se sirva merienda, y estoy segura de que será una visita corta.

Al ver que Lloyd se disponía a protestar, le dio una palmadita en el brazo.

—Mi hermano es un hombre atareado, y yo soy un ama de llaves muy ocupada.

Amelia salió de la cocina con paso enérgico. Sabía cómo iba a transcurrir la conversación, y también sabía que debía proceder con mucha cautela. No quería que Lucas sospechara que se había enamorado con Simon, si acaso había dejado de amarlo alguna vez, ni que sus pasiones se habían desbocado. Si Lucas atisbaba la verdad, la sacaría de Lambert Hall al instante.

Sonrió al entrar al vestíbulo, aunque forzadamente. Lucas la estaba esperando impacientemente mientras observaba las pinturas al óleo que adornaban las paredes. Se giró hacia ella cuando la oyó.

Lucas estaba tan guapo como siempre, aunque fuera vestido con sencillez. Llevaba una chaqueta oscura y sobria, con el cuello y los puños de terciopelo negro, y un chaleco dorado. Tenía el pelo rubio y lo llevaba recogido en una coleta. Era alto y guapo, y tenía una presencia poderosa e imponente. Ella quería mucho a su hermano. Sabía que siempre podría contar con él.

Lucas no le devolvió la sonrisa. Se acercó a ella con el bicornio en la mano.

—Hola, Amelia. Imagínate la sorpresa que me llevé cuando llegué a Cavendish Square anoche y vi tu carta —dijo, despidiendo ira por los ojos.

Ella lo tomó del brazo y le dio un beso en la mejilla.

—Estoy muy contenta de que hayas vuelto a la ciudad. Te he echado de menos —le dijo ella, y comenzó a llevarlo hacia el ala oeste.

—¡Ni se te ocurra intentar manipularme! ¿Eres el ama de llaves de Grenville? —inquirió él.

Lucas la conocía muy bien. Amelia intentó mantener la sonrisa.

—Cuando me di cuenta de lo mucho que me necesitaban los niños, no pude rehusar su oferta. Y los niños están mucho mejor, Lucas.

Él la estudió con suma seriedad mientras ella lo guiaba por el pasillo. Entraron en el salón. Era una estancia de paredes rosas, techos blancos y molduras doradas. Amelia se dio la vuelta y cerró la puerta.

—¿Estás sana y salva? —le preguntó él sin rodeos.

Ella se giró con el corazón acelerado, pero habló con calma.

—¿Qué significa eso?

—Significa que no se me ha olvidado que hace diez años Grenville flirteó escandalosamente contigo, y que estabas muy enamorada de él. Una cosa es que ayudaras a sus hijos después del funeral, Amelia, pero esto pasa de castaño oscuro.

Amelia se dio cuenta de que su hermano tenía unas profundas ojeras.

—Eso fue hacia diez años. Yo tenía dieciséis, Lucas. Ahora soy una mujer adulta e inteligente. Sabes que soy compasiva. Sus hijos están mucho mejor ahora, y me complace decir que tengo mucho que ver en eso.

—¿Y cómo está Grenville ahora? —le preguntó él, sin darle tregua.

—Sigue apenado por la pérdida de su esposa —replicó ella. De repente, quiso preguntarle a Lucas lo que pensaba del extraño comportamiento de Simon. Sin embargo, ¡eso le provocaría aún más sospechas! Decidió cambiar de tema rápidamente—. ¿Cuándo has vuelto? No tienes polvo en las botas, pero pareces muy cansado.

—He vuelto hoy a medianoche, Amelia. Llevo días sin dormir, y después de leer tu carta no he podido conciliar el sueño, francamente —dijo él con tirantez.

Ella se olvidó de defender su posición ante su hermano.

—¿Estabas donde creo que estabas?

¿Acaso había estado en Francia, ayudando a emigrar a familias perseguidas?

Él entrecerró los ojos.

—Estaba en la mina.

Los dos sabían que eso era mentira.

—¡Lucas! —exclamó ella. Se acercó rápidamente a él y le tomó las manos—. He estado con Julianne. Me ha dicho que las cosas en Francia son horribles. No es seguro que vayas allí. ¡Si te atrapan, te meterán en prisión y no podrás salir nunca más!

—Si me atrapan, me enviarán directamente a la guillotina —dijo él con rotundidad.

Amelia gimió.

—Te lo ruego... Sé que eres un patriota y un hombre de honor, pero por favor, ¡deja de participar en esa guerra!

Él la agarró por los hombros.

—No me pidas lo imposible, Amelia. ¡Y no cambies de tema! Estoy preocupado por ti. Vi cómo os mirabais Grenville y tú antes del funeral.

Ella se quedó helada.

—¿Cómo?

—Él no podía quitarte los ojos de encima, ¡ni tú a él tampoco!

Amelia se ruborizó.

—Creo que te equivocas.

Él la miró con incredulidad.

—¿Cómo te convenció para que trabajaras con él? ¿O quieres que lo adivine yo mismo? ¡Siempre fue un granuja!

Ella se alejó de su hermano.

—Si estás sugiriendo que me ha hecho insinuaciones para conseguir que trabajara para él, te confundes —dijo ella—. ¡Grenville no es un granuja! Seguramente no sabes que después del funeral yo fui a St. Just Hall para ayudar con los niños.

Grenville estaba muy mal, Lucas. Se había encerrado en su habitación en vez de cuidar de sus hijos. Los niños me necesitaban desesperadamente, como me necesitan ahora.

—¿Y por qué? ¿Sigue encerrado en su habitación?

Ella se puso tensa. Lucas casi nunca se enfadaba, y nunca se burlaba.

—Eso no es justo.

—Lo que no sería justo es que te enamoraras otra vez de él, Amelia. Está de duelo por su esposa.

Ella no lo contradijo, e ignoró su primer comentario.

—Hay más. La niña no es hija suya. Cuando me pidió que me encargara de llevar su casa, me confirmó el chismorreo que yo había oído. Lucille es hija de Thomas Southland. ¡Oh, Lucas! Ni siquiera la mira, y no sabemos si Southland va a ir a buscarla. ¡Esa niña también me necesita!

Él suspiró, se acercó a ella y la rodeó con un brazo.

—Había oído ese chisme, pero no le había dado crédito —dijo, mirándola con atención—. Así que estás consolando a los niños, y mientras te encargas de ellos, les has tomado demasiado cariño, ¿no es así?

—Quiero a los niños —susurró ella—. Y a Lucille. Por supuesto que sí.

—¿Y Grenville? ¿Quién lo está consolando a él?

Ella se ruborizó de nuevo.

—Confieso que también estoy preocupada por él, y no me importa ofrecerle consuelo también, si puedo.

—Amelia, nosotros estamos muy unidos. Solo tengo que mirarte para saber que sigues enamorada de él.

Ella se atragantó. Ni siquiera podía negarlo.

—¿Te está tratando con respeto? —le preguntó Lucas.

—Es respetuoso, Lucas.

Él abrió mucho los ojos, pero finalmente, dijo:

—Te creo.

—Bien —murmuró ella, y consiguió esbozar una sonrisa—. Estamos teniendo mucho cuidado de que el pasado no afecte al presente. Intentamos mantener los papeles que hemos adoptado, el de ama de llaves y patrón.

—Entonces, ¿habéis hablado de vuestra historia pasada?

—Por supuesto que sí. Yo no he dicho que esta situación no sea embarazosa. Pero sus hijos están por encima de todo. Eso es lo que hemos acordado.

Él suspiró.

—Parece que tienes el control de la situación, Amelia, y que hablas con mucha sensatez. Eso es lo que esperaría de ti en cualquier circunstancia. Y en realidad, a mí me agrada Grenville. Lo respeto. Sin embargo, en este asunto, en lo que respecta a ti, el instinto me dice que no confíe en él.

¿Acaso ella no iba a poder dejar de ruborizarse? ¿Cómo podía Lucas se tan astuto?

—Y lo peor es que te conozco muy bien —prosiguió él—. Eres una mujer adulta y sensata, pero sé que sigues siendo tan ingenua como antes. Y no hay nadie tan leal como tú. La compasión puede ser engañosa. ¿Puedes asegurarme, mirándome a los ojos, que no sientes nada por él? ¿Que solo eres su ama de llaves?

Ella se retorció las manos, pero finalmente, admitió la verdad.

—Por supuesto que sigo sintiendo algo, Lucas. No soy una mujer frívola que entrega su corazón brevemente y después se olvida de todo.

—Entonces, temo por ti.

—No tengas miedo. Soy una mujer fuerte, y no soy tonta. Acepté este trabajo para ayudar a los niños.

—Pero también lo estás ayudando a él.

Amelia asintió.

—Sí, pero antes de que vuelvas a reprenderme, no olvides que tengo moral.

Él titubeó, y de repente, Amelia se dio cuenta de que su hermano estaba pensando en que hacía diez años, ella había olvidado toda moralidad.

—Sé que nunca harías nada deshonesto ni inmoral a propósito, Amelia, pero estás en una posición poco envidiable. Al estar con él todo el tiempo, debe de resultarte imposible olvidar lo que hubo en el pasado. Me temo que estés soñando, en secreto, con un futuro que no puedes tener.

Ella agitó la cabeza, pero sintió una punzada de dolor.

—No me he hecho ninguna ilusión.

Sin embargo, al decirlo, recordó sus besos de la noche anterior, y recordó que se había preguntado por qué él no le ofrecía algo más que una aventura.

—Bien —dijo él, y se sentó en uno de los divanes—. Pero sigo teniendo reservas hacia el hecho de que estés aquí.

—No puedo abandonar a esos niños —respondió ella, sentándose también.

—¿Ni a él? —preguntó Lucas, observándola con sus ojos grises. Ella no respondió, y él siguió preguntando—: ¿Y si aparece Southland?

—Si aparece Southland, intentaré ponerme muy contenta por Lucille, porque ella debe estar con su verdadero padre, aunque me romperá el corazón.

Él la tomó de la mano y se la apretó.

—Seguramente no debería darte mi opinión, pero no creo que venga.

Ella se sobresaltó.

—Me lo encontré en una fiesta en el norte, hace más o menos un año. Es soltero, y un mujeriego. Claro que eso fue hace un año, y puede que ahora haya cambiado —dijo, y se encogió de hombros, dejando claro que no lo creía.

Amelia sintió un gran alivio, y una gran esperanza.

—Amelia, tienes que tener tus propios hijos.

Aquella afirmación hizo que volviera a concentrarse en su hermano. Simon le había dicho lo mismo.

—Puede que tengas razón —dijo—. Sin embargo, ya soy una mujer de mediana edad, y tengo la reputación de haberme convertido en una solterona.

—Si me das tu permiso, te arreglaré un buen matrimonio.

Ella se quedó helada. Solo podía pensar en Simon. De repente, todos los recuerdos que tenía de él se le agolparon en la cabeza.

—¿Amelia?

Intentó quitarse a Grenville de la mente. ¿Debería intentar encontrar un pretendiente? En realidad, se encontraba en una posición insostenible. A ella le encantaría tener sus propios hijos, pero Simon y sus niños la necesitaban.

—Tendré que pensarlo —dijo. Después, en parte para cambiar de tema y en parte por preocupación, le preguntó a su hermano—: ¿Has sabido algo de Jack?

La última vez que ella había visto a Jack había sido en febrero, cuando él había aparecido brevemente en casa. Solo había estado dos días allí. No les había dado ninguna explicación. Era un contrabandista y siempre estaba en el mar, o escondido. Ella le había animado para que fuera a Londres a ver a Julianne, que acababa de casarse. Él le dijo que haría todo lo posible. Sin embargo, Julianne lo había visto solo una vez, en marzo. Jack ni siquiera conocía todavía a su sobrina.

Lucas apartó la vista.

—Sí, lo vi hace pocas semanas.

—Me preocupa mucho —dijo ella, bajando la voz—. ¿Sigue violando el bloqueo?

—De vez en cuando, cuando le viene bien —dijo Lucas. No parecía que estuviera muy complacido con su hermano.

—Nunca viene a casa. Todavía no conoce a Jaquelyn. Eso no es propio de Jack. Por muy temerario que sea, y por mucho que ame el mar, es un hombre muy familiar, a su manera. Y adora a Julianne.

—Como tú, Jack está sano y salvo. Si tiene suerte, sobrevivirá a la guerra. Creo que cuanto menos sepas, mejor —dijo Lucas—. ¿Por qué no lo dejamos en que sigue siendo un hombre libre?

—Deberías impedir que siga violando la ley.

—Ya lo he intentado. Ya conoces a nuestro hermano. Se crece ante el peligro, y cree que es inmortal.

—Lo echo de menos. Espero que venga a Londres. Si viene, dile que me haga una visita.

Lucas se inclinó hacia ella y le dijo en voz baja:

—No va a venir a la ciudad, Amelia. Es demasiado peligroso.

Ella lo miró con desconcierto, y él dijo de mala gana:

—Han ofrecido una recompensa por él.

Amelia tardó un instante en comprender lo que le había dicho su hermano. Entonces, no pudo contener un gemido.

—¿Las autoridades quieren arrestarlo?

—Es peor todavía. Hay una corriente que pretende suspender el derecho al hábeas corpus. Si Pitt consigue que esa suspensión se convierta en ley y alguna vez arrestan a Jack, tal vez nuestro hermano no vuelva a ver nunca la luz del día.

Amelia se puso en pie de un salto.

—¡Esa ley no se aprobará nunca! Es un derecho fundamental, Lucas. Todo el mundo tiene derecho a saber de qué lo acusan. Si suspendieran el hábeas corpus cualquiera podría ir a la cárcel por cualquier motivo, ¡sin que le hicieran una acusación legal, incluso!

—Exactamente. Y entonces, nosotros no seríamos muy distintos a Francia, ¿verdad? —dijo Lucas, y se puso en pie como su hermana—. Salvo que a Jack lo buscan por traición, y ese delito se castiga con la horca.

Ella lo tomó del brazo.

—Tú tienes buenos contactos. Warlock también. ¿Por qué no puedes hacer que retiren esa recompensa?

—Warlock ha dicho que ayudaría a Jack si Jack lo ayudara a él.

—¿Y qué significa eso?

—Significa que tu tío puede llegar a ser implacable, y que quiere tener a Jack a su mando.

Amelia se puso a caminar de un lado a otro. ¿Podía ser Warlock tan despreciable? ¡Jack era su sobrino!

—¿Warlock también tiene algún poder sobre ti?

Lucas se le acercó.

—No, Amelia. Yo estoy ayudando a los que huyen de Francia porque creo en la libertad, la libertad que le permite a un hombre hablar a favor o en contra de su gobierno sin temor a perder la vida, o sin temor a perder a su familia.

Ella lo abrazó.

—Siento habértelo preguntado. Estoy muy asustada por Jack y por ti —le dijo, y lo miró fijamente—. Y también estoy asustada por Grenville, pero no porque haya perdido a su esposa.

Él se puso muy tenso y le devolvió una mirada dura.

—¿Qué quieres decir?

—Creo que también él está involucrado en la guerra.

La expresión de Lucas no se alteró lo más mínimo, cosa que sorprendió a Amelia.

—¿Crees que Grenville es una especie de agente? —preguntó en tono de incredulidad—. ¿Y por qué piensas tal cosa?

—Tiene pesadillas en las que habla en francés y grita cosas sobre sangre y muerte. Tiene una pistola cargada en un cajón de su escritorio, y otra en la mesilla de su habitación. Una noche, se soltó una contraventana y golpeó la pared. Él salió corriendo hacia la puerta con la pistola, como si tuviera que enfrentarse con soldados franceses —le explicó ella—. Anoche, yo estaba contándoles un cuento a sus hijos a la hora de dormir. Lo oí gritando en su habitación, y creí que le sucedía algo horrible. Cuando entré, ¡me apuntó con la pistola!

Lucas la tomó del brazo con firmeza.

—No puedo creer que hayas entrado en su habitación. ¡Menos mal que no te hirió!

—¿Qué crees que le ocurre?

—Creo que es un bestia, y punto. Todo el mundo sabe que es un ermitaño que prefiere estar en el norte, alejado de la ciudad. He llegado a oír que está mal de la cabeza. Tal vez se esté volviendo loco de pena.

Ella lo miró sin dar crédito a lo que le estaba diciendo. ¿Por qué iba a sugerirle Lucas algo semejante?

—O tal vez lo estén chantajeando, o algo por el estilo —prosiguió él, y se encogió de hombros—. Pero nunca jamás he oído a Grenville expresar una opinión política. Dudo que sea más patriota que cualquier pilluelo de la calle.

Amelia negó con la cabeza, lentamente.

—¿Por qué estás intentando convencerme de que está loco? Lo oí gritar el nombre de Danton, y Julianne me explicó quién era George Danton y por qué lo ejecutaron. Estoy empezando a pensar que Simon estaba en Francia, y que conocía a ese hombre. ¡Que eran amigos!

—¡Eso es una idea descabellada! —exclamó Lucas—. Si quieres consolar a Grenville, Amelia, me parece bien. Seguramente, está pasando el duelo por su esposa. Pero sacar unas conclusiones tan descabelladas es otra cosa muy distinta. Vamos a dejar ese tema —dijo. Y de repente, miró hacia la puerta.

Amelia sintió un cosquilleo en la nuca, y se giró lentamente.

Simon estaba en el umbral, sonriendo con amabilidad. Ella no sabía cuánto tiempo llevaba allí.

—Buenos días, Greystone. Me preguntaba cuándo vendría de visita —dijo.

—Grenville —respondió Lucas, e inclinó la cabeza. Después le lanzó a Amelia una mirada de advertencia. Ninguna mirada habría podido ser más clara: ella estaba equivocada. No podía creer lo que estaba pensando, y punto.

Amelia se quedó asombrada.

Simon entró en el salón.

—¿Le apetece un poco de vino? Creo que es una buena hora para tomar una copa. ¿Señorita Greystone? Por favor, pídale a Lloyd que traiga una botella de mi mejor rosado.

Amelia miró a los dos hombres, casi como si esperara que se enfrentaran, pero no hubo ningún enfrentamiento. Simon no estaba mirando a Lucas, y Lucas tampoco lo estaba mirando a él, al menos directamente.

—He venido a ver a mi hermana —dijo Lucas.
—Sí, ya me lo imaginaba.
Amelia se marchó del salón sin salir de su asombro.
Lucas y Simon se conocían; se conocían mejor de lo que nunca hubieran aparentado.

Cuando Amelia se hubo marchado, Simon se acercó a la puerta y la abrió para asegurarse de que ella no se hubiera quedado escuchando. No había nadie. Entonces cerró y se giró hacia Lucas. Greystone lo miró con frialdad.

Simon recordó la última vez que había tenido una conversación con él. Fue durante el verano pasado, mientras tomaban una copa. Cuando él había pasado una breve temporada en el campo. Entonces solo habían hablado de lo que sucedía en Francia y de cómo afectaba a Gran Bretaña. De hecho, estaba casi seguro de que nunca habían tenido una conversación personal, ni una sola durante los tres años que llevaban como aliados secretos contra los franceses, y bajo el mando de Warlock.

—Te va a descubrir —le dijo Lucas.
—Ya lo he oído. Te estaba contando cosas sobre mi extraño comportamiento —respondió Simon. Intentó aparentar indiferencia y se encogió de hombros. Sin embargo, Amelia era la mujer más decidida que él había conocido, y cada vez temía más que ella no cejara en sus averiguaciones. Y su comportamiento no estaba ayudando nada; se estremeció al recordar que la noche anterior la había apuntado con una pistola cargada.

—Tiene sospechas.
—Sí, ya lo sé —respondió Simon—. Tu hermana es muy inquisitiva y muy inteligente.

Lucas se acercó a él.
—Has perdido el sentido común al traerla a casa. Sin embargo, Grenville, en este momento no me importa que te descubra. Lo que me importa es que la hayas puesto en peligro al traerla aquí —le dijo, con una mirada de furia.

Simon permaneció en calma, al menos en apariencia. Sin embargo, Lucas acababa de poner en palabras sus propios miedos.

—¿Por qué dices eso?

—¿Que por qué? —explotó Lucas—. El verano pasado los radicales que están en Londres intentaron usar a Amelia contra Julianne —dijo, y Simon se estremeció. Lucas continuó implacablemente—: Julianne recibió la petición de espiar para los jacobinos. Como se negó, ellos amenazaron a mi madre y a mi hermana. ¡Por eso Garrett está con ellas a todas horas!

—No lo sabía —dijo Simon lentamente.

Sin embargo, notó que enrojecía. ¿Acaso no había sabido, durante todo el tiempo, que era mejor mantenerse alejado de Amelia y no ponerla en una situación que solo podía acarrearle riesgos? Lucas se enfadaría mucho más si supiera que la había puesto en un gran peligro. Simon se limitó a decir:

—Deberías calmarte. Le pedí que aceptara este trabajo por mis hijos. Mis enemigos no pueden saber que tenemos algún tipo de relación aparte de la de ama de llaves y patrón. No saben que podrían utilizarla contra mí si quisieran.

—¡Ah, hemos llegado al motivo por el que estoy furioso! ¿Cuál es exactamente vuestra relación, si no es la de un ama de llaves y su patrón?

—Es mi vecina, y somos amigos.

—Qué curioso, pero Amelia no ha mencionado ni una sola vez que seáis amigos. ¿No se te olvida lo más importante? —le preguntó Lucas con sarcasmo.

Simon se quedó sorprendido, pero no permitió que su interlocutor lo notara. Lucas ya había sido igual de protector con Amelia hacía diez años, al prohibirle que la visitara. Y tal vez hubiera llegado el momento de ser sincero con el hermano de Amelia.

—Greystone, nosotros nunca hemos hablado de lo que ocurrió hace una década.

—No, no hemos hablado de ello. Cuando Warlock nos presentó, hace unos años, no tenía sentido. Había pasado tanto tiempo que parecía algo irrelevante y que causaría un enfrentamiento gratuito. Mi única preocupación era la guerra, pero en aquel entonces yo no sabía que tu esposa iba a morir y que tú volverías a ver a Amelia.

—Haces que parezca que tengo intenciones poco honorables, y no es cierto.

—Pese a su edad, Amelia es muy ingenua —dijo Lucas—. Ella siempre le concede a todo el mundo el beneficio de la duda, incluso a ti. Y para empeorar las cosas, tú acabas de perder a tu esposa y estás de duelo. Ella siente pena por ti, aunque tú no te preocuparas en absoluto de sus sentimientos hace diez años. Te lo advierto: si la tocas, yo seré el que te hunda.

Simon se puso tenso.

—Eres un patriota. Tú nunca me traicionarías ante nuestros enemigos.

—¿De veras? Tócala, y averiguarás que soy el peor de tus enemigos.

Simon se dio cuenta de que Lucas hablaba completamente en serio.

—He traído a Amelia a mi casa para que cuide de mis hijos, Lucas, no para aprovecharme de ella. Siento haber cortejado a Amelia como lo hice en el pasado —le dijo. Sin embargo, no iba a revelarle que no se arrepentía de que hubieran estado aquel tiempo juntos—. Pero incluso entonces la respetaba demasiado como para aprovecharme de ella, y ahora también.

Mientras hablaba, su corazón latía desenfrenadamente. La noche anterior había estado a un paso de hacerle el amor.

Lucas le dijo con desprecio:

—Le rompiste el corazón.

—Como ya te he dicho, me arrepiento. Amelia y yo hemos hablado de ello y hemos decidido dejarlo atrás. Yo estoy muy preocupado por mis hijos, Greystone. Cuando le pedí que aceptara el puesto, no lo hice de una manera impulsiva. Lo sopesé cuidadosamente. Después de que muriera lady Grenville, necesitaba alguien de confianza para cuidar a mis hijos, cuando yo esté con ellos o cuando esté ausente. Y si un día no regreso, por lo menos moriré sabiendo que Amelia está aquí, haciendo lo mejor para mis hijos.

—Ese es un discurso precioso —dijo Lucas—. ¿Desde cuándo un hombre de tu posición social es amigo de su ama de llaves? ¿Y desde cuándo dos personas que fueron amantes pueden ignorar lo que compartieron?

Lucas se pondría mucho más furioso todavía si supiera que no habían podido olvidar el pasado.

—Es un acuerdo poco corriente —respondió Simon—. ¿No puedes admitir, al menos, que es maravillosa con los niños, y que mis hijos la necesitan desesperadamente? ¿Que tengo razón al confiarle a Amelia su futuro?

—Ella necesita tener sus propios hijos —repuso Lucas—. Y yo voy a empezar a buscarle un marido inmediatamente.

Simon se quedó asombrado, y después, consternado. ¿Greystone iba a buscarle un marido a Amelia?

—Ah, ¡veo que eso no te ha sentado bien! —exclamó Lucas.

—No —dijo él, y sonrió forzadamente—. Pero da la casualidad de que estoy de acuerdo contigo, Greystone. Ella necesita su propia familia.

Sin embargo, solo podía pensar en sus hijos. ¿Qué iba a ser de William y de John? ¿Qué iba a ser de Lucille?

¿Y cómo se las iba a arreglar él sin ella?

—¿De veras? Quiero que me des tu palabra, Grenville, de que no vas a tocarla. Quiero que me des tu palabra de que vas a protegerla.

Simon vaciló. En aquel momento solo podía pensar en lo que había sentido al tener a Amelia entre sus brazos la noche anterior. Lo único que recordaba era aquella necesidad terrible, enloquecedora, y la completa desesperación que había sentido. En sus brazos no había guerra, y la muerte no lo amenazaba.

—¿Es que no puedes darme tu palabra? —inquirió Lucas con horror.

Él enrojeció.

—Mis intenciones son honorables —dijo, sabiendo que no podía permitir que volviera a ocurrir lo de aquella noche. Amelia se merecía mucho más de lo que él podía darle—. Sí, te doy mi palabra. Trataré a Amelia con el respeto que se merece. La protegeré, Greystone, lo juro. Moriría con tal de que ella estuviera segura.

—Bien —dijo Lucas, y se giró al oír que alguien llamaba a la puerta.

Lloyd apareció con el carrito de las bebidas, y Amelia apareció tras él. Estaba pálida y tenía los ojos muy abiertos y muy brillantes. Miró a los dos hombres.

—Me temo que no puedo quedarme —dijo Lucas—. Disfrute de su copa de rosado, Grenville. Amelia, acompáñame a la salida, por favor.

Ella tomó aire profundamente.

—Veo que no se han peleado. Se lo agradezco mucho —dijo, mirando con preocupación a Simon.

—Yo no tengo intención de pelearme con su hermano, señorita Greystone —dijo él con tirantez. Después suavizó el tono y añadió—. Por favor, acompáñelo a la puerta.

Amelia lo miró por última vez, con inquietud, y después se giró. Simon observó a los dos hermanos mientras se marchaban. Después se sirvió una copa de vino y la apuró de un trago. El primer juramento que le había hecho a Lucas Greystone le parecía una gran mentira. El segundo le parecía una premonición.

La puerta del salón estaba cerrada. Simon se miró en el espejo veneciano que había sobre una consola dorada de la estancia. Era casi medianoche. Continuó abotonándose la chaqueta de terciopelo negro que acababa de ponerse, mientras observaba su propia palidez. Se había blanqueado la piel con talco, un producto parecido a la tiza que usaban muchas mujeres de la nobleza, y se había puesto un poco de carmín en los labios. Además, llevaba una peluca pelirroja.

Tenía un aspecto extravagante y afeminado, completamente distinto al del conde de St Just. Estaba seguro de que su disfraz iba a funcionar, al menos a primera vista.

Amelia estaba arriba, sentada en el cuarto de los niños. Para conseguir salir de casa sin que lo viera, él le había dicho que creía que John tenía algo de fiebre. Ella había respondido que eran imaginaciones suyas, pero él había insistido en que su hijo pequeño tenía la temperatura alta, y que se sentiría mejor si ella se quedaba con los niños durante un rato aquella noche, para asegurarse de que John no enfermara. Al ver que ella dudaba, le había dicho él iba a quedarse leyendo en la biblioteca, y que no iba a acercarse a la habitación infantil.

Terminó de abotonarse la chaqueta negra y sonrió de una manera sombría al ver su excéntrico aspecto. Estaba seguro de que Amelia no se iba a separar de John durante varias horas, así que podía escaparse de la casa, disfrazado, sin que lo viera. Cuando regresara, dejaría el disfraz en las caballerizas.

El plan no era perfecto, pero valdría.

Miró el reloj que había sobre la repisa de la chimenea. Iba a llegar tarde. Se suponía que debía encontrarse con Marcel a medianoche, pero se iba a retrasar. Aunque esa era su intención; no quería ser el primero en llegar a la taberna.

Simon apagó las tres pequeñas velas que iluminaban la biblioteca y salió al pasillo. Había un caballo ensillado esperándolo en el establo; le había hecho jurar al mozo que guardaría un absoluto silencio sobre ello.

Recorrió el pasillo y llegó al vestíbulo sigilosamente. Acababa de entrar al ala oeste cuando sintió un cosquilleo en la nuca.

Y notó la presencia de alguien.

Se giró ligeramente y se quedó helado. Amelia estaba al otro extremo del pasillo con una bandeja en las manos, y una sola vela encima de la bandeja.

Podía verla perfectamente, puesto que él estaba entre las sombras y ella estaba iluminada, y ella no podía verlo a él. Todavía no.

—¿Quién anda ahí? —preguntó Amelia. Dejó la bandeja en el suelo y levantó la vela.

¿Qué estaba haciendo en el piso bajo? Simon se giró para marcharse, pero justo antes de que pudiera hacerlo, sus miradas se cruzaron.

Ella gritó. Entonces, él agachó la cabeza y corrió por el pasillo. Ella no lo siguió. Simon no podía dar crédito a lo que había ocurrido. Amelia lo había visto, ¡y lo había reconocido!

Mientras atravesaba el jardín, miró hacia atrás, hacia la casa. El salón de baile permanecía a oscuras. No vio la luz de ninguna vela y se sintió aliviado. Ella no estaba siguiéndolo.

Tal vez, solo tal vez, Amelia pensara que era un intruso. Soltó una maldición al llegar al establo. Tendría que inventar una excusa verosímil para haber salido de casa a medianoche y disfrazado, si acaso ella lo había reconocido.

El mozo le llevó el caballo, fingiendo que no se daba cuenta del aspecto de su señor. Simon le dio las gracias y montó. Después, salió rápidamente del establo y vio una luz en una de las ventanas que había junto a la puerta principal. Sin duda, Amelia lo estaba observando. Volvió a soltar un juramento.

¡Era tan entrometida!

Espoleó al caballo y comenzó a galopar. Además, Amelia era increíblemente valiente. ¡Maldición!

Londres estaba a oscuras cuando salió de Lambert Hall; recorrió Mayfair, pasando por delante de residencias majestuosas, pensando en todas las historias que podría contarle a Amelia. Seguramente, el mozo del establo se había preguntado si él iba al centro de la ciudad en busca de algún muchacho, pero ella nunca creería tal cosa. Podría decirle que había salido para reunirse con alguna amante, pero de todos modos iba a necesitar una buena excusa para justificar un disfraz tan elaborado.

Sabía que iba a hacerle daño si le decía que tenía una amante. Simon volvió a maldecir.

Media hora más tarde había llegado a la posada donde iba a entrevistarse con su contacto. El chico del establo tomó las riendas del caballo para encargarse de él, y Simon le entregó un chelín. El chico se quedó boquiabierto al ver una propina tan generosa. Entonces, Simon le dijo:

—Ten mi montura preparada para cualquier momento. Puede que solo tarde un minuto, o puede que tarde una hora.

—Sí, milord —dijo el chico.

—¿Dónde está la entrada trasera?

El muchacho señaló hacia un lado del edificio principal.

—Por allí, milord, pero lleva a las cocinas.

—Buen chico.

Simon le dio otro chelín y se encaminó rápidamente hacia la puerta de atrás. No quería utilizar la entrada principal para evitar que Marcel lo viera a él antes de que él viera a Marcel.

En aquel momento olvidó a Amelia, y olvidó a sus hijos. En aquel momento solo existía el peligroso juego de reunirse con un adversario que podía significar su muerte si no manejaba la situación con inteligencia.

Cuando entró en la cocina de la posada, los sirvientes estaban lavando platos y ollas, y había mucha actividad, por lo que nadie se fijó demasiado en él. El pasillo de salida era estrecho y estaba oscuro. Al avanzar por él, comenzó a oír el bullicio de los clientes borrachos del bar.

Se detuvo entre las sombras del pasillo, a la entrada de la sala, y observó a la clientela. Había unas dos docenas de hombres y cinco o seis camareras y prostitutas. Rápidamente, él seleccionó a cuatro de los hombres de entre toda la multitud.

Aquellos cuatro eran caballeros; uno de ellos era un hombre corpulento de pelo gris, que estaba bebiendo ron o whiskey, y pellizcando a una muchacha ligera de ropa y muy voluptuosa. El hombre estaba muy borracho, así que Simon lo descartó rápidamente.

Otro de los caballeros llevaba una chaqueta azul y una peluca blanca, y también parecía muy borracho. Simon miró al tercero de los señores, que estaba jugando a las cartas con el cuarto de los que había seleccionado. Los observó atentamente durante un buen rato, pero ambos estaban absortos en la partida de póquer que estaban jugando, y ninguno alzó la cabeza ni una sola vez.

Volvió a mirar al hombre de pelo gris que estaba con la camarera. Estaba tan borracho que parecía que se iba a desmayar.

Y entonces, Simon tuvo la sensación de que lo estaban vigilando. Volvió la cabeza hacia el hombre que llevaba la chaqueta azul y la peluca blanca. Estaba bebiendo una cerveza, pero Simon supo casi con certeza que lo había sorprendido mirándolo.

Volvió a ocultarse entre las sombras, y el caballero le dio la espalda para mirar a los que estaban jugando al póquer. Al ver su perfil, Simon se fijó en su piel pálida y su nariz aguileña. Y de repente, se quedó helado.

¿Era Edmund Duke?

Duke era el secretario de Windham.

Tomó aire profundamente; estaba seguro de que se trataba de Duke, que iba tan disfrazado como él.

Windham era el ministro de Guerra. Había un topo en el Ministerio de Guerra. Paget había dicho que el topo trabajaba en estrecha colaboración con Windham.

¿Podía ser Duke el topo? ¿Era Duke Marcel?

¿O era Duke uno de los hombres de Warlock? ¿Había enviado Warlock a Duke para que lo espiara?

Simon no sabía nada. Se dio la vuelta y recorrió el pasillo a toda prisa hacia la salida.

—¡Chico! ¡Tráeme el caballo! —le gritó.

Y, un segundo después, estaba alejándose al galope, cubierto de sudor.

CAPÍTULO 12

Amelia estaba inmóvil como una estatua. No sabía cuándo se había metido en la habitación de Simon, pero había sido poco después de que él se escabullera de la casa con un disfraz.

No creía que hubiera vuelto a respirar desde entonces.

Y no había podido dejar de cavilar ni un momento.

Se estremeció, y se arrebujó en el chal de lana. ¿Por qué había salido Simon de casa a aquellas horas, y con semejante disfraz? ¡Dios Santo, ella casi no había podido reconocerlo!

Estaba sentada en una silla que miraba hacia la puerta de su habitación, la puerta por la que él tendría que entrar. La chimenea estaba encendida, pero aparte de eso, no había ninguna otra luz en el salón, ni tampoco en el dormitorio. Había un reloj dorado en la repisa de la chimenea, un reloj que marcaba más de la una y media de la madrugada.

Ella llevaba más de una hora revisando el comportamiento de Simon. No había dejado de pensar en el hecho de que nunca estuviera en casa con su familia, y que nadie supiera realmente dónde estaba, ni siquiera lady Grenville.

Temía que estuviera jugando a la guerra.

Julianne le había dicho que Londres estaba lleno de espías franceses. ¿Acaso Simon estaba intentando introducirse en esos círculos? Era un hombre famoso, pero aquella noche no lo hubiera reconocido nadie.

Rogó que hubiera otra razón para que se hubiera marchado de casa de aquel modo. Se recordó que él parecía completamente indiferente a la guerra. Si formaba parte del grupo de espías de Warlock, entonces era un actor consumado, y eso lo explicaría todo: las pesadillas, sus alusiones a la muerte, los gritos por Georges Danton...

Se le llenaron los ojos de lágrimas. ¿Por qué, Simon? Tuvo ganas de llorar. Había cambiado mucho, se había vuelto muy oscuro y angustiado, como si siempre tuviera miedo de algo o de alguien. Si estaba espiando para su país, entonces corría un grave peligro.

«Vienen por mí».

Nunca olvidaría aquella declaración horrible, que él había hecho aterrorizado en medio de una pesadilla.

Amelia se secó los ojos con la manga del vestido. Tal vez estuviera sacando conclusiones equivocadas. Supuso que había una pequeña posibilidad de que él se hubiera disfrazado por otro motivo, que iba a una casa de citas o a un establecimiento de juego. Seguramente, si quería visitar alguno de aquellos lugares, no querría que lo reconocieran. Sin embargo, dudaba que Simon se relacionara con una prostituta, y no creía que tuviera el vicio del juego. Había registrado el cajón de su mesilla, y había comprobado que la pistola no estaba allí. Se la había llevado consigo.

¿Y para qué iba a llevarse una pistola a un establecimiento de juego? ¡No era posible!

Además, John no tenía fiebre ni había caído enfermo con ningún resfriado. Era evidente que Simon había intentado distraerla con aquel truco, para que ella permaneciera en el piso de arriba, en la habitación de los niños, y él pudiera escapar sin ser visto.

Se echó a temblar de ira, pero sobre todo, de miedo.

¿Cómo era posible que hubiera puesto a sus hijos en peligro de aquella manera?

El año anterior, los radicales habían amenazado con herirlas a su madre y a ella si Julianne no hacía lo que ellos le estaban exigiendo. Los hombres no tenían honor en la guerra. Si Simon estaba implicado en la lucha contra la revolución, la vida de sus hijos corría peligro.

Amelia no sabía con certeza qué podía estar haciendo él con aquel disfraz, en mitad de la noche, pero iba a averiguarlo. Iba a enfrentarse con él cuando volviera. ¡Los niños también eran responsabilidad suya!

Si Simon solo había salido para jugar a las cartas, entonces sería sincero con ella y se lo contaría. Y ella sabía que no estaba con otra mujer, ni siquiera con una prostituta. Él no le haría eso...

En aquel momento, oyó crujir la madera del pasillo. Se puso tensa y miró hacia la puerta de la habitación.

Simon no podía haber vuelto tan pronto, ¿verdad? Sin embargo, oyó que el pomo giraba, y que las bisagras de la puerta chirriaban suavemente. Se abrió, y un hombre entró en la habitación.

Ella lo reconoció al instante.

Ya no iba disfrazado. Llevaba el pelo suelto, y le llegaba hasta los hombros. Se había quitado la chaqueta negra y la peluca color rojizo. Cerró la puerta y empezó a andar por el salón, sin percatarse de su presencia.

Amelia tenía el corazón acelerado. Nunca se había sentido tan nerviosa.

—Simon.

Él se detuvo en seco y se giró hacia ella, con los ojos muy abiertos.

—No has tardado mucho —le dijo Amelia.

Se produjo una larga pausa.

—¿Me estabas esperando?

—Sí. No creía que volvieras tan tarde. O, mejor dicho, tan pronto.

Él sonrió lentamente, y le pasó la mirada por el cuerpo, de una manera sugerente.

—Amelia, ¿te parece inteligente enfrentarte a mí en mi habitación?

—No me das miedo. Es decir... Ya estoy asustada, pero te conozco bien. Sé que crees que puedes acobardarme con esa mirada.

—Y yo sé que deberías pensar bien si quieres mantener esta conversación conmigo en este momento.

—¿Dónde has estado, Simon? ¿Dónde está tu peluca?

—Te estás comportando como una esposa, y no como un ama de llaves. No creo que tenga que informarte de nada.

—Estoy preocupada por tus hijos.

—Mis hijos no tienen nada que ver con esto.

—Por el contrario, si corren algún peligro, entonces yo debo saberlo —dijo ella. Había alzado la voz, y se dio cuenta de que sonaba muy aguda.

Él volvió a sonreír lentamente.

—Yo salgo a tomar una copa, ¿y tú sacas la conclusión de que mis hijos corren peligro? Vamos, Amelia, ¿no los estás usando como excusa para poder espiarme?

Ella tuvo ganas de darle una bofetada.

—¡No intentes darle la vuelta a la tortilla! Te he visto salir, y tú me has visto a mí. He visto que ibas disfrazado. ¿Dónde has dejado la peluca roja y la chaqueta, Simon?

—Muy bien —dijo él con aspereza—. He salido esta noche. He ido a un bar a tomar una copa y a jugar. Me disfracé porque no quiero que me reconozcan, ni que una docena de tipos que no me importan nada se acerquen a fingir que sienten mucho la muerte de lady Grenville.

—Quisiera creerte —respondió ella—, pero sé que te has llevado la pistola.

—A estas horas de la noche hay muchos atracadores por las calles de Londres —respondió él—. No voy a discutir contigo, Amelia. He salido a tomar una copa. Salí disfrazado por el motivo que te he dado, y por ningún otro. Te sugiero que dejes de pensar en otras cosas.

Finalmente, ella se acercó a él. Con el dedo pulgar, le retiró una mancha blanca de la cara. Era evidente que él no se había limpiado bien.

—¿Has utilizado talco? ¡Qué listo!

Él le agarró la muñeca.

—¿Te has dado cuenta de que estamos solos en mi habitación, a oscuras, y de que es muy tarde?

A ella se le aceleró el pulso.

—¿Qué estás haciendo, Simon? ¿Dónde has estado? ¿Por qué has salido de casa disfrazado? ¿Por qué querías distraerme diciéndome que John estaba enfermo? ¿Eres espía? —le preguntó, con pánico.

Él le clavó una mirada muy dura.

—No tengo por qué darte explicaciones de lo que hago, Amelia. Ni a ti, ni a nadie. Te sugiero que aceptes lo que te he dicho antes de que me enfade —le advirtió él, y la soltó.

—¿Cuándo te asociaste con Warlock? ¡Hace diez años ni siquiera hablabas de él! Sin embargo, hace unos días me dijiste que le habías pedido a Warlock que vigilara a tus hijos mientras estabas en el norte. Pero, ¿estabas de verdad en el norte, Simon? —le preguntó entre lágrimas.

—Tienes que salir de mi habitación y olvidarte de que ha sucedido esto —insistió él—. Es tarde, y estoy cansado. Tú también estás cansada. No deberíamos tener esta conversación ahora, y mucho menos aquí —añadió. Entonces, se encaminó hacia su dormitorio—. Buenas noches.

Amelia no se rindió, y lo siguió hasta el umbral de la puerta. Entonces se quedó inmóvil, porque él se había quitado la camisa. Su torso era fuerte, delgado, como una masa de músculos esculpidos.

El corazón le latía cada vez con más fuerza, y la boca se le quedó seca. Lo quería con todas sus fuerzas, y por eso estaba tan asustada. Y lo deseaba.

—Quiero ayudar —susurró.

Él la miró de reojo.

—Los dos sabemos cómo va a terminar esto si sigues ahí plantada.

—Me debes una explicación, y no porque seamos amigos, ni porque yo sea el ama de llaves y tú el patrón, sino porque quiero a tus hijos y a Lucille, y mi deber es mantenerlos a salvo. ¿Y cómo voy a conseguirlo, Simon, si tú estás en peligro?

—Yo no estoy en peligro —respondió él.

Se sentó en un banco de terciopelo que había a los pies de la cama y comenzó a quitarse las botas.

Amelia sabía que debía marcharse, porque él se estaba desnudando, y pensó que tal vez se atreviera a hacerlo por completo para obligarla a huir. Sin embargo, no iba a ir a ninguna parte hasta que él le confesara la verdad.

Simon se quitó una media, y después la otra, y se volvió hacia ella. Entonces, alzó las cejas.

—Voy a desnudarme.

Amelia no podía tragar saliva. Él tenía el pecho desnudo, y también las pantorrillas y los pies.

—No serás capaz de llegar tan lejos.

Él se puso en pie y clavó la mirada en su pecho.

—Eres imposible, Amelia. Y por eso te traje a mi casa. Eres la mujer más decidida que he conocido.

—Entonces, sabrás que no voy a rendirme, Simon. Tengo todo el derecho a saber qué estabas haciendo en mitad de la noche. Ya está bien. Tienes que decírmelo. Tu comportamiento ha sido muy extraño, y lo sabes.

Él alargó el brazo y le metió un mechón de pelo detrás de la oreja.

—Como ya te he dicho, eres imposible.

Ella se negó a ceder, aunque el corazón le latía desbocadamente en el pecho.

—Ni se te ocurra intentar seducirme. Tienes unos hijos en los que pensar. Si estás implicado en actividades peligrosas, entonces, ellos también están en peligro.

—Yo nunca pondría a mis hijos en peligro intencionadamente, Amelia.

—Entonces, ¿qué estás haciendo? ¿En qué estás pensando?

—Estoy pensando —respondió él lentamente—, en que estoy casi desnudo, en que es muy tarde y en que no se me ocurre mejor forma de acabar con esta conversación que llevarte a mi cama.

Ella se echó a temblar.

—¡Simon!

—¿No se te ha ocurrido pensar que es mejor que no conozcas todos los detalles de mi vida? —le preguntó él, y le acarició la mandíbula y el cuello.

Amelia sintió un intenso deseo.

—No, no lo hagas. Esto es demasiado importante. ¿Has corrido peligro esta noche?

—No la clase de peligro que tú piensas. El único peligro es que tú estés aquí conmigo.

—¿Qué significa eso? ¡Sé que estás intentando ocultar tus actividades, Simon! ¿Te persiguen? ¿Cómo voy a cuidar de tus hijos si no sé lo que estás haciendo?

Él le pasó los dedos por el cuello, y siguió hacia abajo, hacia su escote.

—No entiendo esa lógica, Amelia. ¿Qué tiene que ver que yo salga a tomar una copa con el bienestar de mis hijos?

Su roce era increíblemente excitante. Sin embargo, Amelia no intentó apartarse.

—No vas a decirme lo que has estado haciendo hoy, ¿verdad, Simon? Yo estoy anteponiendo a tus hijos a todo lo demás, pero tú te estás poniendo a ti mismo en primer lugar.

—Tienes razón. En este momento no estoy pensando en los niños, y en este momento, no estoy poniendo sus necesidades por delante.

Entonces, la agarró de los hombros y se inclinó hacia ella. Amelia quiso decirle que no la besara, porque aquello era demasiado importante. ¡Tenía que saber la verdad! Sin embargo, había estado esperando aquel momento. Había estado esperando su beso.

Él sonrió, y posó su boca sobre la de ella.

Amelia cerró los ojos y lo olvidó todo. Y cuando él movió los labios una y otra vez, con determinación y urgencia, alguien gimió. Amelia se dio cuenta de que era ella misma.

Instintivamente, dio un paso hacia delante. Le puso las manos sobre los hombros, y notó la calidez de su piel. Era muy difícil pensar. Él la envolvió entre sus brazos, y mientras la besaba cada vez más profundamente, ella pasó las manos por su pecho desnudo.

Simon gimió, y ella se entusiasmó al oír el sonido. Entonces comenzó a devolverle los besos, con dureza y con pasión, y deslizó los dedos por su espalda.

Él gruñó y la soltó. Tenía la respiración entrecortada.

—¡Le juré a Lucas que te respetaría!

Ella agitó la cabeza. No podía hablar. La cabeza le daba vueltas, y tenía fuego en el cuerpo. ¿Cuánto tiempo iban a poder seguir así?

—Amelia… Tienes que marcharte.

Entonces, su mente comenzó a funcionar de nuevo. Tomó aire y preguntó:

—¿Dónde has ido esta noche, Simon? Por favor.

Simon retrocedió unos cuantos pasos.

—¿Es que nunca te rindes? Es mejor que no lo sepas, Amelia.

Ella se puso tensa. ¿Acaso estaba a punto de admitir que no había salido a tomar una copa?

—¡Anoche me apuntaste con una pistola, Simon! Esta noche has salido armado y disfrazado. ¿Qué debo pensar?

Él se quedó mirándola durante un largo instante.

—Has sacado una conclusión equivocada —dijo por fin—. Sí, es cierto que padezco depresiones. ¿No se te ha ocurrido pensar nunca que sigo sufriendo por la muerte de mi hermano?

Ella lo miró fijamente, porque no sabía qué iba a seguir diciendo, y no lo creía.

—Ya sabes que yo no quería a mi mujer, y todo el mundo sabe que soy un ermitaño. ¿Por qué piensas que soy un patriota, como era Bedford? A mí no me importa nuestro país, Amelia. Y no me importa la guerra. Warlock no es más que un conocido.

—Entonces, ¿dónde estabas? ¡Y no me digas que has ido a tomar una copa con ese disfraz tan extraño!

—Estaba con una mujer.

Ella se estremeció. Tardó un instante en comprenderlo.

—Eso es absurdo. Tú nunca te irías con una prostituta, y de todos modos eso no explica el motivo del disfraz.

Sin embargo, incluso mientras lo decía, se imaginaba que un caballero podía disfrazarse perfectamente para visitar un prostíbulo.

Él arqueó las cejas y la miró fijamente.

Ella se sintió insegura.

—¿Simon?

Él le dio la espalda. Se acercó al armario que había frente a su cama y sacó un caftán azul marino con bordados en oro.

—¿Acaso he dicho yo que estuviera con una prostituta?

Cerró la puerta del armario de un golpe y se volvió hacia ella con una expresión indescifrable.

—Yo nunca he estado con una prostituta.

Estaba mintiendo. ¡No acababa de tener una cita con una amante! Sin embargo, en la mente de Amelia apareció la imagen de Simon en brazos de una mujer exuberante. La alejó de su mente con esfuerzo.

—No te creo.

—No tenía intención de confesártelo. Siento haberte hecho daño.

Ella casi no podía respirar. No podía estar diciendo la verdad, ¿no? Simon la deseaba. Tenían una conexión sentimental, y se atraían el uno al otro.

—Si has ido a ver a una amante, ¿por qué te has molestado en disfrazarte?

Él vaciló.

—Hace muy poco que ha muerto Elizabeth, Amelia. ¿Qué pensarían los demás si me vieran corriendo a casa de mi amante ahora?

Entonces, ¿tenía una amante? ¿Era posible?

Pero, ¿no era mejor eso, que el hecho de que fuera un espía?

—No quiero hacerte daño —dijo él con firmeza.

Ella susurró:

—Pero tú me deseas.

—Sí, es cierto. Pero es algo prohibido, ¿no? Ya hemos llegado a la conclusión de que no podemos tener una aventura. Hemos acordado que los niños son lo primero, y que solo seríamos empleada y patrón. Entonces, ¿qué puedo hacer?

Amelia comenzó a sentir un horrible dolor. ¿Simon había estado con otra mujer? ¿Era posible?

Simon tenía una amante.

—Lo siento, Amelia. Lo siento mucho. ¿Por qué me has estado espiando? ¿Por qué no has podido dejarme en paz?

Ella se abrazó a sí misma, con los ojos llenos de lágrimas. Estaba empezando a sentirse mal.

—Quiero que los niños estén a salvo.

—Mis hijos te necesitan. Yo te necesito. Necesito que estés aquí, en esta casa, encargándote de todo como solo tú puedes hacerlo.

Amelia agitó la cabeza.

—No puedo creer que te hayas ido con otra.

La expresión de Simon se endureció.

—Yo tampoco... Por favor, ahora vete.

Él tenía la voz ronca, y parecía que también se iba a poner a llorar. Amelia pasó por delante de él a toda prisa, imaginándoselo en brazos de otra mujer. Y se dio cuenta de que estaba destrozada.

Entonces, él la agarró de un brazo y la detuvo.

—¡Amelia! Lo siento. Yo nunca quise hacerte daño. ¡Te mereces mucho más de lo que yo puedo darte!

¿Qué significaba eso? Amelia dio un tirón del brazo para zafarse de él. ¿No debería haberse esperado algo así? Él le había roto el corazón hacía diez años, y si se permitía el lujo de pensar en lo que le estaba diciendo, seguramente volvería a rompérselo en aquel momento.

—Me importas —le dijo Simon—. Me importas mucho. Quiero que lo sepas.

—Si te importara, no estaríamos teniendo esta conversación.

Él no respondió. Ella se giró de nuevo y se dirigió hacia la puerta. Allí se detuvo y se agarró al marco. ¿Cómo podía estar sucediendo aquello?

—¿Me odias ahora? —le susurró él.

Amelia no pudo hablar. Se marchó corriendo.

Con los ojos llenos de lágrimas, Amelia sonrió a Lucille, que estaba en su cuna, en la cocina. Los sirvientes estaban recogiendo los platos del desayuno. Había ruido de cacharros y el agua corría en la pila, y el chico, Fred, estaba silbando. Era una mañana feliz, ajetreada. Lucille apretó los puños regordetes y sonrió a Amelia.

—Cree que es usted su madre —le dijo Jane, que pasó junto a ellas con una pila de platos.

A Amelia se le encogió el corazón de angustia. Se acercó a una de las ventanas de la cocina y la abrió. Entró una brisa suave.

—¿Ha tenido el señor conde alguna noticia del padre de Lucille? —preguntó la señora Murdock. La niñera estaba sentada en una silla junto a la mesa central, tejiendo unos diminutos patucos para la niña. Jane se puso a fregar la mesa con agua y jabón.

—No, no ha sabido nada —respondió Amelia.

Le costaba respirar. No había podido dormir. Se había pasado la noche dando vueltas por la cama e intentando contener las lágrimas, entre la incredulidad y el dolor. Simon tenía una amante. ¡No podía creerlo! Sin embargo, él mismo se lo había confesado, y ella lo había sorprendido saliendo a escondidas de la casa. ¡Aquella explicación tenía todo el sentido!

Sabía que debía sentirse aliviada por el hecho de que él no fuera espía, pero se sentía muy mal. Él le había roto el corazón por segunda vez. ¿Cómo podía ser tan tonta?

—Debe de estar de viaje —dijo la señora Murdock—. De lo contrario, por lo menos contestaría a la carta.

—Es una niña tan bonita, que seguramente decidirá reclamarla cuando la vea —dijo Jane.

—Sí, yo también creo que debe de estar fuera de la ciudad —dijo Amelia, y al darse cuenta del tono de voz tan apagado que tenía, intentó sonreír y se acercó al horno—. Fred, no creo que nunca haya visto un horno tan limpio.

El pecoso muchacho sonrió.

—Puedo hacer otra cosa, señorita Greystone, o puedo limpiar las chimeneas.

—La cocina está perfectamente, y tenemos deshollinadores para eso —dijo Amelia, y le dio una suave palmadita en el pelo pelirrojo.

—¿Le ocurre algo, señorita Greystone? —preguntó la señora Murdock.

Amelia siguió sonriendo y se giró hacia la niñera, que había dejado de tejer y estaba mirándola de manera expectante. Se dio cuenta de que Lucille necesitaba mimos y se acercó a ella.

—Estoy bien —dijo, mientras le hacía fiestas al bebé.

—Hoy está un poco pálida —dijo la señora Murdock.

Amelia sonrió de nuevo a Lucille, y el bebé se agarró a su dedo. En aquel instante, en la cocina se hizo el silencio, salvo por el canto de los pájaros del exterior. La conversación cesó.

Amelia se puso tensa.

Alzó la vista y vio a Simon en el umbral de la puerta.

Se quedó asombrada. Que ella supiera, él nunca había puesto un pie en la cocina.

Sin embargo, entró. Se quedó junto a la puerta, mirándola fijamente. Cuando sus ojos se cruzaron, él asintió con amabilidad. Todos los demás estaban fingiendo que no lo habían visto.

A ella se le encogió el corazón. Se giró hacia Lucille y le colocó el cuello y las mangas del vestido. ¿Qué estaba haciendo Simon?

Lucille movió los bracitos y se rio. Amelia intentó calmarla, preguntándose si él iba a marcharse. Cuando se irguió, notó que estaba junto a ella, y se puso furiosa. Con calma, le puso el chupete a Lucille.

—¿Me estás ignorando? —le preguntó Simon en voz baja.

—Por supuesto que no, milord —respondió ella—. ¿Hay algún problema? ¿Deseaba algún otro plato? ¿O tal vez los huevos estaban demasiado hechos, o el jamón quemado?

—No has entrado en el comedor hoy.

—Esta mañana he tenido mucho trabajo —dijo ella en un tono seco—. Lucille ha estado muy inquieta —añadió.

Él se quedó callado.

Amelia se dio cuenta, de repente, de que Simon había ido a verla, y al hacerlo, se había topado con Lucille. Impulsivamente, tomó a la niña en brazos y se giró hacia él.

—Pero ahora ya está muy bien, como puede comprobar.

Simon miró a Lucille por primera vez.

—Se parece a lady Grenville.

—Sí, todos pensamos igual. Será una niña preciosa —dijo Amelia, meciéndola suavemente.

Él la observó intensamente.

—Deseo hablar con usted —dijo en voz alta—. ¿Le importaría acompañarme a la biblioteca?

—Esta mañana hay mucho trabajo. ¿Es urgente, milord?

—Sí, señorita Greystone —respondió él, y su expresión se endureció.

—Muy bien —respondió ella. Entonces, con Lucille en brazos, se dirigió hacia la salida. Él la siguió.

—¿Le importaría dejar a la niña aquí?

—Preferiría no hacerlo, milord —dijo ella, y se aferró con tanta fuerza a Lucille que la niña gimoteó.

Simon se sobresaltó.

Amelia soltó un suspiro. Estaba a punto de llorar. La señora Murdock se puso en pie al instante, entre ansiosa y sorprendida, y Amelia le entregó a la niña.

—Ahora mismo vuelvo —dijo.

Después, precedió a Simon hasta la biblioteca; cuando estuvieron dentro de la habitación, él cerró la puerta.

—¿Es estrictamente necesario? —le preguntó ella.

—Ya veo que estoy recibiendo un castigo por mi mal comportamiento.

—Si deseas tener una amante, eso no es asunto mío —replicó Amelia.

—Pero está afectando a nuestra amistad.

—¿Qué quieres, Grenville? —inquirió ella, temblando—. ¿Quieres que te perdone? ¿Que te comprenda?

—No sé lo que quiero... pero no soporto haberte hecho daño, Amelia. Espero que lo entiendas.

De repente, ella lo miró a los ojos. ¿Acaso no le había dicho Julianne que estaba preocupada por si él estaba engañándola otra vez?

—Siempre he confiado en ti —le dijo—, pero ahora estoy empezando a pensar que no eres digno de confianza.

Él se estremeció.

—No, no lo soy.

Ella se quedó asombrada.

Él se dio la vuelta.

—Siento mucho que lo hayas descubierto todo, pero en lo sucesivo, Amelia, atiende a mis hijos y deja mis asuntos en paz.

—Sí. Creo que ya he aprendido la lección.

Simon la miró con desconfianza.

—No puedo creer que te rindas al instante —dijo.

Amelia se encogió de hombros.

—Mi principal preocupación son los niños. Si están a salvo, entonces yo estoy complacida —afirmó. Sin embargo, tenía ganas de llorar.

Él la miró con seriedad.

—Con respecto a eso, tengo que decirte que he recibido noticias de Southland.

Ella se quedó paralizada.

—¿Qué intenciones tiene?

—Dice que va a venir de visita esta semana, pero no me ha indicado si va a llevarse a Lucille o no.

A Amelia comenzaron a temblarle las piernas. Estaba agotada y angustiada, y temía sufrir un desmayo.

Simon la sujetó con un brazo.

—Estás muy pálida. ¿Vas a desmayarte?

Ella se alejó.

—No. ¿Es eso todo? —preguntó, intentando aparentar firmeza.

—¿He perdido a mi amiga? —le preguntó él.

Ella decidió no responder, y se encaminó hacia la puerta.

—Amelia —dijo él, y ella se detuvo—. Hay algo más. Debes olvidar que me viste salir de casa anoche, y menos disfrazado.

Amelia se giró para mirarlo. Entonces, él añadió:

—Y no vas a hablarle de mi confesión a nadie.

Por supuesto que ella no iba a contribuir a la propagación de ninguna habladuría. Así pues, asintió.

—Da la casualidad de que soy discreta.

Entonces, Simon la miró con tanta intensidad que a ella se le encogió el corazón, y se marchó rápidamente.

CAPÍTULO 13

Amelia acababa de recibir una buena noticia, ¡lady D'Archand y su hermana habían ido a visitarla! Había pasado toda la mañana muy desanimada; no solo sentía dolor por la aventura de Simon, sino que estaba muy angustiada por si Southland decidía llevarse a Lucille de la casa.

Se quitó el delantal y le dio las gracias a Lloyd por el aviso.

—¿Le importaría preparar el té para nosotras? —le pidió con la voz entrecortada.

Ya no le importaba ser solo el ama de llaves. Deseaba recibir adecuadamente a su hermana. Julianne era una condesa, y no podía agasajarla en la cocina. Nunca había necesitado tanto a su hermana y a su buena amiga.

Era primera hora de la tarde; Simon se había ido a comer fuera y había dicho que cenaría con unos conocidos. Amelia ni siquiera lo había mirado, y finalmente, él se había dado la vuelta y se había marchado. Los niños habían comido en su habitación, y en aquel momento estaban dando una clase de equitación. La visita de Julianne no podía llegar en mejor momento.

Amelia entró en el salón formal, rojo y dorado, en el que Lloyd había instalado a las dos mujeres. Cuando entró, vio un baúl marrón en el vestíbulo, y se preguntó si Simon iba a salir de viaje. Se le encogió el corazón, y tuvo que hacer una pausa en el umbral de aquella lujosa estancia. Ninguna de las mujeres se había sentado, y las dos se volvieron hacia ella y sonrieron.

A Amelia se le olvidó lo que era estar herida y angustiada.

—¡Cuánto me alegro de veros a las dos! —exclamó.

Julianne abrió unos ojos como platos.

—¿Te encuentras bien?

Amelia no respondió. Primero abrazó a su hermana. ¡La traición de Simon le hacía tanto daño! Se giró hacia Nadine, conteniendo las lágrimas. Y al recibir su abrazo, vio el reflejo de ambas en el espejo.

Nadine era una mujer menuda, morena y asombrosamente bella. Llevaba un vestido azul y algunos zafiros pequeños. Julianne llevaba un vestido granate, y rubíes. Ambas sonreían y estaban de buen humor.

Amelia, por el contrario, llevaba un vestido gris de algodón que le sentaba como un saco. Estaba pálida y no llevaba joyas, y tenía el pelo recogido en una trenza.

No era de extrañar que Simon prefiriera a otra mujer, pensó.

—Me puse muy contenta al saber que estabas en Londres —le dijo Nadine, sonriendo—. Pero me sorprendió que hubieras aceptado un puesto de trabajo en St. Just Hall —dijo, mirando a Amelia atentamente, como si quisiera descubrir qué le ocurría de verdad.

Amelia miró a Julianne, que la miró a su vez, con una expresión inocente. Se dio cuenta de que su hermana todavía no había dicho nada. Ella recuperó la compostura y tomó de la mano a Nadine.

—Conozco a Grenville desde hace muchos años. Era nuestro vecino. Incluso tuvimos un flirteo hace unos años. Cuando fui al funeral de su mujer, me quedó bien claro que sus hijos estaban en una situación desesperada, y no pude darles la espalda.

Julianne gimió.

Nadine la miró y preguntó:

—¿Y qué tal están ahora los niños?

—Están mejor. De hecho, me encantaría que los conocierais cuando vuelvan de su clase de equitación. Y tenéis que ver a Lucille.

Al decirlo, su sonrisa vaciló.

Julianne le dio unas palmaditas en el hombro.

—¿Está bien la niña? ¿Ha ocurrido algo?

Ella tragó saliva.

—Southland se ha puesto en contacto con Grenville. Vendrá de visita esta semana, pero no ha dicho si se la va a llevar o no.

Julianne miró con preocupación a su hermana.

—Sé que la adoras, pero lo mejor sería que se la llevara su padre.

—Ya lo sé —dijo Amelia, pero no pudo evitar sentirse angustiada. La casa no volvería a ser igual sin Lucille.

—Me encantaría ver a la niña —dijo Nadine—. Aunque dudo que tenga hijos alguna vez, me encantan los niños.

Amelia miró a Nadine. Se habían hecho muy amigas durante el invierno. Nadine la había visitado a menudo en Greystone Manor.

Una vez, ella había estado comprometida con Bedford; eran amigos de la niñez. Ahora Julianne y Nadine eran muy amigas, y Bedford era como un hermano para ella. Había llegado a Gran Bretaña la primavera pasada. Dos años antes, se había visto atrapada en una revuelta en París, y la habían dado por muerta. No hablaba mucho del tiempo que había pasado en Francia durante la revolución. Sin embargo, estaba muy politizada y era leal a los emigrados que tenían que dejar el país. Amelia estaba segura de que había ayudado a escapar a sus compatriotas de Francia antes de tener que marcharse ella también.

Nadine no ocultaba que la guerra había cambiado por completo su vida. Había perdido su hogar, a su madre y a sus amigos. Además había perdido cualquier interés por el matrimonio. No tenía tiempo para pretendientes.

—Cuando te enamores, cambiarás de opinión —le dijo Julianne.

Nadine se limitó a sonreír. Claramente, no creía que fuera a enamorarse nunca.

—Tal vez. Pero hasta ese momento, disfrutaré de ser casi una tía para tu hija, y tal vez para Lucille y para los hijos de Grenville —dijo, y miró a Amelia—. Aunque somos vecinos de St. Just, no lo conozco. ¿Está en casa?

La familia D'Archand se había establecido en la parroquia de St. Just, en Cornualles.

Ella sintió una punzada de dolor.

—Ha salido, y puede que no vuelva en todo el día. No lo sé.

Julianne la tomó de la mano.

—¿Qué ha hecho?

A Amelia se le llenaron los ojos de lágrimas.

—¡Soy una tonta!

Nadine miró a las dos hermanas, y después le entregó a Amelia su pañuelo. Amelia se secó los ojos.

—Nadine, fue algo más que un flirteo. Cuando tenía dieciséis años, Simon me cortejó, y yo me enamoré locamente de él. Un día se marchó de Cornualles y no volvió nunca.

—Lo siento —dijo Nadine.

—Yo lo había superado todo. Me había olvidado de él. Todo ocurrió hace diez años. Sin embargo, cuando volvimos a vernos en el funeral de su esposa, fue como si nada hubiera cambiado. Sus hijos no eran los únicos que me necesitaban. Él también me necesitaba, y yo no pude controlarme. Tenía que entrometerme y consolarlo. Acepté este puesto de trabajo, por muy embarazoso que fuera.

Julianne la rodeó con un brazo.

—¿Te ha tomado el pelo? —le preguntó con ira.

—Sí —dijo Amelia, y se alejó hacia un diván, donde tomó asiento.

Ambas mujeres se sentaron a su lado. Julianne le pasó el brazo por los hombros y Nadine la tomó de la mano. Entonces, su hermana le preguntó con ferocidad:

—¿Qué ha ocurrido?

—Lo sorprendí escabulléndose de casa anoche. Me preocupé, porque iba disfrazado y llevaba peluca. Me daba miedo que siguiera los pasos de Bedford. Sin embargo, cuando le pedí explicaciones una hora después, me confesó que había estado con una amante. Julianne, ¿qué voy a hacer?

Julianne bajó el brazo.

—¿Salió disfrazado?

—¿Por qué iba a disfrazarse para reunirse con una amante? —preguntó Nadine.

Amelia miró a las dos mujeres. Ambas tenían los ojos muy abiertos y una expresión consternada.

—¿Y solo estuvo fuera una hora? —preguntó Julianne.

—Sí, una hora, o una hora y cuarto, más o menos —dijo Amelia, que estaba empezando a comprender lo que pensaban ellas. Entonces, añadió con tirantez—: Se llevó un arma, y se pintó la cara con tiza.

Julianne se puso en pie.

—¿Y dijo que estaba con una amante, o con una mujer de mala reputación?

Amelia también se levantó.

—Dijo que tiene una amante, Julianne. Y lo dijo con firmeza. A él no le interesan las prostitutas, ni ha estado nunca con ninguna.

Julianne comenzó a negar con la cabeza.

—Podría creerlo si hubiera dicho que había ido con una prostituta, porque ningún hombre se quedaría mucho tiempo con una mujer así. Sin embargo, ¿con una amante? ¿Me dices que salió disfrazado, con un arma, en mitad de la noche, para pasar unos pocos minutos con una amante?

—Tal vez sea un mal amante —intervino Nadine, intentando dar un toque de buen humor.

—No es mal amante —dijo Amelia sin pensarlo.

Ellas se quedaron mirándola fijamente.

Amelia se ruborizó.

—No salió a ver a ninguna amante —dijo Julianne.

—No. Tal vez deberías preguntarle qué es lo que está sucediendo en realidad —añadió Nadine con firmeza.

Cuando Nadine y Julianne se marcharon, Amelia volvió al salón y cerró las puertas. Una vez sola, se acercó al sofá y se dejó caer en él.

No podía moverse. Estaba emocionalmente exhausta.

¿Cómo podía haber creído que Simon se había ido con otra mujer?

Finalmente, comenzó a llorar. Claro que Simon no había ido a ver a su amante aquella noche. Julianne y Nadine tenían razón. Aunque él temiera las habladurías, nunca habría salido con aquel disfraz, ni habría tan vuelto tan rápidamente. Recordó que había estado entre sus brazos. Si él hubiera estado con otra mujer, ¡ella habría percibido el olor del perfume!

Entonces, Simon estaba en peligro, después de todo.

Ella les había explicado todas sus sospechas a ambas mujeres, y había hablado de su extraño comportamiento. La reacción de Nadine la había asustado. Se había puesto más y más pálida a medida que ella hablaba.

—Conocía a Danton —dijo su amiga con tensión—. Estoy segura. A Danton lo ejecutaron hace poco. Por eso estaba soñando con él.

Amelia se había angustiado mucho.

Y seguía angustiada.

Debía de estar en un terrible peligro, si había preferido decirle aquella mentira, si había preferido herirla de aquel modo, en vez de decirle la verdad.

Y sabía lo que tenía que hacer. Si él no iba a ser sincero con ella, ella tendría que averiguar la verdad por sí misma, aunque tuviera que espiarlo. Si no estuviera tan agotada en aquel momento, comenzaría inmediatamente a rebuscar en su escritorio y en la biblioteca.

Pero Roma no se construía en un día.

Tenía que dirigir aquella casa. Y tendría muchas oportunidades de registrar su escritorio, la biblioteca y su habitación. Amelia cerró los ojos.

Por una parte, se sentía aliviada. Por otra, estaba tan asustada...

Pero ahora tenía dos confidentes. Nadine le había dicho que ella seguía en contacto con muchos amigos de Francia. Iba a hacer algunas averiguaciones, sin utilizar nombres, sin crearle a Simon más peligro del que seguramente ya estaba corriendo. Bedford había dicho que él no sabía nada sobre Simon, pero Julianne iba a presionarle al respecto.

Justo cuando Amelia estaba empezando a quedarse dormida, alguien llamó a la puerta del salón. Ella consiguió sobreponerse a la fatiga y, con un suspiro, se levantó.

—¿Sí?

Lloyd abrió la puerta.

—Siento interrumpirla, señorita Greystone, pero tiene otra visita. El señor Thomas Treyton ha venido a visitarla.

Sintió una punzada de temor.

—¿Señorita Greystone?

Tom Treyton fue amigo de su familia, y también pretendiente de Julianne. Durante muchos años había visitado asiduamente Greystone Manor. Sin embargo, incluso antes de la revolución ya era un radical. Y recientemente había estado trabajando para los jacobinos en nombre de la República Francesa. Amelia lo sabía porque Julianne había trabajado con él para lograr que Francia derrotara a Inglaterra. Tom estaba tan implicado en la guerra que las autoridades británicas lo habían arrestado el verano anterior. Julianne le había rogado a Bedford que intercediera por él en nombre de los viejos tiempos. Temía que lo ahorcaran por traidor.

Amelia no quería recibirlo. Estaba cansada y asustada, y no sabía cómo enfrentarse a la situación. Julianne ya no era amiga de Tom; aunque su hermana había conseguido que lo liberaran, le había contado a Amelia que él se había vuelto tan radical que lo consideraba un enemigo.

Claro que aquello había ocurrido hacía unos meses.

¿Por qué la visitaba Tom? ¿Había cambiado su forma de pensar, o era solo una visita de cortesía? Amelia sabía que tenía que invitarlo a pasar y averiguar si era amigo o enemigo.

—Por favor, hágalo entrar —le dijo a Lloyd.

Tom entró en el salón, y Amelia se dirigió hacia él con una sonrisa.

—Gracias, Lloyd. Por favor, cierre la puerta —dijo, mientras le tendía la mano a Tom. Saludó al recién llegado—: ¡Qué sorpresa tan agradable!

Sin embargo, el corazón se le aceleró cuando se miraron a los ojos.

Tom tenía la edad de Julianne, cuatro años menos que ella. Era de estatura media, rubio y atractivo. Llevaba una peluca blanca, una chaqueta de color camel y unos pantalones marrones.

—Hola, Amelia. Había oído decir que eres el ama de llaves de Grenville.

Ella se quedó asombrada, porque parecía que él tenía una expresión divertida. ¿O eran solo imaginaciones suyas?

—Hola, Tom. ¡Cuánto tiempo! Me alegro de verte. Cuando conocí a los niños de St. Just, en el funeral de su madre, sentí una gran tristeza por ellos. Poco después, Grenville me pidió que aceptara el puesto para ocuparme de sus hijos.

—Me imagino que serás una gran ama de llaves. Y no lo digo como un insulto. Siempre has dirigido Greystone Manor de una manera excelente —dijo él—. Y, además, conoces a Grenville desde hace muchos años.

Ella se sintió alarmada. Tom no podía saber nada de su aventura de diez años antes, ¿no?

—Sí, somos vecinos desde niños. ¿Cómo estás, Tom? ¿Ahora ejerces en Londres? —le preguntó. Tom era abogado.

—Aquí en Londres no hay muchos contrabandistas que

tengan problemas con la ley y que nos llamen —respondió él, riéndose—. Así que sigo ejerciendo en casa. Sin embargo, me gusta mucho Londres. ¿Y a ti? ¿Te gusta estar aquí? Siempre pensé que preferías la vida en el campo.

Ella se preguntó cuánto tiempo más iba a durar aquella charla intrascendente.

—Adoro el campo, y echo de menos mi casa, pero también me encanta la ciudad. Aunque en realidad, no he tenido mucho tiempo libre para salir, salvo para ir a visitar a Julianne. Estoy muy ocupada con esta casa —dijo.

Él sonrió.

—¿Y cómo está la condesa?

Ella se puso tensa.

—Está muy bien. Espero que no tengas ningún resentimiento hacia ella, Tom. Julianne está felizmente casada.

—Sí, ella ama al señor conde, y tienen una hija —dijo él, y se encogió de hombros—. Una vez le tuve mucho cariño, y me siento feliz por ella.

Amelia esperaba que él dijera la verdad.

—¿Cómo está tu madre? ¿Has visto a tus hermanos? Espero que todos estén bien.

—A mi madre le gusta mucho la ciudad. Garrett la lleva a pasear por los mejores barrios, y al parque, todos los días —dijo Amelia, y vaciló—. Y mis dos hermanos están bien —añadió, y decidió no dar más información.

—¿Y Grenville? Me imagino que está muy apenado por la muerte de su mujer. Eres muy valiente, Amelia, por haberte hecho cargo de esta situación.

—Este es un momento muy difícil —dijo ella, consciente de que estaban adentrándose en un terreno peligroso.

—Él debe de agradecerte mucho el esfuerzo que haces por cuidar de su familia —dijo Tom pensativamente—. ¿Les haces a los niños esas famosas magdalenas tuyas?

—Hay una cocinera, pero todavía no le he dado la receta —dijo. Estaba empezando a sentirse inquieta.

—Pues deberías dársela. Los hijos de Grenville te adorarían por ello.

De repente, ella sintió que ya no podía seguir con aquella charla informal.

—¿Por qué me has visitado? ¿Puedo hacer algo por ti? —le preguntó.

—En cierto modo somos vecinos. Quería saber cómo te va. Dicen que Grenville es un hombre difícil, ¿no?

—No lo sé.

—Bueno, Amelia, todo el mundo sabe que estaba distanciado de su esposa. He oído que padece sonambulismo. ¿No lo has sorprendido nunca caminando por ahí a horas intempestivas, y actuando de un modo extraño? —preguntó él, y se echó a reír, como si solo estuviera chismorreando.

A ella se le encogió el corazón. Él había empezado a interrogarla en serio.

—Por supuesto que no —respondió. De repente, se puso furiosa—. ¿Sigues teniendo tendencias radicales, Tom?

Él abrió unos ojos como platos, pero su sonrisa no vaciló.

—Yo tengo principios, Amelia. No cambio de chaqueta tan fácilmente como hizo Julianne.

No podía haber hecho un ataque más evidente.

—Julianne tiene principios muy firmes. Cree que la libertad es para todo el mundo, no solo para los pobres y los oprimidos.

—¿Y desde cuándo tienes tú unas convicciones políticas tan claras?

Ella ignoró aquella pregunta.

—Entiendo que sigues apoyando a Francia, aunque esté en guerra contra nuestro país.

—Y yo entiendo que tú te has convertido en una realista, como tu hermana —replicó él. Ya no sonreía—. Me imagino las conversaciones que tenéis Grenville y tú... si es que las tenéis.

Ella se quedó horrorizada.

—¿Qué significa eso?

—Yo estaba en Cornualles hace diez años, Amelia, por si lo

has olvidado. Julianne y yo éramos amigos cuando Grenville te estaba cortejando.

Ella se echó a temblar. ¡Lo había olvidado!

—No sé por qué sacas ese tema. Es muy poco caballeroso por tu parte.

—Ah... Así que donde hay humo, hay fuego.

—¿Qué quieres decir? —preguntó ella.

—¿Conoces a Henri Jourdan? —preguntó él, con una expresión dura.

Amelia no tenía ni la más mínima idea de lo que él estaba diciendo. Sin embargo, supo que debía tener mucho cuidado con sus respuestas.

—He tenido la amabilidad de pasar por alto tu enemistad con mi hermana, pero tú has venido a esta casa con una actitud muy provocativa. No tengo interés en continuar con esta visita. Buenos días, Tom.

—Jourdan ha venido a visitar a St. Just, ¿no?

—Buenos días —repitió ella, y abrió las puertas del salón—. ¡Lloyd! Por favor, acompañe al señor Treyton a la salida —dijo, y se giró hacia Tom nuevamente—. Por favor, no me obligues a echarte.

Tom sonrió desdeñosamente.

—¿Y por qué ibas a hacer algo así? —respondió él, mientras pasaba por delante de ella—. Creo que sé marcharme solo.

Amelia se quedó mirándolo mientras aparecía Lloyd y lo seguía hasta la puerta. Cuando Tom hubo salido por fin, ella se sentó en una silla y se retorció las manos.

¿Por qué había ido Tom Treyton a verla?

¿Quién era Henri Jourdan?

Tenía que confiar en su instinto. Y el instinto le decía que Tom era un enemigo, y que estaba a la caza de Simon.

Era muy tarde, y Simon no había vuelto todavía.

Amelia se paseó de un lado a otro por la biblioteca. Aquella tarde, él había enviado una nota diciendo que no iba a volver a tiempo para la cena, ni tampoco para darles un beso de buenas noches a los niños. Los niños se habían acostado hacía horas, y él no había vuelto.

Amelia había decidido espiarlo para descubrir la verdad sobre sus actividades. Pese al rechazo que le producía revolver entre sus cosas, había registrado su escritorio. No había encontrado nada alarmante, salvo el hecho de que la pistola no estaba allí.

Se había marchado de casa antes del mediodía. ¿Por qué había considerado necesario salir a plena luz del día con un arma cargada?

Cuando volviera, ella iba a interrogarlo hasta que consiguiera saber la verdad.

Sin embargo, el miedo y la preocupación que sentía la estaban dejando exhausta. De repente, se dejó caer sobre la silla y apoyó la cabeza en el escritorio.

—¿Así que me estás esperando otra vez?

Ella se estremeció y se puso en pie de un salto. Simon estaba en la puerta, sonriéndole ligeramente.

Ella se echó a temblar.

—Sí, te estoy esperando.

Él pasó la mirada por su figura. El baúl que Amelia había visto en el vestíbulo principal era para ella. Estaba lleno de ropa que le había comprado su hermana. Y finalmente, había decidido satisfacer a Julianne y ver lo que le había regalado, porque estaba harta de vestirse como una doncella de la limpieza. Se había puesto un vestido de brocado rosa, con el escote en forma de corazón y las mangas tres cuartos.

Simon alzó la vista.

—¡Qué sorpresa tan agradable, Amelia! Me gusta mucho el vestido —dijo. La estaba observando con admiración.

—Julianne me ha dejado un pequeño guardarropa —respondió ella, ruborizándose—. Estaba harta de parecer una sirvienta.

Entonces, él sonrió aún más, y su tono de voz se volvió más suave.

—Tú nunca podrías parecer una sirvienta. Estás preciosa —le dijo.

Ella se agarró al borde del escritorio.

—Gracias —le dijo con tirantez—. ¿Estás intentando distraerme?

—¿Es que necesitas distracción? —preguntó él. Entró en la habitación, pero dejó las puertas abiertas—. No sé por qué estás aquí, y mucho menos sentada en mi escritorio, pero algo me dice que no me has perdonado por mi comportamiento atrevido de la otra noche.

Ella se humedeció los labios.

—No hubo ningún comportamiento atrevido. Los dos sabemos que ayer no te marchaste con ninguna amante.

Él se sobresaltó.

—No voy a discutir contigo —dijo después de un instante—. Pero si prefieres creer en mí, estás cometiendo un error.

Sin embargo, él se había detenido a cierta distancia del escritorio, y la estaba observando con cautela.

—Debes de correr un peligro muy grande para haber dicho semejante mentira.

—¿Acaso ha ocurrido hoy algo de lo que yo no tengo noticia? —preguntó él calmadamente—. Anoche creíste mi confesión. Que era la verdad, por cierto.

—Hoy he recibido una amenaza en esta misma casa.

Simon abrió mucho los ojos.

—¿Cómo?

—Me ha amenazado un radical, Simon, y estaba muy interesado en ti.

Él palideció, y se acercó a ella en dos zancadas. Amelia no se movió. Él rodeó el escritorio y la agarró por la muñeca.

—¿Qué ha ocurrido?

—¿Te acuerdas de Tom Treyton?

—El nombre me resulta familiar...

Ella lo interrumpió.

—Su padre es un aristócrata rural. Él es abogado, y tiene un despacho en Penzance. Era amigo de Julianne y de mi familia. Por boca de mi hermana, sé que él ha estado aquí en Londres, intentando socavar los esfuerzos bélicos de Gran Bretaña. El verano pasado fue arrestado, pero Julianne, que temía que lo ejecutaran en la horca por traidor, convenció a Bedford para que intercediera por él, y lo liberaron. Me ha visitado esta tarde, pero porque deseaba hablar sobre ti.

—¿Y qué quería saber?

—Me preguntó si yo conocía a alguien llamado Henri Jourdan.

Simon se quedó lívido.

—Me estoy asustando de veras —dijo Amelia—. Simon, ¿quién es Jourdan? ¿Qué estás haciendo en la ciudad? ¿Qué estuviste haciendo anoche?

Él tomó aire con dificultad.

—¿Y qué le has dicho, Amelia? ¿Qué le has dicho?

—Ni siquiera le respondí. Le pedí que se marchara.

Sus miradas se cruzaron, y Amelia vio el miedo reflejado en los ojos de Simon.

—Si alguna vez vuelven a preguntarte eso, debes saber que Jourdan es mi primo. Vive en Londres por temporadas, pero ahora no está en la ciudad —dijo él. Se giró y se alejó de ella.

Amelia corrió tras él y lo agarró del brazo.

—Si tengo que mentir por ti, lo haré gustosamente, pero ¿no tengo derecho a saber por qué?

—Te lo contaría todo si pudiera —respondió él, y la tomó de los hombros—. ¡No debería haberte traído a Londres!

—¡Quiero estar aquí! ¡Quiero a William y a John, y a Lucille también! ¡Me necesitan! —exclamó ella, y con los ojos llenos de lágrimas, estuvo a punto de decirle que lo quería a él también—. ¿Estamos en peligro, Simon?

—Estoy decidido a mantenerte a salvo a ti, y también a los niños. Estoy haciendo lo que puedo…

Amelia no sabía qué hacer. Era evidente que Simon estaba angustiado.

—Se me da muy bien guardar secretos —dijo, acariciándole la mejilla.

—No tienes por qué llevar la carga de mis secretos, Amelia. Hazme caso.

—¿Tienes algo que ver con la guerra? ¿Tal vez del mismo modo en que lo tiene Lucas, o en que lo tuvo Bedford?

Él negó con la cabeza.

—De ahora en adelante, Garrett te acompañará a todas partes. ¡Incluso en el jardín!

—¿Quién es Jourdan?

—Es mi primo. Es de Francia.

—¿Tienes familiares franceses?

—La mayoría han muerto.

—¿Y vamos a recibirlo?

—¡Amelia, no me presiones! ¡Maldita sea! No puedo responder a ninguna pregunta. Pero me ocuparé de que estéis a salvo, tú y los niños. Incluso Lucille, durante el tiempo que esté con nosotros.

Ella sintió un gran amor por él.

—Lo sé —dijo.

Y volvió a acariciarle la mejilla. Él le tomó la mano y se la besó con pasión, una y otra vez.

—¿Qué haría sin ti? ¿Qué haría sin tu fe? ¿Cómo es posible que todavía confíes en mí? —le preguntó, mirándola a los ojos—. Te mentí, Amelia. Anoche no estuve con nadie. ¿Cómo iba a estar con otra mujer, cuando es a ti a quien deseo y a quien admiro?

El alivio y el deseo la consumieron.

—Lo sé. Simon... yo siempre confiaré en ti. Para mí es algo tan natural como respirar.

Él gimió, y entonces la abrazó con fuerza. Amelia alzó el rostro para que la besara, y su beso fue feroz, lleno de hambre, agotador. Ella se lo devolvió de igual manera.

Fue Simon quien interrumpió aquel momento apasionado e interminable.

—Ya no voy a poder contenerme —dijo con la voz ronca—. Esta noche no.

—Y yo no te lo voy a permitir —gritó Amelia—. Estoy demasiado asustada, y me importas demasiado.

Él se quedó inmóvil, con la respiración entrecortada. Por un momento, Amelia tuvo miedo de haber dicho algo equivocado. Sin embargo, él volvió a besarla y la giró hacia el sofá mientras lo hacía. Sin interrumpir el beso, cerró la puerta de la biblioteca. Después, la tendió en el sofá y se detuvo a su lado, poniendo una rodilla sobre el sofá.

—Te mereces más de lo que yo puedo darte.

—Quiero cualquier cosa que puedas darme —respondió ella. Le tomó la mano y se la pasó por la clavícula desnuda.

A él le ardió la mirada.

—Amelia, ya te he hecho daño, y si después te arrepientes de esto...

—No habrá ningún arrepentimiento —respondió ella. Y mientras hablaba, le abrió la camisa y dejó expuestos su pecho fuerte y su estómago musculoso.

Cuando terminó de desabotonarle el vestido, él se quedó inmóvil, y sus miradas quedaron atrapadas la una en la otra. Amelia posó la palma de la mano en sus costillas y se entregó a él. Cerró los ojos y gimió al deslizar la mano por su abdomen y su pelvis. Era como de terciopelo, salvo que ardía.

Él la besó febrilmente mientras ella descendía aún más, y cuando lo acarició, cuando sintió su longitud dura y caliente, la necesidad se hizo insoportable. Un sollozo escapó de sus labios.

Simon jadeó y le arrancó el corpiño, y le besó el cuello y el pecho. Amelia le despojó de la chaqueta y le ayudó a quitarse el pantalón. Él le alzó la falda y sonrió, mirándola con sus ojos negros y abrasadores. Ella quería decirle que se apresurara. Quería decirle que lo amaba. En vez de hacerlo, lo miró a los ojos y lo guio hacia ella cuidadosamente. Él volvió a jadear, y de repente, llenó su cuerpo...

Ella lo rodeó con los brazos y lloró.

CAPÍTULO 14

A Amelia le pareció que sentía el roce de los labios de Simon en la sien. Estaba soñando, ¿verdad? Mientras se despertaba lentamente, se sintió confusa. Y, de repente, se dio cuenta de que estaba en sus brazos, y de que estaban en la cama. El colchón se hundió cuando él se levantó.

Amelia se despertó al instante. Aquella noche habían hecho el amor una y otra vez.

Sintió una alegría delirante. Pestañeó, porque estaban en su dormitorio, y fuera todavía estaba oscuro. Simon estaba vistiéndose.

Recordó que habían hecho el amor en el sofá de la biblioteca, cuando por fin, su pasión había estallado. Había sido algo milagroso y deslumbrante. Nunca en la vida había sentido algo tan maravilloso.

Después habían subido las escaleras hasta su habitación. Habían hecho el amor varias veces más, y todas ellas habían sido algo frenético, emocionante.

Se agarró a las mantas, ahíta de amor. Nunca había amado de aquel modo, aunque sabía que nunca había dejado de querer a Simon, y que nunca lo haría. Sin embargo, además de aquella profunda alegría, también sintió tristeza.

Él tenía problemas. Ella tenía razón al sospechar que sucedía algo grave, ¡pero él todavía no había admitido nada! Lo único que sabía con certeza era que Simon estaba asustado, y que pensaba que era necesario protegerles a sus hijos y a ella. Pero, ¿de quién o de qué provenía aquel peligro?

—¿Simon? —susurró.

Él se sentó al borde del colchón y le acarició la cara, con la camisa a medio abotonar.

—No quería despertarte. Buenos días —le dijo, y sonrió.

A ella se le encogió el corazón. Su sonrisa fue tan tierna, tan afectuosa... y Amelia recordó sus miradas intensas y ardientes de la noche anterior.

—No pasa nada. ¿Querías salir a escondidas? —le preguntó con inseguridad, aunque intentara que su tono de voz fuese de despreocupación. ¡No era posible que él quisiera escapar de su lado, después de aquella noche apasionada!

Él abrió mucho los ojos.

—Pues sí, quería salir a escondidas, pero no porque quiera separarme de ti. Estoy intentando protegerte. No quiero que nadie se entere de que hemos pasado la noche juntos. No quiero que tu reputación se manche.

—Creía que tal vez quisieras escaparte de mí.

—¿Y por qué iba a desear tal cosa? —preguntó él, con total desconcierto.

—Porque estás avergonzado, porque te sientes culpable, porque te arrepientes... —dijo ella.

Él se quedó mirándola durante un instante, y después le dijo suavemente:

—¿Estás avergonzada tú? ¿Te arrepientes?

—Sé que habíamos acordado que esto no iba a suceder, pero no puedo arrepentirme de lo que hemos compartido. Ha sido la mejor noche de mi vida.

A él se le oscureció la mirada.

—¿Lo dices en serio?

—¡Sí, lo digo en serio!

Él se inclinó hacia ella y le pasó la mano por la nuca.

—Lo que sucedió anoche significa mucho para mí. Más de

lo que te imaginas. Ojalá pudiera... Tú te mereces más que esto. Los dos sabemos que tu destino no es ser amante de nadie. Te mereces un hogar y una familia propios, no una aventura clandestina. ¡Te contraté para que fueras mi ama de llaves, y ahora estás en mi cama!

Antes de que ella pudiera protestar, él continuó:

—Te mereces todo el esplendor que pueda ofrecerte la vida. Sin embargo, yo te he metido en los aspectos más sórdidos de mi existencia, Amelia. Me juré que nunca lo haría, y sin embargo, es exactamente lo que ha sucedido.

Ella no lo entendía. Y se sentía consternada.

—Entonces, ¿lamentas lo que ha ocurrido?

—No me arrepiento de que hayamos hecho el amor —dijo él—. Pero sí me arrepiento de haberte deshonrado, Amelia, porque eso es lo que he hecho.

Él había tomado su virginidad, y no parecía que fuera a pedirle que se casaran. Amelia no sabía qué pensar, ni qué sentir, ni qué decir. Y aunque no era del todo cierto, dijo:

—Tengo veintiséis años. Hace mucho que no pienso en el matrimonio. No me importa que seamos amantes. Es evidente que tú sí me importas, Simon. Por eso, quiero estar en tu vida, en los buenos momentos y en los malos.

Él siguió mirándola fijamente.

—Me sigue asombrando tu lealtad, Amelia. No he hecho nada para ganármela. ¿Por qué? ¿Por qué quieres ayudarme?

Ella no podía decirle que lo amaba.

—Tenemos una conexión —susurró.

—Sí, es cierto. La teníamos hace diez años, y parece que el tiempo no ha terminado con ella —respondió Simon.

—Ni siquiera sé si el paso del tiempo la afectará.

—Soy un egoísta, ¿verdad? Me siento como si te estuviera utilizando. Y sé que no debería hacerlo.

De repente, la abrazó y la estrechó contra sí, fuertemente.

Amelia se dio cuenta de que aquello era un arrebato de afecto. Sin embargo, no entendía por qué no le pedía que se casara con él. Estaba claro que ella le importaba, y sus hijos necesitaban una madre. Y él era viudo. ¿Cuál era el impedimento?

Se dio cuenta de que temía que, sencillamente, él no quisiera casarse con ella. Y peor todavía, ahora era evidente que ella quería algo más que tener una aventura con él. Tal y como había dicho Simon, ella no estaba destinada a ser la amante de nadie.

—Será mejor que me marche —dijo él, en voz baja—. Van a ser las cinco, y los sirvientes empezarán a levantarse.

—Yo soy la única que se levanta antes de las seis —dijo ella.

Estaba confusa, dolida... pero sentía un gran amor por él. Y sabía que aquel amor no iba a desaparecer nunca.

Él le besó la mejilla y se puso en pie.

—Hablaremos después. Amelia, si decides que te has arrepentido, debes ser valiente y contármelo.

Amelia sonrió mientras se apretaba el embozo de la ropa de cama contra el pecho.

Lo vio salir del dormitorio, y después se apoyó sobre los cojines. Estaba muy enamorada, pero se sentía desconcertada. De repente, tuvo miedo de que Simon le hiciera daño una y otra vez.

Sin embargo, no quería perderlo. ¿No era mejor tener aquello que no tener nada?

Además, él estaba en peligro, y parecía que los niños también. No iba a darles la espalda, y no quería terminar con aquella aventura. De hecho, ¡ya le echaba de menos!

Apartó la manta y se levantó, porque sabía que no iba a poder dormirse. Aquel día comenzaría a trabajar más temprano de lo normal.

Mientras bajaba las escaleras media hora después, Amelia se preguntó si podía dejar de pensar en la noche que había pasado en brazos de Simon. Sabía que nadie estaría levantado todavía, salvo él, y miró hacia la puerta de la biblioteca. No había nadie. Simon debía de estar todavía en su habitación. Impulsivamente, entró a la biblioteca para ordenar el sofá en el que habían hecho el amor por primera vez.

Mientras colocaba los cojines, con una gran alegría que ahuyentó sus dudas, vio un movimiento por la ventana y alzó la vista. ¡Había un hombre en el jardín!

Corrió hacia el escritorio de Simon y abrió el primer cajón. Sacó la pistola y se volvió. Cuando alzaba el arma, el hombre apretó la cara contra el cristal.

Ella se atragantó.

«Amelia», dijo él en silencio, formando la palabra con los labios.

¡Era Jack! ¡Su hermano!

Jack, cuya cabeza tenía precio.

Le señaló hacia el ala oeste de la casa y salió corriendo de la biblioteca. Abrió las puertas del primer salón, la lujosa estancia dorada y roja, y después las cerró. Se dio cuenta de que todavía tenía la pistola de Simon en las manos cuando abrió la puerta de la terraza. Jack entró en el salón, sonriendo.

Antes de que ella pudiera reprenderlo, él le quitó la pistola, la tomó en brazos y giró con ella hasta que Amelia se quedó sin respiración.

—La pistola está cargada —murmuró, por miedo a que se disparara accidentalmente.

Él se echó a reír con desdén, la dejó en el suelo y la abrazó. Después puso la pistola en una mesita.

—¿Desde cuándo vas armada?

Miró a su hermano, que parecía el contrabandista que era, o un pirata. Tenía la cara morena del sol y del mar; llevaba unos pantalones oscuros, una chaqueta sencilla de color marrón, una camisa abierta hasta el pecho, y el pelo rubio suelto por los hombros. Calzaba botas y no llevaba medias.

Y tenía un cinto con una pistolera, en la que portaba una carabina.

—¿Y tú? —le preguntó ella con un gemido.

—¿Es que no te alegras de verme? —le preguntó él con una sonrisa. Y antes de que Amelia pudiera responder, él arqueó una ceja.

—Ummm. No pareces un ama de llaves, ni tampoco pareces mi sensata hermana mayor.

Amelia se ruborizó. Llevaba un precioso vestido de color rosa, que no era adecuado para un ama de llaves, y aquel día tenía un aspecto especialmente radiante. Por supuesto, la culpa era de Simon.

Jack era un mujeriego irremediable, y ella temió que se diera cuenta de lo que había ocurrido la noche anterior.

—Estoy muy contenta de verte, y lo sabes —replicó ella—. Lucas me ha dicho lo de la recompensa, Jack.

No parecía que eso le preocupara mucho a su hermano.

—No me eches un sermón en este momento. ¿Por qué estás tan arreglada a las cinco de la mañana?

—Julianne me mandó ropa nueva. Sinceramente, he estado trabajando mucho, cuidando de los pobres niños de Grenville. Me cansé de mirarme al espejo y verme como la mujer de un pescadero.

—¿Y cómo están los niños de Grenville, Amelia? ¿Y el propio Grenville, cómo está?

Ella se puso tensa.

—Lucas y yo ya hemos hablado de esto. Él ha aceptado que yo trabaje de ama de llaves en casa de Grenville. Sus hijos acaban de perder a su madre, Jack, y hay una niña recién nacida, Lucille, que ni siquiera es hija suya, así que en este momento no tiene a nadie.

—Te tiene a ti.

—Sí, así es.

Él suspiró.

—Llegué a la ciudad anoche. Lucas me lo ha contado, incluyendo lo de que estabas aquí. Amelia, no se me ha olvidado que Grenville te rompió el corazón hace diez años. Recuerdo que te oía llorar en tu habitación. ¡Recuerdo que quería matarlo! Me quedé horrorizado cuando Lucas me contó que eras su ama de llaves. Y, bueno, no puedo dejar de decir que nunca has tenido mejor aspecto que hoy.

Ella enrojeció.

—¡Es por el vestido!

Él la miró con suma atención.

Amelia se cruzó de brazos, a la defensiva. Había conseguido distraer a Lucas, pero con Jack, las cosas iban a ser más difíciles.

—¿Has visto ya a Jaquelyn? —le preguntó, refiriéndose a la hija de Julianne.

—Has cambiado de tema. ¿Y donde está Grenville? No debería permitir que me viera, pero desearía charlar un poco con él.

Amelia se alarmó. Jack tenía mal genio, y era cierto que diez años antes había querido matar a Grenville. No sería tan calmado y tan racional como había sido Lucas, de eso estaba segura.

—Seguramente está dormido. No creo que sea conveniente ir a despertarlo.

Él abrió unos ojos como platos.

—Dios Santo, ¿y te planteas algo así? Por supuesto que tú no puedes ir a despertarlo a su habitación, ¿o sí? ¿Qué está pasando aquí?

—Te equivocas. Yo no estaba pensando en ir a despertarlo personalmente. Es evidente que eso sería completamente inapropiado.

—Ese vestido es inapropiado. Al igual que tu puesto de ama de llaves.

—Se lo dije a Lucas, y te lo digo también a ti: no puedo abandonar a esos niños ahora. Se han acostumbrado a que yo lleve la casa. ¡Me encargo de sus comidas, superviso sus estudios y les leo un cuento a la hora de acostarse!

—¿De verdad? —dijo Jack burlonamente—. Voy a quedarme aquí hasta que baje Grenville. Deseo hablar con él.

—Jack, no puedes correr el riesgo de que te vea —dijo Amelia, que se quedó horrorizada. Jack quería entrevistarse con Simon y decidir si su relación con ella era decorosa o no. Estaba segura.

—Grenville no me da miedo, Amelia —dijo él con arrogancia—. He estado eludiendo a dos marinas desde que se impuso el bloqueo. Creo que sabré eludir también a Grenville y a sus amigos, si él decide delatarme alguna vez.

—Tienes mucha suerte, Jack, pero me temo que no te das cuenta.

Él la miró.

—No temas por mí.

Ella se le acercó y le tocó el brazo.

—Por supuesto que tengo miedo por ti —dijo, y bajó la voz—. ¿Cuántas veces has estado en Francia, recogiendo mercancías prohibidas por el bloqueo, con un barco de la marina británica en el horizonte?

—¿Y qué diversión habría en todo esto si no estuvieran a la caza?

Ella tuvo ganas de darle una bofetada a su hermano.

—Esto no es ningún juego trivial, maldita sea. Si te apresan, te acusarán de traición, Jack. Me tiene angustiada que pueda atraparte nuestra marina, igual que me tiene angustiada que puedan detener a Lucas en suelo francés.

Jack la abrazó de repente.

—Y yo también te quiero —dijo—. Sinceramente, a mí también me preocupa Lucas. Debería dejar de ayudar a los emigrados, Amelia. En Francia reina el terror. No existen los conceptos de piedad ni de justicia. Cualquiera a quien se asocie con un traidor es ejecutado en la guillotina, y eso significa que mueren niños y mujeres todos los días. Si descubren a Lucas en suelo francés, no habrá juicio. El populacho lo linchará, o lo enviarán a la guillotina.

Ella se sintió muy mal.

—No estaba segura de que siguiera trabajando con los refugiados franceses.

—Pues sí. Además, he oído el rumor de que tu amiga Nadine D'Archand también ayuda a la comunidad de emigrados allí. Espero que no sea así; si desea ayudar a sus compatriotas, puede ayudarlos aquí, cuando hayan llegado a nuestras costas y estén a salvo. Lucas debería hacer lo mismo.

Amelia se sorprendió mucho.

—Nadine tiene convicciones políticas, pero yo nunca he notado ningún detalle que me diera a entender que está ayudando a la gente a salir de Francia. Debes de estar equivocado.

—Eso espero —replicó él.

Amelia se quedó mirándolo fijamente.

—Tal vez tú puedas ayudarme, Jack. Estoy preocupada por Grenville.

Él se sobresaltó.

—Entonces, tengo razón. Hay más de lo que parece. ¡No creo que solo seas su ama de llaves, si estás tan preocupada por él!

—¡Somos amigos! —replicó ella—. Está en peligro, y puede que sus hijos también. Él mismo lo ha admitido. Sin embargo, no quiere admitir nada más. Yo creo que es un espía.

Jack la tomó del brazo.

—Lucas me dijo que sospechabas de él. ¿Qué significa que ha admitido que corre peligro?

—Dijo que quería tener a los niños a salvo, pero cuando le pregunté si era espía, o algo por el estilo, cambió de tema.

—Deberías mantenerte al margen de todo esto, Amelia. No quiero que te involucres para nada en la guerra, ni aunque sea marginalmente.

—Ya estoy involucrada, Jack, por Lucas y por ti, y ahora por Simon —replicó ella.

—¡Así que le llamas Simon! Lo sabía. Estás tan radiante porque has vuelto a enamorarte de él.

Ella se alejó.

—Sí, lo quiero, Jack. Igual que quiero a sus hijos. Tiene problemas. ¿Podrías ayudarme a averiguar por qué?

La expresión de Jack se volvió dura, tensa.

—Si no supiera que eres una mujer recatada y decorosa, y que tienes sentido común, ¡te preguntaría si tenéis una aventura!

Ella se ruborizó.

—¡Qué comentario tan grosero!

Él prosiguió como si no la hubiera oído.

—Pero te conozco, Amelia, y sé que nunca te convertirías en la amante de un hombre. ¡Gracias a Dios por ello! ¿Por qué te ha permitido Lucas que sigas trabajando aquí? ¿Por qué no te vas con mamá a casa de Julianne? Si Simon está en peligro, tú también.

—No voy a abandonarlo, ni a él ni a sus hijos —respondió ella—. Entonces, ¿tú también piensas que está en peligro?

—No lo sé —respondió Jack. Ella se dio cuenta de que su hermano estaba pensando febrilmente, y hubiera deseado conocer sus pensamientos—. ¿Te ha comentado si va a salir de la ciudad?

Ella negó con la cabeza.

—No, no me ha dicho ni una palabra de eso, ¿por qué? Si se marcha, ¿significa eso que se marcha a Francia, como hace Lucas?

—No, no. Podría significar cualquier cosa.

—Casi nunca está en la ciudad. ¡Eso es lo que tengo entendido! ¿Te contó Lucas todos los motivos de mi preocupación?

—Mencionó algo sobre un comportamiento muy extraño, sobre unas pesadillas y unos murmullos...

Ella se puso muy rígida. Lucas y Jack habían tenido una larga conversación sobre Simon, estaba segura.

Jack hizo una mueca.

—Demonios, no tenía planeado quedarme un día más en

la ciudad, pero ahora voy a ver lo que puedo averiguar. Me has causado curiosidad. No sé por qué podría pensar Grenville que hay peligro aquí en la ciudad, tenga relación con la guerra o no.

—Gracias, Jack —le dijo Amelia, y lo abrazó con fuerza.

Le resultaba muy difícil concentrarse.

Ni siquiera eran las diez de la mañana. Simon estaba en su escritorio, en la biblioteca, ocupándose de los asuntos de la finca. Sin embargo, en realidad estaba pensando en cómo podía tratar con Marcel. Jourdan acababa de recibir otra orden; el punto para dejar aquellos mensajes era una pequeña tienda de Pall Mall. O ideaba un disfraz a infalible, o tendría que enviar a alguien en su lugar para que se reuniera con el contacto de Jourdan. Ambas opciones eran demasiado arriesgadas, pero en aquel momento prefería enviar la información a Marcel a través de un mensajero de confianza.

No obstante, mientras cavilaba sobre cuál era la mejor manera de proceder, no había podido evitar distraerse del objeto de sus intrigas. Amelia lo obsesionaba.

Se sentía muy culpable. Amelia era una mujer de la nobleza, con buenos sentimientos y moralidad, y él se había aprovechado del afecto que ella le tenía y de la atracción que había entre los dos. Era inaceptable. Sin embargo, no podía arrepentirse de la noche que habían pasado juntos. Ella le había dicho que había sido la mejor noche de su vida, y para él, también había sido la mejor.

Había sentido tanto placer, y tanta alegría... Amelia había hecho algo más que compartir su pasión con él: le había alegrado el corazón, incluso en aquel momento. Ella era todo lo que él no era. Era buena y amable, honrada y cálida, compasiva y generosa. Él sabía que no iba a ser capaz de separarse de ella, ni como amiga ni como amante.

Y eso ponía de relieve sus diferencias. Él era un egoísta.

Por supuesto, más tarde o más temprano iban a enviarlo de nuevo a Francia, y con eso, su aventura terminaría. No sabía qué excusa iba a darle entonces, pero no estaba dispuesto a asustarla diciéndole la verdad.

Porque recordaba cómo lo había mirado Amelia, una y otra vez. ¿Acaso estaba enamorada de él? Eso le parecía... ¡Eso esperaba!

Apartó los libros de cuentas y siguió haciéndose preguntas. Amelia era astuta y tenaz, y sospechaba que él era un espía. ¿Cómo iba a convencerla de lo contrario? No quería que ella tuviera que soportar la carga de la verdad. No quería que viviera con miedo por él.

Él sería el que viviera con miedo por todos los demás.

Alguien llamó a la puerta, que estaba abierta. En el umbral estaba Lloyd, acompañado por Sebastian Warlock.

Simon experimentó un absoluto desagrado. Se puso en pie con rigidez mientras Lloyd decía:

—El señor Warlock ha insistido, señor. Me disculpo por la interrupción, pero dijo que usted iba a recibirlo aunque fuera tan temprano.

Simon sonrió con frialdad.

—Gracias, Lloyd. Por favor, cierre la puerta. Que no nos moleste nadie.

Warlock entró en la sala y Lloyd cerró las puertas de ébano.

—Hola, Grenville, ¿te interrumpo?

—No me gustan las sorpresas —respondió Simon—, pero por supuesto, tú siempre eres bienvenido —dijo, aunque ambos sabían que era una mentira.

Warlock sonrió y se sentó ante el escritorio.

—No me has enviado ningún informe. ¿Cómo fue tu reunión con el contacto de Jourdan?

Simon se sentó también.

—No apareció —dijo.

—¿De veras? —preguntó Warlock, arqueando las cejas—. Ummm... Estoy empezando a desconfiar.

A Simon se le encogió el estómago, pero tuvo buen cuidado de que no se le alterara ni un solo músculo facial. No estaba dispuesto a decirle a su superior que Marcel era Edmund Duke, y el topo.

¿O acaso había sido el mismo Warlock quien había enviado a Duke a espiar su reunión con Marcel?

¿Era posible?

¡Dios, cualquier cosa era posible en aquellos tiempos de guerra y revolución!

—¿Estás seguro de que no habéis arrestado a mi contacto? —le preguntó Simon a Warlock con ironía—. Porque esa sería la conclusión más lógica.

Warlock cruzó las piernas.

—Tendré que hablar con mis amigos del Departamento de Inmigración. Espero que no estemos interfiriendo unos con los otros. La falta de comunicación es algo muy molesto que…

Antes de que hubiera terminado de hablar, alguien más llamó a la puerta.

Simon se puso tenso. Le había dicho a Lloyd que nadie los molestara, y sabía quién estaba en el pasillo. La puerta se abrió, y Amelia asomó la cabeza sonriendo.

—Simon, me estaba preguntando si…

Al ver a Warlock, se quedó callada. Su sonrisa vaciló, y se giró hacia su tío.

—Oh, vaya. No sabía que tenías visita —dijo, y sonrió de nuevo—. Lo siento, os he interrumpido. Sebastian, ¡qué agradable sorpresa!

Warlock se acercó a ella, le tomó la mano y se la besó.

—Me alegro mucho de verte, Amelia. Esperaba tener la ocasión de hablar contigo después de que Grenville y yo hubiéramos terminado nuestra entrevista. ¿Cómo estás?

—Muy bien, gracias. Parece que tú también.

Simon rodeó el escritorio y se unió a ellos.

—Amelia, buenos días. ¿Hay algún problema con los niños?

Ella se ruborizó, y no lo miró a los ojos.

—Tenía una pregunta, pero puede esperar —dijo, y sonrió a Warlock—. Estoy deseando que hablemos —añadió. Después salió y cerró la puerta.

—Amelia tiene muy buen aspecto. Está mejor que nunca, y solo es el ama de llaves.

Simon pensó que ella no daba la imagen de ningún ama de llaves que él conociera. Parecía que era la señora de la casa.

—Adora a mis hijos, y a Lucille —dijo Simon con aspereza. Había un matiz de advertencia en su tono de voz.

—Estoy seguro de que sí. Al igual que estoy seguro de que tú necesitabas un ama de llaves idónea, teniendo en cuenta tu situación personal. ¿Podemos volver a los asuntos importantes? ¿Has conseguido otra cita?

—Estoy encargándome de ello —dijo Simon—. Pero el tiempo pasa. Los franceses conquistaron Menin y Courtrai hace una semana, lo que significa que la invasión aliada de Flandes comenzará enseguida. Espero reunirme con el contacto de Jourdan mañana, como muy tarde. ¿Qué puedo darle?

—Coburg intentará recuperar ambas ciudades con cuarenta mil hombres.

Simon no alteró su expresión. ¿Estaba mintiendo Warlock? Bedford creía que Coburg había reunido sesenta mil efectivos, aunque solo podía basarse en lo que había oído por ahí.

—¿Estás seguro? —preguntó Simon con calma—. Debo darle a Marcel un número real, o me cortarán la cabeza.

—Estoy muy seguro. Yo no me arriesgaría a perder a un agente tan valioso como tú, Grenville. Estás en una situación perfecta. Los franceses creen que eres agente suyo, cuando verdaderamente me perteneces a mí —dijo Warlock con una sonrisa que no le alcanzó la mirada—. No sé cuándo necesitaré que vuelvas a Francia. De hecho, cuanto más lo pienso, más me doy cuenta de lo valioso que eres para mí aquí en Londres, dándole a Marcel y a los otros jacobinos que residen en la ciudad la información que yo quiero, y de ese modo, dándosela al Comité y a Robespierre.

—Cuánto me alegro de saber eso —dijo Simon, con una apariencia calmada. Sin embargo, tenía el corazón acelerado. ¿Sería posible que no tuviera que volver? Ojalá fuera así.

—Si te descubren, ya no me servirías de nada. Y mucho menos si te meten en una cárcel francesa.

En aquel momento, sonó un golpe desde el pasillo, al otro lado de la puerta, como si a alguien se le hubiera caído algo. Simon se quedó helado. Seguro que era Amelia. Warlock caminó hasta la puerta y abrió, y ella cayó hacia delante, al interior de la habitación. Warlock se apartó con disgusto, y ella tropezó. Simon la agarró para que no cayera.

Ella se había quedado muy pálida, y lo miró con unos ojos muy abiertos y llenos de miedo.

Lo había oído todo.

—Vaya, vaya, parece que el espionaje es cosa de familia —dijo Warlock.

CAPÍTULO 15

Amelia se aferró a Simon. Estaba horrorizada.

Él la agarraba con fuerza, y sus rasgos estaban tensos. En sus ojos se reflejaba una gran consternación.

Simon era espía, tal y como ella había sospechado. Pero no era solo un espía; era agente doble. Y había mucho más...

—Me avergüenzo de ti, Amelia —dijo Warlock—. Espiar a tu propia familia, morder la mano que te da de comer —añadió burlonamente.

—Simon —dijo ella. Pero antes de que pudiera rogarle que lo negara todo, antes de que pudiera preguntarle si había estado en la cárcel, él le lanzó una mirada de advertencia y negó ligeramente con la cabeza.

El corazón le latía con tanta fuerza que era ensordecedor. Simon había estado en prisión. De repente, se sintió enferma, mareada.

Warlock cerró la puerta. Amelia oyó que se acercaba a ella, y sintió una nueva tensión. Simon la soltó, y ella se dio la vuelta y quedó de cara a su tío.

—¿Por qué nos estabas espiando? —le preguntó él fríamente.

Antes de que ella pudiera responder, Simon se interpuso entre ellos.

—No puedes hablarle de esa manera. Yo me encargaré de esto.

—Me temo que eso no es posible —replicó Warlock—. Esto es un asunto relativo a la nación. Es una cuestión de estado.

Amelia se estremeció.

—Yo no quería espiar.

—Claro que sí —dijo Warlock—. Estabas escuchando a través de la puerta. Sé que tú no eres una radical, como lo era tu hermana. ¿Por qué estabas espiando a Grenville?

—No tienes por qué responder —le dijo Simon.

Amelia se asustó. Su tío nunca le había parecido tan poderoso, ni tan frío, ni tan despiadado. Pero Simon también la estaba asustando.

Era un agente, y no solo para Pitt. Estaba jugando a algún juego terrible, porque los franceses pensaban que era uno de ellos. No era de extrañar que viviera con un miedo continuo, porque ella sabía cuál sería su final si ellos lo descubrían alguna vez.

Warlock estaba esperando su respuesta. Amelia dijo cuidadosamente:

—Hay tres niños pequeños en esta casa. Llevo un tiempo pensando que algo no marchaba bien, que Simon estaba en peligro. Debo proteger a los niños. Tu relación con Simon ha suscitado muchas preguntas, así que... sí, decidí escuchar a través de la puerta.

—Pues no fue una decisión inteligente —dijo Warlock—. Entiendo que mi otra sobrina no ha hablado elogiosamente sobre mí.

—Convertiste la vida de Bedford en un infierno, Sebastian, y la de Julianne también. ¡Sí, ella me ha contado que querías que espiara a Dominic! ¿Cómo pudiste pedirle tal cosa a tu propia sobrina?

—Quiero ganar esta guerra. Quiero impedir que la revolución llegue a nuestras costas. Y para conseguirlo haré lo que tenga que hacer, aunque eso signifique pedirle a mi propia familia que haga algo desagradable —dijo Warlock, con los ojos muy brillantes—. Llámame «desgraciado» si quieres, pero alguien tiene que ganar esta maldita guerra y alguien tiene que mantener a salvo este país.

Amelia miró a Simon con impotencia. Entonces, él dio un paso hacia ella y, por un momento, ella pensó que iba a abrazarla. Como si hubiera recordado que no debía hacer tal cosa, Simon bajó el brazo.

—Estoy seguro de que Amelia será muy discreta —dijo.

—¿De veras? ¿Cuánto tiempo durará su discreción? —preguntó Warlock con sarcasmo—. ¿Qué es lo que has oído, Amelia? ¿Todo?

Ella se quedó callada.

—Lo que yo pensaba —dijo Warlock.

Amelia se estremeció.

—¡Yo nunca traicionaría a Simon! Nunca contaría lo que he averiguado.

Warlock la miró con escepticismo.

—¿Ni siquiera a tu hermana? ¿Ni a Lucas?

Ella se ruborizó. ¿Podría Lucas ayudar a Simon?

—¿Me estás aconsejando que no hable de esto con nadie, ni siquiera con Julianne y con mis hermanos?

—Cuantas menos personas lo sepan, mejor. No te estoy aconsejando nada. Te estoy diciendo que no digas nada sobre este asunto, y te pido que me des tu palabra al respecto.

Ella se estremeció. ¿Cómo iba a dársela? Sabía que Lucas ayudaría a Simon si ella se lo pedía.

—Sé que eres muy leal, Amelia —añadió suavemente Warlock—. Me acuerdo de cuando eras pequeña y vuestro padre os dejó, hace casi veinte años. Te convertiste en una matriarca a la edad de siete años. Sé que harás cualquier cosa por aquellos a quienes quieres. Y de hecho, creo que piensas que tu deber es hacerlo, porque se convirtió en tu deber cuando eras muy pequeña.

Warlock estaba diciendo la verdad. Sin embargo, Amelia dudaba que hubieran cruzado más de dos palabras durante los últimos cinco o seis años. Él ya no la conocía.

—Entonces, me siento halagada.

—No estoy intentando halagarte. Esto intentando explicarte que todos pertenecemos al mismo bando. Sin embargo, aunque tus hermanos estén de nuestro lado, cuantos menos sepan la verdad sobre Simon, mejor.

—Lo entiendo —dijo Amelia.

—No me has dado tu palabra —repuso él.

Ella se ruborizó. ¿Cómo iba a prometerle que no acudiría a Lucas? Confiaba en su hermano, y no confiaba en su tío.

Simon la miró.

—Tiene razón.

—No me va a dar su palabra —dijo Warlock, dirigiéndose a Simon como si ella no estuviera en la habitación—. Sabes tan bien como yo que, si nuestros enemigos llegan a averiguar lo cerca que ella está de ti, harán lo que sea necesario para que hable.

Amelia se asustó. Nunca había visto aquella faceta de Simon, ni tampoco de Warlock.

—¿A qué te refieres?

—No —intervino Simon rápidamente—. Amelia es mi ama de llaves. Nadie va a pensar que sabe algo valioso.

—Envíala de vuelta a Greystone Manor —dijo Warlock—. Y no es una sugerencia. Quiero que se marche mañana por la mañana —añadió, en un tono inflexible. Después se marchó sin despedirse.

Amelia se dejó caer sobre el asiento más cercano. Simon se acercó a la puerta y cerró de golpe.

—¡Maldita sea, Amelia! ¡Has ido demasiado lejos!

—No voy a volver a Greystone Manor. ¡Él no controla nuestras vidas!

—¡Sí controla la mía! —gritó Simon.

Amelia se estremeció.

Simon se arrodilló a su lado.

—Y tiene razón. No puedes hablarle a nadie sobre esto. Ahora estás en peligro por mi culpa.

Ella le tomó la mano.

—Entonces, nos enfrentaremos juntos a ese peligro.

—No. Yo ya sabía que estaba mal pedirte que fueras mi ama de llaves, y que no debía traerte aquí, ¡y mucho menos acostarme contigo! ¿Cuándo te vas a dar cuenta de que soy un egoísta?

Ella le agarró la cara con ambas manos.

—Eres un héroe, y te quiero.

Él tomó aire.

—¡No estás en tus cabales!

Ella lo besó brevemente.

Él se apartó.

—Warlock sabe que somos amantes, Amelia. Y si él puede discernirlo, entonces mis enemigos también podrán, e irán por ti, Amelia, para hacerme daño...

Estaba angustiado. Amelia se levantó y lo abrazó.

—Nos enfrentaremos a esto juntos —dijo.

Entonces, fue él quien le tomó la cara entre las manos.

—Haré lo que sea necesario para manteneros a ti y a los niños a salvo.

—Lo sé —susurró ella.

Y Simon la besó como si fuera un hombre a las puertas de la muerte.

Le latía el corazón con fuerza. Simon rodó hacia un lado sin dejar de abrazar a Amelia. No estaba desnudo, aunque tenía desabrochados los pantalones, y su chaqueta estaba en el suelo. No soltó a Amelia ni un segundo.

Nunca había necesitado tanto a nadie. Cuánto deseaba casarse con ella y llevársela, junto a los niños, muy lejos de allí.

Ella estaba jadeando. Se acurrucó contra él y posó la mejilla en su pecho, y Simon le bajó la falda y las enaguas ¿La había querido tanto hacía diez años? No lo recordaba. Sabía que estaba encaprichado con ella entonces, pero en el presente, las cosas eran mucho más intensas.

Estaban en el dormitorio de Amelia, con la puerta cerrada con llave.

—¿Estás bien? —le preguntó con la voz temblorosa, cuando por fin pudo hablar. Había sentido una urgencia inmensa por hacerle el amor—. Amelia, ¿estás satisfecha?

Ella sonrió.

—¿Es que he estado muy callada?

Entonces, él sonrió también. Le había tapado la boca con la mano cuando ella había llegado al orgasmo, porque estaban en pleno día.

—Te has controlado admirablemente bien —le susurró.

—Ha sido maravilloso, Simon —susurró ella, y volvió a apoyar la mejilla en su pecho.

Él le acarició el pelo. La euforia estaba empezando a desaparecer. Comenzó a recordar que Warlock le había ordenado que enviara a Amelia a Cornualles, y el resto de cosas que habían ocurrido en la biblioteca.

¿Lo sabía todo Amelia?

¿Qué pensaría de él cuando por fin se diera cuenta de lo que él estaba haciendo en realidad?

Ella alzó la vista.

—No deberíamos tardar, Simon, aunque en parte, no me importaría que nos sorprendieran así.

—¡A mí sí! —exclamó él—. Nadie puede saber que somos amantes, Amelia. Nadie.

Dios, ella corría un gran peligro, y todo era culpa suya.

—¿Ibas a decirme la verdad alguna vez? —le preguntó Amelia.

—¿Cuánto has oído?

—Lo he oído todo, Simon. Has estado espiando para Gran Bretaña, pero los franceses piensan que estás espiando para ellos —le dijo Amelia, y él notó que se estremecía entre sus brazos.

Él miró al techo. ¿Cuándo se daría cuenta de lo que significaba en realidad el doble juego que él estaba manteniendo? Porque, cuando se diera cuenta de todo lo que era capaz de hacer, ella perdería, de una vez por todas, su fe en él. Amelia se salió de su abrazo y se sentó. Él se sentó también y comenzó a abotonarse los pantalones.

—Has estado en Francia —dijo ella.

Era una acusación cautelosa.

—Sí —respondió él, pero no la miró.

—¿Cuánto tiempo? ¿Por eso nunca estabas en casa con los niños y con Elizabeth? ¿Por eso nadie sabía dónde estabas ni cómo ponerse en contacto contigo?

—He estado viviendo en París casi todo el tiempo durante los dos últimos años, haciendo trabajo administrativo en el ayuntamiento. Allí me hago pasar por Henri Jourdan, que era mi primo, por cierto, y que fue ejecutado junto a la mayoría de los habitantes de su ciudad y el resto de mis parientes franceses —dijo Simon, y por fin, la miró.

—Lo siento —dijo ella, que se había quedado pálida—. ¿Y por qué te dejaste enredar en esa intriga, Simon, sabiendo que tenías hijos que te necesitaban? ¿Es que eres un patriota?

Él se apartó. Por fin, ella había empezado a juzgarlo.

—Tenía muchos motivos para aceptar la proposición de Warlock hace tres años, cuando se puso en contacto conmigo por primera vez. El patriotismo solo fue uno de ellos. La mayoría de esos motivos eran egoístas.

—Eso no me lo creo.

—Mis motivos eran egoístas —repitió él.

—Tú quieres a tus hijos —dijo ella con firmeza—. ¡No creo que te separaras de ellos tan fácilmente!

—Yo nunca he sido un buen padre —respondió él—. Antes de Warlock, yo ya me mantenía alejado para evitar a Elizabeth, porque eso me convenía, aunque mis hijos me necesitaran. Pensaba que ella era una madre excelente, así que mi presencia no tenía importancia —explicó, y se encogió de hombros. Sin embargo, sintió una punzada de dolor en el corazón—. Warlock me dio una excusa para permanecer alejado de mi familia de manera continuada. ¿Por qué no iba a aceptarla?

A ella se le llenaron los ojos de lágrimas, y lo tomó de la mano.

—Ojalá hubieras tenido un buen matrimonio, Simon. Estoy empezando a pensar que, si hubiera sido así, tú nunca te habrías ido a Francia, y ahora no estaríamos aquí, preocupándonos de si los agentes franceses están investigando sobre ti, o algo peor.

—¡Lo dices en serio! —exclamó él. Aquella muchacha tan generosa nunca iba a dejar de sorprenderlo.

—Claro que sí. Simon, ¿corres mucho peligro? ¿Temes a los franceses?

Él supo que no debía responder la verdad. No quería asustarla más aún.

—En este momento no corro ningún peligro, Amelia, porque Jourdan goza de la confianza de sus superiores.

Ella lo atravesó con la mirada.

—Pero te metieron en la cárcel.

A Simon se le encogió el corazón.

—Oí a Warlock diciéndote que no le servirías de nada si te arrestaban y volvían a enviarte a la prisión.

Él tomó aire. Claramente, Amelia era demasiado lista como para dejarse engañar.

—No me trates con superioridad, Simon. Estamos juntos en esto, y no soy tonta. Me niego a que me ocultes la verdad.

—No, no eres tonta, Amelia. Me encarcelaron.

—¿Y qué ocurrió?

—No importa.

—Sí, a mí sí me importa. Así que, por favor, dime por qué te encarcelaron en Francia. ¿Sabían que eres inglés?

Él se humedeció los labios mientras pensaba con rapidez. Omitiría partes de la verdad, pero no iba a mentirle. Carraspeó y dijo:

—No, no descubrieron que soy inglés. Seguían creyendo que soy Jourdan, mi primo. Cometí un error, Amelia. En noviembre vine a Londres a ver a mis hijos, porque era el cumpleaños de William. Solo me quedé dos días en la ciudad, pero en cuanto desembarqué en Brest, supe que me seguían. A las tres semanas me arrestaron y me acusaron de traición, y me metieron en una prisión de París.

En aquel momento, se le quebró la voz, porque recordó la celda con todo detalle. No pudo continuar.

En la plaza había miles de personas.

Él estaba agarrado a los barrotes de la celda, mirando al exterior, lleno de asco y miedo.

La multitud rugió... una vez más. La guillotina se había cobrado otra víctima...

Y el olor de la sangre lo impregnaba todo.

Simon consiguió decir:

—Yo tenía que seguirles la corriente, o terminaría decapitado. Tenía que convencerles de que era de verdad Jourdan, y de que iría a Londres a visitar a mi primo, St. Just, para conseguir la información necesaria para que ellos pudieran ganar la guerra.

No pudo mirarla a la cara.

Amelia lo abrazó y lo besó.

—Ahora no pasa nada. Estás aquí, con los niños y conmigo. No vas a volver a París, y no tienes por qué hablar de ello. Hiciste lo que tenías que hacer para sobrevivir, Simon. Lo entiendo.

¿Lo entendía de veras? Él lo deseaba con todas sus fuerzas, pero no creía que fuera cierto.

Se irguió y cambió sus posturas, y la abrazó.

—No quiero que te preocupes. No quiero que te involucres en esto. Tienes que olvidar todo lo que has averiguado hoy, Amelia.

—Ahora estoy más preocupada que antes —respondió ella con aspereza—. Y quiero ayudarte, Simon, no esconder la cabeza en la arena.

—Warlock me está ayudando, y él es muy brillante.

—Tú no confías enteramente en él, y yo tampoco.

—Es cierto —admitió Simon con un suspiro—, pero Warlock tiene razón en una cosa: los niños y tú deberíais regresar a Cornualles antes de que alguien descubra que tenemos una relación y decida utilizarte en mi contra.

Ella abrió mucho los ojos.

—No pienso ir a ninguna parte. No voy a dejarte aquí solo. Vamos a librar juntos esta batalla.

Él sintió un gran amor por ella.

—No. Yo voy a librar esta batalla solo.

—No, no voy a permitírtelo. ¿Cuándo vas a intentar reunirte de nuevo con el agente francés?

—¡No voy a darte esos detalles!

—Pero vas a tener una reunión con él, ¿no? He oído tu conversación con Warlock, Simon. Se supone que tienes que decirles a los franceses cuántos soldados tiene el ejército inglés, ¿no? ¿No es eso lo que dijo Warlock?

Él palideció.

—Amelia, quiero que te olvides de todo lo que has oído.

—¿Y cómo voy a olvidarlo? Tú tienes que reunirte con un espía francés aquí mismo, en Londres, y si él se da cuenta de que no eres quien dices, ¡tal vez decida matarte!

Él la estrechó contra sí.

—Mi contacto no tiene ningún motivo para sospechar de mí. Te estás preocupando sin necesidad. Llevo más de dos años jugando a esto, Amelia, y se me dan muy bien este tipo de engaños.

—Tengo mucho miedo —susurró ella—. Y quiero ayudarte como sea posible.

—Ya me has ayudado. Por lo menos, ahora sé que los niños están en buenas manos. No sabes lo mucho que significa para mí tu lealtad.

Ella sonrió de repente, y mientras lo hacía, oyó el llanto de Lucille desde el pasillo.

—Siempre tendrás mi lealtad, y mi amor —dijo.

Bajó de la cama, se alisó la falda y se acercó al espejo que había sobre su cómoda.

Simon sintió tanto amor y tanto agradecimiento que se echó a temblar. La miró mientras ella se arreglaba el pelo. Era la mujer más valiente y decidida que había conocido, y él tuvo que admitir para sí lo mucho que la quería. No sabía cómo iba a sobrevivir si la perdía alguna vez. Tenía que conseguir que Amelia y los niños estuvieran a salvo.

Lucille seguía llorando. Amelia le sonrió y salió rápidamente de la habitación.

Simon se levantó despacio y tomó la chaqueta del suelo. Más tarde o más temprano tendría que reunirse con Marcel, pero por el momento, le enviaría a través de un mensajero la información que le había transmitido Warlock. Tuvo miedo, y rogó que Coburg solo hubiera conseguido reunir cuarenta mil hombres para invadir Flandes. Aunque aquel número significaba una gran debilidad para el ejército aliado...

Warlock era inteligente y lo necesitaba, así que no iba a arrojarlo a los lobos. Sacudió la chaqueta y se la puso. La niña ya había dejado de llorar. Él se acercó al espejo y se recogió el pelo en una coleta. Estaba muy pálido, salvo por dos manchas de color en las mejillas, y por la luz brillante que despedían sus ojos. El corazón le latía con rapidez. Se metió la camisa por la cintura del pantalón. La realidad había vuelto con toda su crudeza.

Warlock tenía razón cuando decía que Amelia sabía demasiado. Ella no podía quedarse allí, y menos ahora que se habían convertido en amantes.

Y menos cuando él no podía controlarse cada vez que la veía, ni siquiera a plena luz del día.

Tendría que enviarla de nuevo a Cornualles. Tendría que renunciar a ella para garantizar su bienestar y su seguridad.

Simon arregló la cama y abrió la puerta. Asomó la cabeza y encontró vacío el pasillo, así que salió del dormitorio y se alejó de allí apresuradamente. Sin embargo, aminoró el paso al llegar a la habitación infantil. Miró al interior, y vio a Amelia en medio de la estancia, meciendo a Lucille en brazos.

Entonces, Amelia lo vio él, y sonrió.

Simon sabía que no debía entrar en la habitación. Lucille no era su hija, y Amelia no era su esposa. Aquella imagen era una ilusión. Sin embargo, sus pies no obedecieron a su mente, y se acercó a ellas.

Se detuvo junto a Amelia y miró a Lucille. La niña le lanzó una sonrisa resplandeciente. Él le pasó el brazo por los hombros a Amelia, y se dio cuenta de que la sonrisa se le había contagiado.

Al día siguiente, Simon salió después de comer. Y, en cuanto se marchó, Amelia se quitó el delantal, salió de la cocina, tomó un chal y lo siguió. No le había dicho a nadie lo que iba a hacer, ni cuándo iba a volver. Warlock se pondría furioso si se enteraba de que iba a pedirle ayuda a Lucas. El hecho de ir a verlo a casa del propio Warlock, donde se alojaba su hermano, era muy arriesgado. Sin embargo, Sebastian no estaba en aquella residencia en aquel momento, y ella necesitaba hablar con Lucas inmediatamente. No creía que Warlock la tuviera vigilada, pero atravesó Mayfair a pie de camino a la mansión de Cavendish Square, en vez de ir en la calesa de Simon.

Cuando llegó a las puertas de la casa, llamó repetidas veces, hasta que una doncella apareció en el umbral y le dijo que el señor Greystone estaba en el salón, ocupado con una visita.

—Ha ordenado que no se le moleste, señora —añadió la doncella con preocupación.

Amelia pasó de todos modos.

—El señor Greystone es mi hermano. Yo misma encontraré el camino.

La doncella se marchó, aunque no muy contenta. Amelia se acercó rápidamente a las puertas del salón, que estaban cerradas, y oyó un murmullo de voces que provenía del interior. Acercó el oído a la puerta y se sobresaltó. ¡La visita de Lucas era Nadine D'Archand!

Amelia abrió la puerta bruscamente. Lucas y Nadine estaban sentados en un sofá, concentrados en una conversación muy seria.

—Llegarán el día quince, si el tiempo lo permite. El pronóstico es de buen tiempo y mar en calma. ¿Podemos... —estaba diciendo Nadine. Al ver a Amelia, se quedó callada.

Lucas se giró y se puso en pie. Sonrió ligeramente.

Entonces, Amelia supo con seguridad que su hermano y su amiga estaban conspirando, aunque no entendía exactamente de qué estaban hablando.

—¿Interrumpo algo importante?

—Tú nunca interrumpes nada —dijo Lucas. Sin embargo, la observó con astucia, y supo que estaba disgustada.

Nadine tomó su bolso.

—Bueno, yo ya me marchaba. Hola, Amelia —le dijo, y le dio dos besos en las mejillas—. Ya veo que estás disfrutando de la ropa que te envió Julianne... —añadió, en tono de broma.

Amelia se había puesto un vestido amarillo muy bonito.

—Si interrumpo algo... —repitió Amelia, mirándolos a los dos.

—No has interrumpido nada —contestó Nadine, y sonrió a Lucas—. Te agradezco el consejo —dijo, y se volvió hacia Amelia—. Tu hermano me estaba asesorando, porque mi familia quiere hacer una inversión en una mina que hay cerca de nuestra nueva casa, en St. Just.

Amelia sonrió. No creía la explicación de Nadine, en absoluto. Cuando la otra mujer se hubo marchado, cerró la puerta y miró a Lucas.

—¿Ella también es espía?

—¿Cómo? —preguntó Lucas, riéndose.

—Entonces, ¿está ayudando a traer a familias francesas aquí?

A él se le borró la sonrisa de los labios.

—Es una mujer, Amelia, una aristócrata que está intentando rehacer su vida con unos medios muy precarios. La estaba aconsejando en una decisión financiera.

Amelia sabía que no era cierto, pero no insistió.

—Claro. ¿Sigue Jack en la ciudad?

Él la miró con los ojos entornados.

—Está en Londres, y lo dejaremos ahí.

Ella se cruzó de brazos.

—Entonces, ¿no es seguro para él estar aquí?

—No, no lo es —respondió Lucas. Se acercó a ella y la tomó del brazo—. Estás angustiada, y no es por Nadine ni por Jack.

—Tenía razón. Simon es espía, Lucas, y está en peligro.

Lucas palideció, y su expresión se volvió de enfado, no de sorpresa.

—Lucas, te ruego que me ayudes.

—Maldita sea, Amelia, ¿por qué no puedes dejar ese tema en paz?

—¿Y por qué no te sorprende que Lucas sea espía? ¡Ya lo sabías!

Él suspiró.

—Por supuesto que lo sabía, Amelia. El círculo de Warlock es pequeño. Todos nos conocemos.

Ella se echó a temblar.

—¿También sabes que Simon está haciéndose pasar por un francés, y que los franceses piensan que les es leal?

En aquella ocasión, Lucas sí quedó sorprendido.

—¡Me doy cuenta de que eso no lo sabías! ¿Y sabías que ha estado en la cárcel en Francia? ¿Y que si los franceses sospechan que es un traidor, terminará así de nuevo? Se supone que tiene que reunirse con un francés aquí, en Londres, y darle información muy importante sobre nuestro ejército. ¡Estoy aterrada por él!

Lucas la abrazó.

—Sabes demasiado. Lo siento, Amelia. Siento que las cosas hayan llegado tan lejos.

Ella se alejó de su hermano.

—¡Olvídate de mí! ¿Cómo puedo sacar a Simon de la guerra? Maldita sea, Lucas, ¡tiene hijos!

—Warlock no se lo permitirá. Me imagino que lo enviará de nuevo a Francia, donde puede continuar obteniendo información que nos ayude a ganar la guerra.

—¡Pero si ese es el motivo por el que los franceses lo han enviado aquí! Y Warlock lo dejó bien claro; no tiene reparos en darle información a Simon para que él se la pase a los franceses. ¿No te das cuenta de que Simon está en una situación imposible? ¡Corre un grave peligro!

Lucas se enfadó.

—¿Así que ahora te has comprometido con él?

—Es algo más que eso, Lucas. Somos amantes, y no voy a darle la espalda —afirmó ella, traspasando a su hermano con la mirada.

Lucas enrojeció. Claramente, no daba crédito a lo que acababa de oír.

Ella lo miró de forma desafiante. Sin embargo, por muy enfadada que estuviera, lo que sentía por encima de todo era desesperación.

—Necesitamos tu ayuda, Lucas. Simon no quiere hacer esto, ¡estoy segura! ¿Cómo podemos protegerlo de sus enemigos? ¡Bedford consiguió salir!

La expresión de Lucas se endureció.

—Te has convertido en su amante. ¿Así que no eres lo suficientemente buena como para ser su esposa?

Ella gritó.

—¡Eso no es justo!

Sin embargo, ¿no se había preguntado exactamente lo mismo?

—No me hables de justicia. Eres una mujer maravillosa, y serías una esposa maravillosa. No eres una cualquiera. Da la casualidad de que él es viudo. Se va a casar contigo, Amelia —dijo Lucas. Estaba furioso.

—Lucas, no puedo casarme con él en estas circunstancias —dijo ella. Sin embargo, le estaba mintiendo a su hermano, porque ella estaría dispuesta a casarse con Simon en cualquier momento—. Lo primero es hallar la forma de sacarlo de estas intrigas. La próxima vez que se reúna con alguien llamado Marcel, ¡es posible que no vuelva a casa!

—A Grenville no lo van a tomar por sorpresa, Amelia. Es tan listo y tan peligroso como sus enemigos.

Ella se sentó. Estaba muy agitada.

—Ojalá tengas razón. ¿Vas a ayudarlo? ¿Vas a ayudarnos?

Lucas se sentó a su lado.

—Por supuesto que sí. Pero estoy muy enfadado por vuestra aventura.

—Yo lo quiero —dijo ella, y se encogió de hombros—. Y no soy una niña.

Él la agarró de la mano y se la apretó.

—Si fueras feliz, pensaría de forma diferente.

—Cuando estoy en su casa, con él, soy muy feliz. Pero tengo mucho miedo por su vida. Lucas, nunca he dejado de quererlo.

Él suspiró.

—Creo que siempre lo he sabido. Espero que entiendas que voy a asegurarme de que Grenville te trate con todo el respeto.

—Lo hace.

—No sabía que había estado encarcelado. Eso me preocupa, porque significa que ya sospechaban de él cuando estaba en Francia. Tal vez esas sospechas sigan existiendo. Supongo que sus amigos franceses lo están vigilando estrechamente.

—No estás consiguiendo que me sienta mejor.

—Tengo que pensar en todo esto. Él no puede despedirse sin más de sus superiores franceses. Los republicanos enloquecen como perros rabiosos con facilidad. O estás con ellos, o estás contra ellos. Los enemigos de la República solo tienen un destino, y es la guillotina. Tendría que desaparecer para escapar a su venganza si alguna vez averiguan que es uno de los nuestros.

Ella se estremeció.

—Tiene hijos.

—Hay familias enteras que han huido de Francia y están escondidas aquí en Gran Bretaña.

—¿Crees que es posible que el conde de St. Just desaparezca con sus hijos?

—Creo que es muy difícil para alguien de su posición social.

—Entonces, ¿qué vamos a hacer?

—Tal vez no podamos hacer nada. Parece que se te olvida que, si Grenville decide salirse de este juego, Warlock también se convertiría en su enemigo. Warlock nunca dejará escapar a un agente tan valioso como Grenville, por lo menos hasta que ya no tenga valor para él.

A ella se le llenaron los ojos de lágrimas.

—No sé cuánto tiempo más podrá seguir Simon haciendo creer a su contacto francés que es leal a la República —susurró ella—. Creo que está en un terreno muy peligroso.

Lucas se limitó a mirarla fijamente.

—¿Qué ocurre? —preguntó ella.

—Ya te he dicho que Grenville es listo y peligroso.

Ella se quedó helada.

—¿Qué quieres decir con eso?

—Esta guerra ha hecho muchos hombres como Grenville, y como yo. Somos camaleones. Hemos aprendido a hacer lo que sea necesario para sobrevivir.

—Me estás poniendo nerviosa.

—No me has dicho cómo consiguió Grenville convertirse en agente para los franceses.

A ella se le encogió el corazón.

—Hizo lo que tenía que hacer para sobrevivir. Tenía que elegir entre convertirse uno de ellos o morir en la guillotina.

Lucas emitió un sonido áspero.

—Amelia, ¿crees que Grenville traicionaría a su propio país?

Ella se puso en pie de un salto.

—¡Por supuesto que no!

Lucas la observó atentamente.

—¿Ni siquiera para salvar su propia vida, o la de sus hijos, o la tuya?

De repente, Amelia se dio cuenta de que no podía responder, porque Simon estaría dispuesto a hacer cualquier cosa por proteger a sus hijos, y por protegerla a ella. Él mismo se lo había dicho, y ella lo creía.

—Eso me parecía a mí —dijo Lucas.

CAPÍTULO 16

Lucas se había empeñado en que volviera a casa en su carruaje, con su cochero. Amelia iba sentada en el vehículo abierto, acurrucada en una esquina. No dejaba de pensar en aquella situación, pero no le servía de nada. Estaba agotada a causa de las emociones que había experimentado desde que había oído la conversación entre Warlock y Simon, el día anterior.

Era casi la hora de cenar. Estaba impaciente por terminar la cena, por acostar a los niños y acurrucarse en brazos de Simon, por cerrar los ojos y dejar que él la abrazara.

Su cochero gritó.

Amelia abrió los ojos y vio que su coche derrapaba con violencia hacia el bordillo. Un vehículo grande y negro había pasado junto a ellos y se había acercado peligrosamente. Ella se agarró al asiento cuando una de las ruedas de su calesa golpeó contra la acera. Amelia se giró para mirar el coche negro, esperando que continuara su loca carrera. Sin embargo, el vehículo se detuvo bruscamente delante de la calesa e hizo que el caballo de Lucas relinchara y se encabritara para no chocar contra el otro tiro. Situado de aquella forma, el coche negro impedía que la calesa continuara su camino.

Amelia no daba crédito a lo que había ocurrido. ¿Acaso el otro cochero estaba borracho? ¡Habían estado a punto de sufrir una horrible colisión!

—¿Está bien nuestro caballo? —gritó.

—Sí, está bien —respondió el cochero entre jadeos—. Pero tenemos suerte de no haber chocado, señora.

Amelia se puso en pie y se agarró a una de las correas de seguridad. El tiro de caballos negros del otro coche estaba inquieto, pero parecía que indemne. Antes de que pudiera preguntar si había alguien herido, la puerta se abrió. Un hombre vestido de negro se apeó y se acercó a ella.

—¿Señor? —preguntó Amelia con desconcierto.

Él abrió la puerta y la agarró del brazo. Amelia gritó al sentir que la bajaba de su calesa.

Cuando el individuo tiraba de ella hacia el otro coche, Amelia se dio cuenta de que la estaban secuestrando. Gritó e intentó zafarse, mientras su cochero gritaba.

—¡Suéltela!

Pero era demasiado tarde. Amelia ya estaba en el oscuro interior del otro vehículo.

El hombre cerró la puerta tras ella, y al instante, el coche comenzó la marcha.

La habían secuestrado.

Se quedó inmovilizada por el miedo, pero solo momentáneamente. Y Amelia se dio cuenta de que no estaba sola.

Se irguió en el asiento, y notó que una mano fuerte la agarraba de la cintura para ayudarla.

Sintió miedo y se alejó. Entonces, se encontró frente a frente con Warlock.

—Tienes suerte —dijo él suavemente— de que sea yo quien quiere hablar contigo, y no nuestros enemigos.

A ella se le escapó un jadeo.

—¿Cómo has podido hacer tal cosa? —inquirió ella con furia.

Sin embargo, al mirar a su tío, se dio cuenta de que él tenía razón. Estaba en peligro porque era la amante de Simon y sabía demasiado. Los agentes franceses podían haberla secuestrado tal y como había hecho su tío.

—Te pedí que me dieras tu palabra, Amelia, y te negaste —prosiguió Warlock—. No era muy difícil saber que irías a ver a Lucas en cuanto pudieras. Pero al menos, en él sí confío.

Ella estaba temblando, intentando recuperar el aliento.

—¡Me has asustado!

—Bien, porque debes estar asustada. De hecho, deberías estar de camino a Cornualles.

—No voy a dejar a Simon, maldita sea.

Él arqueó las cejas.

—Entonces, quédate en su casa por tu cuenta y riesgo. Y ahora comprendes lo arriesgado que es permanecer aquí.

—Me lo has demostrado, Sebastian. En lo sucesivo saldré siempre acompañada de Garrett. Pero si has ideado este falso secuestro para asustarme, ¡entonces has perdido el tiempo!

—Una decisión inteligente la de tener un guardaespaldas, pero yo no he ideado un secuestro falso para asustarte. Te dije que guardaras silencio sobre todo lo que has averiguado. Me has desobedecido, Amelia, y siempre hay que pagar un precio por la desobediencia.

Amelia se quedó mirándolo con asombro. No sabía qué responder. ¿Debía temer a su propio tío? Él había acudido en ayuda de la familia hacía veinte años, pero desde entonces había pasado mucho tiempo y el país estaba en guerra. Y la guerra cambiaba a todo el mundo. Ella lo sabía por propia experiencia.

Finalmente dijo, con cautela:

—No he hecho ningún daño. Como tú mismo has dicho, Lucas es digno de confianza. Simon tiene problemas, y tal vez Lucas pueda ayudarlo.

—Yo puedo ayudarlo, Amelia. Deberías haberte dirigido a mí.

No podía decirle que no confiaba en él, que le temía.

—Sí, puedes ayudar. Quiero que liberes a Simon de sus obligaciones. Ya lleva demasiado tiempo enredado en tus intrigas. Tiene que pensar en su familia, sobre todo ahora que su esposa ha muerto. Estos terribles engaños lo están destrozando. Necesita ser un padre para sus hijos, no uno de tus espías.

—Aunque decidiera liberarlo, por usar la misma palabra que tú, sus superiores franceses no serían tan agradables. Ellos están esperando que Grenville les proporcione una información muy valiosa. Y el alcance del Terror es muy amplio, Amelia. Ha llegado a nuestras costas. Grenville debe cumplir su voluntad, o pagará el precio de la traición.

Ella se estremeció.

—Podríamos escondernos. Podríamos desaparecer.

—Él no puede abandonar su condado, Amelia.

—Entonces, ¿cuál es la respuesta? ¿O es que no quieres prescindir de él?

—Grenville sigue siendo muy importante para mí. De hecho, en este momento lo es más que nunca. Vamos, Amelia, tú eres inteligente. Seguramente, entiendes que Grenville ocupa un lugar perfecto para hacerle mucho daño al gobierno francés. Tú eres patriota, ¿o no?

—¡No estoy dispuesta a sacrificar a Simon por esta maldita guerra!

—Y yo espero que no tengas que hacerlo. Grenville lleva varios años metido en esto, y si puede seguir así, desempeñando exitosamente su papel, sobrevivirá. ¿De veras quieres ayudarlo? No me cabe duda de que le tranquilizaría mucho que te llevas a los niños a Cornualles.

—Simon me necesita. No puedo dejarlo ahora, así que no vuelvas a pedírmelo.

—Ya sabía que esa iba a ser tu respuesta.

—Haré todo lo posible por ayudarlo, sin ser un estorbo ni una distracción, pero tú debes asegurarme que no lo enviarás nunca más a Francia.

—Puedes estar tranquila. En este momento prefiero que esté aquí, en Londres. Pero no puedo hacerte ninguna promesa, Amelia. Ninguno de mis hombres ha hablado con Robespierre, pero él sí.

Ella apretó los puños del horror. ¿Se había infiltrado Simon hasta ese punto en el gobierno francés?

—No permitiré que vuelva. Es demasiado peligroso. ¡Ya ha estado una vez en la cárcel! Si vuelven a encarcelarlo, no vivirá para contarlo.

—Por desgracia, tendrá que hacer lo que yo le ordene —replicó Warlock con calma—. Pero tendré en cuenta tu opinión.

Ella negó con la cabeza. Se sentía impotente.

—No tienes corazón, Sebastian.

—Si tuviera corazón, seguramente estaría muerto, como muchos de mis hombres —respondió él, encogiéndose de hombros.

—¡Yo soy tu sobrina! ¡Y lo quiero! —exclamó ella.

—Sí, eso es evidente. Demasiado evidente. No puedes permitir que sus enemigos sepan que sois amantes, Amelia, porque si se descubre la verdadera identidad de Grenville, él estará en peligro, pero los niños y tú también.

Ella giró la cabeza y miró por la ventanilla con los ojos llenos de lágrimas. Odiaba a Warlock en aquel momento. Odiaba la guerra.

—Yo no soy el enemigo —prosiguió él—. Yo no deseo otra cosa que conseguir un final feliz para todos nosotros.

Habló suavemente, y Amelia tuvo que mirarlo, preguntándose si había oído mal.

—Pero sé que hay pocos finales felices fuera de las novelas y los cuentos de hadas. Estoy deseando que llegue el día en que Grenville pueda recuperar su vida de conde y de padre, el día en que yo no lo necesite más, cuando haya terminado esta maldita guerra. Pero soy una persona realista, Amelia, no un soñador, y estoy concentrado en el presente y en el futuro inmediato. Tú también tienes que ser realista. Tienes que controlar tus expectativas sentimentales. No estamos en tiempos románticos.

Ella miró por la ventanilla nuevamente. Él estaba intentando decirle que la situación no estaba a su favor, y que nunca iba a verse viviendo felizmente con Simon y con los niños en el campo.

—Te he traído aquí por un motivo.

Amelia lo miró con miedo.

—En este momento de guerra y de revolución, tú también puedes ayudar.

Ella se puso muy rígida, porque sabía que no le iban a gustar sus sugerencias.

—Ahora estás viviendo con Grenville —prosiguió él, con una sonrisa amable—. Y lo conoces bien; tal vez mejor que nadie.

—Sí, lo conozco bien.

—Parece que él te tiene mucho cariño.

Ella se sintió tensa.

—Somos amigos.

—Bien. Amigos y amantes. Perfecto. Pienso que, si vas a quedarte en la ciudad, puedes serme útil. Lo que tienes que hacer es escuchar cuidadosamente lo que diga Grenville, y cómo lo diga, y observarlo atentamente. Después, deberás informarme.

Ella se quedó espantada.

—¡No voy a espiar a Simon!

—¿Por qué no? Si él está haciendo lo que dice, no habrá nada que puedas revelarme, ¿no crees?

—¿Qué significa eso?

—Creo que sabes exactamente lo que quiero decir. Grenville ha convencido a sus superiores franceses de que es uno de ellos, y eso no es fácil. Así que yo debo preguntarme si es uno de ellos o uno de los nuestros.

Ella gimió. ¿Acaso no había dudado también su hermano de la lealtad de Simon?

—Él nunca nos traicionaría. Nunca traicionaría a su país.

—La guerra es un monstruo que devora hombres enteros. Lo sé por experiencia. Algunas veces se lleva sus cuerpos, y otras su alma. Así pues, ¿quién tiene el alma de Grenville?

—No voy a espiarlo —dijo Amelia, temblando.

—¿Ni siquiera para salvarlo de los franceses? —dijo él—. ¿Ni siquiera para salvarlo de sí mismo?

Amelia lo miró a través de las lágrimas, incapaz de apartar los ojos de él.

Simon notó espasmos de placer mientras Amelia movía su boca sobre su cuerpo.

—Amelia —susurró, y la agarró de los brazos.

Amelia le permitió que tirara de ella hacia arriba. Él la envolvió y embistió hacia arriba para hundirse profundamente en ella. Sus cuerpos se unieron con desesperación y pasión. Ella sabía que cada vez que hacían el amor podía ser la última. Nunca había sido tan agresiva, ni tan frenética, como en aquel momento.

Él gritó apasionadamente, pero ella lo siguió un momento después, con su propio clímax.

Amelia quedó flotando en un estado de euforia, entre sus brazos, envolviéndolo con su cuerpo.

—No tenías por qué hacer eso —le susurró él con la voz ronca.

Ella se aferró a él y dejó descansar la mejilla en su pecho. El placer se estaba desvaneciendo rápidamente. No hubo sensación de placidez, sino una tensión que apareció de repente. Recordó con detalle todo lo que había ocurrido aquel día. Lucas había puesto en duda la lealtad de Simon, y su tío le había pedido que lo espiara...

¿Qué iban a hacer? ¿Qué iba a hacer ella? ¿Cómo iban a mantener a salvo a los niños? Le besó el pecho y miró hacia arriba, con ganas de llorar.

—Estar contigo es maravilloso, Simon.

—Entonces, ¿por qué estás tan triste?

—¿Te plantearías alguna vez huir de aquí con tus hijos y conmigo?

Él abrió mucho los ojos.

—Si pensara que es posible escapar y esconderse sin que nos descubrieran, sí, me lo plantearía.

Ella lo miró con consternación.

—¿Y por qué sería tan difícil esconderse?

—Soy un noble con una gran fortuna. Tú eres una dama. Nuestra presencia sería llamativa, fuéramos donde fuéramos —respondió él. Se sentó, y ella lo imitó—. ¿Es eso lo que quieres hacer?

—Sí es lo necesario para que todos estemos a salvo, y juntos, sí, es lo que quiero hacer.

Entonces, él comenzó a negar con la cabeza.

—¿Y tus hermanos? ¿Estarías dispuesta a desaparecer sin decirles adónde has ido? ¿Y Julianne? ¿Y tu madre? Ella no podría venir con nosotros. Sería muy fácil que nos descubriera ante los demás.

Amelia se apoyó en la almohada. No había pensado en nada de eso.

—Entonces, ¿qué hacemos? ¿Vamos a quedarnos aquí, así, hasta que termine la guerra, o hasta que mi tío te mande de vuelta a Francia?

A él se le ensombreció el rostro.

—Amelia, no hay nada de lo que me arrepienta tanto como de haberte traído a la sordidez de mi vida.

—Tú eres la alegría de mi vida.

—No, soy el motivo por el que el miedo se refleja en tus ojos —dijo Simon, y se levantó de repente—. ¿Cómo he podido pensar que no ibas a averiguar la verdad sobre mí?

—Me alegro de haberla sabido, para que estemos juntos en esta situación.

Intentó no mirarlo. El fuego ardía suavemente en la chimenea, pero había encendidas algunas velas que iluminaban la habitación. Ella nunca había visto a Simon caminar con tanta falta de pudor. Él siempre tenía el cuidado de volver la espalda hacia ella y de vestirse rápidamente. Sin embargo, en aquella ocasión, Amelia lo vio acercarse a la silla donde había dejado el caftán, y sintió que el deseo le aceleraba de nuevo el corazón. Era un hombre musculoso y delgado, tan soberbio como un atleta griego. Amelia encogió las rodillas y se las abrazó contra el pecho.

Él la miró y la sorprendió observándolo, antes de girarse y ponerse el caftán.

Ella se dio cuenta de que no debía distraerse.

—¿Vas a salir esta noche?

Él no se giró hacia ella.

—No.

—Sé que tienes que reunirte con Marcel en algún momento.

Él la interrumpió sin miramientos.

—No voy a hablar contigo de eso.

—Pero, si hubiera un nuevo peligro, ¿me lo dirías?

Entonces, Simon sí se volvió hacia ella, con una expresión difícil de descifrar.

—No corremos ningún peligro nuevo, que yo sepa. Odio esto, Amelia. ¡Detesto que tú también puedas estar en peligro!

—Lo sé, pero esto no es culpa tuya.

—Sí. Es absolutamente culpa mía. Pero debes saber que tengo mucho cuidado, Amelia, de ocultar mi rastro. No voy a permitir que nadie me siga hasta esta casa. He tenido mucho cuidado de ir un paso por delante de todos mis superiores.

Se refería a Warlock y a los jacobinos, pensó ella con miedo.

—En realidad, no estoy preocupada por mí misma, sino por los niños.

—Eso ya lo sé. Sin embargo, a mí me preocupas tú tanto como los niños, y por eso estoy haciendo las cosas despacio y con sumo cuidado.

—Aunque los niños estuvieran en Cornualles, si te descubrieran, Simon, ellos correrían peligro.

Él no respondió.

—¿Confías en mi tío? —le preguntó ella.

Entonces, Simon la miró con agudeza.

—Me parece que esa es una pregunta con segundas.

—¿Confías en él?

—Algunas veces sí, pero otras, no.

—Pero él es un patriota, Simon. Todos estamos en el mismo lado.

Él siguió observándola.

Amelia se levantó de la cama, se envolvió en la sábana y se acercó a él.

—Estamos en el mismo bando, ¿no? —le preguntó en un susurro.

—¿Esto es un interrogatorio?

—No. ¿Por qué no confías en mi tío? Te lo pregunto porque yo tampoco confío en él enteramente.

Él miró la curva de su pecho, y después volvió a clavar los ojos en su rostro.

—Tiene una ambición que está por encima de todo lo demás, y es la de ganar la guerra.

—Pero tú compartes esa ambición.

Él le agarró la mano con la que ella se estaba sujetando la sábana al pecho.

—Mi mayor ambición es que mis hijos estén a salvo.

Entonces, tiró de su mano. Ella soltó la sábana, y él la vio caer al suelo.

—¿Me estás espiando ahora? ¿Te ha pedido Warlock que lo hagas? —le preguntó él con frialdad.

Con esfuerzo, ella hizo un gesto negativo. Sin embargo, acababa de obtener la respuesta a las preguntas de Lucas y de Warlock. Ganar la guerra no era la primera ambición de Lucas. Su primera intención era que sus hijos estuvieran seguros.

Eso significaba que haría cualquier cosa por protegerlos, ¡y ella se alegraba!

—Respóndeme, Amelia —le ordenó él, y le apretó la muñeca.

—Yo nunca te espiaría —susurró ella. Y era una mentira, porque acababa de hacerlo, y los dos lo sabían.

A él le ardían los ojos. Amelia pensó que iba a soltarla y alejarse, pero la atrajo hacia sí, la estrechó contra su cuerpo y la besó.

El tiempo no podía ser más adecuado, pensó Simon. Estaba cayendo un chaparrón y la noche era nubosa y oscura. Era imposible ver nada. Estaba recorriendo a toda prisa el callejón que había detrás de la zapatería de Darby Lane, con un disfraz. Llevaba la peluca roja y la piel llena de tiza. A causa de la lluvia se había puesto una capa con capucha.

Estaba muy tenso. Iba a reunirse con Marcel, que tal vez lo reconociera. Además, tenía la extraña sensación de que lo estaban vigilando desde que había salido de casa. Sin embargo, había tenido mucha cautela al atravesar la ciudad, y sabía que no lo habían seguido.

Al final del callejón divisó a dos hombres, también encapuchados, refugiándose de la lluvia bajo el alero de uno de los edificios.

Se le aceleró el corazón. No había podido seguir evitando reunirse con Marcel. Simon le había enviado información a través de un mensajero en dos ocasiones aquella semana, pero Marcel había exigido que se vieran en persona. Así pues, al final había tenido que concertar una cita, aunque había insistido en que se reunieran en la calle y por la noche, en un callejón oscuro. No sabía que iba a llover; seguramente, Dios estaba de su lado aquella noche.

Pero eso no mitigaba su temor.

Mientras recorría el callejón sobre su caballo empapado, recordó la sonrisa de Amelia, y sintió una punzada de dolor en el corazón. Sus hijos la adoraban, y él también la adoraba.

Sin embargo, la guerra había manchado su amor... Ella estaba obedeciendo a Warlock.

Intentó no sentirse traicionado. Nadie sabía mejor que él lo manipulador que era Warlock.

—Por fin —dijo un inglés, que se apartó del edificio bajo

el que se guarecía y se quedó plantado bajo la lluvia—. Estábamos esperando, Jourdan.

Simon se apartó de la cabeza sus pensamientos. Al inglés se le había caído la capucha, y sus rasgos le resultaron vagamente familiares. Tenía el pelo rubio oscuro y rizado, y era de piel muy blanca. Tenía los ojos azules. Simon se sintió tenso. Estaba seguro de que había visto alguna vez a aquel hombre.

Él siguió con la capa puesta, bajo el aguacero. La capucha le cubría la frente y los lados de la cara, y el cuello subido ocultaba su barbilla.

—Ha sido muy difícil atravesar la ciudad —dijo, hablando con acento francés.

—Has estado evitándonos —dijo el caballero rubio, con los ojos muy brillantes—. Aunque no te culpo por ello.

Pero no podía haber recibido un ataque más claro, Simon sonrió.

—Yo no bailo al son de nadie, salvo al mío, y cuando nos reunamos será con mis condiciones. Sin embargo, me disculpo por haberos tenido esperando bajo la lluvia. ¿Con quién tengo el placer de hablar?

—Yo soy Tom Treyton —dijo el inglés.

A Simon se le paró el corazón durante un segundo, antes de retomar su ritmo.

Treyton tenía una sonrisa fría, beligerante.

—¿Cómo está tu querido primo, Jourdan? Te ha acogido en su casa con los brazos abiertos, ¿no?

Simon recuperó la compostura.

—St. Just acaba de perder a su esposa. No me pareció adecuado meterme en una casa en la que están de duelo, aunque le he visitado para darle el pésame. Fue muy amable —dijo. ¿Habría estado Treyton vigilando Lambert Hall?

Treyton lo miró con escepticismo y arqueó una ceja.

—Entonces, tenéis algo en común. Después de todo, sois primos, y si él ha perdido a su esposa, tú has perdido a tus padres, a tus hermanos, a tus hermanas y a tus primos franceses.

A Simon no le gustó aquello, y no estaba seguro de adónde quería llegar Treyton.

—No deseaba cargarlo con mis desgracias —respondió, refiriéndose a la masacre de toda la familia Jourdan en Lyon.

—Claro, claro. Ummm. Acabo de darme cuenta de que es el único pariente que te queda.

Simon se preguntó qué quería Treyton. El hombre que estaba detrás de Tom dio un paso hacia delante. Era alto y delgado, con la piel muy blanca y los ojos azules, muy claros. Era Edmund Duke.

La tensión de Simon se intensificó. Él había ido allí a reunirse con Marcel, y supuso que era Duke. Inclinó la cabeza e interrumpió el contacto visual.

—*Bonjour*, Marcel.

—Por fin nos conocemos —dijo el espía francés, en un inglés perfecto. Duke estaba frente a él, pero no parecía que lo reconociera.

Simon alzó la vista.

A Duke le ardían los ojos de furia.

—Hace dos días, Coburg tomó Tourconing.

Aquello había ocurrido el diecisiete de mayo, pensó Simon. Él se había enterado de la noticia el día anterior.

—¡Tenía sesenta mil hombres! —prosiguió Duke con furia.

Simon lo miró con consternación. Solo podía pensar en que Warlock se la había jugado. Su superior le había dicho que los Aliados solo tendrían cuarenta mil soldados. ¡Maldito!

Sin embargo, permaneció en calma.

—Entonces, mis fuentes se han equivocado —dijo.

—Sí, tus fuentes se han equivocado, y tú no nos has demostrado tu valor ni tu lealtad —replicó Duke con frialdad—. ¿Quién te dio la información, Jourdan?

—Por supuesto, mi primo.

—Ah, entonces él tampoco confía en ti.

—Roma no se construyó en un día —dijo él, pensando en Amelia—. No puedo hacerme amigo de St. Just de la noche a la mañana, aunque seamos primos. Y no sabemos si él me dio una información equivocada. Tal vez creyera que estaba en lo cierto.

Duke lo estudió. Simon se estremeció, pero no apartó la mirada.

—Si sospechan de ti, si te están utilizando para confundirme, entonces no tienes ningún valor para mí, ni para Lafleur, ni para Francia.

—Yo no estoy bajo sospecha. Acabo de llegar a la ciudad. Todavía tengo que formar una red de informantes para conseguir datos fiables, de los que ayudarán a Francia a ganar la guerra.

—St. Just es amigo de Warlock y de Dominic Paget. Se mueve en los círculos tory. Infíltrate en ellos, Jourdan, y danos lo que queremos. Antes de que el general Pichegru ataque a los Aliados.

Él mantuvo una expresión impasible.

—Haré lo que pueda.

Duke emitió un sonido ronco.

—No querrás que le diga a Lafleur que eres un inútil.

Él se estremeció interiormente.

—Necesito tiempo.

—No tienes tiempo. Pichegru atacará Tournai dentro de pocos días —dijo Duke, y sus ojos volvieron a brillar de furia—. Tengo entendido que hay una celda vacía en La Prisión de Luxemburgo. Es la número cuatrocientos tres.

Simon se quedó helado. Aquella había sido su celda.

Pestañeó, y se dio cuenta de que estaba sudando bajo aquella lluvia helada. Duke se alejó y montó en su caballo, y pasó junto a Treyton y a él sin molestarse en mirarlos. Simon se giró hacia Treyton con miedo. La amenaza estaba muy clara.

Tom le sonrió.

—No querrás volverte inútil para nosotros, Jourdan —dijo, y se encaminó hacia su caballo. Cuando pasaba a su lado, se detuvo un instante—. Saluda de mi parte a St. Just, y a sus encantadores hijos.

—Deja a mi primo y a su familia en paz —dijo Simon con aspereza.

—Umm. Lo que yo pensaba. Son tu única familia, y te has encariñado con ellos.

Tom hizo un gesto de despedida y se alejó al galope.

Simon lo vio marcharse con un horror cada vez más grande.

CAPÍTULO 17

Amelia sonrió a Lucille, que estaba en su cuna y también sonreía. Ella le tendió la mano, y el bebé le agarró un dedo e hizo un gorjeo. Amelia sintió un gran amor por ella.

Sin embargo, aquel amor no consiguió vencer a su angustia.

Consiguió seguir sonriéndole a Lucille, aunque tenía los ojos llenos de lágrimas. Simon había salido la noche anterior, después de la cena. Llovía torrencialmente, y a nadie en su sano juicio se le hubiera ocurrido hacerlo. Sin embargo, él no tenía otra opción, y ella lo sabía.

Lo había sorprendido en las escaleras. Iba disfrazado; llevaba la cara empolvada y los labios pintados de carmín. Se había puesto una capa, pero la capucha no le tapaba por completo la peluca rojiza.

Ella le había rogado que no fuera.

Simon se había limitado a decirle que no lo esperara despierta y había continuado su camino. Ella se había quedado paralizada de miedo en los escalones. No oyó el ruido de la puerta principal al cerrarse, con lo que supo que él había salido por la puerta de la terraza. Finalmente, Amelia se había sentado en uno de los peldaños, llorando.

Y él no había ido a su cama aquella noche.

Desde que habían empezado su relación, Simon le había hecho el amor todas las noches y se había quedado a su lado hasta el amanecer. Era evidente que estaba enfadado con ella, porque había pasado todo el desayuno leyendo el periódico, sin mirarla ni una sola vez.

—Por lo menos está a salvo —le susurró a Lucille.

Se preguntó si debía explicarle que no le había espiado. No le había transmitido a nadie ni una sola palabra de lo que él el había dicho a Warlock, pero de todos modos no estaba segura de que eso significara algo, porque lo había manipulado para averiguar a quién le era leal.

—¡Señorita Greystone! —exclamó la señora Murdock.

Amelia se giró y vio entrar a la niñera en la habitación de la niña.

—¿Qué ocurre? —preguntó. Se había alarmado al ver la expresión de la señora Murdock.

—¡Ha venido el señor Southland!

A Amelia se le formó un nudo en la garganta.

—Todavía no son ni las once de la mañana —dijo—. ¿Se la va a llevar?

—No lo sé. El señor conde lo ha llevado a la biblioteca y ha cerrado la puerta.

—Oh, Dios. ¿Qué aspecto tiene?

—Parecía que estaba muy nervioso, señorita Greystone. Es un hombre grande y guapo.

Amelia miró a Lucille, que continuaba haciendo gorgoritos alegremente, mirando el móvil que había colgado sobre su cuna. Southland era su padre, y tenía todo el derecho a llevársela, a cuidarla y a quererla. Sin embargo, el hecho de pensar en perder a Lucille le hacía mucho daño.

—¿El señor conde no le ha pedido que lleve a la niña abajo?

—No, no me lo ha pedido. ¡Oh, cuánto la voy a echar de menos! —dijo la niñera, con los ojos llenos de lágrimas.

Amelia tomó a Lucille de la cuna y la abrazó. No podía respirar. La quería tanto… Pero tenía que hacer lo que estaba bien, y Southland se merecía tener la oportunidad de reclamar a su hija.

—¿Puede acompañarme? —le pidió a la niñera.

Bajaron las escaleras lentamente. En el vestíbulo, ella le entregó la niña a la señora Murdock y le dijo:

—Espere aquí un momento. Deseo conocer a Southland. ¿Por qué no va a la habitación rosa?

La señora Murdock asintió y se encaminó hacia el salón. Amelia observó a la niñera y a Lucille durante un largo instante, mientras recuperaba la compostura. Después respiró profundamente y se marchó hacia el ala este. Llamó con firmeza a la puerta de la biblioteca.

—Adelante —dijo Simon.

Ella entró, y se dio cuenta de que él la había estado esperando. Estaba sentado en su escritorio, pero se levantó. Tenía una expresión impasible. Southland estaba sentado ante el escritorio, de espaldas a la puerta, pero también se levantó y se giró hacia ella.

—Señor Southland, le presento a mi ama de llaves, la señorita Greystone. Ella se ha tomado un interés personal en Lucille.

—Buenos días, señor —dijo Amelia.

—Estaba explicándole al señor conde que... No sé cómo darles las gracias por todo lo que han hecho —dijo Southland.

Amelia lo observó. Era un hombre alto, de ojos verdes, que llevaba una peluca castaña. Parecía un individuo agradable y era un caballero. Sin embargo, tenía una mirada de preocupación, y no estaba sonriendo.

—Lucille se ha hecho muy querida en esta casa. Todos la adoramos —dijo con la voz ronca.

Por el rabillo del ojo, Amelia vio que Simon no se movía. Tenía una expresión indescifrable. Entonces, ella añadió:

—Llevábamos un tiempo esperándolo.

Quería saber por qué había estado Southland seis semanas sin ir a ver a su hija.

Él se metió las manos en los bolsillos del pantalón.

—Habría venido antes, pero estaba de viaje... y después no podía decidir lo que debía hacer.

Simon se acercó a ellos y dijo suavemente:

—Southland me estaba diciendo que no supo nada de la niña hasta que recibió mi carta.

Southland se ruborizó.

Simon añadió:

—Parece que su relación con lady Grenville terminó en otoño.

Southland enrojeció aún más. Parecía que quería salir corriendo de la biblioteca para escapar de Simon. Era lógico; había tenido una hija ilegítima con su esposa.

—Así pues, tenemos mucho en común, porque yo tampoco supe nada de la niña hasta hace bien poco —comentó Simon con una sonrisa fría.

Southland lo miró.

—¡Milord, lamento muchísimo haberlo puesto en esta situación!

—Ya le he dicho que lady Grenville contaba con mi permiso para tener aventuras.

Amelia los miró con irritación. No estaba interesada en la rivalidad que pudiera haber entre ellos, sino en el futuro de Lucille.

—¿Y la niña? ¿Qué va a ocurrirle a ella?

Southland se volvió hacia ella.

—Me gustaría conocerla, si es posible —dijo, y miró nerviosamente a Simon.

—Por supuesto que puede conocer a Lucille. Es su hija.

—Gracias, milord.

—Voy a buscarla —dijo Amelia. Con el corazón en un puño, fue al salón rosa y se acercó a la niñera.

—¿Qué ocurre? —preguntó la niñera, entregándole a Lucille. La niña se había quedado dormida.

—No lo sé. ¡Es un hombre muy joven, y parece que está más pendiente de aplacar a Grenville por lo de la aventura con su esposa que de conocer a Lucille!

—No me extraña que no haya venido hasta ahora —dijo la

señora Murdock—. Debía de sentir mucho miedo del señor conde.

Amelia sonrió con tristeza y salió del salón. Entendía el retraso de Southland, pero si era capaz de tener una aventura con su esposa, ¡también debía ser capaz de enfrentarse a él y pedirle a su hija! No había excusa para tal retraso.

Los dos hombres seguían en pie en la biblioteca. Estaban esperándola. Simon tenía las manos en las caderas, y Southland estaba pálido y nervioso.

Amelia se acercó a él.

—Está dormida —dijo. No le ofreció a la niña para que la tomara en brazos.

Él abrió mucho los ojos.

—¡Es un ángel! —exclamó. Y, por fin, sonrió.

A Amelia se le encogió el corazón. Tal y como ella había pensado, Southland se había enamorado de su hija con solo verla.

—Tenga —dijo con la voz ahogada, y se dispuso a entregársela.

Él retrocedió alarmado.

—¡Tal vez sea mejor que no la tome en brazos!

Amelia pestañeó.

—¿Por qué no? —le preguntó, y después tomó aire—. Señor Southland, debo ser directa. ¿Va a llevársela?

—¡No lo sé! —exclamó él, con los ojos empañados—. ¡No lo sé! ¿Cómo me la voy a llevar? Tengo veintidós años y soy soltero. Vivo solo, con un único sirviente. No estoy listo para tener familia. ¡Ni siquiera estoy listo para casarme!

Amelia empezó a albergar esperanzas. Miró a Simon con incredulidad, y vio que a él le brillaban los ojos.

Southland, que estaba a punto de llorar, añadió:

—Por supuesto, mis padres podrían hacerse cargo de ella. Tienen infinidad de sirvientes. Pero yo ni siquiera he hablado con ellos sobre la niña. Señorita Greystone, no sé qué hacer. ¡Tengo miedo!

Amelia miró a Simon.

—Por favor —le dijo.

Entonces, él se adelantó con decisión.

—Puede quedarse aquí, Southland.

Southland lo miró con los ojos abiertos como platos.

—¿Usted está dispuesto a quedársela?

—Sí, la niña puede quedarse aquí —repitió Simon—. No voy a echar a la hija de mi esposa de mi casa. Pero debe usted saber que, si se marcha ahora, nunca más recibirá una invitación para venir aquí. Si Lucille se queda aquí, será una Grenville.

A Amelia se le alegró el corazón. Aquel era el motivo por el que quería y admiraba tanto a Simon. Era un hombre bueno y generoso.

Southland asintió. Parecía que estaba aliviado, aunque también desesperado.

—Creo que es mejor que se quede con usted, milord, porque usted puede darle una vida que yo no podría darle nunca —dijo, y se volvió hacia Amelia—. Es mejor que no la tome en brazos. Es mejor que no se despierte, y que no me vea.

Amelia no daba crédito a lo que estaba sucediendo. Iban a quedarse con Lucille.

—Debería marcharse —le dijo Simon a Southland.

Entonces, se acercó y se situó junto a Amelia y a la niña, de un modo protector.

—Sí, es cierto —dijo Southland, mirando a Lucille.

Amelia la ciñó contra su pecho. Temía que él cambiara de opinión. Sin embargo, Southland sonrió con tristeza, con los ojos llenos de lágrimas, y salió rápidamente de la habitación.

Amelia estuvo a punto de desplomarse con Lucille en brazos.

Simon la sujetó por el codo.

—Sería un padre desastroso —dijo—. Es demasiado joven y no tiene medios económicos para cuidar de la niña, ni ningún interés en hacerlo.

—Simon, gracias —murmuró Amelia.

Entonces, él se despojó de su máscara, y sus ojos se llenaron de preocupación y de afecto.

—Sé que la quieres mucho, Amelia.

Ella comenzó a llorar.

—Y te quiero a ti, Simon. Muchísimo.

Su expresión se endureció.

—Pero has puesto en duda mi lealtad.

—Sí, es cierto. Sin embargo, creo que tú también lo harías conmigo si tuvieras que tomar alguna determinación con respecto a los niños.

—No me has dejado terminar. Tenías razón en poner en duda mi lealtad. Yo traicionaría a mi país si tuviera que hacerlo. Me conoces muy bien… y sin embargo, me quieres.

—¡Te quiero por todo lo que sé!

—Sé que ahora lo dices de todo corazón. Pero rezo por que no llegue el día en que cambies de opinión.

—Yo nunca voy a cambiar de opinión —susurró ella—. Simon, no le he dicho nada a Warlock.

Él la miró con gravedad.

—Si hay algo que él quiere que le digas, se lo dirás más tarde o más temprano, aunque no quieras.

—Yo nunca te traicionaré.

—No, claro que no. Por lo menos, a sabiendas —dijo él, y le besó la mejilla—. Anoche te eché de menos.

Ella notó una punzada de deseo, una ráfaga de amor.

—Yo también te eché de menos.

Lucille bostezó y comenzó a despertar.

Amelia se quitó el delantal mientras observaba el solomillo de cerdo perfectamente asado que había sobre la encimera de la cocina.

—Tiene un aspecto maravilloso —le dijo a la cocinera—. Se ha superado.

La cocinera sonrió y le dio las gracias. Después cubrió la

bandeja con una tapa de plata. Amelia sonrió a Jane y a Maggie. Se sentía contenta. Desde que Southland se había ido aquella mañana y les había dejado a Lucille, era como si se le hubiera quitado un gran peso de encima. En aquel momento, la vida le parecía perfecta. Casi tenía la sensación de que se habían convertido en una gran familia feliz.

Simon había dicho que pensaba criar a Lucille como si fuera su propia hija. Ella se había sentido aliviada y eufórica. En cuanto Southland se fue, Lucille volvió a las habitaciones infantiles de la casa, y Simon y ella hicieron el amor apasionadamente. Amelia lo quería con toda su alma, y se lo dijo repetidamente. Y él le hizo el amor como si también la quisiera. Ella sabía que la quería. Después de la pasión, la había abrazado como si temiera que fuera una ilusión que podía desaparecer en cualquier momento.

—Me alegra que seas feliz —le dijo.

Sin embargo, algo de su alegría se disipó al recordar todo aquello. Y se preguntó si verdaderamente llegarían a tener, algún día, la familia feliz que ella deseaba. Lo único que tenía que hacer Simon era adoptar legalmente a Lucille. Lo único que tenía que hacer era pedirle a ella que se casara con él.

Simon todavía no le había dicho que la quería. Por otra parte, sus actos hablaban por sí solos. Sin embargo, nunca había mencionado el futuro ni se había interesado por el matrimonio. ¡Eso le preocupaba! Aunque ella no estaba en situación de pedirle a nadie que la convirtiera en su esposa…

El ruido de una sartén la sacó de sus cavilaciones. Miró el reloj. Simon llevaba fuera toda la tarde, y aún no había vuelto. La cena iba a servirse a las siete, como siempre, y ya solo quedaba un cuarto de hora… Él no había enviado el recado de que fuera a retrasarse, así que ella estaba esperándolo en cualquier momento.

Se sintió inquieta, y comenzó a perder toda su alegría. Simon no se había molestado en decirle que iba a salir aquella tarde; no tenía la costumbre de informarla de sus movimientos.

Y su vida no era perfecta. No eran una familia de verdad, y ella no estaba segura de que fuera a pedirle que se casaran. Además, él vivía en el mundo oscuro y peligroso del espionaje, bajo la amenaza constante de ser descubierto por sus enemigos, y el peligro de la venganza.

Fred entró en la cocina, y Amelia lo miró mientras colgaba el delantal en un gancho.

—¿Ha vuelto ya el señor conde?

—No, señorita Greystone, no ha vuelto.

Amelia salió de la cocina con ansiedad. Se acercó al comedor para comprobar, como todos los días, que la mesa estuviera perfecta. Y de repente, se imaginó a Simon sentado a la cabecera de la mesa, con su chaqueta de color marrón, y a los dos niños a su izquierda, vestidos de azul, y a ella a la derecha, ataviada con su nuevo vestido de damasco color rosa…

Se asombró de aquel pensamiento tan melancólico, y se enfadó consigo misma. ¿Qué le ocurría? Había un momento y un lugar adecuados para cada cosa. Hasta que Simon no se viera libre de su condición de espía, ella debía dejar a un lado sus sueños.

Amelia salió al vestíbulo. Eran las siete menos cinco. Se acercó a la puerta principal, asintió hacia el lacayo que hacía guardia en la entrada y miró por la ventana que había al lado. No vio el carruaje de Simon por ningún lado.

—¡Señorita Greystone!

Amelia se giró al oír aquel grito agudo, y vio a la señora Murdock bajar corriendo las escaleras. Tenía una expresión de pánico, y estaba muy pálida.

—¿Qué ocurre, señora Murdock? ¿Alguien se ha hecho daño?

—¡Señorita Greystone! ¡No encuentro a la niña! ¡El bebé no está! La he buscado por todas partes, señorita. La dejé en la cuna, dormida, pero ya no está ahí. Se la han llevado, ¡la han robado de su cuna!

Amelia se quedó mirando a la niñera entre la confusión y

la incredulidad. ¿Que Lucille había desaparecido? ¡No podía creerlo!

—Señora Murdock, ¡seguramente los niños se la habrán llevado a su habitación!

—La he buscado por todas partes —dijo la señora Murdock, y comenzó a llorar—. ¡Lucille no está!

Cuando Amelia comenzó a comprenderlo todo, sintió un inmenso terror.

Simon iba sentado en su carruaje, atravesando Mayfair. Tenía un semblante grave. Los esfuerzos que había realizado aquella tarde por descubrir información que pudiera aplacar a sus superiores franceses habían sido en vano. Había visitado a Bedford, a Greystone y a Penrose, en aquel orden, pero no había obtenido ni un solo dato que pudiera ayudar a Pichegru cuando atacara las posiciones aliadas en Flandes.

Le dolía la cabeza, y se frotó las sienes. Habían pasado dos días desde su reunión con Marcel y con Treyton. Se le estaba acabando el tiempo, porque desde el momento en que consiguiera algo de información hasta que la transmitiera al frente francés pasarían como mínimo veinticuatro horas. Era algo que dependía de las condiciones climatológicas y de la red de mensajeros del interior de Francia. Los franceses iban a atacar Tournai en cualquier momento. Él estaba desesperado.

La amenaza de Marcel había sido muy clara: si no les proporcionaba a sus superiores franceses la información que necesitaban, iría a parar de nuevo a su antigua celda. Él sabía que no podía sobrevivir a otra temporada en prisión. Sin embargo, lo que más le obsesionaba en aquel momento era lo que le había dicho Tom Treyton: «Saluda de mi parte a St. Just, y a sus encantadores hijos».

Aquel desgraciado se había atrevido a amenazar a sus hijos. Simon abrió la ventanilla del carruaje para tomar un poco de aire fresco. Estaba mareado.

Una vez más, pensó en concertar una cita a solas con Treyton. Sabía que, si lo hacía, Treyton no saldría con vida de la reunión...

Pensó en Amelia. Ella creía que él era un hombre noble, pero él estaba tramando el asesinato a sangre fría de un hombre.

Ella misma le había dicho que entendía que pudiera hacer cualquier cosa por proteger a sus hijos. Sin embargo, la realidad era que no entendía nada.

No lo amaría si lo entendiera.

Algún día, Amelia conocería la verdad, y se quedaría horrorizada ante el hombre que él había llegado a ser.

Y cuando llegara aquel día, ella se alejaría de él con espanto. Simon miró ciegamente por la ventanilla, preguntándose si él y sus hijos conseguirían sobrevivir sin que Amelia formara parte de su vida.

Sabía cuál era la respuesta, y por eso, Treyton no iba a morir por el momento. Tendría que intentar cumplir con sus exigencias. Además, todavía tenía algo de información que podría usar si no le quedaba más remedio. Podría decirle a Duke que algunos hombres, incluido Warlock, sabían que él era Marcel, y que lo estaban utilizando...

Se sintió peor todavía.

Era demasiado pronto para usar aquel as que tenía en la manga. Además, aquella sería su última partida, porque una vez que traicionara a Warlock, y a su propio país, no habría vuelta atrás.

Se dio cuenta de que el carruaje había parado. Sintió algo de calidez cuando el lacayo le abrió la puerta. Estaba impaciente por entrar a casa y saludar a sus hijos, de ver a Amelia y de fingir, aunque solo fuera por unas horas, que su vida era común y corriente.

Bajó del coche y sonrió al sirviente. Sin embargo, al hacerlo miró a su alrededor con cautela. Un poco antes había sentido desconfianza hacia un coche que había visto a unas manzanas de distancia. Se preguntó si lo estaban siguiendo, pero el coche giró por otra vía y salió de la calle principal. En aquel instante, no parecía que hubiera nadie por su finca, espiándolo.

Miró hacia la casa, y vio abrirse de par en par la puerta de entrada. Amelia bajó corriendo los escalones, y al ver su cara de miedo y su palidez, Simon supo que había ocurrido algo, que por fin, la serpiente había atacado.

Con el corazón en un puño, se acercó a ella.

—¿Amelia?

—Lucille ha desaparecido —dijo ella con la voz quebrada—. La han secuestrado.

Entonces comenzó a temblar y a llorar, aferrándose a él.

En un primer momento, Simon no pudo creerlo. Después entendió que era a la niña a la que habían elegido para golpearlo...

Amelia intentó controlarse mientras Simon interrogaba a la última de las doncellas, hora y media más tarde. Sin embargo, Bess no había visto nada, ni a nadie. Ninguno de los sirvientes había visto a ningún extraño en la casa aquella noche, y menos a alguien marchándose con Lucille. ¡Era como si la pequeña se hubiera desvanecido!

Una vez más, sintió una horrible punzada de angustia. Estaba aterrorizada por la niña, a quien consideraba su hija. Pero nadie le haría daño a una niña tan pequeña, ¿verdad? Oh, Dios, hacía muy mal tiempo y estaba lloviendo. ¿Y si tenía frío? ¿Y si tenía hambre?

—Gracias por tu ayuda, Bess —dijo Simon—. Si recuerdas alguna cosa, por insignificante que te parezca, debes decírmelo enseguida —añadió.

La muchacha asintió y se marchó. Lloyd estaba en la puerta del salón donde Simon estaba haciendo los interrogatorios, con la señora Murdock a su lado.

—Señor, comenzaré otro registro de la finca y de la casa —dijo.

—Nadie puede salir del recinto sin mi permiso —replicó Simon.

Sin embargo, no podía mirar a Amelia, y ella se dio cuenta. ¡Era su espionaje lo que había provocado el secuestro de la niña!

En aquel momento, Lucas entró por la puerta sin ser anunciado.

—¡Lucas! —exclamó Amelia, y se lanzó a sus brazos—. ¡Gracias a Dios que has venido!

Lucas la abrazó brevemente.

—Grenville me mandó aviso. ¿Lucille ha desaparecido?

Amelia asintió.

—¡Estamos desesperados por encontrarla! Simon ha entrevistado a todos los sirvientes, pero nadie ha visto ni oído nada.

Simon dio un paso hacia delante.

—Lloyd, traiga una botella de vino rosado y tres copas. Señora Murdock, por favor, vaya a ver a los niños.

Cuando ambos sirvientes se marcharon, Simon cerró las puertas del salón.

—Los bebés no desaparecen —dijo con gravedad, girándose hacia ellos—. Pero quien se la haya llevado ha ocultado muy bien su rastro.

—No, los bebés no desaparecen como por arte de magia, y no es fácil salir de esta casa sin que nadie se dé cuenta. ¿Habrán pagado a alguien para que guarde silencio? —preguntó Lucas.

—Eso es lo más probable —respondió Simon—. Pero nadie lo va a confesar.

—¿Quieres decir que alguien vio algo, pero que ha aceptado dinero por no contarlo? —preguntó Amelia, y se puso furiosa.

—Eso parece —dijo Simon.

Amelia apretó los puños con fuerza.

—¿Por qué?

Pero Simon no la oyó. O no la oyó, o prefirió ignorarla. Se giró hacia Lucas.

—Alguien vio a Lucille en su cuna, por última vez, a las seis y media. Estaba dormida. Cuando la señora Murdock fue a darle de comer a las siete, encontró la cuna vacía.

Los dos hombres se miraron.

—No puedo ayudar si no sé lo que está pasando de verdad —dijo Lucas, finalmente.

Simon miró a Amelia.

—¿Por qué no nos dejas a solas?

Ella estalló de furia.

—¡Claro que no! Tengo todo el derecho a saber lo que le ha pasado a Lucille. ¿Es que crees que soy tonta? Nosotros solo pensamos que tus enemigos intentarían golpearte a través de tus hijos, pero nadie sabe que Lucille no es hija tuya. ¡Maldita sea, Simon! ¿Por qué se la han llevado? ¿Por qué? ¿Qué quieren?

Él la tomó por los codos.

—Amelia, ahora tienes que confiar en mí. Cuanto menos sepas, mejor.

—¡Cómo te atreves! —gritó ella, y se zafó de él—. ¡Ya está bien! Se han llevado a la niña por culpa de tus juegos de espías. Fuera está lloviendo y hace frío. Tal vez la niña esté mojada, o tenga hambre. ¡Puede que se ponga enferma! ¿Por qué se la han llevado? ¿Qué le van a hacer? ¿Nos la van a devolver... viva?

Entonces, comenzó a sollozar.

En aquella ocasión, fue Lucas quien la abrazó.

—Haremos todo lo posible por encontrarla, Amelia, pero te estás poniendo histérica y eso no ayuda.

Ella miró a su hermano a través de las lágrimas. Fue calmándose, pero sintió un gran miedo.

—¿Por qué se la han llevado? —preguntó de nuevo.

Simon respondió.

—Es un rehén, Amelia. Necesitan que les dé información rápidamente, y se han asegurado de que haga lo que quieren.

—Si sabes algo, ¡díselo! —gritó ella entonces—. ¿Tienes información que puedan querer?

—No es tan sencillo como tú piensas.

—¡No! ¿Estás dispuesto a traicionar a tu país por los niños, pero no por Lucille? Diles lo que quieren saber, Simon. ¡Asegúrate de que nos devuelvan a Lucille!

Simon respiró profundamente.

Lucas intervino.

—¿Tienes algo que quieran saber?

—No.

—Entonces, ¡invéntatelo! —volvió a gritar Amelia.

Simon se estremeció. Se había quedado muy pálido.

—Debería haberme imaginado que iba a ocurrir esto. Amenazaron a los niños hace pocas horas.

Lucas abrió mucho los ojos.

—¡Esto es culpa mía! —exclamó Simon, y se volvió hacia Amelia—. ¿Te sientes mejor oyéndolo? ¡Esta es mi peor pesadilla hecha realidad!

—No, no me siento mejor —respondió Amelia—. Quiero a la niña. Y quiero que esto termine.

—Haré lo que tengo que hacer para recuperarla.

Al oír aquello, Amelia se asustó.

—No te metas en su trampa —le dijo Lucas, y lo tomó del brazo—. Eso no servirá de nada.

Simon se zafó de él y se acercó a Amelia, que se había quedado paralizada.

—¿En qué estás pensando? —le preguntó.

Él la besó con fuerza, brevemente.

—Voy a hacer lo que debo para traer a Lucille de vuelta a casa. Y cuando haya vuelto, tú te llevarás a todos los niños a Cornualles.

—¿Y tú vendrás con nosotros?

—Lo dudo.

Entonces, Simon se encaminó hacia la puerta.

—¡Simon! ¿Qué vas a hacer? —le preguntó Amelia.

Pero él no respondió. Se marchó.

Simon se paseaba por el vestíbulo del prestigioso y exclusivo St. James Club. En la entrada había dos lacayos haciendo guardia, y en el espacioso vestíbulo, varios caballeros sentados, esperando a sus anfitriones.

Edmund Duke entró en el vestíbulo y se quitó la capa empapada. Al instante, vio a Simon, y ambos se sostuvieron la mirada.

Duke le entregó la capa a un sirviente y dijo algo, y después, se encaminó hacia Simon con una sonrisa beatífica. Simon esperó.

Duke se detuvo ante él.

—Su nota fue toda una sorpresa. Buenas noches, milord.

—Buenas noches, señor Duke —le dijo Simon. Y cuando habló, Duke se quedó alarmado.

Simon supo que se había dado cuenta de que su voz era idéntica a la de Jourdan. Sin duda, se estaba preguntando si Jourdan y St. Just eran el mismo hombre.

Probablemente, Simon se había cruzado con Duke tres veces durante los últimos tres años, cuando había sido invitado a las reuniones del Ministerio de Guerra. Nunca los habían presentado formalmente. Duke había acompañado a los invitados del ministro en dos ocasiones, antes de salir; y la tercera vez, había servido unas bebidas y había estado presente durante unos minutos antes de que le indicaran que podía salir de la habitación.

—Me imagino que mi invitación ha sido una sorpresa, sí. Creo que nunca nos han presentado —dijo Simon—. Sin embargo, mi primo me ha hablado un poco de usted.

A Duke se le borró la sonrisa de la cara.

—¿Disculpe?

—A Jourdan le gustó conocerlo, señor Duke. ¿O debería decir señor Marcel?

Duke palideció.

—¿Qué quiere?

—Quiero que devuelva a Lucille. Vuelva a casa, Marcel, y dígale a Lafleur que lo han descubierto y lo han estado utilizando.

A Duke le brillaron los ojos. Claramente, estaba pensando de manera febril.

—Jourdan no puede haber hecho esto.
—No estoy seguro de cómo ha sido descubierto. Warlock lo sabe desde hace tiempo, Y otros también. Como lo sé yo —dijo Simon, y sonrió—. Devuélvame a mi hija, o viva con el miedo constante a mi venganza —añadió. Después se dio la vuelta para marcharse, pero Duke lo tomó del brazo.
—¿Dónde está Jourdan?
Simon no titubeó.
—Jourdan ha muerto.
Duke abrió mucho los ojos. Simon sonrió y se marchó.

CAPÍTULO 18

—¡Señorita Greystone! ¡Señorita Greystone! ¡La niña está en casa!

Amelia estaba con los niños en su habitación, aunque ni William ni John podían dormir. Su madre también estaba presente, absorta en su labor de bordado. Ella temía tanto por Lucille, y temía tanto lo que Simon pudiera hacer para recuperarla, que solo había podido pensar en distraerse con los niños.

A Amelia se le aceleró el corazón. Se levantó de un salto y vio a la joven doncella, Bess, en el umbral de la puerta, con una gran sonrisa.

Amelia tenía miedo de creer lo que le había dicho. Simon se había marchado hacía tres horas, y pese a que llovía, todavía no había vuelto.

—¿Dónde está? —preguntó con incredulidad.

—En la cocina —respondió Bess.

Amelia se volvió hacia los niños, que estaban tan asombrados como ella.

—¡Vamos! Vuestra hermana está en casa. Oh, mamá, ¡es una noticia maravillosa! ¡Vamos!

Y la alegría comenzó.

Bajaron corriendo las escaleras en grupo, a toda prisa, y Amelia le preguntó a Bess:

—¿Está bien? ¿La has visto?

—Estaba llorando, pero en cuanto la señora Murdock le dio un biberón, se calmó —dijo Bess con una sonrisa—. Oh, señorita Greystone, ¡estábamos tan preocupados por ella!

—¿Quién la ha traído?

—Alguien llamó a la puerta de la cocina, señorita Greystone, y cuando la cocinera abrió, un hombre muy alto que iba encapuchado le entregó a la niña. Después se dio la vuelta y se marchó en un carruaje que lo esperaba.

Simon había conseguido que les devolvieran a Lucille. Todos siguieron corriendo hacia la cocina, y cuando llegaron, William y John pasaron por delante de dos sirvientes gritando el nombre de su hermana. Y, cuando los hombres se hicieron a un lado, Amelia vio a Lucille.

La niña estaba en brazos de la señora Murdock, tomando el biberón, envuelta en una manta blanca.

—Lucille, ¿dónde has estado? —le dijo William, regañándola suavemente.

John se puso de puntillas y le besó la mejilla.

Lucille dejó de tomar leche con avidez y sonrió a sus hermanos.

Amelia se dio cuenta de que se le había empañado la vista. ¡Había pasado tanta angustia por la niña! La señora Murdock la miró y le dijo:

—Parece que está muy bien, señorita Greystone, muy bien.

Amelia se había quedado sin palabras, así que solo pudo asentir. La señora Murdock le entregó a Lucille con cuidado, sin molestar a la niña. Amelia la abrazó y sintió un gran alivio. Su madre le apretó el hombro para reconfortarla.

—Gracias a Dios —murmuró.

—Nunca sabremos quién se la llevó, ni por qué —dijo la señora Murdock en voz baja—. ¿Pidieron rescate por ella?

Amelia se sobresaltó al darse cuenta de que los empleados debían de sentir una gran curiosidad. Era evidente que nadie conocía las actividades de espionaje de Simon, así que lo más natural era que pensaran que alguien se había llevado a Lucille para pedir dinero por ella.

—Todavía no conozco los detalles —respondió Amelia.

Simon y ella debían hablar sobre lo que debían contarles a los sirvientes.

—¿Ha vuelto ya el señor conde? —preguntó.

—No, todavía no —respondió Lloyd—. Se marchó a caballo.

Amelia se puso muy tensa. Seguía lloviendo, y ella esperaba que Simon tuviera el sentido común necesario como para volver a casa. ¿Cómo había conseguido que devolvieran a Lucille? Se echó a temblar. ¿De veras quería saberlo?

—Voy a acostar a la niña. Parece que está seca, pero creo que la voy a cambiar de todos modos. William, John, tenéis que acostaros también —les dijo a los niños con una sonrisa.

Poco después, Lucille estaba profundamente dormida en su cuna, la madre de Amelia se había retirado a su habitación y los niños estaban en la cama. De repente, cuando cerró la puerta de la habitación, Amelia se dio cuenta de que estaba agotada. Sin embargo, no iba a poder descansar hasta que no supiera dónde estaba Simon. Tenía mucho miedo. ¿Por qué no había vuelto todavía a casa?

Se dijo que no debía pensar en lo peor. Él entraría por la puerta en cualquier momento. Y por supuesto, ella tenía que arreglar la situación. ¿De veras le había hecho todas aquellas acusaciones? En aquel momento, una vez que Lucille estaba sana y salva en su cuna, ella sentía un gran remordimiento.

Sin embargo, y aunque solo le había dicho la verdad, sabía que tenía que pedirle disculpas cuando volviera. Sintió otra punzada de temor. Se preguntó si debería enviarle a Lucas una nota para preguntarle si lo había visto, o si sabía dónde estaba.

Entonces fue cuando oyó sus pasos. Amelia se giró, y lo vio subiendo las escaleras en el extremo opuesto del pasillo.

Sus miradas se cruzaron, pero él no vaciló. Entró directamente en su propia habitación.

Amelia sintió un gran alivio al ver que estaba sano y salvo, aunque él ni siquiera la hubiese saludado. Parecía que estaba tan exhausto como ella.

Se encaminó hasta la puerta de su suite y llamó con firmeza. Simon la había dejado entreabierta.

Un momento más tarde, él apareció y la abrió de par en par. Se había quitado la chaqueta oscura. Tenía el resto de la ropa, y el pelo, empapados. La miró con una expresión impasible.

—Gracias a Dios que has vuelto. Estaba muy preocupada —dijo ella.

Él se pasó la mano por el pelo mojado y se hizo a un lado. Amelia entró a la sala de estar.

—¿Estás bien? —le preguntó con cautela.

—¿Y tú?

Ella se echó a temblar.

—Simon, te quiero. Siento haberte acusado como lo hice...

Él la interrumpió.

—Tenías razón.

Ella tomó aire.

—No, no tenía derecho a hacerte esos reproches, ni a gritarte. Lo siento muchísimo. ¿Me perdonas?

—Tenías derecho a hacerme reproches y a gritarme, así que no hay nada que perdonar.

De repente, él cerró la puerta y comenzó a quitarse la camisa.

—Discúlpame —le dijo a Amelia—. Estoy muy mojado, y hace una noche muy fría.

Amelia se acercó y le ayudó a quitarse la camisa.

—Vas a enfermar si no te cambias.

Él no respondió. Se acercó a una consola, sirvió dos copas de coñac y le entregó una a Amelia.

Amelia la dejó en una mesa. Entró en el dormitorio y tomó el caftán que el ayuda de cámara de Simon había dispuesto sobre la cama. Lo llevó al salón, donde él permanecía sin camisa, tomando coñac y observándola por encima del borde de la copa.

—Por favor, póntelo.

Él dejó la copa en la mesa y se puso el caftán.

—¿Cómo es posible que te importe?

—¿Es que no me has oído? Te quiero, Simon...

Él la interrumpió de nuevo.

—No debería haberte traído aquí. Debería haberme empeñado en te quedaras en Cornualles con los niños, donde al menos, hay cierta distancia entre vosotros y mis enemigos.

—Por favor, ¡no te culpes de lo que le ha pasado a Lucille! ¡Ella está perfectamente! —exclamó Amelia.

—Si no soy yo quien tiene la culpa, ¿quién es? —preguntó él—. Los dos sabemos que he puesto a toda la casa en peligro.

Ella se acercó a él y le tomó ambas manos.

—Nadie tiene el don de la adivinación, Simon. Cuando accediste a espiar para tu país, no podías saber que tus actividades te iban a acarrear tanto riesgo. No podías saber que, algún día, tendrías que espiar para tus enemigos si querías sobrevivir. Es algo heroico y patriótico —le dijo. Después intentó sonreír, pero no pudo.

—¿Pero? —preguntó él con sequedad.

Ella sabía lo que quería decir, lo que debía decir, pero lo postergó.

—Eres un héroe. Eres un patriota, Simon.

—Soy un cobarde y un traidor.

A ella se le escapó un jadeo.

—¿Qué es lo que acabas de hacer?

Él se zafó de sus manos.

—Seguro que preferirías no saberlo.

Amelia no podía respirar con normalidad. Él se paseó de un lado a otro, con la copa en la mano, tomando el licor sorbo a sorbo. ¿Qué había hecho? ¿Continuaban en peligro?

—Simon, estos juegos de guerra tienen que terminar. Dile a Warlock que has acabado. Dile que tienes que anteponer a tu familia a todo lo demás. No podemos seguir así —le dijo con desesperación.

—¿Warlock? Él no estará muy contento conmigo, desde luego. Pero no es Warlock quien me preocupa. Warlock no utilizaría a mis hijos contra mí, porque tiene conciencia. Sin embargo, ellos ya lo han hecho una vez, ¿y por qué no iban a hacerlo otra?

Amelia pensó que se refería a sus superiores franceses.

—¿Estás diciendo que nunca te vas a ver libre de los franceses? ¿Que te van a manipular a través de tus hijos?

—¿Y no acaban de hacer precisamente eso? —preguntó él con un tono burlón.

—¡Simon! Tiene que haber una forma de solucionar esto. Tiene que haber una salida.

—Si la hay, Amelia, yo todavía no la he descubierto —respondió él con cansancio—. De hecho, mi valor para Lafleur ha aumentado, sin duda.

Amelia se quedó mirándolo. Él había gritado aquel nombre durante sus pesadillas, así que aquel era uno de sus superiores franceses. Se estremeció. No quería saber nada de Lafleur, ¿verdad? ¿Y qué quería decir Simon? ¿Qué había hecho para que los franceses le concedieran ahora más valor que antes?

Simon terminó el brandy. Estaba mirando ciegamente hacia la chimenea. Tenía una expresión de angustia.

Amelia se acercó a él y lo abrazó por la espalda.

—Si no puedes salir de ello, nos las arreglaremos juntos, de alguna manera.

Él se echó a temblar.

—Lo siento mucho, Amelia —dijo él.

—Shh —respondió ella—. No tienes nada que sentir. Lucille está en casa, y los niños están a salvo. Encontraremos la manera de salir de esta, Simon, aunque tal vez esta noche no.

A él se le escapó una carcajada sin alegría. Se dio la vuelta y la tomó entre sus brazos.

—No creo que nunca te haya dicho lo mucho que te quiero —susurró.

Ella se quedó inmóvil. Él nunca le había declarado su amor.

Simon sonrió y la besó.
—Me habría vuelto loco sin ti —dijo.
Y volvió a besarla.

Simon estaba sentado en su escritorio, en la biblioteca, mirando la breve carta que había recibido antes del desayuno. Warlock estaba de camino a su casa para hablar con él, y el asunto era muy urgente.

Se sentía muy tenso. Warlock sabía lo que él había hecho el día anterior, por supuesto. En Londres no ocurría nada que tuviera que ver con la guerra que escapara al conocimiento del jefe de espías. De lo contrario, ¿por qué iba a visitarlo Warlock al día siguiente del secuestro y la vuelta a casa de Lucille? ¿Al día siguiente de que él hubiera puesto en peligro los esfuerzos británicos por ganar aquella guerra?

Le dolía la cabeza. Había pasado otra noche sin dormir. Después de hacer el amor con Amelia, la había abrazado mientras ella dormía, maravillándose de su tenacidad y de su lealtad, y preguntándose cuándo iban a cambiar sus sentimientos hacia él. Y, cuando ella estuvo profundamente dormida, fue a ver a los niños, y después a Lucille. Al mirar a la hija de Southland, se dio cuenta de que su bienestar se había convertido en algo importante para él.

Lucille era como la hija que él hubiera deseado tener con Amelia, pero que nunca tendría.

Después, se paseó por la casa y, finalmente, entró en la biblioteca, donde permaneció hasta el amanecer, leyendo algunos artículos de prensa sobre la guerra. Las noticias eran asombrosas. El general Coburg y el duque de York, que dirigía el contingente británico de las fuerzas aliadas, habían decidido adoptar una estrategia defensiva ahora. ¿Podrían ganar aquella guerra alguna vez? Un bando conquistaba una plaza fuerte, o una ciudad, y después, el otro lo reconquistaba. Hasta el momento, aquella primavera habían conseguido algunas victorias, pero siempre habían ido seguidas de derrotas. A él no le gustaba que los Aliados pasaran a la defensiva tan pronto.

—Hola, Simon.

Simon se puso en pie de un salto; no había oído llegar a Warlock.

—Pareces sorprendido, pero te envié una nota —dijo su superior.

—Cierra la puerta —le respondió Simon secamente—. ¿Qué ha pasado con mi mayordomo?

Sebastian sonrió y obedeció.

—Le dije que conocía el camino, y le ordené que se marchara. No seas duro con él. Es un buen hombre.

—¿Qué quieres? —le preguntó Simon.

Warlock arqueó las cejas.

—¿Por qué estás de mal humor? Has recuperado a la niña.

Simon soltó un resoplido.

—¿Debo entender que has puesto espías en mi propia casa?

—Lo sopesé —respondió Warlock—. De hecho, le pedí a Amelia que te espiara, pero ella te quiere, y se negó.

Simon se atragantó.

—¡Ella no debería implicarse en esta maldita guerra!

—¿Y cómo demonios vas a conseguir eso, si la tienes aquí, en tu casa? Lucas me ha visitado. Estaba muy preocupado por el secuestro de la niña. Me pidió ayuda. Y eso es un ejemplo de la clase de lealtad que yo tiendo a recompensar —dijo Warlock, y miró a Simon con los ojos entrecerrados.

Simon se sentó en el escritorio. Estaba sudando.

—A ti no te importan mis hijos, ni los de nadie más. Yo no tenía intención de hablar de esto contigo.

—No sé por qué hay tantos que piensan que soy un hombre cruel. Para empezar, a mí me importa la gente inocente, y por eso estoy metido en esta guerra. Y tú podrías haber acudido a mí. Yo sospeché inmediatamente quién había secuestrado a Lucille, y enseguida supe que tenía razón. Pero, claro, tú tuviste que solucionar el asunto por tus propios medios. A propósito, Duke ha huido del país.

Simon lo miró con fijeza.

—Tenía que hacerlo.

—Me has dejado impresionado, Simon. ¿Cuándo descubriste la verdad sobre Duke?

—Poco después de volver a Londres.

—Claro, claro. Necesitabas tener un as en la manga. De todos modos, estoy muy contento de que la niña esté en casa, sana y salva.

Simon lo creyó, pero no sintió alivio.

—¿Qué vas a hacer?

—¿Contigo? —preguntó Warlock, y sonrió—. Simon, no hay mal que por bien no venga. Un fénix siempre renace de sus cenizas, y estas cenizas son muy, muy misteriosas.

Simon se cruzó de brazos, aunque se sentía muy nervioso. ¿No iba a acusarlo de traición? Se humedeció los labios y dijo:

—No me importa ese maldito fénix. Búscate a otro para jugar a los espías. Yo quiero dejarlo, Sebastian. Estoy cansado. Quiero vivir una vida normal con mis hijos y con Amelia. Le dije a Duke que Jourdan ha muerto. No sé si me creyó, pero si me creyó, Jourdan no podrá seguir trabajando para Lafleur y el Comité.

—Simon, Jourdan no ha muerto. No solo está vivo y sentado delante de mí, sino que además está en una situación perfecta. Acaba de darles a los franceses una prueba absoluta de su lealtad, de su valía. Este es un momento perfecto. Ya lo he puesto todo en marcha para que Jourdan vuelva a París, donde lo recibirán como a un héroe. Por supuesto, ahora debes evitar a Duke, si es que está allí, aunque yo tengo entendido que ha huido a España. Y en cuanto vuelvas a la Comuna, empieza a informar a Robespierre sobre la oposición, que cada vez es mayor —dijo Warlock sonriente—. Como ya he dicho, estás en un lugar perfecto y gozas de la confianza de tus amos franceses.

Simon se puso en pie.

—Estás loco si piensas en mandarme allí otra vez. Ya me han encarcelado una vez. Un solo paso en falso y soy hombre muerto.

—Pero tú eres muy hábil a la hora de dar los pasos más adecuados —dijo Warlock. Se puso en pie y añadió con gravedad—: Eres mi mejor agente, Simon. Siempre caes de pie, como un gato de siete vidas. No te valoras a ti mismo todo lo que debieras. Yo no conozco a nadie que haya podido escapar de la prisión, y de la guillotina, como hiciste tú. Fue algo brillante. Ahora tengo una fe absoluta en ti.

Simon estaba completamente desesperado.

—¿Y confías en mí?

—Yo no tengo que confiar en ti, Simon. Solo tengo que mantenerme por delante de ti.

—¿Y si me niego?

—No puedes hacerlo. Yo sé lo que hiciste ayer, Simon. Lo que le revelaste a Duke puede ser considerado un acto de traición.

Simon tomó aire.

—Desgraciado. Me estás amenazando.

—Yo prefiero pensar que te estoy persuadiendo.

A Simon le ocurría algo. La cena ya casi había terminado, pero Amelia no le había visto comer. Dudaba que hubiera tomado un solo bocado. Las pocas veces que se había asomado al comedor había visto a los niños charlando, y a Simon absorto en sus pensamientos.

Por supuesto, él se sentía muy culpable por el secuestro de Lucille, y ella lo sabía. Sin embargo, su estado de ánimo era mucho peor aquel día que el día anterior. Le había ocurrido algo, y Amelia estaba muy preocupada. Quería averiguar qué era.

Entró de nuevo en el comedor, con una sonrisa resplandeciente.

—William, John, podéis iros a vuestro cuarto. Por favor, preparaos para la hora de acostarse. Yo subiré dentro de un rato para daros las buenas noches y leer un cuento.

Se dio cuenta de que, mientras ella sonreía a los niños, Simon la estaba mirando fijamente. Comenzó a ruborizarse.

La noche anterior habían hecho el amor de un modo frenético, febril. Lo miró, y se encontró sus ojos clavados en ella. Enrojeció aún más. Sabía que él la necesitaba, y sabía que sus pensamientos eran ilícitos y sensuales.

Cuando los niños se marcharon, dijo:

—¿Puedo sentarme?

Había dos sirvientes retirando el servicio de mesa.

—Tú siempre puedes sentarte, y no tienes por qué preguntarlo —respondió él con brusquedad.

Amelia miró con nerviosismo a los sirvientes. Una vez que estos salieron, ocupó el asiento de William a la derecha de Simon.

—Claro que tengo que preguntarlo.

Él la dejó asombrada, porque le tomó la barbilla con una mano.

—Warlock me envía de nuevo a París.

Ella gritó.

Él la soltó y puso su copa de vino frente a ella.

—Me lo ha ordenado, y no he podido convencerlo de lo contrario.

Amelia ignoró la copa de vino.

—No puedes volver —dijo ella con espanto—. Te necesito, Simon, y los niños también. Tú eres su padre. Eres la cabeza de esta familia.

—Pero no puedo negarme, Amelia. Y tal vez sea lo mejor. Ahora estoy muy bien situado entre los franceses. Tú estarás más segura cuando yo me haya ido.

Ella se atragantó.

—¡No puedes volver!

—No tengo elección.

Amelia comenzó a llorar.

—Te encarcelaron una vez, Simon. Es demasiado peligroso. ¡No puedes volver! ¡Maldito Warlock! ¿Por qué no te has negado? —le preguntó entre lágrimas—. Por favor, si me quieres, recházalo. Niégate a ir. Él no puede obligarte.

—Sí puede, Amelia. Si no cumplo sus órdenes, me acusará de traición.

Entonces, Amelia tuvo la sensación de que iba a desmayarse. ¿Qué había hecho Simon?

—Tengo órdenes muy claras, Amelia. Me ha dado un mes de plazo. Tengo que estar en Francia a finales de junio —dijo él. Se puso en pie y la tomó de la mano—. Creo que deberíamos disfrutar del tiempo que nos queda.

Amelia no entendía cómo podía sentir de un modo tan intenso el paso de las horas, de los minutos, de los segundos. Hacía cinco días que Lucille había vuelto a casa, y que Warlock le había ordenado a Simon que volviera a París para espiar a los franceses.

En aquel momento, estaba con Julianne en el salón rosa. Su hermana había ido a visitarla para acompañarla en aquella situación tan angustiosa. Amelia le había confesado todo, porque la necesitaba más que nunca. Mientras ellas tomaban un té, los niños estaban en clase, y la hija de Julianne, Jaquelyn, estaba en la habitación de Lucille. Simon estaba en la biblioteca, leyendo los periódicos de aquella semana. Ella sabía que toda su atención estaba centrada en la guerra.

—Es injusto —dijo Julianne—. Sé muy bien lo que estás pasando. Aunque yo solo tuve un día para asumir que Dom tenía que marcharse a Francia, un día para experimentar ese miedo y esa desesperación.

—Tú viviste ese miedo y esa desesperación desde que él se marchó hasta que volvió —respondió Amelia. Recordaba muy bien la experiencia de su hermana—. Pero al final, Dominic volvió a tu lado. ¡Yo estoy aterrorizada por Simon, Julianne! ¿Y si no vuelve? ¿Y si los franceses lo descubren todo? ¿Y si lo envían a la guillotina?

—Simon volverá también, Amelia. Es muy listo, y te quiere mucho —dijo Julianne.

—¡Pero no debería marcharse! —exclamó Amelia con ira, y se ruborizó. Lo único que no le había contado a Julianne era el motivo por el que Simon no podía negarse a obedecer a su tío—. Estábamos encontrando nuestra felicidad cuando secuestraron a Lucille. Nos estábamos convirtiendo en una familia... Y ahora, Warlock chasquea los dedos y todos tenemos que cumplir sus órdenes.

Julianne se quedó silenciosa un instante.

—Creo que hay algo que no me estás contando, Amelia. Warlock debe de tener algo con lo que obligar a Simon a que obedezca de este modo.

Amelia apartó la mirada. No quería mentirle a su hermana.

—Es un hombre despiadado. Fui a verlo ayer para intentar que cambiara de opinión, pero dijo que no tenía otro remedio. ¡Siempre hay algún remedio!

—¿Y cómo está Simon?

Amelia tomó aire.

—Estoy muy preocupada por él. Simon tiene unas terribles cicatrices por el tiempo que pasó en Francia, en la cárcel. ¡Todavía tiene pesadillas! Sueña con su celda, y con la guillotina, con la muerte. Nunca habla de ello abiertamente, pero yo he oído lo suficiente como para saber cuánto le afectó su estancia en París. Me da miedo que, aunque sobreviva, vuelva convertido en otro hombre.

Julianne le apretó la mano.

—Tienes que pensar en positivo, Amelia. Y debes aprovechar hasta el último momento que os ha concedido Warlock. De hecho, yo debería marcharme, y tú deberías interrumpir a Simon y recordarle por qué te quiere tanto.

Amelia sonrió con tristeza a su hermana. Tal vez hiciera

exactamente lo que le estaba sugiriendo su hermana. No sería la primera vez que seducía a Simon en pleno día. Sus encuentros vespertinos cada vez eran más frecuentes. Sabía que él estaba tan desesperado como ella. Estaban luchando contra el paso del tiempo, pero era una batalla perdida.

Julianne se puso en pie.

—Vamos a buscar a los niños. Y tal vez Warlock cambie de opinión —dijo—. Esta guerra está llena de giros inesperados. Tal vez los Aliados ganen en el campo de batalla este mes, y Simon no tenga que volver a Francia.

Amelia suspiró, porque parecía que aquella guerra era imprevisible. Era imposible saber quién vencería al final. Mientras se levantaba, oyó los pasos de alguien que se acercaba por el pasillo, y los reconoció. Era Lloyd. Sin embargo, el mayordomo nunca corría. Amelia se puso rígida de alarma al verlo entrar por la puerta.

—Ocurre algo, señorita Greystone. Su tío acaba de entrar en casa sin miramientos, preguntando por el señor conde. Le dije estaba en la biblioteca. ¡Lo siento, señorita Greystone!

—No se preocupe, Lloyd —dijo ella. Sin embargo, notó que se le encogía dolorosamente el estómago.

¿Por qué iba a presentarse Warlock de aquella manera en casa de Simon? Amelia miró a Julianne, y los tres salieron apresuradamente del salón.

Las puertas de la biblioteca estaban abiertas de par en par, y cuando Amelia entró por ellas, vio a Simon ante su escritorio, frente a Warlock. Parecía que estaba completamente asombrado.

Amelia se giró hacia el mayordomo.

—Lloyd, puede retirarse, gracias —dijo. Cuando el sirviente se marchó, ella miró a su hermana, y después, se volvió de nuevo hacia Simon—. ¿Qué ha ocurrido?

—Hay una orden de arresto contra Simon —dijo Warlock.

Amelia soltó un grito de incredulidad. ¿Acaso era una broma?

—¿Y de qué se me acusa? —preguntó Simon con la voz ronca.

—De traición.

Amelia jadeó. Miró a los dos hombres, y de repente se dio cuenta de que aquello no era un error. Había alguien, aparte de Warlock, que había descubierto el doble juego de Simon. Sintió terror.

—¿Podemos parar esto de algún modo?

Warlock la miró.

—La orden ya está emitida, Amelia. No podemos impedir que las autoridades vengan a esta casa a detener a Simon.

Ella tuvo que agarrarse al borde del escritorio.

—¿Simon? ¿Qué vamos a hacer?

Simon tomó aire y la miró.

Amelia no sabía cuál era el significado de aquella mirada. Su mente había quedado en blanco. Las autoridades británicas iban a arrestar a Simon, e iban a acusarlo de traición. Lo enviarían a la cárcel.

Simon no podría sobrevivir a otro encarcelamiento.

Fue Warlock quien rompió la tensión.

—No tenemos tiempo. Si quieres impedir que te detengan, debes marcharte de Londres ahora mismo.

Simon tenía que huir, pensó Amelia.

—Tengo que despedirme de los niños —dijo él con la voz ronca.

—Hazlo ahora mismo —dijo Warlock—. Date prisa, y no los alarmes. Cuando vengan a buscarte, diremos que has salido y que volverás pronto. Yo ya he avisado a Lucas. Él te ayudará a huir.

Simon asintió, y miró a Amelia.

—Sé que vas a cuidar de mis hijos.

Ella lo tomó del brazo. Él iba a dejarla.

—¿Adónde vas a ir? —le preguntó con la voz ronca—. ¿Cuándo podrás volver? ¿Cuándo vamos a vernos de nuevo?

—No lo sé.

Amelia se volvió hacia Warlock con desesperación.

—¿Podemos ir con él? Los niños necesitan a su padre. ¡Yo misma lo necesito!

Sin embargo, mientras hacía aquellas preguntas, ya sabía cuáles eran las respuestas.

—Simon, debes darte prisa —dijo Warlock con urgencia.

—¡Amelia! —exclamó Simon, y la tomó de los hombros—. No debería hacer esto, pero tengo que pedirte que me esperes hasta que vuelva —le rogó—. ¿Vas a esperarme, Amelia?

Por supuesto que lo esperaría. Sin embargo, tal vez Simon tuviera que permanecer años escondido, y ella sabía que no podría esperar sin una promesa de futuro.

—¡No! Simon... Cásate conmigo ahora, antes de huir.

CAPÍTULO 19

Simon bajó la mirada, con los ojos llenos de lágrimas, hasta la mano de Amelia.

—Con este anillo te tomo por esposa —dijo suavemente, mientras le ponía la alianza en el dedo—. Hasta que la muerte nos separe.

Había dejado de llover fuera de la pequeña iglesia del siglo XV. Las gotas ya no repiqueteaban en las vidrieras, los pájaros habían comenzado a cantar y los rayos de sol entraban en el templo. Amelia estaba frente a Simon, con el corazón lleno, al mismo tiempo, de alegría y de angustia. Estaba a punto de convertirse en la esposa de Simon, pero él tenía que marcharse sin ella.

Lucas estaba a su lado. Él era quien había llevado los anillos. Warlock les había sugerido que se casaran en una de las muchas iglesias diminutas que había en las parroquias de Londres mientras Simon huía. Amelia no sabía cómo habían conseguido Lucas y Simon organizar aquella ceremonia breve y poco ortodoxa, pero sospechaba que una gran cantidad de dinero había cambiado de manos.

El reverendo sonrió para darle ánimos.

Amelia miró a Simon y dijo:

—Te acepto como esposo, Simon, hasta que la muerte nos separe.

—Por los poderes que me han concedido Dios y la Iglesia de

Inglaterra, os declaro marido y mujer —dijo el sacerdote. Después, inclinó la cabeza sobre la Biblia y comenzó a leer unos pasajes.

Amelia no oyó ni una sola palabra de lo que decía. Simon y ella estaban casados, y dentro de unos instantes, Lucas y él iban a marcharse a caballo.

¿Y si nunca volvía a verlo?

¿Cómo podía estar sucediendo aquello?

—Reverendo —dijo Lucas con firmeza, adelantándose—. Tenemos que irnos. Gracias, señor.

Amelia ni siquiera pudo prestar atención a la despedida. Tenía los ojos llenos de lágrimas. Cuando salieron de la iglesia, oyó el rechinar de la puerta y vio el jardín empapado, lleno de rosas rojas cubiertas de gotas de agua, y una enorme hortensia cuajada de flores.

Amelia se estremeció de frío. Su coche estaba dos calles más allá, pero allí, frente a las puertas del pequeño templo, había dos caballos con sus correspondientes maletas de viaje atadas a las monturas.

¿Cómo iba a sobrevivir sin Simon? ¡Él era el amor de su vida!

Simon la abrazó.

—Me pregunto si esta ceremonia ha sido válida… —dijo, aunque ni siquiera pudo sonreír por la broma.

Amelia se preguntó si ella iba a ser capaz de volver a sonreír, o a reírse alguna vez.

—No me importa si ha sido válida o no. A los ojos de Dios, somos marido y mujer —dijo, y comenzó a llorar.

—No llores, Amelia. Estamos en guerra, y no podemos controlar nuestro destino. Solo podemos reaccionar ante él de la mejor manera posible.

—¡Maldito sea quien te traicionó, Simon! ¡Tú eres un patriota, y ahora te ves obligado a huir como un traidor!

Él la abrazó con fuerza.

—Acuérdate de decirles a los niños que los quiero mucho. Y no olvides cuánto te quiero a ti.

—¡Sé que vas a volver con nosotros! ¡Lo sé! —gimió ella.

—Warlock va a convencer a Windham para que retire la acusación —dijo Simon con firmeza. Sin embargo, la duda ensombreció su mirada.

—Te quiero mucho.

Él la estrechó contra sí por última vez, y después la soltó. Ella retrocedió, pero le tendió las manos.

—Escríbenos siempre que puedas.

—Si puedo, lo haré, Amelia. Quiero que volváis a Cornualles. Allí estaréis más seguros.

De repente, él miró hacia la calle. Amelia se giró, y vio a Lucas alejándose hacia su caballo con una expresión de urgencia. Era hora de marchar.

—Te quiero —le dijo a Simon—. Siempre te he querido, y siempre te querré.

Él le apretó las manos brevemente, y después la soltó.

—Tenemos que irnos. Quiero estar lo más lejos posible de Londres cuando se haga de noche —dijo Lucas, acercándose a ellos. Después miró a Amelia y añadió—: Lo cuidaré bien. No te preocupes.

Ella asintió. No podía articular palabra.

Simon siguió mirándola un instante, fijamente, intensamente. Después, su hermano y él se alejaron, montaron en los caballos y se despidieron por última vez antes de salir al trote por la callejuela. Desaparecieron por una esquina.

Y Amelia se quedó inmóvil, mirando a aquel lugar por donde había dejado de verlos, llorando durante un largo rato.

El lacayo, George, le abrió la puerta. Amelia ni siquiera pudo sonreír. Había estado llorando durante todo el trayecto de vuelta a casa.

Simon se había marchado.

Julianne apareció corriendo en el vestíbulo y la sorprendió.

—¡Oh, Amelia!

Amelia asintió al lacayo y se reunió con su hermana en el centro del vestíbulo.

—Ya está —dijo con la voz entrecortada, mientras se quitaba los guantes y le mostraba la alianza.

—¿Y Simon? —susurró su hermana mientras la abrazaba.

—Lucas y él se han marchado... Ni siquiera me han dicho adónde iban —dijo ella con la voz quebrada.

—Lo vamos a solucionar, Amelia. Ya he hablado con Dom. Él va a presionar a Windham inmediatamente para que retire los cargos. ¡Está furioso!

—No llegué a decirte toda la verdad, Julianne —dijo Amelia. Tomó a su hermana del brazo y la llevó hacia el salón—. Simon estaba espiando también para los franceses. Tal vez sea culpable de los cargos que se le imputan.

Julianne se quedó muy pálida.

—¡Tengo miedo de no volver a verlo! —exclamó Amelia, con una punzada de dolor en el pecho—. Pero Simon tiene razón. Estamos en guerra, y no podemos controlar nuestro destino. Yo debo ser fuerte. Simon se ha marchado. Rezaré para que pueda volver algún día, pero, mientras, tengo que cuidar a tres niños pequeños que me necesitan.

Julianne la tomó de la mano.

—¿Y qué vas a decirles? ¿Y a los sirvientes?

Amelia todavía no había podido pensar en qué iba a decirles. Tenía la tentación de explicarles a todos que Simon se había marchado a las fincas del norte para supervisar su gestión, al menos por el momento.

Sin embargo, había una orden de arresto contra Simon. ¿Cómo iba a poder mantener aquello en secreto indefinidamente?

Ella pensó de nuevo en los niños. William solo tenía ocho años, pero era muy maduro para su edad. Por otra parte, acababa de perder a su madre.

—El instinto me dice que William debe saber la verdad, más tarde o más temprano.

—¿Y si conseguimos que Simon vuelva pronto a casa, dentro de pocas semanas, o meses a lo sumo?

—¿Y si tiene que mantenerse alejado durante años? —replicó Amelia, con el corazón encogido de dolor.

En aquel momento, alguien llamó a la puerta principal con insistencia, y Amelia se puso muy tensa.

—Tengo que pensar en esto —le dijo Amelia a su hermana, al oír pasos en el vestíbulo. Parecía que varios soldados habían entrado en la casa.

Las dos mujeres se miraron con alarma. Después, Amelia salió al umbral del salón, y vaciló.

Había un oficial uniformado en la entrada, acompañado de dos soldados y de Lloyd.

—Señorita Greystone —dijo el mayordomo, con los ojos muy abiertos—. El capitán desea hablar con el señor conde. ¿Sabe usted dónde está?

Ella alzó la barbilla, irguió los hombros y sonrió mientras caminaba hacia el oficial. Él la miró con agudeza.

Amelia le tendió la mano.

—Soy la señorita Greystone, el ama de llaves —dijo. No iba a revelar que Simon y ella acababan de casarse, puesto que eso podría suscitar sospechas—. Me temo que lord Grenville ha salido, pero lo esperamos para cenar.

El oficial se inclinó ante ella.

—Soy el capitán Johnson, señorita Greystone. ¿Podríamos hablar en privado?

Amelia asintió.

—Le presento a mi hermana, la condesa de Bedford. ¿Puede venir con nosotros?

El joven capitán se sobresaltó. Aquel parentesco tan elevado no era normal para un ama de llaves.

—Por supuesto que sí.

Amelia llevó al capitán y a Julianne hacia el salón. Cerró la puerta y consiguió sonreír de nuevo mientras se giraba hacia el capitán.

—¿En qué puedo ayudarlo, señor? —le preguntó con calma.

Él sacó un documento enrollado y atado con un lazo oscuro.

—Señorita Greystone, lamento decirle que tengo una orden de arresto para lord Grenville.

Amelia se quedó mirándolo. Por dentro se estremeció.

—¿Puedo ver ese documento, capitán?

—Por supuesto.

El capitán desató el lazo, desenrolló la hoja y se la entregó. A Amelia se le nubló la vista al leerlo. Notó que su hermana se le acercaba. Julianne dijo:

—Es una orden de arresto. Acusan a Simon de traición.

Amelia tomó aire.

—Esto es absurdo, señor.

—Siento muchísimo haberle traído estas noticias —dijo el capitán Johnson—. Solo cumplo órdenes, señorita Greystone. Y mis órdenes son arrestar al señor conde esta misma noche.

—Entiendo.

—¿Dónde podemos esperar a lord Grenville mis hombres y yo?

—Pueden esperar aquí mismo —dijo Amelia.

—¿Qué cree usted, señor Barelli? —preguntó Amelia con impaciencia.

Era por la mañana, una semana después. Estaba en la clase de los niños, escuchando al tutor, mientras él leía las notas de William y de John. Había pasado casi una semana revisando las asignaturas de los niños. A William le encantaban los idiomas, y se le daban muy bien. Debería pasar más tiempo dedicado a ellos, y menos con las Matemáticas, asignatura que odiaba y con la que tenía que luchar. John estaba fascinado con la ciencia, desde la vida de los insectos hasta el movimiento de una bola y la posición de las estrellas. ¿Por qué no comenzar con un curso de introducción a la Biología? ¿O a la Astrología?

—Creo que eso sería una planificación un tanto... eh...

inusual, señorita Greystone —dijo el maestro—. El señorito William estuvo a punto de suspender su examen de Aritmética la última vez que se examinó. Creo que debería dedicarle más tiempo a las Matemáticas, y menos a los idiomas. Ya los domina. ¿Y para qué vamos a añadir el ruso al currículo?

—Él me ha preguntado si podía comenzar a estudiar ruso, y por la actual situación política, creo que los rusos van a ser cada vez más importantes para Gran Bretaña y el mundo en general. ¿Por qué no vamos a permitir que William estudie ruso? —preguntó ella con firmeza, aunque con una sonrisa—. No me cabe duda de que, si el señor conde estuviera en casa, me permitiría que revisara las asignaturas de los niños.

El señor Barelli apartó sus notas, se puso en pie y la miró con amabilidad.

—Señorita Greystone, ¿me permite que le pregunte si ha habido alguna noticia?

Ella sintió otra ráfaga de tristeza. No había podido ocultar el hecho de que había una orden de arresto contra Simon. La espera del capitán Johnson no había causado la extrañeza de nadie, pero al ver que Simon no volvía, el capitán había ordenado el registro de la casa. Aquel registro había durado dos horas y media, y sí había inquietado a todo el mundo.

William y John habían preguntado por qué había soldados en la casa, y Amelia había tenido que decirles que estaban buscando a su padre, pero que todo había sido un malentendido y que ella iba a solucionarlo. Había hecho todo lo posible por quitarle hierro al asunto, y los dos niños habían quedado convencidos de que aquel episodio terminaría rápidamente. Sin embargo, al resto de los habitantes de la casa no había podido engañarlos.

Amelia había reunido a los sirvientes al día siguiente, al amanecer, y les había explicado que había una acusación contra el señor conde, pero que se trataba de un terrible error y se solucionaría finalmente. El servicio se había quedado horrorizado al enterarse de que las autoridades habían acusado de traición a Simon, de que sospecharan que había estado espiando para los republicanos franceses. Ella había mirado fijamente a los criados y les había dicho que esperaba contar con su lealtad y su fe.

—Si alguien de los que están aquí no cree en la inocencia del señor conde, que dé un paso adelante en este momento. Podrá despedirse de su puesto con una semana de salario y buenas referencias.

Nadie lo había hecho.

Lloyd y la señora Murdock se habían acercado a ella individualmente, y le habían expresado su indignación por los cargos, porque ambos creían en la inocencia de Simon. Y, como el resto del servicio se guiaba por ellos, Amelia se sintió aliviada. Los chismorreos que hubiera en las dependencias de los sirvientes acabarían con rapidez.

En cuanto a su madre, en un raro momento de lucidez completa, había querido saber dónde había ido Simon y cuándo iba a volver con ellos. Amelia estuvo a punto de echarse a llorar al darse cuenta de que también le tenía que mentir a ella. Temía que su madre, en su estado enajenado, pudiera contar inocentemente la verdad.

—Se ha ido a las fincas del norte, mamá —le susurró, pidiéndole a Dios que la perdonara por la mentira—. Volverá muy pronto, seguramente.

Mientras, Dominic había hecho una petición directa al ministro de Guerra para que retirara la acusación contra Simon. Si Windham no cambiaba de opinión, Dominic hablaría con el mismo príncipe regente, a quien conocía muy bien.

Warlock también había escrito una petición formal y ya la había enviado al Ministerio de Guerra. Sin embargo, aún no había obtenido ninguna respuesta. Amelia no esperaba ayuda por su parte, pero su tío estaba furioso por el hecho de que uno de sus hombres recibiera un trato tan injusto. Sin embargo, también había explicado que Windham se había tomado la traición de Simon personalmente. Eso no era buena señal.

En aquel momento, Amelia alzó la vista hacia el tutor, con una punzada de dolor en el pecho.

—No, señor Barelli, no se sabe nada, y tengo la certeza de que no es seguro de que el señor conde envíe noticias.

El capitán Johnson había ido a la casa nuevamente. Ella sabía que quería sorprender a Simon allí, si acaso se había arriesgado a hacer un visita. Johnson le había advertido a Amelia que, si estaba ayudando al fugitivo a permanecer escondido, ella también sería acusada. Amelia había decidido no responder a aquel comentario, porque, evidentemente, tenía como objetivo minar su resistencia.

—Entonces, señor Barelli, ¿está de acuerdo en introducir los cambios que yo he sugerido en el currículo de los niños? —preguntó, intentando sonreír.

—Por supuesto —dijo el tutor, y le hizo una pequeña reverencia.

Amelia salió rápidamente de la clase, acariciándose la alianza. La llevaba colgada del cuello en una cadena. Sería maravilloso poder mostrarle a todo el mundo que era lady Grenville, pero sabía que no podía hacerlo. Simon era un fugitivo de la ley, y si ella confesaba que se había casado con él durante su huida, eso la convertiría en cómplice suyo.

Se dirigió hacia la biblioteca, donde tenía una cita relacionada con la gestión de la casa. Al entrar en la estancia vio a un caballero vestido de manera sencilla, con el sombrero en la mano, que se inclinó ante su presencia.

Era el administrador de una de las mayores fincas del norte de Simon, y ella le había escrito pidiéndole que acudiera a Londres a reunirse con el señor conde. Dudaba que el administrador hubiese aceptado órdenes del ama de llaves.

—Buenos días, señor Harold —dijo alegremente, y miró el libro de contabilidad que había sobre el escritorio—. Soy la señorita Greystone, y actúo en nombre del señor conde. Como habrá oído decir, él está fuera de la ciudad.

El administrador era un hombre de mediana edad, que llevaba una peluca gris y una chaqueta de terciopelo marrón. Él la miró con asombro.

—Fue el señor conde quien me llamó, señorita Greystone. Recibí una carta suya.

Ella volvió a sonreír.

—En realidad, yo misma escribí esa carta, porque en estos momentos el señor conde no puede hacerse cargo de sus fincas, y ese deber ha recaído sobre mí, al igual que los deberes de cuidar de sus hijos y de su hogar.

Él pestañeó.

—Había oído ciertas habladurías sobre el señor conde, pero no les había dado crédito. No será cierto, ¿verdad?

—Ha habido un malentendido —dijo ella con firmeza, y cerró la puerta de la biblioteca—. Han lanzado una orden de arresto contra él, y me imagino que ese es el motivo por el que el señor conde salió tan urgentemente de Londres, sin dar explicaciones —explicó. Entonces, sonrió de nuevo al señor Harold y prosiguió—: No me cabe duda de que, cuando todo se aclare, volverá. Mientras, yo voy a asegurarme de que sus fincas se gestionan con tanta eficacia como cuando él estaba aquí.

El administrador se puso nervioso.

—Señorita Greystone, yo siempre he tratado directamente con el señor conde, o me las he arreglado solo.

Ella se acercó al escritorio y le señaló la silla que había frente a ella. El señor Harold se la quedó mirando y no se movió, así que ella le ordenó:

—Siéntese, señor Harold. ¿O debería llamar a mi cuñado, el conde de Bedford? Seguramente él podrá convencerlo para que coopere. Todos debemos cumplir con nuestro deber en ausencia del señor conde.

Inmediatamente, el señor Harold se sentó.

Amelia sonrió y ocupó el asiento de Simon detrás del escritorio. Abrió el libro de contabilidad y dijo:

—Vamos a repasar todas las cuentas, comenzando por sus gastos semanales.

El señor Harold asintió.

Dublín, Irlanda, 29 de julio de 1794

En la habitación del hotel entraron los últimos rayos de sol. Simon estaba encorvado sobre una mesa, escribiendo frenéticamente con aquella luz mortecina.

Está atardeciendo, así que tengo que terminar la carta. No pasa un día sin que añore nuestro encuentro. Mi corazón está contigo y con los niños, Amelia, como siempre. Con amor, Simon.

Cerró los ojos brevemente, mientras el dormitorio quedaba sumido en sombras. Oía a unos niños que estaban jugando en la calle, bajo su ventana. Había carcajadas y gritos de felicidad. Entonces, oyó a una mujer que los llamaba, y el corazón se le encogió de angustia.

Se imaginó a Amelia, recorriendo apresuradamente su casa, llamando a los niños, y se los imaginó a ellos saliendo alegremente de clase, y a ella sonriéndoles...

Echaba mucho de menos a sus hijos. Y echaba de menos a su esposa.

Simon tomó aire y abrió los ojos. Nunca hubiera pensado que tendrían la oportunidad de casarse, y todavía le asombraba que Amelia fuera su mujer. ¿Podría volver a casa alguna vez? ¿La vería de nuevo? ¿Podría abrazarla y hacer el amor con ella?

Por supuesto, ella no le había enviado ninguna carta. ¿Qué les habría dicho a los niños? ¿Estaban bien? ¿Cómo estaba Lucille?

Tenía una opresión en el pecho. Todavía sujetaba la pluma entre los dedos, así que los relajó y la dejó cuidadosamente sobre el escritorio. No quería romperla, puesto que solo le quedaba aquella.

Llevaba casi dos meses en Irlanda, y sus finanzas cada vez eran más precarias. No podía ir al banco, identificarse y esperar a que le enviaran dinero de Inglaterra. Sin embargo, Lucas y él habían hablado de todos sus planes, incluidas sus necesidades económicas, cuando Lucas lo había dejado en Carlisle. Él había abierto una cuenta en un banco de Dublín, con el nombre de Tim O'Malley. Finalmente, Warlock le haría una transferencia de fondos. Simon esperaba que esa transferencia se produjera pronto.

La carta todavía no estaba seca cuando él la recogió, pero no le importaba. Se dio la vuelta, abrió el buró que había en la habitación y la metió dentro. Ya había muchas otras cartas allí. Él podía escribir a Amelia todo lo que quisiera, y le escribía todos los días. Sin embargo, no podía enviarle ni una sola de aquellas misivas, puesto que era muy peligroso.

Cerró el buró y encendió una vela. Después se sirvió un poco de vino en una taza de latón y se miró al espejo.

Solo se afeitaba una vez a la semana, y tenía la barba canosa, y unos mechones blancos en las sienes. Llevaba el pelo suelto, largo hasta los hombros. Necesitaba un corte de pelo desesperadamente.

Llevaba una camisa de algodón desprovista de adornos, de hombre sencillo, y no tenía ningún anillo en los dedos. No llevaba cinturón, y tenía un agujero en la rodilla del pantalón.

Nadie pensaría que era otra cosa que un irlandés pobre.

Se acercó a la ventana de la habitación con la taza en la mano, para mirar a los niños que jugaban a menudo abajo. Uno de ellos era pelirrojo y tenía la edad de William, y el otro era un poco más pequeño y rubio. Pero ya había anochecido, y los niños se habían marchado.

Decidió que iba a pasar de nuevo la noche en el pub que había en la esquina, debajo de la posada. Aunque no hablaba con nadie, porque no tenía ganas, deseaba estar en compañía.

Alguien llamó a su puerta.

Simon se alarmó. Dejó la taza en una mesa y tomó el puñal que tenía debajo de la almohada de su cama. Estaba descalzo, y se acercó a la puerta en dos pasos sigilosos. Apoyó la oreja en la madera para escuchar.

Alguien volvió a llamar.

—O'Malley. ¡O'Malley! Soy yo, Peter.

Simon se relajó ligeramente y se metió el puñal en la manga de la camisa. Después de quitarle el cerrojo a la puerta, abrió una rendija y vio a Peter, un chico pelirrojo de unos dieciocho años. Miró también a su alrededor, por el pasillo. Estaba vacío.

Por fin, abrió la puerta para poder hablar con el muchacho.

—Dijo que quería noticias de la guerra —le dijo Peter con una sonrisa—. ¡Y tengo noticias, señor!

Simon le dio una moneda. Peter le llevaba el *Times* una o dos veces a la semana, y él le había pedido que también le llevara cualquier noticia excepcional también, por lo que recibiría un pago extra. Los franceses habían conseguido una gran victoria en Flandes a finales de junio, la Batalla de Fleurus, y habían humillado al ejército austriaco. Desde entonces, los franceses habían consolidado a sus ejércitos en todo el Sambre-et-Meuse, y el general Pichegru había llegado hasta Amberes, desafiando a los ejércitos del príncipe de Orange y el duque de York. El general Schérer había sitiado Landrecies con éxito y avanzaba hacia Valenciennes. La guerra no iba bien.

—Por esa sonrisa, la noticia debe de ser muy buena —dijo Simon. Sin embargo, él no sonreía.

—¡Vale otro chelín como poco, señor!

Simon apoyó el hombro contra el quicio de la puerta y esperó.

Peter se quedó desilusionado. Entonces, exclamó:

—¡Han detenido a Robespierre!

Simon se irguió. Creía que había oído mal.

—¿Cómo?

—Lo arrestaron hace más o menos dos días, señor, junto a sus colaboradores más cercanos.

A Simon se le aceleró el corazón. Habían detenido a la cara del Terror.

Simon pensó que él podía haber estado en París en aquellos momentos, cuando la ciudad estaría sumida en el caos. Se sacó otro chelín del bolsillo y se lo entregó al chico, sin poder dar crédito.

—¿Y qué van a hacer? ¿Qué está pasando en París?

—La Convención se ha hecho con el poder, señor, y el gobierno ha sido condenado a la guillotina. ¡Los van a ejecutar a todos, incluido Robespierre!

Y Simon se quedó conmocionado.

El Reino del Terror iba a acabar de verdad.

Amelia no podía dar crédito a lo que acababa de leer. Robespierre había muerto.

Lo había ejecutado el Terror, el mismo engranaje espantoso que él mismo había puesto en marcha.

Amelia se acercó el periódico a la cara, con las manos temblorosas.

—Gracias a Dios que Simon no volvió a París —les susurró a Julianne y a Nadine. Estaban sentadas juntas en el salón de casa de Julianne. Las tres mujeres se miraron con un completo asombro. Los aliados de Robespierre habían sido ejecutados con él, al igual que setenta y un miembros del gobierno de la ciudad, en los días siguientes a su muerte. Si Simon hubiera ocupado aquel puesto en la Comuna, ahora estaría entre los muertos...

—¡Es una maravillosa noticia! —dijo Nadine—. Tal vez ahora se impongan la cordura y la normalidad en París. Tal vez cesen las matanzas.

Amelia casi no oía a su amiga. Por un momento cerró los ojos y se imaginó que estaba con Simon. Lo veía en una pequeña habitación, entre las sombras, con una sola vela encendida. Después, la imagen desapareció.

Habían pasado cincuenta y ocho días desde que él se había marchado de Londres. No había recibido ni una sola carta, porque era demasiado peligroso que él les escribiera. Lucas le había dicho que estaba fuera del país, pero no le había dicho dónde. ¿Significaba eso que estaba en el norte, en Escocia? ¿Estaría en Irlanda? No podía haber ido a Europa, con el caos que imperaba en el Continente.

—¿Te encuentras bien, Amelia? —preguntó Julianne.

Amelia la miró, intentando sonreír.

—Me preguntaba si él se habrá enterado.

—Seguramente sí. Una noticia como esta se habrá propagado como la pólvora —dijo Nadine—. Estoy segura de que lo sabe. Tenemos que celebrarlo.

Ojalá ella tuviera ganas de celebrar algo, pero echaba de menos a Simon demasiado como para eso. Vio a Nadine acercarse al mueble bar y servir tres copas de jerez. Sintió angustia. Quisiera poder enviarle una carta a Simon.

—Tal vez termine pronto esta guerra —dijo Julianne.

Amelia la miró.

—Julianne, él seguiría siendo un proscrito. Para nosotros no va a cambiar nada si la acusación de traición no se retira.

Las puertas del salón se abrieron de repente, y en el umbral apareció el conde de Bedford. Julianne se puso en pie de un salto, sorprendida.

—¿Dom?

Él sonrió lentamente.

—¿Os habéis enterado de las noticias?

—Sí —dijo Julianne—. Robespierre ha muerto, y el Terror ha terminado.

Dominic sonrió aún más, y se dirigió hacia Amelia.

—No, no me refería a eso.

Amelia sintió una esperanza repentina. ¿Por qué la miraba Dominic de aquella manera, con una sonrisa en los ojos? ¿Por qué tenía aquella expresión tan satisfecha?

Él le tendió un documento.

—Esto, mi querida cuñada, es el perdón real para Grenville.

Amelia se mareó.

—Seguro que Simon ya está de vuelta a casa mientras nosotros estamos hablando.

Era muy temprano. William estaba agarrado al marco de la ventana que había junto a la puerta principal, mientras John galopaba por el vestíbulo en un caballito de madera. La madre de Amelia estaba sentada en una de las sillas enormes que había junto a la pared, y Amelia se sentía eufórica, llena de esperanza y alegría.

Casi temía que todo fuera un sueño. Sin embargo, Warlock le había confirmado la noticia, y Lucas ya había ido a buscar a Simon. De hecho, había salido tan solo una hora después de que Bedford consiguiera el perdón del príncipe regente.

—¡Es papá! —gritó William.

Amelia corrió hacia la ventana, y John galopó hacia ellos, gritando:

—¡Papá! ¡Papá!

Dos jinetes se acercaban por el camino principal de la finca. Ella reconoció a su hermano y a Simon.

Amelia salió por la puerta, seguida por su madre y por los dos niños. Simon detuvo su caballo ante la casa y desmontó de un salto. Llevaba el pelo suelto y la ropa y el calzado llenos de barro. Corrió hacia ellos.

Amelia se detuvo y dejó que los niños se echaran en brazos de su padre. Comenzó a llorar. Simon estaba delgado y pálido, pero estaba en casa. Su amado marido estaba en casa.

Y, mientras abrazaba a los dos niños a la vez, la miró por encima de sus cabezas. Estaba llorando.

Amelia bajó las escaleras lentamente, con el corazón acelerado. Simon se irguió y soltó a los niños. Ella titubeó, y entonces, rápidamente, él se acercó y la tomó entre sus brazos.

—Te he echado de menos —le dijo con la voz ronca.

Ella le tomó la cara entre las manos.

—¡Gracias a Dios que has vuelto a casa! ¡Yo también te he echado de menos, Simon!

De repente, él sonrió, y los ojos se le iluminaron de alegría. Se inclinó hacia ella y la besó largamente.

—Eeeeh —se quejó John.

—Shhh. Papá la quiere, ¿es que no te das cuenta? —le dijo William.

—Vamos, niños, vamos a dejarlos solos —dijo la madre de Amelia.

Amelia los oyó a todos, pero dejó que Simon la besara hasta que no tuvo aire, hasta que le fallaron las rodillas. Por fin, él tuvo que interrumpir el beso para respirar, y la miró con gusto.

—Hay algunas cosas que no han cambiado —le dijo suavemente.

—Vos, milord, vais a pagar muy caro haber estado lejos tanto tiempo —flirteó ella, sin aliento.

Él sonrió.

—Eso espero... esposa mía.

Amelia se sobresaltó.

—Todavía no se lo he dicho a nadie —dijo, y se sacó la cadena con la alianza del escote.

Simon la tomó por los hombros e hizo que se girara. Al darse cuenta de lo que él iba a hacer, Amelia se quedó muy quieta; él le desabrochó la cadena, y después volvió a girarla hacia los niños, hacia Lucas, hacia el cochero y hacia los lacayos, sonriendo. Entonces, le puso la alianza en el dedo anular.

—¿Papá? —preguntó William.

—Tenemos que anunciar algo —le dijo Simon, y después miró a todo el mundo—. Amelia y yo nos casamos el tres de junio. Amelia es la condesa de St. Just.

Los dos niños pestañearon. La madre de Amelia se sobresaltó, y la servidumbre mostró su sorpresa. Lucas se limitó a sonreír, por supuesto. Entonces, John corrió hacia ella y la abrazó. William se acercó más despacio, pero con una sonrisa.

—¿Puedo llamarla «mamá»? —le preguntó John, con una sonrisa.

—Claro que puedes —le dijo Amelia, acariciándole el pelo. Estaba muy emocionada.

—¿Y yo, puedo llamarla «mamá»? —preguntó William.

Entonces, ella le rodeó con un brazo.

—Claro que sí, siempre que te salga del corazón.

William la miró y se ruborizó.

—Me alegra, señorita... er... mamá, que te hayas casado con mi padre.

Amelia se echó a reír y lo abrazó. Y entonces, fue el turno de su madre, que estaba llorando de alegría.

—¡Oh, querida, siempre supe que te quería! —exclamó, y la abrazó. Amelia tuvo la sensación de que su madre estaba recordando el pasado, cuando ella tenía dieciséis años y Simon la había cortejado.

Sin embargo, en aquel momento solo podía pensar en el presente. Riéndose, se giró y se agarró del brazo de Simon. Nunca se había sentido tan feliz. Nunca había tenido tantas alegrías.

Él tiraba de ella hacia la casa, con un brillo significativo en la mirada.

—¿Por qué no ha venido también Lucille a darme la bienvenida?

—Estaba durmiendo, pero podemos despertarla.

—Bien —dijo él—, porque lo vamos a celebrar todos, como una familia.

John dio unas palmadas.

—¿Podemos ir al circo gitano?

—Claro que sí —dijo Simon, sonriendo. Y, sin dejar de sonreír, le dio a su suegra un beso en la mejilla. La madre de Amelia se ruborizó.

—Y podemos navegar por el río —dijo William.

—Sí, pero primero vamos a entrar en casa, donde tu padre descansará un rato del viaje. Entonces, haremos un montón de planes —dijo Amelia.

Y, cuando entraron por la puerta, los lacayos inclinaron la cabeza y murmuraron:

—Milord, milady.

Amelia se tropezó y se giró para mirar boquiabierta a los dos hombres, pero ellos se limitaron a sonreír.

Entonces, aparecieron la señora Murdock, que llevaba a Lucille en brazos, y Lloyd, que salía de la cocina. John gritó:

—¡Mi padre se ha casado con la señorita Greystone! ¡Ahora es mi madre!

—Es la condesa de St. Just —declaró William con orgullo.

La señora Murdock gritó de alegría, y Lloyd se quedó asombrado.

Amelia hizo un gesto, y la niñera le entregó a Lucille a Simon. Lucille hizo un gorgorito, y él sonrió.

—Enhorabuena —susurró la señora Murdock.

—Lady Grenville, ¿preparo la bandeja del té con pastas?

Amelia tomó aire y miró a su alrededor. John estaba galopando por el vestíbulo con su caballo de madera, William admiraba a Lucille y Simon le había dado el dedo al bebé para que tirara de él. La señora Murdock sonreía al mirar al padre y a la hija, y Lucas acababa de entrar al vestíbulo, acompañando a su madre. Su hermano le lanzó una sonrisa de cariño.

—¿Y bien, lady Grenville? —bromeó.

Simon se giró hacia ella, meciendo a Lucille.

—¿Lady Grenville?

Amelia los miró a todos. Eran su maravillosa y querida familia, y Simon iba a quedarse en casa para siempre.

—Sí, Lloyd, prepara el té —dijo.

Lloyd se inclinó y salió de la habitación.

Y, por encima de las cabezas de los niños, Simon Grenville la miró, y por primera vez, no había angustia en sus ojos. Había algo brillante y dichoso en ellos.

—Estoy en casa, Amelia, y esta vez voy a quedarme aquí.

Ella se acercó a él. La guerra no había terminado, pero sí había terminado para ellos.

—Por fin —susurró, mientras él la abrazaba lentamente—. Por fin.

Últimos títulos publicados en Top Novel

Tras la colina – ROBYN CARR
Espíritu salvaje – HEATHER GRAHAM
A la orilla del río – ROBYN CARR
Secretos de una dama – CANDACE CAMP
Desafiando las normas – SUZANNE BROCKMANN
La promesa – BRENDA JOYCE
Vuelta a casa – LINDA LAEL MILLER
Noelle – DIANA PALMER
A este lado del paraíso – ROBYN CARR
Tras la puerta del deseo – ANNE STUART
Emociones secuestradas – LORI FOSTER
Secretos de un caballero – CANDACE CAMP
Nubes de otoño – DEBBIE MACOMBER
La dama errante – KASEY MICHAELS
Secretos y amenazas – DIANA PALMER
Palabras en el alma – NORA ROBERTS
Brisas de noviembre – ROBYN CARR
El precio del honor – ROSEMARY ROGERS
Sin nombre – SUZANNE BROCKMANN
Engaño y seducción – BRENDA JOYCE
Una casa junto al lago – SUSAN WIGGS
Magnolia – DIANA PALMER
Luna de verano – ROBYN CARR
Amor y esperanza – STEPHANIE LAURENS
Secretos de sociedad – CANDACE CAMP
10 secretos de seducción – VARIAS AUTORAS

www.ingramcontent.com/pod-product-compliance
Lightning Source LLC
LaVergne TN
LVHW030336070526
838199LV00067B/6307